inhalt

treppe
Sabine Thomas: **Die 37 Stufen** .... Seite 9

keller
Guido M. Breuer: **Spinnefeind** .... Seite 25

bad
Tatjana Kruse: **Spieglein, Spieglein ...** .... Seite 41

esszimmer
Arnold Küsters: **Kammerkonzert** .... Seite 53

entrümpler
Wolfgang Kemmer: **Entsorgt** .... Seite 67

garage
Rob Alef: **Der Weg ins Freie** .... Seite 79

wohnzimmer
Anne K. Kuhlmeyer: **Grenzland** .... Seite 91

kinderzimmer
Regina Schleheck: **Spiel-Zeuge** .... Seite 105

herrenzimmer
Heidi Rehn: **Bildnis einer gereiften Frau** .... Seite 121

rumpelkammer
Arnd Federspiel: **Geschlossene Türen** .... Seite 133

gästetoilette
Sabina Naber: **Bruderzwist im Hause Steiner** .... Seite 149

schornsteinfeger
MELANIE LAHMER: **Angeschwärzt** .... Seite 163

wintergarten
F. G. KLIMMEK: **Küss den goldenen Frosch** .... Seite 175

heizungskeller
BEATRIX KRAMLOVSKY: **Dreimäderlhaus** .... Seite 185

küche
BARBARA SALADIN: **Friedhofsgewächs** .... Seite 197

atelier
RALF KRAMP: **Einer muss es ja machen** .... Seite 207

wandschrank
MISCHA BACH: **Die Geisel** .... Seite 223

schlafzimmer
HENNER KOTTE: **Watzmann in Öl** .... Seite 239

arbeitszimmer
MONIQUE FELTGEN: **Das blutrote Arbeitszimmer** .... Seite 245

kellerbar
THOMAS KASTURA: **Kellergeister** .... Seite 261

wohnzimmer
CORNELIA C. ANKEN: **Im Jagdzimmer** .... Seite 277

dachboden
MATTHIAS HERBERT: **Mona Lisas Blick** .... Seite 287

dachboden
NADINE BURANASEDA: **Zeit zu gehen** .... Seite 307

dachboden
ALEXANDER PFEIFFER: **Auf deine Lider senk ich Schlummer** ...... Seite 317

balkon
FENNA WILLIAMS: **Bauen für die Ewigkeit** .... Seite 335

bibliothek
ALMUTH HEUNER: **Gelsenkirchener Skelett** .... Seite 347

schlafzimmer
KARR & WEHNER: **Susis Zimmer** .... Seite 357

putzfrau
SUSANNE SCHUBARSKY: **Bist deppert, Oida?** .... Seite 369

Autorinnen und Autoren .... Seite 385

treppe

Treppen sind Räume des Übergangs und
ermöglichen stets neue Perspektiven.

Die 37 Stufen

Sabine Thomas

Die Verkäuferin zog lächelnd die Kreditkarte durch den Schlitz. »Das macht dann 1.280 Euro. Bitte hier unterschreiben.«
Ich zückte meinen Montblanc-Füller, den ich mir nach einem meiner letzten großen Abschlüsse geleistet hatte. Verdammt lang her. Es lief gar nicht gut für mich. Überhaupt nicht. Genau genommen steuerte ich gerade auf eine riesengroße Katastrophe zu. Mein kleines Maklerbüro am Stadtrand von München warf momentan so wenig ab, dass ich und meine Katze Mimi kaum davon leben konnten, obwohl ich schon auf Aldi-Futter (für uns beide) umgestiegen war, um die laufenden Kosten zu minimieren. Letzten Monat war auch noch meine Karre kaputt gegangen, und dann wurde zu allem Überfluss auch noch heute früh das Handy gesperrt, weil die letzten beiden Telefonrechnungen nicht abgebucht werden konnten. Die Miete für meine eigene Wohnung konnte ich schon seit drei Monaten nicht mehr zahlen. Mein Konto rutschte unaufhaltsam immer tiefer ins Minus. Gestern lag die Kündigung meines Vermieters im Briefkasten.

Eine Maklerin ohne Handy und Auto kann einpacken, eine Maklerin ohne Wohnung ist ein schlechter Witz.

»Bitte sehr. Viel Freude mit Ihrer neuen Tasche.« Die Verkäuferin reichte mir eine riesige Papiertüte, die einen Pappkarton enthielt, der unter Liebhaberinnen mehr wert war als so manche Handtasche. Auf ebay wurden für Original-Pappkartons der Nobelmarke Louis Vuitton Höchstpreise bezahlt.

Ich verließ den Shop in der Münchner Nobelmeile Maximilianstraße und atmete tief durch. Ich hatte gerade meine letzte Kohle für eine Handtasche verbraten. Genau genommen war es auch gar nicht meine Kohle, sondern die Kaution, die mir eine ahnungslose Mieterin zusammen mit der Courtage bar auf die Kralle gegeben hatte, für ein heruntergekommenes Studentenappartement in Schwabing für 420 Euro warm, Kaution drei Monatsmieten plus

Maklerprovision. Bis der betagte Besitzer der Wohnung bei der Mieterin wegen der Kaution nachfragen würde, wären Mimi, ich und die Tasche schon über alle Berge.

Natürlich hätte ich das Geld auch für etwas Sinnvolleres als eine sündteure Handtasche ausgeben können. Die Mietschulden begleichen zum Beispiel, oder einen neuen Gebrauchtwagen kaufen. Aber ich wollte eine Investition für die Zukunft tätigen. Kleider machen zwar Leute, aber in Wirklichkeit kommt es auf die Accessoires an. Bestimmte Armbanduhren, Sonnenbrillen oder Handtaschen waren wie ein geheimer Code, der signalisierte: Ich habe so viel Kohle, dass ich über tausend Euro für eine lächerliche Tasche ausgeben kann, die es in Rimini oder auf Gran Canaria in jeder Strandbude als täuschend echtes Fake für zwanzig Euro gibt. So eine Fake-Tasche hatte ich natürlich schon längst aus meinem Mallorca-Urlaub vor drei Jahren mitgebracht, aber wahre Kenner sehen den Unterschied natürlich auf den ersten Blick. Wenn man jemanden wirklich beeindrucken wollte, musste es natürlich eine echte Louis Vuitton sein.

Eindruck schinden musste ich nämlich unbedingt bei meinem nächsten Coup, den ich an der Angel hatte. Tatsächlich war ich zu diesem Auftrag gekommen wie die Jungfrau zum Kinde.

Ich Landpomeranze aus Winsen an der Luhe, die es wegen der vermeintlich großen Liebe vor Jahren nach München verschlagen hatte und die hauptsächlich Mietwohnungen im unteren Preissegment vermittelte, hatte tatsächlich den Auftrag erhalten, eine Villa am Starnberger See zu vermakeln. Um die Wahrheit zu sagen: Eigentlich hatte nicht ich den Auftrag erhalten, sondern ein auf Luxusimmobilien spezialisiertes Maklerbüro, das in den Gelben Seiten unter mir stand. Aber die ältere Dame, die ihren Lebensabend in Florida verbringen und ihr Haus am See verhökern wollte, war beim Wählen wohl in der Zeile verrutscht, und ich hatte einen Teufel getan, sie auf den Irrtum aufmerksam zu machen, als sie fragte, ob sie mit dem Luxusimmobilienmaklerbüro verbunden war. Umso schneller musste ich diesen Deal unter Dach und Fach bringen, bevor sie ihren Irrtum bemerkte.

Gleich am nächsten Morgen fuhr ich mit der S-Bahn von München nach Starnberg. Mit der nagelneuen Louis-Vuitton-Tasche, aufgedonnert und einparfümiert mit den letzten Tropfen Shalimar fühlte ich mich zwar etwas deplatziert zwischen den Pendlern, die auf dem Weg zur Arbeit waren und mich verstohlen musterten, aber das war mir egal. Ich hoffte nur, in keine Fahrscheinkontrolle zu geraten, denn natürlich fuhr ich schwarz.

Als die S-Bahn am Bahnhof Starnberg einlief, raubte mir der Anblick des blau glitzernden Sees den Atem. Wie schön müsste es sein, hier zu leben! Eines Tages würde ich mir hier vielleicht eine Bleibe mit Seeblick leisten können. Aber dafür müsste ich wohl erst noch die eine oder andere Immobilie verhökern ...

Ich blickte auf die Uhr. Zehn vor zehn. Es wurde höchste Zeit. Ich nahm ein Taxi und ließ mich in den Nachbarort Berg kutschieren, dort, wo König Ludwig II. vor mehr als 125 Jahren seine letzten Tage verbracht hatte, bevor er im See auf immer noch ungeklärte Weise zu Tode kam. Der Ort lag direkt am sonnigen Ostufer, ein absolutes Plus. Viele Prominente und Superreiche residierten hier in wunderschönen Villen. Mein Maklerherz hüpfte. Hier stimmte alles! Denn das wichtigste Kriterium bei jedem Immo-Deal lautete: Lage, Lage, Lage!

Das Taxi rollte langsam die Seestraße entlang und blieb vor der imposanten Einfahrt einer mondänen Villa aus der vorletzten Jahrhundertwende stehen. Etwas anderes hatte ich aufgrund der Adresse nicht erwartet, obwohl ich im Vorfeld etwas beunruhigt gewesen war, weil Google Street View hier keine Bilder anbot. Manche Hausbesitzer haben völlig verquere Vorstellungen von ihren eigenen Immobilien. Als die Dame am Telefon gestern den Wert ihres Domizils auf zwei bis drei Millionen taxierte, ließ mich das natürlich hoffen, aber ich hatte bei meiner langjährigen Tätigkeit schon alles erlebt: sogenannte Villen, die sich als stark renovierungsbedürftige Bruchbuden aus den Fünfzigerjahren entpuppt hatten oder direkt neben einer Autobahn lagen, und »luxuriöse« Einfamilienhäuser, die förmlich nach einer Abrissbirne schrien ... Auch am Starnberger See, wo angeblich die meisten Millionäre Deutschlands residierten, gab es Hartz IV und Sozialwohnungen oder alte Häuschen, deren reiner Grundstückswert höher war als der Wert des Hauses. Wie die Geier kreisten die Makler um diese an sich wertlosen Häuser, die sich meist noch im Besitz hochbetagter Greise befanden und die man nur noch plattmachen konnte, um das Grundstück zu überteuerten Preisen an einen Bauherren zu verhökern.

»Macht neun achtzig«, sagte der Taxifahrer und drehte sich zu mir um. Ich hatte noch einen letzten Zwanziger im Geldbeutel, von dem Mimi und ich noch wer weiß wie lange zehren mussten.

»Zehn«, sagte ich generös und bat um eine Quittung. Wenn Blicke töten könnten, wäre ich auf der Stelle tot umgefallen.

»Von den Reichen kann man sparen lernen«, murmelte er, während er mir die Quittung und das Wechselgeld in die Hand drückte. Ich schenkte ihm ein strahlendes Lächeln, wünschte ihm noch einen schönen Tag und stieg aus. Kaum hatte ich die Tür zugeschlagen, stob er mit quietschenden Reifen davon.

Ich blickte auf meine Armbanduhr. Zwei Minuten vor zehn. Ich widerstand der Versuchung, schon jetzt ein Foto von dem traumhaften Anwesen zu machen. Ich war sicher, dass die Dame das Taxi gehört hatte und bereits am Fenster stand.

Um Punkt zehn Uhr drückte ich auf den messingfarbenen Klingelknopf. Im Haus ertönte die Melodie des Big Ben.

Die Gegensprechanlage knackte, an der Videoüberwachung leuchtete ein kleines rotes Lämpchen.

»Wer ist da?« Ich erkannte die Stimme der Dame, mit der ich gestern telefoniert hatte.

»Guten Morgen«, sagte ich. »Ich bin die Maklerin, die Sie gestern Abend angerufen haben.« Das war nicht einmal gelogen.

Der Summer ertönte. Ich drückte gegen das schmiedeeiserne Tor und schritt den Weg zum Haus hoch. Leichte Hanglage, sehr gepflegter Garten, registrierte ich.

An der Haustür empfing mich die alte Dame. Ich schätzte sie auf etwa achtzig. Sie hatte kurzes, schlohweißes Haar, war braungebrannt und trug ein dezentes Chanel-Kostüm in Dunkelblau und eine passende Perlenkette sowie Goldschmuck an Ohren, Fingern und Handgelenken. Allein ihren Schmuck schätzte ich auf eine fünfstellige Summe. Sie reichte mir die Hand und lächelte.

»Guten Morgen. Schön, dass Sie Zeit gefunden haben.«
Ich setzte mein strahlendstes Lächeln auf. »Gerne, Frau Rösner. Vielen Dank für die Einladung.«
Die alte Dame führte mich in den Salon, von dem aus man einen atemberaubenden Blick auf den See genoss.
»Möchten Sie einen Tee und etwas Gebäck?«
Ich nahm dankbar an. Mein Frühstück war ausgefallen, der Kühlschrank war bis auf eine angebrochene Dose Katzenfutter leer. Wer weiß, wann ich wieder etwas zwischen die Kiemen bekäme.
Frau Rösner hatte bereits alles vorbereitet und reichte mir eine Schale mit Gebäck. Ich nahm ein Stück und biss in das Mürbplätzchen, das so steinhart war, dass ein kleines Stück meiner Krone herausbrach. Tapfer schluckte ich Keks und Keramikteil herunter und versuchte, mir nichts anmerken zu lassen.
»Zucker und Milch?«
Ohne meine Antwort abzuwarten, goss sie einen Schluck Milch aus dem Kännchen in meinen Tee, der merkwürdig trüb aussah. Sofort stockte die Milch. Ich tat so, als würde ich am Tee nippen, und stellte vorsichtig die Tasse wieder zurück.
Frau Rösner nahm einen kräftigen Schluck.
»Tja, das ist also mein bescheidenes Häuschen. Ich hoffe, Sie können es so schnell wie möglich verkaufen. Ich fliege schon übermorgen nach Florida, etwas früher als geplant. Hier ist eine Mappe mit allen Unterlagen und Plänen. Was meinen Sie, wie lange der Verkauf dauert?«
»Wir haben zahlreiche solvente Interessenten für Luxusimmobilien in unserer Kartei«, log ich. »Es dürfte ein Kinderspiel sein, diese wunderschöne Villa zu verkaufen.«
Die Dame nickte zufrieden. »Wunderbar. Dann zeige ich Ihnen jetzt das ganze Haus. Möchten Sie noch einen Keks?«
»Nein, danke. Sie sind zwar köstlich, aber ich muss ein bisschen auf meine Figur achten.«
»Papperlapapp«, meinte sie. »Die sind vom besten Konditor am See und müssen weg, bevor ich abreise. Nehmen Sie noch einen.«

Mit spitzen Fingern nahm ich mir einen Keks und ließ ihn klammheimlich in meiner Tasche verschwinden, während ich ihr in die Bibliothek nebenan folgte.

Während der Besichtigung erhärtete sich bei mir der Eindruck, dass die alte Dame nicht mehr alle Tassen im Schrank hatte. Sie suchte verzweifelt ihr eigenes Schlafzimmer im falschen Stockwerk (»heute Morgen war es noch hier!«), verwechselte die Speisekammer mit dem Gästeklo und erzählte mir zum Abschied, dass König Ludwig damals gar nicht ums Leben gekommen ist, sondern in die USA ausgewandert sei, wo er wahrscheinlich heute noch inkognito lebe. Spätestens da machte ich mir etwas Sorgen und bereute die Anschaffung der teuren Handtasche, aber als sie mit krakeliger Handschrift den Maklervertrag und einige Vollmachten unterzeichnete und mir den Hausschlüssel überreichte, beschloss ich, die Sache so schnell wie möglich durchzuziehen, bevor irgendjemand auf die Idee kam, die Frau entmündigen zu lassen und sich ein Pflegedienst diese Traumvilla unter den Nagel riss.

Ich spazierte hinunter zum Ufer, bestellte auf der Terrasse des Hotels am See ein Glas Wasser (zum Preis von Champagner – Lage, Lage, Lage!) und begutachtete die Fotos, die ich mit meiner kleinen Digitalkamera von dem Anwesen geschossen hatte. Gleich heute würde ich sie bei allen möglichen Immobilienportalen ins Internet stellen. Solche Objekte waren heiß begehrt, und mit etwas Glück konnte ich noch den Preis nach oben treiben oder unter der Hand eine zusätzliche Provision einstreichen, wenn ich dem Kunden vorgaukelte, dass es zahlreiche Kaufinteressenten gäbe, und versprach, für ihn ein besonders gutes Wörtchen bei der Besitzerin einzulegen.

Mit der Courtage, die ich bei Unterzeichnung des Notarvertrags bar erhalten würde, wäre ich erst mal aus dem Gröbsten raus und könnte noch mal ganz von vorne anfangen.

Zum Glück hatte ich noch genug Kohle gehabt, um mir ein billiges Wegwerfhandy zu kaufen. Die Nummer hatte ich Frau Rösner aufgeschrieben (mit dem Hinweis, dass meine Agentur gerade mitten im Umzug sei), damit sie nicht versehentlich doch noch beim richtigen Maklerbüro anrief.

Meine Mobilbox füllte sich unaufhörlich mit Anfragen. Aufgrund meiner Erfahrung hatte ich ein gutes Gespür für Leute, die tatsächlich Interesse hatten, und für solche, die einfach nur mal eine schöne Villa von innen besichtigen wollten. Und für Konkurrenten, die unter falschem Namen so viele Infos wie möglich ergattern wollten, um das Objekt selbst anzubieten. Das Immobiliengeschäft ist ein Haifischbecken.

Zwei Tage nach dem Treffen mit Frau Rösner hatte ich die ersten Interessenten für eine Objektbesichtigung eingeladen. Die erste Tour sollte um dreizehn Uhr losgehen. Der Interessent, ein Banker, war vor mir da, weil meine S-Bahn Verspätung hatte. Er war stocksauer und ließ mich das auch spüren. Ich entschuldigte mich wortreich, steckte den Schlüssel in das Schloss des schmiedeeisernen Tors und erbleichte. Der Schlüssel passte nicht.

»So was Unprofessionelles habe ich noch nie erlebt!«, polterte er und düste wutentbrannt mit seiner dunkelblauen BMW-Limousine davon.

Mit zitternden Händen rief ich die anderen Interessenten an und sagte alle Termine ab. Dann versuchte ich, Frau Rösner in Florida zu erreichen. Vergeblich.

Auf der Fahrt nach Hause geriet ich natürlich in eine Fahrscheinkontrolle. Aufgrund meiner Erscheinung und der teuren Tasche wurde ich zwar von den Kontrolleuren respektvoller behandelt als die anderen Schwarzfahrer, aber demütigend war es allemal. Zu Hause angekommen, stellte ich fest, dass sich der Kühlschrank abgetaut hatte und die Küche unter Wasser stand. Es war wohl nicht mein Tag.

Immer wieder versuchte ich, Frau Rösner zu erreichen. Aber sie ging einfach nicht ans Telefon. Wer weiß, ob die Nummer überhaupt stimmte, die sie mir mit ihrer krakeligen Schrift aufgeschrieben hatte.

Erschöpft und frustriert lag ich mit Mimi auf der Couch und zappte mich durch die Kanäle. Vielleicht sollte ich mich mal bei dieser Maklersendung im Vorabendprogramm bewerben! Nach einer Weile schaltete ich um. Im Bayerischen Fernsehen lief eine Reportage über das malerische Fünfseenland vor den Toren Münchens. Plötzlich war ich hellwach und richtete mich auf. Von einem Ausflugsdampfer aus konnte man mein Objekt sehen!

»Am Ostufer des Starnberger Sees residiert man in wunderschönen Schlössern und herrschaftlichen Villen«, sagte der Sprecher im Off. »Und wir haben eine davon heute besucht.« Schnitt. Eine Dame, Typ Grace Kelly in Dunkelblond, öffnete das schmiedeeiserne Portal und bat lächelnd herein. Schnitt. Schwenk über das Haus. Schnitt. Die Lady vor der malerischen Seekulisse, im Hintergrund zog der schneeweiße Dampfer seine Bahn, zahlreiche Segelboote lagen auf dem blau glitzernden Wasser.

»Ich vermakle im Alleinauftrag diese wunderschöne Villa, Baujahr 1898, am sonnigen Ostufer des Starnberger Sees, ganz in der Nähe von Schloss Berg, wo König Ludwig II. residierte. Die Villa umfasst eine Wohnfläche von 350 Quadratmetern, aufgeteilt auf zehn Zimmer, drei Bäder, Balkon, Terrasse sowie ein parkähnliches Grundstück mit dreitausend Quadratmetern und alteingewachsenem Baumbestand und kostet zweieinhalb Millionen Euro. Im Preis inbegriffen ist dieser fantastische und unverbaubare Seeblick.«

Sie blickte über die Schulter. Die Kamera schwenkte an ihr vorbei und fing den Dampfer ein. Während sie sprach, wurde ihr Name eingeblendet: Marianna Steinherr, Luxusmaklerin.

Ich erhob mich so blitzartig, dass Mimi in hohem Bogen von der Couch flog und sich beleidigt maunzend unter dem Sofa verkroch. Ich stürzte zum Schreibtisch, schaltete mit zitternden Händen den Laptop ein und googelte den Namen dieser Maklerin, die es irgendwie geschafft hatte, sich den Schlüssel für die Villa – *meine* Villa! – unter den Nagel zu reißen. Fragt sich nur, wann und wie. Vielleicht war dieser Beitrag schon etwas älter, vielleicht war es eine Wiederholung, vielleicht war es nur gestellt ... Aber als ich die Homepage der Luxusimmobilienmaklerin aufrief, bestätigten sich meine schlimmsten Befürchtungen: Schon auf der Startseite wurde eben diese Villa als das »Objekt des Monats« angepriesen.

Ich bebte vor Wut. Wie kam dieses Weib dazu, mein Objekt anzubieten? Hatte die alte Dame in geistiger Umnachtung mehrere Makler angerufen und beauftragt – oder hatte sie es faustdick hinter den Ohren?

Aber noch etwas anderes ließ mich vor Zorn glühen. Diese Marianna Steinherr hatte mir vor langer Zeit schon einmal ein lukratives Objekt vor der Nase weggeschnappt, obwohl ich den Alleinauftrag gehabt hatte. Sie hatte, wie bei unseriösen Maklern allgemein üblich, einfach ohne Auftrag die Eigentumswohnung mit Blick auf Schloss Nymphenburg mit leicht veränderten Daten angeboten, war heimlich mit Interessenten durch den Garten geschlichen und hatte sogar das Objekt verkauft, ohne es innen besichtigt zu haben. Dem Käufer hatte sie erzählt, dass der Eigentümer im Urlaub war und ihr den falschen Schlüssel gegeben hatte, dass es aber zahlreiche andere Interessenten gab und die Wohnung sogar schon reserviert sei. Daraufhin hatte er ihr die doppelte Provision versprochen. Der Eigentümer wunderte sich zwar, aber letztendlich war es ihm schnurzegal, wer seine Wohnung an den Mann gebracht hatte.

Und jetzt war sie schon wieder im Begriff, meinen Deal zu versauen. Aber diesmal ging es ums Ganze. Diesmal würde sie damit nicht davonkommen. Nur über meine Leiche.

Es regnete in Strömen, als ich mit dem Taxi vom Starnberger Bahnhof zu meinem Objekt fuhr. Diesmal bekam der Taxifahrer keinen Cent Trinkgeld. Ich stieg aus, öffnete den sündteuren Regenschirm, den ich am Vorabend in einem Luxushotel aus dem Schirmständer extra für diesen Zweck »ausgeliehen« hatte, und klingelte. Der Summer ertönte, ich öffnete das Portal und schritt zum Haus hoch.

Meine Feindin öffnete die Tür. In Sekundenschnelle taxierte sie mich von oben bis unten, bevor sie ein strahlendes Lächeln aufsetzte.

»Guten Tag. Ich bin Marianna Steinherr. Herzlich willkommen.«

»Jasmin von Dahlberg«, sagte ich. Das war der Name meines Fake-Accounts bei Facebook, den ich für solche und ähnliche Zwecke nutzte. »Vielen Dank, dass Sie so schnell Zeit gefunden haben für eine Besichtigung. Mein Flieger geht heute Nachmittag zurück nach Hamburg, deshalb die Eile.«

»Kein Problem!«, flötete die Steinherr. »Sie waren die Erste, die mir nach dem Fernsehbeitrag eine Mail geschickt hat, und Sie sind die Erste, die das Anwesen besichtigen darf. Folgen Sie mir bitte.« Ich trat ein und tat so, als sähe ich das Haus zum ersten Mal. Dabei checkte ich nur blitzschnell ab, wo sie den Schlüssel aufbewahrte. Im Schloss der Eingangstür steckte er nicht, ebensowenig lag er auf dem antiken Sideboard neben der Tür.

Sie leierte zunächst die wichtigsten Daten der Villa herunter, während ich mich weiter interessiert umblickte. »Dies ist also die Empfangshalle mit weißem Marmor, von hier aus gehen wir direkt in den großen Salon.«

Ich folgte ihr und ihrer schweren Parfümwolke in den Salon und brauchte meine Begeisterung für den Seeblick nicht zu heucheln. Auf dem Glastisch der imposanten Sitzgruppe stand immer noch die Kristallschale mit den steinharten Keksen. Die Steinherr folgte meinem Blick. »Darf ich Ihnen einen Keks anbieten?«

»Oh nein, danke«, wehrte ich ab. Die abgebrochene Krone lag mir immer noch schwer im Magen, im wahrsten Sinne des Wortes.

»Hier haben wir den atemberaubenden Blick über den See. Nebenan befinden sich die Bibliothek und ein Arbeitszimmer. Wenn Sie mir bitte folgen möchten.«

Wir besichtigten noch weitere Räumlichkeiten im Erdgeschoss und Souterrain, bevor wir uns in die Beletage begaben, wo neben den Schlaf- und Gästezimmern auch noch ein großer heller Salon mit Seeblick und Balkon vorhanden waren.

Die Steinherr öffnete die Balkontür, die leicht klemmte, genauso wie bei meiner Erstbesichtigung. »Sie müssen die Tür nur leicht anheben«, sagte ich. Sie tat wie geheißen, und schon schwang die Tür auf.

»Woher wussten Sie das?«, fragte die Luxusmaklerin leicht irritiert.

»Oh, ich – äh, ich hatte dasselbe Problem mit meiner Balkontür«, flunkerte ich blitzschnell. Sie gab sich damit offenbar zufrieden. Das war gerade noch mal gut gegangen.

Gemeinsam genossen wir den sagenhaften Ausblick. In der Nachbarschaft heulte eine Kreissäge auf. Sie runzelte die Stirn. Ich grinste. Solche Sachen waren immer ganz, ganz schlecht bei Besichtigungen.

»Ist es hier immer so laut?«, stichelte ich.

»Selbstverständlich nicht. Hier wurde nur gerade ein Baum gefällt. Das passiert sehr selten.«

Elegant pariert, dachte ich. Man musste immer eine gute Ausrede parat haben.

Die ganze Zeit überlegte ich, wie ich ihr den Schlüssel abluchsen konnte. Trug sie ihn in ihrer Prada-Handtasche? Oder lag er in der Tasche ihres Mantels, der im Erdgeschoss an der Garderobe hing?

In diesem Augenblick klingelte es in meiner Louis-Vuitton-Tasche. Ich nestelte das Billighandy hervor und wandte mich sofort ab, als ich Mariannas hochgezogene Augenbrauen bemerkte. Auf dem Display erschien eine Nummer aus den USA. Das musste Frau Rösner sein!

»Bitte entschuldigen Sie mich, das ist ein ganz wichtiger Anruf, den ich jetzt unbedingt annehmen muss – mein Sohn hatte einen kleinen Unfall und ist in der Klinik«, fügte ich hinzu, als ich den leicht verärgerten Blick der Maklerin bemerkte. Ich kannte ihre Gedanken nur zu gut: Jegliche Irritationen während einer Besichtigung störten den Ablauf und gefährdeten den Abschluss.

»Kein Problem«, säuselte sie und zog sich dezent in den gelben Salon zurück.

Ich blieb auf dem Balkon. »Hallo?«

»Mein Name ist Inga Rösner. Ist dort das Maklerbüro?«

»Guten Morgen!«, rief ich mit unterdrückter Stimme. »Schön, dass Sie sich melden!«

»Ihre nette Kollegin hat ja freundlicherweise den Schlüssel geholt, den Sie bei mir vergessen haben. Haben Sie die Villa schon verkauft?«

Ich schnappte nach Luft. Mit einem Schlag wurde mir alles klar. Die Steinherr hatte offenbar meine Internet-Einträge entdeckt, war kurzerhand zum Starnberger See gefahren, hatte anhand der vagen Lagebeschreibung und der Fotos das Haus erkannt, einfach geklingelt und der Rösner erzählt, sie sei meine Kollegin. Daraufhin hatte die Alte ihr arglos die Schlüssel mitgegeben. Dass sie mir offenbar versehentlich den falschen ausgehändigt hatte, war wohl ihrer Schusseligkeit zuzuschreiben.

Ich traute ja meinen durchtriebenen Maklerkollegen einiges zu, aber das war der Gipfel der Unverfrorenheit.

»Ich bin gerade mitten in einer Besichtigung«, sagte ich. Ich merkte, dass Marianna zwar so tat, als würde sie nicht zuhören, aber dennoch die Ohren spitzte.

»Oh, dann will ich nicht länger stören. Bitte rufen Sie mich an, sobald das Haus verkauft ist. Viel Erfolg!«

Ich unterbrach die Verbindung, holte tief Luft und versuchte, mich zu sammeln.

»Alles in Ordnung?«, fragte Marianna und trat auf mich zu.

Ich legte das Handy zurück in die Tasche. »Ja, alles in Ordnung. Vielen Dank.«

»Tja, dann ... kommen wir jetzt im wahrsten Sinne des Wortes zum krönenden Höhepunkt unserer Besichtigung. Ich zeige Ihnen jetzt noch das wunderschöne Turmzimmer mit Rundumblick«, sagte Marianna. »Zu diesem Turm führt eine Wendeltreppe mit 37 Stufen. Wie bei Hitchcock.« Sie lachte.

»Hieß der Film nicht *Die 39 Stufen*?«, fragte ich.

»37, 38, 39 – egal. Jede einzelne ist am Schluss zu viel!«, sagte sie und lachte, aber ich merkte, dass sie verärgert war. Als Makler lässt man sich ungern das Zepter aus der Hand nehmen. »Folgen Sie mir!«

In ihrem hautengen Rock und mit den hohen Louboutins stöckelte sie aufreizend hüftschwingend vor mir die enge Wendeltreppe hoch. Bei männlichen Interessenten würde das natürlich ziehen; ich jedoch wunderte mich nur, wie schnell sich offenbar die charakteristischen roten Sohlen der sündteuren Treter abliefen.

Hier hatte Frau Rösner keinen Treppenlift einbauen lassen, daher war ich bei der Besichtigung vor ein paar Tagen auch alleine dort oben gewesen.

Nach exakt 37 Stufen erreichten wir das winzige Turmzimmer. Keine von uns beiden wollte sich anmerken lassen, wie sehr sie außer Atem war.

»Von hier aus genießt man einen absolut grandiosen Weitblick bis hin zu den Alpen«, japste Marianna. »Und? Was sagen Sie?«
Ich holte Luft. »Atemberaubend«, hauchte ich. »Im wahrsten Sinne.«
Am Horizont zeichnete sich die Alpenkette ab. Der Regen hatte aufgehört, die Sonne brach durch die Wolken. Vor uns lag der blau glitzernde See in all seiner Pracht. Die pure Idylle.
»Was ich noch fragen wollte ...«, sagte ich gedehnt und drehte mich zu ihr.
»Ja?« Sie schaute mich erwartungsvoll an.
Ich machte eine kleine Pause.
»Machen Sie das eigentlich immer so?«
Mariannas Lächeln gefror. »Ich weiß nicht, was Sie meinen«, sagte sie. Das Lächeln war auch aus ihrer Stimme verschwunden.
»Sie wissen genau, was ich meine«, entgegnete ich scharf. »Darf ich mich vorstellen? Ich bin die Maklerin, die den Alleinauftrag für diese Villa an Land gezogen hat.«
Sie lachte laut auf. »Tja. Und ich bin die Maklerin, die jetzt die Schlüsselhoheit hat«, konterte sie frech.
»Aber ich habe den Exklusiv-Vertrag«, sagte ich gefährlich leise.
Sie lachte noch lauter. »Für wie blöd halten Sie mich? Natürlich habe ich einen neuen Exklusiv-Vertrag auf meinen Namen von der alten Trulla unterzeichnen lassen. Die hat alles unterschrieben, was ich ihr vorgelegt habe. Inklusive Aufhebung des Vertrags mit Ihnen, ein ausdrückliches Hausverbot für Sie und Vorschuss-Scheck für mich.«
Mir wurde schwindelig.
Sie warf den Kopf in den Nacken, stolzierte auf ihren hohen Hacken zum Treppenabsatz, drehte sich dort noch einmal um und sah mich triumphierend an. »Übrigens habe ich sofort die Schlösser auswechseln lassen. Sie können Ihre Schlüssel in den Müll werfen.«
Ich schnappte empört nach Luft.
»Die Besichtigung ist hiermit beendet. Verlassen Sie sofort dieses Haus, oder ich hole die Polizei.«
Das war zu viel. Wutentbrannt stürmte ich auf sie zu und stieß ihr mit voller Wucht die Spitze meines Regenschirms zwischen die

Rippen. Sie schrie auf, verlor das Gleichgewicht, strauchelte, knickte auf ihren High Heels um und fiel rückwärts die steile Wendeltreppe hinab. Am Fuß der Treppe blieb sie regungslos und merkwürdig verdreht liegen. Ein feiner roter Blutfaden rann aus ihrer Nase.

Als ich wieder normal atmen konnte und sich mein Puls beruhigt hatte, ging ich langsam die 37 Stufen hinab, vergewisserte mich, dass sie nicht mehr atmete, und durchwühlte seelenruhig ihre Handtasche. Den Schlüsselbund nahm ich an mich, ebenso ein paar Scheinchen aus ihrem prall gefüllten Portemonnaie, den Vorschuss-Scheck und das Parfüm. Die Verträge aus ihrer Objektmappe zerriss ich in kleinste Schnipsel, die ich in der Gästetoilette hinunterspülte. Die Steinherr würde ich später noch zerstückeln und im See versenken, bevor ich die Villa gegen Bargeld verkaufte und mit der Kohle verduftete, bevor die ganze Sache aufflog.

Später fuhr ich mit dem Taxi zurück in die Stadt, gab dem Taxifahrer ein fürstliches Trinkgeld, gönnte mir ein feudales Mittagessen in einem teuren Restaurant und vergaß beim Verlassen des Restaurants – natürlich rein versehentlich – den Schirm, bevor ich Mimi holte und noch am selben Abend meine Villa am Starnberger See bezog.

keller

In einem geräumigen Keller lässt sich gut verstauen,
was gerade nicht benötigt wird;
Parallelen zum Unterbewussten liegen mitunter nahe.

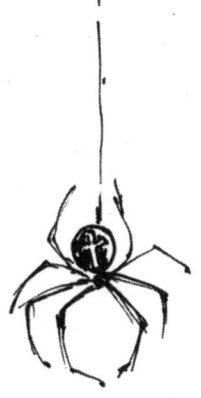

Spinnefeind

Guido M. Breuer

Ich atmete tief durch. Die Kriminalpolizei und die Typen von der Spurensicherung hatten mein Haus verlassen. Endlich. Ruhe im eigenen Heim.

So schlimm hatte ich es mir nicht vorgestellt. Vor allem nicht, dass es so lange dauern würde.

Ich war am Nachmittag von einer Dienstreise zurückgekehrt, war ins Haus gegangen, hatte mich über die Stille gewundert, hatte nach Erika gerufen und natürlich keine Antwort erhalten. Ich war zuerst in den Keller runter, hatte im Saunaraum geschaut, ob der Boden gut getrocknet war. Alles wie erwartet. Dann den Teppich drüber.

Anschließend war ich ins Schlafzimmer gegangen, wo auch der Kleiderschrank steht. Zuerst einmal meinen Koffer ausräumen.

So, wie Erika es immer wollte.

Lass doch nicht immer die Sachen da im Flur stehen, hatte sie zur Begrüßung gekeift, wenn ich nach Hause kam. Dann muss ich sie am Ende ja doch wieder wegräumen.

Nein, hatte ich dann geantwortet, ich will doch nur kurz verschnaufen, vielleicht einen Wodka trinken und mich dazu fünf Minuten aufs Sofa setzen.

Sie hatte sich dann meist kopfschüttelnd meinen Koffer gegriffen und ihn mit anklagenden Seitenblicken ausgeräumt. Als wenn ich das nicht selbst auch wenig später getan hätte. Aber so konnte sie mir natürlich beim nächsten Mal vorwerfen, dass sie es immer tun musste. Perfide Logik.

Deshalb ging ich also sofort mit dem Koffer ins Schlafzimmer. Da fiel mir natürlich das zerwühlte Bett mit dem großen Blutfleck auf. Wieder rief ich nach Erika, so laut ich konnte. Erst noch ein paarmal im Haus, dann im Garten. Ich fragte die Nachbarin, ob sie meine Frau heute schon gesehen habe. Sie verneinte, und ich rief mit besorgtem Gesicht, als das Weib noch neben mir stand, per

Handy der Reihe nach ein paar Freunde an, wann sie zuletzt mit Erika gesprochen hätten. Von dem blutigen Bett sagte ich ihnen nichts. Dann rief ich die Polizei.

Sie kamen recht bald. Erst eine Streife. Ich führte die beiden Bullen ins Schlafzimmer, erklärte ihnen, dass ich eine Woche weg gewesen sei, in Hamburg, für die Firma. Software. Sie sahen das Blut, nickten. Wenig später kamen die Kriminaler in Zivil mit den Spezialisten der Spurensicherung in ihren seltsamen weißen Overalls. Wie ich es vorausgesehen hatte. Man kannte das ja aus Filmen. Ich machte nicht den Fehler zu versuchen, den total verängstigten Ehemann zu spielen. Ich war besorgt, keine Frage, aber nicht übertrieben.

Ob ich eine Idee hätte, wo sie sein könnte?

Keine Ahnung. Sie müsste hier sein.

Wann ich zuletzt mit ihr telefoniert hätte?

Gar nicht, seit ich weg war. Wir machen so was nicht. Ich bin öfter weg, und sie erwartet keine Anrufe von mir.

Ob sie Feinde gehabt habe?

Keine Ahnung. Mich vielleicht. Freudloses Grinsen.

Ob ich das erklären wolle?

Kein Problem. Man erträgt sich, aber es läuft nicht mehr so toll in unserer Ehe. Ich sagte übrigens bewusst »läuft« und nicht »lief«.

Der Kommissar machte sich Notizen. Er schien zu verstehen. Nicht die wirkliche Geschichte natürlich, sondern die, welche ich ihm erzählte. Ist doch bei vielen Leuten so. Was soll ich sagen. Die Frau ist eine Xanthippe, der Mann erduldet es, so gut es geht, ist viel unterwegs. Jeder denkt sich seinen Teil.

Auch der Kommissar. Er glaubte natürlich, ich trüge auch mein Scherflein dazu bei, dass es nicht mehr so gut läuft.

Wird wohl auch so sein.

Anstrengend war nur, dass die Leute bis zum späten Abend blieben. Fragen stellend, alles absuchend. Bei den offenen Schubladen oder leicht zerstörten Einrichtungsgegenständen fragend, ob dort wertvolle Sachen aufbewahrt worden seien. Ich antwortete, so gut ich konnte. Ja, da sei Schmuck gewesen. Oh ja, dort war das Heimkino. Ganz neu, ziemlich teuer.

Ich machte es mir einfach, blieb so oft als möglich auf dem Sofa im Wohnzimmer sitzen, trank ein paar Gläser Wodka, aber nicht so viel, dass ich die Kontrolle verloren hätte. Tat so, als sei es mir egal, wo die Typen überall suchten. Sie gingen auch in den Keller. Natürlich. Fanden aber nichts. Wie ich vermutet hatte. Es gab ja keinen Grund, den Kellerboden aufzubrechen. Zumindest hatten sie keine Spur, die das hätte angemessen erscheinen lassen. Erika blieb verschwunden. Das blutige Bettzeug nahmen sie mit. Gut so. Sollten sie es untersuchen. Sie würden keine Fasern von meiner Kleidung finden. Sicherlich noch nicht einmal etwas von mir, was älter gewesen wäre als eine Woche, obwohl auch das nicht verräterisch gewesen wäre. Aber Erika bezog mindestens einmal pro Woche das Bett neu. Besonders, wenn ich ein paar Tage auf Dienstreise ging. War wohl ein guter Anlass, alles frisch zu beziehen. Wenn der blöde Drecksack endlich mal wieder weg ist. Obwohl sie natürlich immer nörgelte, warum ich denn immer so viel unterwegs sei.

Ob ich ihr aus dem Weg gehen wolle? Und wann ich denn endlich die Arbeiten im Keller zu Ende brächte? Eine Xanthippe eben.

Jetzt war sie aus dem Weg. Und die Bullen hatten sich endlich auch verzogen. Ich atmete noch mal tief durch.

Jetzt einen doppelten Wodka auf Eis. Den hatte ich mir verdient. Das Eis war in der Kühltruhe im Keller. Und in den Keller wollte ich sowieso unbedingt wieder gehen. Das hatte mich schon den ganzen Tag gejuckt. Musste ich mir natürlich verkneifen, solange die Kriminaler da waren. War nicht einfach. Aber jetzt konnte ich endlich runter gehen. Zuerst in den Saunaraum, dorthin, wo das Loch gewesen war. Und wo sie jetzt lag. Gut eingehüllt in einen sorgfältig verschlossenen Plastiksack und Zement drüber.

Ich setzte mich auf die Holzbank, die vor der Sauna stand, und betrachtete den Boden. Den Teppich hatten die Bullen offenbar nicht bewegt. Warum auch?

Dann sah ich diese Spinne. Sie war aus einer dunklen Ecke hinter der Sauna hervorgekrabbelt und bewegte sich ziemlich schnell in die Mitte des Raumes. Sie lief über den Teppich. Direkt über Erika blieb sie stehen. Verharrte dort. Eine große, haarige Hausspinne. Sie schien mich anzusehen. Eine ganze Zeit lang starrten wir uns an. Ich stand auf und trat auf das eklige Vieh, bevor es sich wieder in eine Ecke verziehen konnte. Ich wischte die Schuhsohle neben der toten Spinne auf dem Teppich ab und holte den Staubsauger. Weg war sie. Ich atmete auf und ging zum Eisfach. Der Wodka schmeckte mir anschließend nicht so gut, wie ich erhofft hatte.

In der Nacht schlief ich wenig.

Am nächsten Tag gab ich in der Firma Bescheid, dass ich nicht kommen könne. Wegen Erika. Dann rief ich bei der Polizei an.

Ob man schon was wisse.

Leider nein.

Was ich denn jetzt machen solle, fragte ich. Dämliche Frage natürlich, aber etwas Irrationalität wäre gut, dachte ich.

Ich könne, wenn ich wolle, die Liste der verschwundenen Sachen erstellen. Man müsse ja weiterhin von einem Einbruch ausgehen.

Dann ging ich einkaufen. Erika hatte nicht viel im Haus gehabt. Warum auch? Für sich alleine brauchte sie vermutlich nicht viel. Jetzt lief ich durch den Supermarkt und versuchte zu kaufen, was ich gerne aß. Ich fand mich nicht zurecht, suchte lange herum. Erika machte das ja sonst immer. Ich ertappte mich dabei, dass ich ihre Lieblingssachen in den Wagen packte. Dann legte ich das Zeug ins Regal zurück. Dann wiederum in den Wagen, denn ich sollte doch hoffen, dass Erika zurückkehren würde. Vielleicht hatte man sie ja entführt. Ich durfte doch nicht wissen, dass sie nicht wieder auftauchen würde.

Zu Hause angekommen, brachte ich die meisten Sachen in den Keller. Es zog mich mit Macht in jenen Raum. Zu Erika.

Ich stand eine Weile auf dem Teppich und sah zwischen meine Füße. Ich weiß nicht, wie lange sie schon da gesessen haben mochte. Aber als ich sie sah, hatte ich sofort das Gefühl, sie wolle etwas von mir. Eine fette, schwarze, haarige Spinne. So eine wie gestern, noch etwas größer vielleicht. Sie saß da, regungslos. Ich hob den Fuß, da krabbelte sie etwas auf die Seite. Aber nur ein

Stück. Dann verharrte sie wieder und schaute mich an. Ja, ich bin sicher, sie schaute mich an mit ihren wasweißich wie vielen Augen. Ich hatte keine Lust, wieder mit dem Fuß auf das eklige Tier zu treten. Ich ging hinaus und holte einen Besen aus der Abstellkammer. Den mit den roten harten Borsten für den Bürgersteig. Als ich den Raum wieder betrat, saß sie immer noch da. Abwartend. Ich holte aus, um sie mit dem Besen zu zerdrücken. Irgendetwas hielt mich zurück. Erika kam mir in den Sinn. Sie wollte nie, dass ich die Spinnen tötete. Sie, die sich ansonsten vor jedem erdenklichen Unrat ekelte, sie packte die Viecher mit den nackten Fingern und trug sie hinaus. Ich hatte einmal gelesen, man müsse Spinnen mindestens fünfzig Meter weit wegbringen, damit sie nicht den Weg zurück finden. Erika lachte nur, als ich sie darum bat, und ließ die Monster im Garten frei.

Das war nun vorbei. Jetzt hatte ich hier in meinem Haus das Sagen. Wieder hob ich den Besen. Und wieder war da irgendetwas, das mich zögern ließ. Ich horchte in mich hinein, während das widerliche Biest mich weiterhin frech anglotzte. Eine Stimme in meinem Kopf, unmerklich zuerst, dann immer lauter. Wenn man sie erst einmal bemerkt hat, ist sie so deutlich, dass man sich wundert, wie man sie vorher überhören konnte. Als Kind hatte ich oft gedacht, da spräche der liebe Gott zu mir. Wenn ich etwas stahl, oder einfach nur so. Später verwarf ich diesen Unsinn. Natürlich ist man das immer selbst, man hat viele Stimmen in sich, das Gewissen vielleicht, manchmal verschiedene Meinungen, durch die man mit sich selbst diskutiert oder so etwas. Vermutlich dachte ich an Erika und daran, dass sie nicht gewollt hätte, dass ich die Spinne tötete. Ich ließ den Besen auf das Tier hinab sausen. Diese Viecher sind ja recht empfindlich. Ein Käfer oder auch eine Fliege hätten das vermutlich überlebt. Doch diese Spinne hing leblos in den roten Borsten des Besens. Tot und zusammengekrümmt sah sie gar nicht mehr so groß aus. Es fröstelte mich. Ich versuchte, die aufkommende Gänsehaut nicht zu beachten, und ging mit dem Besen nach draußen. In der Hecke streifte ich den toten Körper ab.

Ich brachte den Besen weg und ging in die Küche. Aber der Appetit war mir vergangen. Ich wollte mir später etwas zu essen machen. Es kam mir fast recht, dass der Kommissar an der Tür klingelte und sich, als ich öffnete und ihn herein ließ, ein paar Minuten bei mir breit machte.

Ob ich die Liste der gestohlenen Sachen schon hätte? Nein? Nicht schlimm, das sei nur allzu verständlich in meiner Lage. Leider nein, es gebe noch keine Spur von meiner Frau. Ich solle hoffnungsvoll bleiben, aber ja, es müsse andererseits mit dem Schlimmsten gerechnet werden, wenn er ehrlich sei.

Warum die Einbrecher meine Frau denn weggebracht hätten, fragte ich ihn. Er wisse es nicht, das sei schon alles sehr ungewöhnlich. Bei einem Einbruchdiebstahl komme es schon einmal zur Ermordung der Bewohner. Aber die Verbrecher würden sich normalerweise nicht die Mühe machen, die Leiche dann fortzuschaffen. Das sei auch der Grund, weshalb ich getrost hoffen dürfe, Erika sei noch am Leben. Er stellte noch ein paar Fragen, an die ich mich schon wenige Minuten später nicht mehr erinnern konnte, und ging dann.

Der Nachmittag verstrich. Es wurde Abend. Ich wollte fernsehen, aber das teure Ding hatte ich ja nebst Erikas Schmuck und ein paar anderen Wertgegenständen mit der Leiche im Keller wegzementiert. Ich nahm mir vor, am nächsten Tag einen neuen Fernseher zu kaufen. Dann zog es mich unwiderstehlich in den Keller. Schon als ich die Stufen hinunter ging, hatte ich das seltsame Gefühl, dass das nicht gut sei.

Aber ich konnte nicht anders.

Der Teppich lag noch so da, wie ich ihn hingelegt hatte. Alles in Ordnung. Alles, wie es sein musste.

Nein, man konnte mir nicht auf die Schliche kommen. Dazu hatte ich alles zu gut geplant. In der ersten Nacht, als ich in Hamburg angekommen war, hatte ich mich mit dem Wagen abends auf den Weg gemacht, zurück nach Hause. Ich brauchte nur knapp vier Stunden bei leeren Autobahnen. Hätte ich Stau gehabt, kein Problem, dann hätte ich es um einen Tag verschoben. Ich hatte ein paar Kanister Sprit im Kofferraum meines Firmenwagens deponiert, schon mehrere Tage vorher. So konnte man mir auch später diese Fahrt nicht anhand von Tankquittungen nachweisen. Ich hatte Klamotten an, die ich schon Wochen vorher in einer anderen Stadt gekauft hatte, in einem Stil, den ich ansonsten niemals trug. Jeans und Wollpullover. Dazu Handschuhe. Ich kam gegen halb drei in der Nacht zu Hause an. Das ist die Zeit, in der selbst die wachsamste Nachteule schläft. Hätte ich irgendwo bei den Nachbarn Licht gesehen, Stimmen gehört, vielleicht ein ankommendes oder abfahrendes Fahrzeug – ich hätte noch alles abblasen und eine überraschende Rückkehr behaupten können. Doch überall war es dunkel und still. Ich ging ins Haus und schlich mich ins Schlafzimmer. Erika lag da, bewegungslos und mit kaum hörbarem Atem. Wie immer. Und ich tat das, was ich mir schon viele Male vorgestellt hatte. Mit dem kurzen Beil, das sie schon oft hatte wegwerfen wollen, schlug ich ein paarmal auf ihren Kopf ein. Es ging ganz leicht. Beim ersten Schlag blieb die Schneide in ihrem Schädel stecken, die nächsten Schläge machte ich mit dem anderen Ende. Sie gab keine Widerworte, wurde gar nicht mehr wach. Ich packte sie in den Sack und runter in den Keller, wo das Loch auf sie wartete. Dann noch das Diebesgut mit hinein, ein paar Schränke kaputtmachen, ohne viel Lärm, aber gut, dass man ein freistehendes Einfamilienhaus hat. Dann das Loch zumachen. Siehst du, Erika – alles zu seiner Zeit.

Eine gute Stunde Arbeit. Ich verließ das Haus gegen halb fünf.

Nun stand ich wieder da. Etwas argwöhnisch sog ich die Luft ein. Ob man irgendwann etwas würde riechen können? Nein, ich hatte den Plastiksack sehr sorgfältig verschlossen. Und trotz der Eile war der Boden gut abgedichtet. Keine Sorge.

Warum auch sich Sorgen machen?

Jetzt war doch alles so, wie es sein sollte. Wenn man einmal von dieser Spinne absah, die aus einer dunklen Ecke hervorkrabbelte, ziemlich schnell, wie diese Viecher eben sein können, und sich mitten auf dem Teppich hinhockte. Es sah tatsächlich so aus, als würde sie sich hinsetzen. Ihre langen schwarzen Beine, die im Laufen weit gestreckt erschienen, waren nun in der Mitte eingeknickt, sodass ihr haariger Körper wie schwebend knapp über dem Boden ruhte.

Sie starrte mich an. Kein Zweifel. Das eklige Monster starrte mich an. Der Blick ihrer bösen Augen, die groß und dunkel oben am Kopf saßen, ging mir durch Mark und Bein. Und da war wieder diese Stimme. Und diesmal wusste ich, das war nicht ich. Warum hätte ich mich auch selbst fragen sollen, ob es richtig war, all die anderen Spinnen zu töten. Warum nicht, dachte ich. Das ist mein Haus, und ich finde Spinnen ekelhaft. Also töte ich die Viecher.

Aber wir tun dir doch nichts, antwortete die Spinne.

Ich weiß, es hört sich verrückt an. Aber so war es. Irgendwie hörte ich die Worte in meinem Kopf, und die Stimme kam von diesem Tier. Ich muss mich nicht rechtfertigen, wenn ich die Spinnen in meinem Haus töte, dachte ich.

Ich habe dich nicht aufgefordert, dich zu rechtfertigen, meinte die Spinne. Sehr sachlich kam sie mir vor. Unverschämt sachlich.

Und als hätte das Monster mich tatsächlich verstanden, hallte diese aufdringliche Stimme weiter in meinem Kopf:

Wir hassen dich nicht, weil du schon so viele von uns getötet hast. Wir wollen nur wissen, warum.

Ich scheiß auf das Warum!, schrie ich und trat mit voller Wucht auf das haarige Biest. Die Stimme verstummte augenblicklich. Angeekelt wischte ich die Schuhsohle am Teppich ab. Das Scheusal hatte etwas gelben Schleim in ihrem prallen Hinterleib gehabt, den verteilte ich jetzt in den Teppichfasern.

Ich drehte mich herum und wollte den Keller eilig verlassen. Da sah ich sie. Diese Spinne war nicht größer als die zuvor, aber sie wirkte irgendwie bedrohlicher. Ich sah, wie sich die zangenartigen Mundwerkzeuge vor ihrem Kopf bewegten. Und dann war da auch schon diese Stimme.

Warum ich immer weiter töten würde. Sie sei mir nicht böse, aber sie wolle es nun wirklich wissen.

Ich wich ein paar Schritte zurück. Sie folgte mir, krabbelte auf den Teppich und blieb neben den zerquetschten Resten ihrer Vorgängerin stehen. Das schien ihr nichts auszumachen.

Ob ich glaubte, mit dem Auslöschen anderer Leben etwas verbessern zu können?

Was für ein Quatsch, antwortete ich. Wieso verbessern?

Es sei doch unlogisch, so eine Gewalttat auf sein Gewissen zu nehmen, ohne dass sich dafür etwas anderes entscheidend verbessere, meinte die Spinne. Dann fügte sie hinzu, sie wisse auch von anderen Häusern, in denen ihre Artgenossen ständig von Menschen ermordet würden.

Dann haut doch ab, lasst uns doch einfach in Ruhe!, herrschte ich sie an. Dann braucht ihr auch nicht um euer dreckiges Leben zu fürchten!

Sie antwortete, sie habe keine Furcht. Solche Emotionen hätten die Spinnen erst allmählich über viele Generationen bei den Menschen beobachtet, teilten sie aber nicht. Deswegen könnten sie auch die Menschen in vielen Dingen nicht verstehen. Aber dieses sinnlose Töten, das sei das Schwierigste.

Überhaupt nicht, entgegnete ich. Einfach draufhauen – einmal, zweimal, die Alte ist schon tot, noch ein drittes Mal, nur zur Sicherheit, dann die Sauerei wegbringen, fertig.

Die Spinne glaubte mir das offenbar nicht. Unerbittlich war sie in ihrer Überheblichkeit. Ich könne sie auch töten, wenn ich wolle. Es werde ihr nichts ausmachen. Die nächste Spinne werde das Gespräch mit mir wieder aufnehmen. Doch ich könne ihr bestimmt sagen, warum ich auch Erika erschlagen habe. Sie sei doch ein Mensch gewesen wie ich selbst, und ich hätte freiwillig mit ihr zusammengelebt. Und ich hätte mich doch einfach von ihr trennen können.

Natürlich hatte diese blöde Spinne keine Ahnung. Ich wollte Erika schon lange loswerden. Scheidung kam jedoch nicht infrage – der ganze Ärger wegen dem dann anstehenden Hausverkauf und Vermögensaufstellung und Anwalt und Umzug in neue Wohnung, was würden die Freunde sagen und überhaupt der ganze Stress. Zudem hätte sie mich bis auf die Unterhose ausgezogen, während ich in meiner Gutmütigkeit alles hätte laufen lassen, damit es nur schnell vorbei wäre. Dann hätte sie sicherlich überall intrigiert und alle glauben lassen, ich trüge an der Trennung natürlich die Schuld.

Was ist Schuld?, unterbrach mich die Spinne. Ist es das, wenn man weiß, dass man etwas falsch gemacht hat?

Quatsch, meinte ich, Schuld hat man auch, wenn man es selbst nicht weiß. Und jetzt bin ich es wirklich leid!

Ich machte einen Schritt auf die Spinne zu. Sie wusste, dass ich sie im nächsten Moment mit dem erhobenen Fuß zerquetschen würde, doch sie wich nicht zurück.

Ich zögerte. Und dann wagte ich es nicht mehr. Und als würde ich für diesen Wankelmut gleich bestraft, gewahrte ich eine Bewegung in der Raumecke, es krabbelte dort etwas herum, und dann sah ich eine weitere Spinne, die sich zu der anderen gesellte. Beide verharrten sie dort auf dem Teppich neben ihrer zermalmten Artgenossin, direkt über Erikas Leiche.

Ich spürte, wie mir ein kalter Tropfen Schweiß den Rücken hinunter lief. Dann sträubten sich mir die Haare am Nacken.

Kommt mir nicht zu nah, knurrte ich die Monster an.

Ihre ruhigen Stimmen, mit denen sie erklärten, dass sie keine Bedrohung für mich darstellten, machten mich noch wütender. Ich sah auf meine Armbanduhr. Es war bereits halb zwei in der Nacht. Ich konnte kaum glauben, dass ich schon so lange im Keller war und mit diesen unheimlichen Spinnen redete.

Jetzt schwiegen sie mich an. Ihre borstigen Mundwerkzeuge öffneten und schlossen sich in stetem Wechsel. Mir war klar, dass sie auf etwas warteten. Aber worauf? Vermutlich wollten sie mich nur hinhalten, bis noch mehr von ihnen da wären, um mich zu überfallen, mich zu überwältigen. Sie wollten Rache für Erika, die Spinnenfreundin. Kaum hatte ich diesen Gedanken formuliert, kam prompt die Antwort.

Ja, meinten sie, Erika sei freundlich zu ihnen gewesen. Aber Rache, das sei nichts für sie. Das sei wieder etwas, was nur allzu menschlich sei. So sehr typisch Mensch, dass es viele Spinnengenerationen gebraucht habe, um es zu verstehen. Ob ich mich denn an Erika gerächt hätte?

Was für ein Unsinn, meinte ich. Das hat nichts mit Rache zu tun.

Schade, meinten die Spinnen. Das hätten sie wenigstens verstanden, wenn es da etwas Schlimmes gegeben hätte, was Erika mir angetan hätte. Es liege ja offenbar in der menschlichen Natur, Vergeltung für alles Mögliche zu üben. Das wüssten sie ja nun.

Nichts wisst ihr!, schrie ich. Es war ja nicht die eine, die schlimme Missetat, für die ich mich hätte rächen können. Es waren die täglichen Vorwürfe, die ständigen kleinen Erniedrigungen, dieses aushöhlende, nervende Andersdenken, Anderssein, das immerwährende, zermürbende Nichtverstehen.

Tötest du uns deshalb?, fragten die Spinnen. Weil wir anders sind? Weil du uns nicht verstehen kannst?

Ich hatte das Gefühl, gleich wahnsinnig zu werden. Diese Kreaturen konnten mich doch nicht zwingen, das aberwitzige Gespräch fortzusetzen. Ich musste mir ein Herz nehmen, die beiden Spinnen zertreten und den Keller schleunigst verlassen.

Sie mussten diesen Gedanken aufgeschnappt haben, denn sofort meldeten sich ihre Stimmen wieder.

Nein, meinten sie, sie wollten jetzt endlich eine Antwort. Weitere Spinnen krabbelten aus dem Dunkel herbei. So große Spinnen hatte ich in meinem Haus noch nie gesehen. Und es kamen immer mehr. Dutzende waren es, und sie bildeten einen Kreis um mich.

So, ihr wollt mich nicht bedrohen?, fragte ich hämisch.

Ich solle sie nicht falsch verstehen, meinten sie vielstimmig. Es liege nicht in ihrer Natur, mir etwas anzutun. Und als Nahrung käme ich für sie nicht infrage. Ich solle nur bitte endlich sagen, was meine Frau unter dem Kellerboden zu suchen habe.

Warum ich getötet habe.

Diese widerlichen Biester wussten genau, dass ich darauf keine vernünftige Antwort hatte. Sie warteten doch nur darauf, dass ich weinend zusammenbrechen würde und sie über mich herfallen könnten. Doch so wehrlos war ich noch nicht.

Ihr versteht doch überhaupt nichts!, fuhr ich sie an. Sie antworteten nicht, beleidigten mich damit genauso wie Erika, wenn sie mich schweigend ansah mit diesem Ausdruck von Verachtung und – ich weiß nicht, was es noch war.

Vielleicht war sie nicht umsonst eine Spinnenfreundin gewesen. Vielleicht hatte sie mich gar nicht so bedroht, wie ich es immer angenommen hatte. Vielleicht war ihre Art, mit mir umzugehen, einfach anders gewesen als die meine, und ich hatte sie nie verstanden. Vielleicht hatte sie mich sogar – geliebt?

Nein, das war ein ausgemachter Blödsinn. Das konnten mir auch die Spinnen, die mich aus ihren vielen Augen anstarrten, nicht weismachen. Wer ständig den Feldwebel gab, immer das letzte Wort haben musste, immer nur nörgelte und kommandierte, der hatte keine Liebe für mich übrig. Es war vorbei, die Xanthippe war still. Warum also plapperten jetzt diese schwarzen Wesen auf mich ein?

Ihre vielen Stimmen prasselten durch mein Gehirn, nun nicht mehr klar in einer gemeinsamen Formulierung auf mich eindringend, sondern hektisch und durcheinander. Jede Monsterstimme schien mir einen anderen Vorwurf machen zu wollen, immer mehr wollten sie wissen, eine Menge von Fragen, auf die ein vernünftiger Mensch doch niemals eine Antwort hat.

Ewig lang dauerte dieser Zustand an. Die Spinnen ließen nicht von mir ab, kamen nun auch ganz langsam näher. Eine fasste mit den Vorderfüßen meine Schuhspitze. Sie klopfte auf meinem Fuß herum, langsam und eindringlich. Dann schob sie sich vorwärts. Ich schleuderte das Biest mit einer schnellen Bewegung davon. Sie flog gegen die Wand, krabbelte dann aber wieder auf mich zu, reihte sich in die Phalanx ihrer Artgenossen ein, die immer zahlreicher an mich heranrückten.

Warum, warum? – so dröhnte es in meinem Hirn.

Mein Puls ging immer schneller. So schnell, dass mir übel wurde. Sie spürten meine Angst. Mein Herz wummerte. Jeder Schlag fühlte sich an, als träfe Metall auf splitternden Stein. Hart und schmerzhaft.

Warum, warum, warum?

Schweiß lief in meine Augen, ich konnte fast nichts mehr sehen. Aus dem Kellerfenster drang das erste Licht des Morgens, so viel nahm ich noch wahr. Und die Spinnen, die jetzt an meinen Hosenbeinen heraufkrabbelten.

Warum, warum, warum?

Diese Stimmen wurden immer lauter. Sie taten mir weh. Sie schnürten mir die Brust ab. Ich vermochte nicht mehr zu atmen. Erika, nimm diese Viecher weg von mir. Trag sie hinaus, mach was du willst, aber nimm sie weg.

Warum, warum, warum?
In diesem Moment klingelte es oben an der Haustür. Nach einer Pause noch einmal. Länger. Eindringlicher. Die Spinnen zogen sich etwas von mir zurück, warteten ab, was geschehen würde. Noch ein Klingeln. Dann jemand, der meinen Namen rief. Ich erkannte die Stimme des Kommissars. Laut brüllte ich zurück. Hol mich hier raus, ich bin im Keller!
Er rief ebenfalls etwas.
Ich brüllte weiter: Brich einfach die Tür auf, du Arschloch, und komm in den Keller! Hol mich hier raus, verstehst du nicht?
Er schien endlich doch zu begreifen. Als er die Treppe herunter stürzte, mit einer Waffe in der Hand, zogen die Spinnen sich weiter zurück. Der Kommissar forderte mich auf, die Spitzhacke aus der Hand zu legen.
Ich verstand nicht, was er meinte.
Er wiederholte seine Aufforderung. Dann sah ich das Loch im Boden und das Werkzeug in meiner Hand. Ich zeigte auf den Sack, in dem Erika sicher verschlossen lag und auf ihre Befreiung wartete. Ich habe sie erschlagen, die Xanthippe, sagte ich und ließ die Spitzhacke fallen. Die Spinnen haben mir keine Ruhe gelassen.
Der Kommissar verstand mich nicht, das sah ich ihm an. Doch die Spinnen verstanden sehr wohl. Sie zogen sich in die tiefen dunklen Ecken meines Kellers zurück. Ihr zufriedenes Murmeln hallte leiser und immer leiser in meinem Kopf, bis es schließlich ganz verstummte.
Ich war sehr ruhig, als ein zweiter Polizist in den Keller kam und mir Handschellen anlegte. Hart ging er mit mir um, fast so, als wollte er mir wehtun, weil ich Erika erschlagen hatte. Ich war ihm nicht böse. Der Mann wusste es nicht besser.
Er hatte noch nicht mit den Spinnen gesprochen.

bad

Die Badewanne steht für Genuss und Entspannung pur,
doch darunter stellt sich jeder Mensch etwas anderes vor.

Spieglein, Spieglein ...

TATJANA KRUSE

Britta Klein staubwischt die Badesalzgläser. Heutzutage achtet keine Hausfrau mehr penibel auf Sauberkeit, nicht einmal im Bad, denkt sie und stellt das vorletzte Glas zurück ins Regal. Geschweige denn, dass noch jemand porentiefe Sauberkeit oder gebügelte Handtücher für ein Kulturgut hält. Außer den Werbespotmachern. Aber natürlich haben die meisten Frauen fürs Gründlichsaubermachen nicht nur keine Lust, sondern auch keine Zeit. Sie müssen ihren Lebensunterhalt verdienen und womöglich nebenher noch eine Familie versorgen. Britta seufzt. Sie lebt von den Zinsen ihres ererbten Vermögens, und eine Familie hat sie nicht. Mehr. Vater tot, Mutter tot, Mann nie gehabt.

Engagiere dich doch für irgendwelche Charitysachen, pflegt ihre beste Freundin seit Kindergartentagen ihr in regelmäßigen Abständen zu raten. Susanne war mittlerweile Managerin einer Großbank, und sie hatten weiß Gott absolut gar nichts mehr gemeinsam außer rosigen Erinnerungen an Kindergeburtstage mit Torten in Knallfarben. Zum Tortenessen kam Susanne denn auch ein- bis zweimal im Jahr vorbei. Das stellte die Gänze von Brittas sozialen Kontakten dar. Abgesehen von den vierteljährlichen Meetings mit dem Vermögensverwalter. Und, seit einiger Zeit, ihren Untermietern.

Die Villa Klein befand sich in exklusiver Halbhöhenlage. Jugendstildekor. Unverbaubarer Blick. »Wenn Sie die Villa verkaufen, könnten Sie einen unglaublichen Gewinn erzielen«, hatte ihr der Vermögensberater mehrfach gesagt. Zwischen den Zeilen implizierte er damit, dass zehn Zimmer, vier Badezimmer und ein Wintergarten für eine alleinstehende Fünfzigjährige ein wenig zu üppig ausfielen. Britta fand das impertinent. Der bröckelnde Putz, die alten Leitungen, die immer mal wieder den Geist aufgebende Heizung, das alles störte sie nicht – es war ihr Zuhause, hier war sie verwurzelt. Um den Mann zum Schweigen zu bringen, fing sie an, Schauspieler bei sich aufzunehmen.

Brittas Heimatstadt brüstete sich zu Recht mit einem der besten Freilichttheater Deutschlands. Jeden Sommer wimmelte es vor jungen Schauspielern und älteren Theaterbegeisterten. Oder auch altgedienten Bühnenrössern und zwangsverpflichteten Schulkindern im Publikum. Jedenfalls war die Stadt voll von Menschen. Und die Bühnenkünstler mussten ja trotz knappem Wohnraum irgendwo unterkommen. Da freute es das künstlerische Betriebsbüro der Freilichtspiele sehr, als Britta Klein sich bei ihnen meldete und fragte, ob sie jemanden aufnehmen könne. Einer musste allerdings reichen, mehr Menschen hielt sie nicht aus. Daraus wurde eine schöne Tradition. Jedes Jahr aufs Neue.

Es klingelte.

Britta legte das Staubtuch beiseite und ging nach unten zur Haustür.

»Hallo, ich bin Kai-Uwe Reiff. Sind Sie Frau Klein?«

Fünf Wochen vor Beginn der eigentlichen Spielzeit begannen die Proben. Etwas windzerzaust stand er vor ihr.

»Ja. Freut mich sehr, Herr Reiff. Kommen Sie doch herein.«

Er schien gut zwanzig Jahre jünger als sie, Anfang dreißig. Dass er aus Berlin kam, hatte sie der Mail entnommen, die ihr der Künstlerische Leiter geschickt hatte. Ein Quereinsteiger, vor seiner Bühnenlaufbahn als Grundschullehrer tätig. Britta schaute sich die Schauspieler vorher nicht groß im Internet an, sie fand, dass man es mit jedem Menschen zwei bis drei Monate unter einem Dach aushielt. Nur eine einzige Bedingung hatte sie gestellt: Es sollten Männer sein. Frauen fand sie tendenziell stutenbissig.

»Ich führe Sie am besten gleich in Ihr Zimmer, ja? Es liegt im ersten Stock. Sie haben natürlich ein eigenes Bad, und die Küche können Sie jederzeit mitbenutzen.« Unwillkürlich strich sie sich eine rote Locke aus dem Gesicht. Die Locken waren noch echt, die Farbe nicht.

Reiff sagte erst mal nichts, er schien wie erschlagen. Die meisten seiner Kollegen waren im Wohnheim der Freilichtspiele untergekommen, das hatte was von Schullandheim: bescheiden, aber sauber. Einige bewohnten die ehemaligen Kinderzimmer der örtlichen Honoratioren und jammerten über zu kurze Betten und allzu enges Aufeinanderhocken. Aber das hier ... das hier ... solche Prachtvillen kannte er nur aus dem Fernsehen.

»Die Gemälde an den Wänden ... sind die echt?«, fragte er mit Demut in der Stimme. Miró, Thomas Kinkade, Ferdinand Hodler, Neo Rauch, Max Ernst, Emil Wachter – eine wilde Mischung, aber unterm Strich mehr wert, als er in seinem gesamten Schauspielerleben verdienen würde. Selbst wenn ihm einmal die Rolle eines Tatortkommissars angetragen werden sollte.

»Ja, alle echt. Mein Vater war Sammler. Und Bierbrauer.« Britta öffnete die Tür zu seinem Zimmer. »Das Mobiliar wird nicht Ihr Geschmack sein, aber der Raum ist groß und hell und mit allem Komfort ausgestattet.«

Das Untermieterzimmer zog sich über die gesamte Querseite der Villa. Von hier sah man zwar nicht ins Tal und auf die Stadt, dafür in den Garten, und der war höchst idyllisch.

»Sie können den Garten jederzeit nutzen. Textlernen in der Hollywoodschaukel, Kollegen einladen und im Steingarten grillen, was immer Sie mögen.«

Britta lächelte und strich sich das Etuikleid aus der besten Boutique der Stadt glatt und freute sich, als er ihr Lächeln erwiderte.

»Da habe ich aber wirklich das große Los gezogen!«, sagte er.

»Ich mache uns einen Kaffee, und wir beschnuppern uns kurz, ja?«

Als sie ging, sah er ihr nach.
Dann wanderte sein Blick wieder zu den Gemälden ...

Britta legte den Kopf schräg. Reiff auch.
Sie strahlte. Er strahlte auch.

»Dann standen Sie also schon auf allen großen Bühnen, wie beeindruckend für so einen jungen Mann.«

»Nur in Nebenrollen«, wehrte er bescheiden ab.

Sie hielt die bauchige Tasse in der Linken, rührte mit der Rechten um und lehnte sich zurück. Er hielt die Tasse in der Rechten, rührte mit der Linken um und lehnte sich ebenfalls zurück.

Beide lächelten.
Britta fühlte sich in seiner Gesellschaft unglaublich wohl. »Sie wirken ... erwachsener.«

»Ich habe schon viel erlebt. Keine leichte Kindheit, Probleme in der Jugend ... die Schauspielerei hat mich gerettet.«

Mit seinem schütteren Haar und der hageren Statur wirkte er tatsächlich mindestens zehn Jahre älter. Britta mit ihren gefärbten Locken und den weichen, femininen Rundungen konnte durchaus als zehn Jahre jünger durchgehen. Damit wären sie gewissermaßen gleich alt. Britta seufzte und strahlte noch mehr.

Reiff sah sich um und bewunderte den echten Hockney über dem Sofa, auf dem Britta saß.

»Noch etwas Kaffee?« Sie gurrte es fast.

»Ja, gern.« Reiff gurrte auch.

Wir sind seelenverwandt, dachte Britta.

»Und? Wie ist sie so?«

Reiffs Ex-Freundin – die beiden pflegten immer noch engen Kontakt, sie, weil er ihr mit seinen guten Connections gelegentlich kleinere Rollen zuschustern konnte, er, weil er sie zurückhaben wollte, auch wenn sie sich zwischenzeitlich mit seinem Nachfolger verlobt hatte – hielt sich selten mit großen Begrüßungen auf, sondern kam gleich auf den Punkt. »Spuck's aus.«

»Alt und reich.« Reiff fläzte sich auf der Chaiselongue. Er hätte sich auch auf dem überbreiten Himmelbett fläzen können. Oder auf dem ledernen Ohrensessel am Kamin. Es gab Dritte-Welt-Länder, da hätten ganze Sippen in diesem Untermieterzimmer gehaust, zusammen mit einer Hühnerschar und einer Milchkuh. Und trotzdem wäre noch Platz gewesen für eine Trommelgruppe.

»Und? Hat sie schon eine Schwäche für dich entwickelt, du alter Charmeur? Ich kenn dich doch: die volle NLP-Spiegelungsnummer. Du imitierst ihre Körperhaltung, ihre Gesten, und sie schmilzt dahin und hält dich für ihren Seelenverwandten.«

»Du kennst mich zu gut. Ja, ich glaube, ich habe sie erfolgreich um den Finger gewickelt. Das werden angenehme drei Monate. Komm doch mal zu Besuch.«

Ihr Zögern war wie eine Ohrfeige. »Mal sehen. Ich hab doch gerade dieses Projekt in Köln. Aber wenn's irgend geht ...«
Übersetzt hieß das: Nein.

»Und? Wie ist er so?«, wollte Susanne am Telefon wissen, gleich nachdem sie den nächsten Tortentermin ausgemacht hatten.
Britta Klein seufzte unwillkürlich. »Nett.«
»Nur nett?« Susanne hörte die Nachtigall trapsen.
»Er ist doch viel zu jung.«
»Das liegt gerade voll im Trend.«
Susanne hatte gut reden. Die wohnte jetzt in Frankfurt, nicht mehr in ihrer idyllischen, aber provinziellen Heimatstadt, in der jeder jeden kannte.
»Ich glaube, er mag mich«, befand Britta.
»Hm.« Susanne war klar, was ein junger Schauspieler an einer deutlich älteren, reichen Frau, die nicht das Charisma und den Kindfraukörper einer gut konservierten Hollywoodschauspielerin besaß, mögen konnte. Aber sie gönnte Britta die Schwärmerei.
»Pass nur auf, dass nicht plötzlich Lücken im zwölfteiligen Meißner Porzellanservice klaffen«, riet sie.
»So einer ist er nicht!«, erklärte Britta im Brustton der Überzeugung.

Britta Klein hatte mit ihren Untermietern bislang immer Glück gehabt. Nette, junge Männer, die ihr ein paar Monate lang etwas Abwechslung im täglichen Einerlei verschafften. Mit manchen freundete sie sich etwas mehr an als mit anderen, aber man kam sich doch immer etwas näher. Nicht so, wie das die Klatschmäuler dachten, weil sie stets explizit um männliche Untermieter gebeten hatte. Nein, ganz ... verwandtschaftlich. Sie verwöhnte die jungen Männer wie eine wohlwollende ältere Tante, brachte ihnen irgendwann sogar den Morgentee ans Bett, bekochte sie, spendierte kistenweise Bier für die größeren oder kleineren Partys. Und im Gegenzug reparierten die jungen Männer alles, was mal wieder irgendwo klemmte. Und erzählten ihr ihre Lebensgeschichten. Erstaunlich viele kamen aus zerrütteten Familien oder standen allein in der Welt. Nomadenleben, immer klamm in der Kasse. Brittas Mutterinstinkt wurde jedes Mal geweckt.

Bei Kai-Uwe Reiff erwachte allerdings noch etwas anderes. Wenn sie bisweilen am späten Nachmittag, bevor er zu den Abendproben musste, noch auf einen Kaffee beisammen saßen, hatte sie immer das Gefühl, von ihm verstanden zu werden. Jeden Tag nahm er im großen Jugendstilbadezimmer ein Wannenbad und sang lauthals Zwanziger-Jahre-Schlager, und Britta stand im Flur und lauschte, und es wurde ihr ganz warm ums Herz.

Und eines Abends ...

»Ich habe Whisky mitgebracht.«

22 Uhr 30. Um zehn mussten die Proben wegen der Anwohner beendet werden. Normalerweise saß Reiff dann noch mit den Kollegen beim Griechen, aber nicht an diesem Abend. »Ich dachte, wir genehmigen uns einen Schlummertrunk.«

Britta Klein trug schon ihr seidenes Nachthemd, darüber einen seidenen Morgenmantel. Aber ... er lächelte so nett. Die Flasche in seiner Hand war allerdings grausig. Ein Zehn-Euro-Whisky aus dem Supermarkt. Sie wollte jedoch seine Gefühle nicht verletzen.

»Gern«, sagte sie. »Geben Sie her. Ich hole uns Gläser. Sie können das Feuer im Kamin anwerfen, ja?«

Frühsommernächte konnten durchaus noch Kaminfeuerwärme vertragen.

In der Küche kippte sie den billigen Fusel in den Ausguss, spülte die Flasche aus und füllte anschließend vierzig Jahre alten Single Malt aus Strathisla nach. Das Beste vom Besten. Dennoch nahm sie auch Eiswürfel mit in den Salon. Sicher trank er seinen Whisky *on the rocks*.

Es wurde ein zauberhafter Abend vor dem Kamin. Nach dem dritten Glas Whisky fand das im übrigen auch Kai-Uwe. Draußen fing es an zu regnen, und das gleichförmige Plätschern machte die Stimmung noch romantischer.

»Ich habe mich noch von niemandem so verstanden gefühlt wie von dir«, sagte Britta und klemmte sich eine vorwitzige Locke hinter das Ohr.

Sie waren längst beim Du angekommen.

»Mit dir geht es mir genauso.« Kai-Uwe strich sich über sein schütteres Haar und holte tief Luft. »Wow, das Zeug zieht rein.« Er lachte. Britta hatte die Gläser immer reichlich gefüllt. »Ich muss morgen früh wieder fit sein. Ich sollte jetzt zu Bett.«

»Ja, es ist wirklich schon spät.« Zwei Uhr vorbei. Sie hatten sich verplappert. Ein gutes Zeichen. Zwischen ihnen stand nichts mehr, nicht das Alter, nicht die Herkunft, nichts. Britta wurde es warm ums Herz.

Oben im Flur musste Kai-Uwe nach links und Britta nach rechts. »Ja dann«, sagte sie, »gute Nacht.« Und weil er so nah neben ihr stand und so lieb lächelte, auch wenn seine Augäpfel in unterschiedliche Richtungen zu schauen schienen und er leicht hickste, küsste sie ihn erst auf die linke bartstoppelige Wange und dann auf die rechte bartstoppelige Wange, und dann – hast du nicht gesehen! – drückte er ihr einen Kuss auf den Mund.

Gleich darauf lagen sie im Bett.

Jeder in seinem eigenen.

Am nächsten Morgen rief Kai-Uwe nur »Ich hab verschlafen!« in die Küche und rannte aus dem Haus in Richtung Innenstadt. Britta lächelte.

Am Abend kam er erst lange nach Mitternacht nach Hause. Obwohl sie auf ihn warten wollte, schlief sie ein.

Als er tags darauf wieder fluchtartig das Haus verließ, dämmerte ihr allmählich, dass ihm die Kussszene rückblickend peinlich sein musste.

Sie fing ihn in der Mittagspause auf der Straße ab. »Vorgestern Abend, das war der Whisky«, sagte sie. »Ich hoffe, das ändert nichts zwischen uns.«

Kai-Uwe wirkte erleichtert. »Aber nein«, versicherte er ihr. Sie sah ihm nach, als er mit einer feschen Tanzmaus im Arm zum Griechen ging.

Es war natürlich nie mehr wie vorher. Kai-Uwe bemühte sich nach Kräften, sie in keinster Weise zu ermutigen. Das mit dem Whisky war ein Fehler gewesen! Und Britta ärgerte sich. Über sich selbst, über ihre heimlichen Hoffnungen. Sie fing jetzt auch an, das Silber zu zählen. Und bemerkte zum ersten Mal, wie lange und wie oft er vor den besonders wertvollen Gemälden stand und sie anstarrte. Die Premiere fiel ins Wasser, buchstäblich. Der ganze Sommer erwies sich als verregnet, das drückte bei den Schauspielern auf die Stimmung und schlug sich in den Besucherzahlen nieder. Alles in allem kein guter Sommer. Für niemanden.

»Willst du denn nächstes Jahr wiederkommen?«, fragte Britta am Tag nach der letzten Vorstellung.

Kai-Uwe hatte über die Mitfahrzentrale jemanden gefunden, der ihn nach Berlin bringen würde, allerdings erst abends um acht. So konnte er nach der Dernièrenparty noch ausschlafen und hatte reichlich Zeit, in Ruhe zu packen. Als Abschiedsgeschenk überreichte er bei Kaffee und Kuchen in der Küche eine Flasche Whisky. Der Billigfusel natürlich, dachte Britta. Aber immerhin: lieb gemeint.

»Hat so super geschmeckt neulich Nacht, und ich wollte doch, dass du eine Erinnerung an mich hast«, sagte Kai-Uwe.

»Ich habe auch ein Geschenk für dich, bekommst du später.«

»Tja, dann nehme ich noch ein letztes Bad, okay?« Dieses Ritual, jeden Nachmittag vor den Proben oder der Vorstellung noch ein Wannenbad zu nehmen, würde er am meisten vermissen. In seiner Berliner WG gab es nur eine Dusche.

Während Kai-Uwe das Wasser einließ, ging Britta durch die Wohnung. Das Silber und das Service waren komplett, es fehlte auch nirgends ein Bild oder sonst ein Wertgegenstand. Das Rauschen in den uralten Rohren hörte auf.

Britta stieg die breite, gewundene Treppe in den ersten Stock hoch. Oben angekommen, lauschte sie vor dem Gästebad. Man hörte es planschen. Kai-Uwe liebte es, im Schaumbad die großen Seeschlachten der Welt nachzuspielen. So sah es danach auch immer aus. Anfangs hatte sie die Überschwemmungen noch gern trocken gefeudelt, aber seit der Whiskykussnacht ...

Britta holte tief Luft und stieß die Tür auf. Kai-Uwe hätte sich beinahe verschluckt. »Ich ... äh ... bade«, rief er schamhaft.

Es war ein herrliches Badezimmer. Jugendstil. Mit dem Mosaik eines präraffaelitischen Mädchenkopfes, einem Spiegel mit Goldrahmen und einem Regal mit übergroßen Badesalzgläsern sowie einer Badewanne, die Brittas Urgroßvater aus England mitgebracht hatte. Freistehend. Die Füße waren Entenfüße und die Wasserhähne Erpelköpfe. Aus Gold. In der Wanne selbst erhoben sich gewaltige Schaumberge, aus denen am hinteren Ende der schüttere Kopf von Kai-Uwe Reiff ragte.

»Keine Sorge, ich habe schon mal einen nackten Mann gesehen«, sagte Britta und kam näher. Reiff rutschte so tief in die Wanne, wie es gerade noch ging, ohne dass ihm der Schaum die Nasenlöcher verschloss.

»Ich glaube, das ist mir jetzt unangenehm«, erklärte er.

»Das verstehe ich.« Britta lächelte.

Dann packte sie seine Beine oberhalb der Knöchel und zog sie abrupt mit einem kräftigen Ruck nach oben. Reiff wollte noch aufschreien, aber es ging alles zu schnell ...

Jetzt könnte man ja denken, na und, ein Streich, wenn auch kein netter, wird schon nicht so schlimm sein, aber wenn heißes Schaumwasser unter hohem Druck in den Hals gepresst wird, drückt es den Vagusnerv zusammen, was zu einer umgehenden Verlangsamung des Herzschlags führt. Ohnmacht tritt so gut wie unmittelbar ein. Wenn man den Betroffenen in einem solchen Fall rasch aus der Wanne hebt, erholt er sich in so gut wie allen Fällen binnen kürzester Zeit, spuckt Wasser, hustet, und alles ist wieder paletti. Aber das tat Britta Klein nicht. Sie hielt Kai-Uwes Beine weiter nach oben und betrachtete sich dabei im Spiegel mit dem Goldrahmen. Ihr Spiegelbild lächelte. Nach fünfzehn Minuten sah sie auf ihre Armbanduhr, fand, dass es nun reichen sollte, und ließ die Beine los.

»Nein, Kai-Uwe ist wie geplant gegen halb acht losgezogen. Er hatte sich doch mit jemandem über die Mitfahrzentrale verabredet.«

Das sagte sie zur Ex-Freundin von Kai-Uwe, die besorgt anrief, und später auch zur Polizei, nachdem er von der Kleinen als vermisst gemeldet worden war.

Die Polizei, die früher nie gekommen war, tauchte sogar zwei Mal bei ihr auf, aber richtig in Verdacht geriet sie nie. Man wollte nur an ihrem Computer, den Kai-Uwe benutzt hatte, die Mail an den jungen Mann von der Mitfahrzentrale ausdrucken. Der behauptete natürlich steif und fest, Kai-Uwe sei nie aufgetaucht. Aber er war vorbestraft, und die Polizei hatte ihn auf dem Kieker.

Britta geht zum Beruhigen und Wiederrunterkommen in ihr Badezimmer und putzt. Es gleicht dem Gästebad bis ins letzte Detail: das Mosaik eines präraffaelitischen Mädchenkopfes, eine freistehende Wanne mit Erpelfüßen, ein Spiegel mit vergoldetem Rahmen, ein Regal mit übergroßen Badesalzgläsern.

Abstauben ist für Britta wie Meditation. Die immer gleiche Bewegung mit dem Staubtuch. Enorm entspannend. Ihr Spiegelbild in dem Goldrahmenspiegel lächelt. Das Lächeln kommt von ganz tief innen.

Die übergroßen Badesalzgläser sind auch noch ein Erbe ihres Urgroßvaters. Eine Spezialanfertigung von venezianischen Glasbläsern. Allerdings befindet sich nur im Gästebad Badesalz in den Badesalzgläsern. Hier bei sich bewahrt sie Erinnerungsstücke darin auf. Der Kopf von Kai-Uwe ist allerdings fast zu groß gewesen. Sie hat die Ohren abschneiden müssen. Doch jetzt scheint er friedlich in der Formaldehydlösung seines Glases zu schlummern. Wie hübsch er sich macht, neben den anderen zehn. Aus dem einen oder anderen Grund hatte sie offenbar niemand nach ihrem Engagement vermisst. Alle funkeln sie in der Sonne. Drei leere Gläser hat sie noch.

Sie nimmt das Handy. »Herr Schmittke, ja hallo, hier Frau Klein. Ich wollte nur sagen, nächstes Jahr nehme ich sehr gern wieder einen Schauspieler bei mir auf!«

esszimmer

Gäste am Esstisch haben oft etwas Interessantes zu erzählen, umso mehr, wenn die Runde ungeplant zustande kommt.

Kammerkonzert

Arnold Küsters

Sie gehörte zu dem Typ Frau, bei dem man nicht sicher sein konnte, dass neben den weißblonden Haaren nicht gleich das ganze Gesicht gebleicht war.

»Was starren Sie mich so an?« Ihre Frage war mit einem rau rollenden Ton unterlegt.

»Ich starre Sie nicht an. Entschuldigung. Ich muss nur gerade an Birkenborke im Winter denken.«

Sie schnaubte ratlos. Sie hatte die Anspielung offenbar nicht verstanden.

»Wollen Sie nicht die Waffe weglegen?« Er deutete mit dem Kopf auf die silberne Pistole mit dem langen Schalldämpfer, die neben ihrem Frühstücksteller aus feinem Chinaporzellan so unpassend lag wie schweres Besteck.

Sie schnaubte nicht einmal.

»Sind Sie eine Agentin?«

Sie lachte kehlig. »Ihre Fantasie ist langweilig und dumm, Herr Kommissar.«

Das sah er anders, im Allgemeinen und im Speziellen, vor allem angesichts des Mannes, der ihr gegenüber in seinem Stuhl mehr lag als saß, den Kopf weit nach hinten gelegt. Wie jemand, der voller Hingabe Musik hört, ungeachtet der anderen Gäste.

Der Kommissar seufzte. Nun steckte er hier in diesem nicht sehr großen Zimmer am Ende eines dunklen Flurs fest. Wie tragisch. Man möchte den Kopf schütteln und denken können, was für ein ungehöriges Benehmen in diesem intimen hanseatischen Frühstückszimmer. Sich derart zu fläzen, ohne Rücksicht und Anstand! Offenbar konnten sich heutzutage selbst die Inhaber vornehmer Pensionen ihre Gäste nicht mehr aussuchen.

Man hätte aber auch, gestand sich der Ermittler ein, innerlich den Daumen heben und denken können, endlich mal einer, der auf Konventionen pfiff und tat, wonach ihm der Sinn stand. Viel näher

lag aber die Folgerung, dass er in das Schlussbild eines Agentenfilms geraten war.
»Das sehe ich ein bisschen anders. Das mit der Fantasie.« Er deutete auf den Mann und auf die weiße Wand dahinter. »Sie haben ihm in den Kopf geschossen und die Tapete ruiniert.«
»Und deshalb bin ich gleich eine Spionin?« Sie strich sich über ihr Haar, das am Ansatz gelb war.

Eine kleine Geste oder ein Spleen, abgeguckt aus einem Hollywoodschinken, an den er sich in diesem Augenblick nur verschwommen erinnerte. Er konzentrierte sich. Auf jeden Fall muss sie Olga heißen, dachte er entschieden. Auch wenn ihr grauer Hosenanzug nicht zu ihrem Teint passte, ebenso wenig wie die an den Fersen schief getretenen flachen roten Schuhe sowie die blickdichten Strümpfe, die, je nach Fußbewegung, zwischen Hosenbein und Schuh silbrig aufglänzten.

»Färben Sie Ihr Haar? Wussten Sie, dass in Deutschland einmal für ein Haarwasser mit Birken geworben wurde?«

»Was interessiert Sie meine Haarfarbe?« Sie ließ ihre Hand wie zufällig auf die Griffschale ihrer Pistole wandern.

Augenblicklich waren im hinteren Teil des Flurs ein deutliches Scharren von Füßen und das Aneinanderreiben von Handschuhen und Gewehrkolben zu hören. Visiere klappten herunter.

Auf den blassen Lippen der Frau erschien ein dünnes, winterkaltes Lächeln.

Er war versucht, seine Hand zu heben, nicht, um der Birke das Lachen zu verbieten, er wollte keine Eskalation. Aber er ließ es. Manchmal war er unvermittelt müde.

»Ich ermittele in einem Mordfall.«

»Tun Sie Ihre Arbeit. Seien Sie willkommen.« Sie ließ ihre Hand über den Lauf der Pistole wandern, als würde sie, in Anerkennung der Mühen und des Talents des Künstlers, voller Bewunderung den Körper einer antiken Marmorskulptur nachzeichnen. »Und, seien Sie sicher, ich werde mir noch heute die Haare färben. Beruhigt Sie das?«

Der Kommissar dachte an den *Freischütz*: Mich packt Verzweiflung, foltert Spott. Sein Lächeln verdrängte ihren Spott. Gegen solche Angriffe war er längst immun.

Willkommen? Im Grunde hatte diese ihm noch unbekannte Blondierte recht. Der Anruf von den Kollegen war gerade zum richtigen Zeitpunkt gekommen. Bevor der graue Tag und das graue Wasser des Eutiner Sees ihn endgültig verschluckt hätten. Er wäre beinahe zufrieden pfeifend zum Tatort gefahren.

Als Erstes war ihm das Bibelzitat aufgefallen, das akkurat auf die fliederfarbene Fassade der Pension gemalt war. Es erschien ihm wie die passende Beschreibung seines gegenwärtigen Zustandes und als Verheißung für seinen Ruhestand, der nur noch ein paar Nachmittage am Eutiner See entfernt auf ihn wartete. Warum war ihm der Spruch nicht schon früher aufgefallen: Kommt her zu mir, alle, die ihr mühselig und beladen seid.

»Warum? Und warum Eutin? Warum ausgerechnet in diesem Zimmer?« Allein der Zustand der Tapete bekümmerte ihn.

»Sie haben keine Fantasie, Herr Kommissar.«

»Lassen Sie mich aus dem Spiel. Frau?«

»Das Leben ist kein Spiel.«

»Sie haben gerade jemanden getötet. Mit dieser Pistole erschossen. Einfach so?« Er deutete auf die Waffe unter ihrer Hand.

»Er hat mich getötet. Immer wieder hat er mir das Leben geraubt. Und – einmal ist es dann einmal zu viel.«

»Er ist tot! Nicht Sie«, widersprach er. Diese Russin verstand auch rein gar nichts. Wenn überhaupt: Was nur wollte sie ihm sagen? »Sie sind doch Russin?«

Ihre Lippen ließen erneut ein gebleichtes Lächeln frei. Er nahm erstaunt zur Kenntnis, dass ihre Lippen fliederfarben geschminkt waren. Deshalb also Eutin? Deshalb diese Pension?

»Sagen wir – Baltikum.«

»Baltikum?«

»Das muss reichen.«

Er nickte nachdenklich; seinetwegen. Baltikum. Was hatte es noch mit diesem Baltikum auf sich? Er würde ihr schon noch draufkommen. Ein Puzzle aus Flieder, Birke, Baltikum und Blut. Allemal besser als am See sitzen.

»Also gut, Baltikum. Gut. Und weiter?« Er sah auf seine Arm-

banduhr und war zufrieden. Der Abend war mit Sicherheit gerettet. Hier war er noch lange nicht am Ende.
»Georg.« Sie unterbrach das Streicheln der silbernen Pistole.
»Er heißt Georg.« Ihr Blick wanderte über das entstellte Gesicht im Stuhl gegenüber. Dann zuckte sie mit den Schultern. »Hieß Georg.«
»Und weiter?«
Sie zuckte erneut mit den Schultern. »Und weiter?«, äffte sie mit ihrem russischen, nein, baltischen Unterton. »Ihr Deutschen, ihr müsst immer alles wissen. Ihr seid immer so, so genau. So unromantisch, so ohne Leidenschaft, rau wie Schmirgelpapier.«
Klingt irgendwie sympathisch, dachte er.
Hinter ihm hörte er erneut das Einsatzkommando, diesmal klang Kunststoff auf Metall geradezu ungeduldig. Er schüttelte den Kopf. Würde er die Kollegen lassen, hätten sie die Unterhaltung längst beendet, ohne an ihn und seine geradezu tödliche Langeweile zu denken. Nun, die Kollegen hatten noch nie sonderlich viel auf seine privaten Gefühle und Belange gegeben. Da wollte er sich so kurz vor Ende seiner Dienstzeit nicht noch aufregen.
»Ja, weiter.« Er wollte sie nicht wirklich drängen, aber: Ihre Geschichte und das Blut auf der Tapete mussten doch einen Anfang haben. Obwohl er nicht im Geringsten in Eile war, hatte er das Gefühl, nicht von der Stelle zu kommen.
Bewegung war ein gutes Stichwort. Er betrachtete ihre aufrechte Körperhaltung. Vermutlich hatte sie im Zirkus oder als Balletttänzerin gearbeitet. Taten das nicht nahezu alle Russinnen? Ein Porzellanpüppchen, dachte er mit durchaus wohlwollendem Blick auf ihre schmale Figur. Obwohl, der Vergleich hinkte ein wenig, musste er sich korrigieren, sie war sicher schon jenseits der Fünfzig. Außerdem stachen ihre Schulterknochen nun doch für seinen Geschmack ein wenig zu spitz hervor.
»Haben Sie mit Georg getanzt?«
Ihre dünnen Lippen wurden noch ein wenig dünner, der Flieder verschwand von seinem Platz.
Sie musterte ihn aufmerksam. Ihr Blick wurde traurig. »Ja. Auch getanzt.«

Er verkniff sich ein »und weiter?«. Er nickte nur. Er konnte sich den Tanzsaal vorstellen: altes Parkett, von der Feuchtigkeit der Jahre an manchen Stellen aufgeworfenes Holz, bis auf den Boden reichende Fenster, wehende weiße Gardinen, diese aufrechte Körperhaltung, ihr Blick, der an ihm vorbei in die Ferne geht.

So wie jetzt. Er bemerkte eine leichte Dünung in den Übergardinen des Frühstückzimmers.

Ihre Augen wanderten zu ihm zurück. Dabei vermied sie den Umweg über Georgs Körper. »Warum beenden Sie die Sache nicht?« Ihr Unterton knackte und rauschte wie eine Schellackplatte, und doch waren Verwunderung und Unverständnis deutlich hörbar. Ihre Hand ließ sie weiterhin auf der Waffe ruhen.

»Ganz so einfach ist das nicht.« Er wies mit dem Kinn erst auf die Pistole, anschließend Richtung Flur. Dabei vermied er ruckartige Bewegungen. Er wollte weder die Frau unnötig nervös machen, noch sollte die Unruhe der Kollegen im Flur zunehmen.

»Es ist an Ihnen, die Sache, wie Sie es nennen, zu beenden. Sie müssen die Verantwortung schon selbst tragen. Das kann ich Ihnen nicht abnehmen. Geben Sie mir die Pistole, Frau ...«

»Olga. Nennen Sie mich Olga.« Sie sah ihn herausfordernd an. »Das tun Sie doch ohnehin schon, Herr Kommissar.«

Ihn wunderte, dass sie kein Interesse an seinem Namen hatte. Er war versucht, ihr eine der restlichen Visitenkarten zu reichen, die er in seiner Jackentasche wusste. Dazu hätte er aber eine ausholende Bewegung machen müssen, die ihm unter diesen Umständen jedoch als zu gefährlich erschien. Daher nickte er lediglich leicht. »Nun gut. Mich interessiert: Sind Sie zufällig aus Tallinn?«

Es entstand eine gehörige Pause.

Ihr Schweigen umgab sie wie die mittelalterliche Stadtbefestigung der estnischen Hauptstadt. Er hoffte auf ein Nicken. Sie könnte ihm von Tallinn erzählen. Er wollte schon längst einmal dort gewesen sein.

»Nun gut«, schloss sie sich stattdessen seiner Bemerkung an und sah flüchtig aus dem Fenster, »Baltikum. Baltikum muss reichen. Es war im August vor zwei Jahren.« Sie hielt kurz inne. »Ja, es ist

schon zwei Jahre her. Ich habe Georg in St. Petersburg kennengelernt. Ich habe dort als Reiseführerin gearbeitet.« Sie lächelte gequält, sie wusste, was er dachte: welch ein Klischee. »Mariinski-Theater. Abends an der Hotelbar sind wir erst ins Gespräch und später dann ins Bett gekommen. Georg hat mir sofort gefallen.« Sie lächelte, ohne einen Blick auf Georg zu werfen, der weiterhin regungslos im Stuhl einer unhörbaren Musik lauschte.
»Georg hatte ein freundliches Lächeln. Und er hat die Musik von Carl Maria von Weber geliebt. Hat er gesagt. Wir haben später auf seinem Zimmer die Musik gehört, auf einer kleinen Musikanlage, *Freischütz*.«

Klingt eher wie ein Vorwurf und nicht wie die Beschreibung eines romantischen Abends, dachte er überrascht.

»Ich liebe die Musik von Carl Maria. Ich habe auf dem Konservatorium viel über und von ihm gehört. Ich habe Geige studiert. Und seine Musik.«

Sie nannte den Komponisten tatsächlich beim Vornamen, als sei er ein guter Freund, den sie noch am gleichen Abend zum Essen erwartete. Na ja, so waren Musiker zueinander wohl. Man kannte und man schätzte sich. Andererseits war von Weber längst tot. Zwar nicht ermordet, aber tot wie Georg.

»Erst war es nur eine Liebelei. Wir sind in St. Petersburg viel um die Häuser gezogen, das sagt man doch so bei euch?«

Jetzt duzte sie auch ihn. Wollte sie ihn etwa zum Essen bitten? Er musste an seinen dunklen Anzug denken, den mit den Soßenflecken, den er längst hatte zur Reinigung geben wollen.

»Ich habe vor allem die deutschen Komponisten studiert. Ihr Deutschen, ihr seid schreckliche Menschen. Aber ich liebe eure Musik. Großmutter hat mir oft vorgesungen. Deutsche Volkslieder. Sie hatte eine schöne Stimme.«

Er wollte sie diesmal nicht unterbrechen.

»Ich wollte immer schon nach Deutschland. Georg ist länger in St. Petersburg geblieben, als er vorgehabt hat. An einem Abend hat er mir davon erzählt, dass es diese Partitur gibt. Es soll eine unbekannte Vorstudie zum *Freischütz* sein. Georg hat mir gesagt, dass er weiß, wo sie zu finden ist. Dass sie sehr wertvoll ist. Dass nur er ihr Versteck kennt, und dass er sie mir schenken will. Wenn ich mitkomme. Ich habe ihm geglaubt. Weil ich diese Musik so liebe. Und weil ich Georg liebe.« Sie warf einen fast scheuen Blick auf seine Leiche. »Immer noch liebe. Ein kleines bisschen, vielleicht. Oder auch nicht.« Verstehe einer die russische Seele.« »Warum dann diese Kugel?« Seine Frage klang, als läge der Nachhall des tödlichen Schusses noch in der Luft.

»Das können Sie nicht verstehen. Das können Sie nur, wenn Sie den *Freischütz* lieben.«

Der Kommissar bemerkte zum ersten Mal in ihren Augen das helle Grün frischer Birkenzweige. Er räusperte sich verlegen, seine Beine schmerzten vom langen Stehen. »Darf ich mich vielleicht ein wenig setzen? Meine Beine.«

Obwohl sie ihre Pistole mit einem schnellen Griff umschloss, war ihre Geste doch die einer Gastgeberin. Im Flur angestrengtes Rascheln und Schieben.

Er ließ sich auf den Stuhl sinken, der der Tür am nächsten stand. Endlich mal jemand, der seinen Beruf als einen für Beine und Füße anstrengenden anerkannte. Vielleicht war es aber auch lediglich das Fachwissen einer Spionin.

»Können Sie mich verstehen? Ich liebe diese Musik. Sie müssen glücklich sein, in dieser Stadt leben zu dürfen.«

Weder konnte noch wollte er sie verstehen. Jedenfalls nicht in diesem Punkt. Als ermittelnder Polizeibeamter nicht und als privater Mensch schon gar nicht. Sie konnte nicht wissen, dass er Karten in seiner Jackentasche trug für ein Konzert am Abend: eine »Soirée de salon« in der Orangerie im Schlossgarten. Eröffnungskonzert der Eutiner Weber-Tage 2013. Ein gedankenloses Geschenk seiner Dezernatskollegen. Sie hatten ihm den Übergang ins Private mit Kultur »versüßen« wollen, sie könnten sich ihn als »gereiften Konzertliebhaber« gut vorstellen, hatten sie ihm bei der Übergabe der Karten mit wissendem Augenzwinkern freundlich mit auf den Weg gegeben.

Dabei hasste er nichts mehr als die Musiken von Johann Nepomuk Hummel, von Schubert, Chopin, Beethoven und all den anderen. Am allerwenigsten mochte er von Weber. Schon aus diesem Grund würde er mit der Russin nicht einig werden, ganz zu schweigen von dem vor ihm ausgebreiteten und in dieser vornehmen Umgebung völlig unpassenden Verbrechen. Er suchte mit seinen Blicken die allegorischen Jagdszenen ab, die wertvoll gerahmt an den Wänden hingen. Er meinte, selbst in den Augen der Meute Unverständnis und Ablehnung lesen zu können.

Er schüttelte sich. Natürlich nur innerlich. Je länger er auf diesem polierten Biedermeierstuhl saß, umso klarer war ihm, dass nun die kleinste Regung zur Katastrophe führen konnte. Er wusste, dass seine Kollegen vom MEK längst ihre Waffen entsichert hatten.

Der *Freischütz*. Sieben teuflische Freikugeln: für ihn eindeutig Opernballast. Noch dazu in drei Aufzügen.

Musikalisch hielt er es eher mit der anderen Volksmusik. *Helene Fischer live* in der Kieler Arena zum Beispiel, dieses Konzert würde er sich auf keinen Fall entgehen lassen. Und überhaupt: glücklich leben in Eutin? Nein, dazu hatte er zu oft die Gardinen der Bürger beiseite schieben müssen. Zu viele »teuflische Freikugeln« hatte er tief in ihren Zielen stecken gesehen.

Aber das sagte er ihr nicht. Er wollte Olga nicht unnötig aufregen. »Ich weiß immer noch nicht viel über Sie, außer dass Sie birkengrüne Augen haben und einen fliederfarbenen Lippenstift tragen. Na ja, und dass Sie aus dem Baltikum sind.«

»Das ist mehr, als die meisten von mir wissen.«

Er war damit nicht zufrieden und schwieg eine Weile. Einer aus dem mobilen Einsatzkommando nutzte die Gelegenheit, ihm ohne Hast einen Zettel zuzustecken, den er ebenfalls ohne Hast las. Dabei behielt er seine Gastgeberin im Auge.

Das Gleiche tat sie: ihn nicht aus den Augen lassen. Es hätte ein Stillleben sein können, in diesem Biedermeierzimmer mit den Deckchen, der Petroleumlampe mit dem Schirm aus Milchglas, dem bunten Blumenstrauß und den warmen Holztönen. Nur, je länger er las, umso mehr hob sich ihre Hand mit der Waffe. Und wenn Georgs Blut nicht gewesen wäre.

Schließlich räusperte er sich. »Meine Kollegen haben in der Zwischenzeit Ihr Zimmer aufgesucht und Belege gefunden. Gasthausrechnungen, Tank- und Parkbelege, nicht nur aus Eutin. Sie haben einen Reiseführer gefunden, in dem Bosau markiert ist. Das steht alles auf diesem Zettel hier. Was hat das zu bedeuten? Bosau?« Den Zusatz »Verehrteste« verschluckte er.

Das helle Grün ihrer Augen welkte zusehends zu einem tragischen Braun.

»Ich habe Ihnen von meiner Großmutter erzählt. Und von den Liedern. Aber ich habe Ihnen nicht erzählt, dass sie als sehr junge Frau geheiratet hat.«

»Was hat das mit diesem Ort zu tun, bitte? Waren Sie wegen der frischen Luft dort?« Er wusste, dass es gerade in den baltischen Ländern nicht immer gut um die Gesundheit der Menschen stand.

Sie sah ihn mit einem Blick an, der ihn für verrückt hielt. »Ich war auf dem Friedhof, um genau zu sein.«

Das überraschte ihn. Dass jemand sich wegen von Weber auf den weiten Weg machte, vor allem, wenn es um wertvolle Schriften ging, konnte er sich vorstellen. Aber Bosau? Dazu der Friedhof? In diesem Luftkurort?

»Was? Glauben Sie immer noch, ich wollte ein Treffen mit einem meiner Verbindungs- oder Führungsoffiziere? Die blonde Spionin von der anderen Seite des noch immer aufgehängten Eisernen Vorhangs in einem Kurort! Wie romantisch, Herr Kommissar. Ihr seid doch ein Volk der Romantiker.« Sie lachte das ihm nun fast schon vertraute Lachen. »Ja, ich habe jemanden getroffen. An der St. Petri-Kirche. Meinen Großvater.«

Der Kommissar überflog verstohlen seinen Zettel. Von einem Großvater stand da nichts. Die Kollegen arbeiteten schlampig. Wie immer.

»Sie verstehen nichts. Mein Großvater ist schon lange tot.«

Schon wieder eine Leiche, dachte er, noch ein wenig hilfloser als ohnehin schon. Diese Frau schafft mich. Aber er wollte nicht ungerecht sein. Immerhin verhalf sie ihm zu einem interessanten Abend. Er lächelte sie also aufmunternd an und schob den Zettel betont gleichgültig in seine Rocktasche zu den dort deponierten Konzertkarten.

»Großväterchen liegt in Bosau begraben. Nikolai Michailow, gestorben als russischer Kriegsgefangener am 13. November 1918. Geboren 6. Dezember 1888. Er wurde keine dreißig Jahre alt, wenn Sie rechnen können. Er ist neben der Kirche begraben, zusammen mit seinen Kameraden Andrei Owschinikow, Piohr Uljanow, Andreas Hutsenkow und Philipp Kuhresch.«

So genau hatte er es jetzt nicht hören wollen. Er rechnete ohnehin mit allem. Die Details würde er später klären.

»Meine Großmutter hat sein Grab nie gesehen.« In ihren Augen wurde das Grün der Birkenblätter erneut dunkler.

Ein interessantes Farbenspiel, dachte er, flirrendes Licht und Grün. Ähnliches hatte er auf seinen gelegentlichen Fahrten durch die Birken- und Buchenalleen der Umgebung beobachtet.

»Sie haben also nur Ihren Großvater besucht?« Erst jetzt bemerkte er, dass die Kugel aus ihrer Waffe knapp neben der gemächlich tickenden Wanduhr eingeschlagen war.

»Ein gepflegtes Grab. Ich danke euch Deutschen dafür. Ihr habt sogar Kultur bei der Beerdigung eurer russischen Feinde. Und der Bischofssee erinnert mich an meine Heimat.« Sie unterbrach sich, bevor sie wehmütig werden konnte. »Georg hatte keine Kultur. Aber das habe ich erst viel später erfahren.«

Wir kommen der Sache endlich näher, dachte er.

»Natürlich«, beeilte er sich zu bestätigen. Er wandte seinen Blick Richtung Türstock und gab mit einem Schlag seiner Wimpern zu verstehen, dass das MEK noch ein wenig Geduld werde haben müssen.

»Georg hat mich nur benutzt. Er wollte eine billige und vor allem unverbindliche Variante des Austauschs von Berührungen. Besonders an bestimmten Stellen.«

Wie hölzern. Ihr Ton passte so gar nicht zu dem geschwungenen Stuhl aus heller Birke, auf dem sie saß. Er meinte, eine leichte Rötung auf ihren Wangen wahrzunehmen. Vielleicht hatte er aber auch nur den Wunsch, eine gewisse Scham an ihr festzustellen.

»Sie verstehen nicht?«

»Doch, doch. Gut sogar. Ihre Beziehung, wenn ich sie so nennen darf, haben Sie plastisch geschildert.«

»Er hat mich nach Deutschland gelockt. Er hat meine Liebe zur Musik und meine Sehnsucht nach meinem Großvater benutzt. Ich musste ihm folgen. Er hat gelogen. Immer nur gelogen. Das Manuskript, die Vorstudie des *Freischütz*, alles gelogen. Es gibt dieses Manuskript nicht. Kein Manuskript, keine Liebe, nur meinen Großvater.«

Er sah das Glitzern auf ihren Wangen, Schneekristalle auf Birkenästen. Er war versucht, ihr ein Taschentuch zu reichen.

Sie schniefte ungeniert. »Er war nicht mehr als ein kleiner Wurstwarenvertreter aus Niedersachsen. Der sein Ding in mich reinstecken wollte, ohne dafür bezahlen zu müssen. Er wollte kein Geld geben, geschweige denn Liebe. Egal. Georg war ein Schwein. In jeder Hinsicht.«

»Warum haben Sie sich dann nicht längst von ihm getrennt? Das verstehe ich nicht.«

Sie nickte. »Sie verstehen nichts. Wie konnten Sie nur Polizist werden? Wenn Sie nie was verstehen.«

Er wusste es besser. Nichtverstehen war die unbedingte Voraussetzung für seine Arbeit. Wenn er am allerwenigsten verstanden hatte, war er am erfolgreichsten gewesen. Die Kollegen hatten ihn für seine umständliche Art belächelt. Aber das hatte ihn nie gestört. Nur das mit den Konzertkarten, das hatte ihn schon geärgert. Nach vierzig Dienstjahren hatte er etwas anderes erwartet. Als er sein Gewicht verlagerte, knarrte der Dielenboden.

Ohne den genauen Grund nennen zu können, spürte er eine leichte Unruhe in seinem Rücken. Vielleicht hatten die Männer und die Frau des MEK seine Gedanken mithören können. Die Technik war heute ja schon weit. Na ja, auch egal.

»Wissen Sie, er hat mich gedemütigt, vom ersten Tag an. Ich habe es nur nicht bemerkt. Bis heute. Wissen Sie, was er beim Frühstück gesagt hat? Nein, natürlich nicht. Das wissen Sie nicht. Sieh dich an, hat er gesagt und dabei nicht einmal gegrinst, du bist alt geworden. Und hässlich, eine schrundige russische Birke. Und weißt du was? Deinen Lippenstift habe ich noch nie gemocht. Dein strohiges Haar lässt mich würgen.« Sie schluchzte. Dabei vibrierte ihre Pistole verdächtig. »Ich habe lange gehofft, dass ich mich irre. Aber ich habe mein Herz verraten. Und vielleicht wollte ich ja auch nur in euer Land, in eure Stadt. Wenigstens dazu war Georg nütze.«

»Sie müssen ihn sehr geliebt haben, dass Sie es so lange mit ihm ausgehalten haben. Geliebt und gehasst.« Für einen Augenblick spürte sie dem Widerspruch in seinem Satz nach und nickte dann. »Sie haben vielleicht doch ein bisschen Verstand.« Sie wandte ihr Gesicht den beiden Fenstern zu und schickte ihr Grün hinaus in das Grün des kleinen Gartens, der sich an die alte verglaste Veranda der Pension anschloss. »Es wird nun wirklich Zeit.« Ihr Blick verschmolz mit dem Schilf des winzigen Gartentümpels.

Er deutete eine Handbewegung an. »Oh, nur keine Eile, meine Liebe. Ich höre Ihnen gerne zu.«

Er ließ die Hand langsam in seine Rocktasche gleiten. Er stand kurz davor, ihr seine Konzertkarten zu schenken. Als Trost für das ihr widerfahrene Leid und Unrecht. Stattdessen dachte er daran, dass er noch ein oder zwei Flaschen russisches Exportbier in seinem Kühlschrank verstaut hatte. Seine Notration. Für alle Fälle. Das Verhör machte ihn zunehmend durstiger.

»Wollten Sie sich nicht die Haare tönen? Hatten Sie das nicht angedeutet?« Er wollte Zeit gewinnen und kehrte daher an den Anfang ihres Aufeinandertreffens zurück.

Sie nickte und streichelte über den Lauf ihrer Pistole.

»Aber wir haben in Ihrem Zimmer keine Tönung gefunden. Sie haben keine gekauft? Wann wollen Sie das tun?« Er war leicht amüsiert. Eine fast heitere Stimmung, die ihm an sich selbst sonst eher fremd war.

»Sie haben wieder nichts verstanden. Ich muss dazu nicht ins Kaufhaus.« Sie sah ihm direkt in die Augen. »Ich werde meinem Großvater von Ihnen erzählen.«

Mit einer sachlichen Bewegung hob sie die Waffe, platzierte den silbernen Lauf geschickt zwischen ihre mit einem Mal voll wirkenden Lippen und drückte ab.

Ihr gebleichtes Haar wurde augenblicklich rot. Nun waren zwei Wände des Frühstückzimmers blutig gemustert.

Der Kommissar sah auf seine Armbanduhr. Das Konzert hatte gerade begonnen.

entrümpler

Werden Haus oder Wohnung nicht mehr genutzt,
kommt der Entrümpler. Er lebt davon, das zu verwerten,
was andere nicht mehr haben wollen.

Entsorgt

WOLFGANG KEMMER

Gisbert Heckstaller war wütend. Er schwang den schweren Vorschlaghammer und schlug blindlings mit brachialer Gewalt zu. Einmal, zweimal, beim dritten Mal kullerte ihm der Schädel vor die Füße.

Gisbert traute seinen Augen nicht, atmete tief durch, stieß vorsichtig mit dem Fuß dagegen. Der Unterkiefer fiel ihm herab: dem Typen, dessen Kopf da zwischen zwei dicken Steinbrocken vor Gisbert im Staub lag und ihn aus hohlen Augen anstarrte.

Gisbert fasste sich und packte den Hammer wieder fester. Seine Wut wich langsam einem noch etwas ungläubigen Triumphgefühl. Zwei weitere Schläge, diesmal jedoch vorsichtiger, gezielter. Tatsächlich – hinter der dünnen Backsteinmauer verbarg sich ein vollständiges Skelett!

Nachdem Gisbert es komplett freigelegt hatte, musste er sich erst einmal hinsetzen. Obwohl er schon seit Jahren im Grunde nach nichts anderem suchte, war ihm der Schreck tüchtig in die Glieder gefahren. Er nahm einen ordentlichen Schluck aus dem Flachmann, den er immer in der Werkzeugkiste mitführte. Dann lachte er kurz auf. Eigentlich hatte er sich doch genau darauf spezialisiert, auf die berühmten »Leichen im Keller«. Nur hatte er bisher noch nie eine echte gefunden, sondern immer nur die im übertragenen Sinne. Hier eine widerliche Sammlung Kinderpornos, dort ein verbotenes Waffenarsenal, brisante Dokumente aus der NS-Zeit, alte Aufzeichnungen ehemaliger Stasi-Spitzel oder Informationen über geheime Schwarzgeldkonten. Einmal hatte er unter einer Garage, in einer ausgebauten Autogrube, sogar eine komplette kleine Druckerei zur Herstellung falscher Fünfzig-Euro-Scheine entdeckt.

Meist ließen sich solche Funde problemlos in klingende Münze umwandeln. Die Hinterbliebenen, von denen Gisbert in der Regel beauftragt wurde, wollten das Andenken ihrer lieben Verstorbenen nicht in den Dreck ziehen lassen. Und wenn Gisbert tatsächlich einmal nichts Verwertbares fand, machte er eben einfach nur seinen Job, bei dem er manchmal sogar draufzahlte. *Heckstallers Wohnungsauflösungen und Entsorgungen* war der billigste Entrümpelungsservice weit und breit und dennoch bekannt dafür, ganze Arbeit zu leisten.

Obwohl er zwei Angestellte hatte, nahm Gisbert sich die Objekte zunächst immer allein vor. Erst wenn er sich davon überzeugt hatte, dass in den Häusern oder Wohnungen keine der sprichwörtlichen Leichen zu finden waren, ließ er Çalik und Bentkowski, seine Männer fürs Grobe, von der Leine, die dann systematisch alles auseinandernahmen.

Mit der Zeit hatte Gisbert ein gutes Gespür dafür entwickelt, die schmutzigen Geheimnisse aufzudecken, welche die lieben Verschiedenen zeit ihres Lebens vor der Nachkommenschaft und der übrigen Welt versteckt gehalten und schließlich sogar mit ins Grab genommen hatten. Er hatte ein Auge für überflüssige Mauervorsprünge und Nischen, für verborgene Fächer und doppelte Böden, ein Ohr für hohl klingende Wände und seit einiger Zeit zudem noch einen guten Draht ins Bauamt.

Dort saß mit Ferdinand Junker ein ehemaliger Kunde, dessen verstorbene Mutter hinter einer lockeren Badewannenfliese Erinnerungsfotos an ihre wilde Zeit als Schmuckstück bei den Orgien örtlicher Nazi-Größen versteckt gehalten hatte. Junker war das peinlich genug, um für Gisbert hin und wieder die Baupläne eines besonders interessanten zu entrümpelnden Objekts zu kopieren.

So war es auch in diesem Fall gewesen. Gisbert starrte auf das Skelett. Noch nie hatte er so lange und verbissen gesucht und war sich dabei so sicher gewesen, etwas zu finden. Schon als Hagen Böger vor acht Tagen das erste Mal in seinem Büro aufgetaucht war, hatte er das untrügliche Gefühl gehabt, dass es diesmal der ganz große Fischzug werden könnte. Der Mann hatte förmlich nach Geld gestunken, und Gisbert hätte sein letztes Hemd darauf verwettet, dass es schmutziges Geld war.

Böger wirkte einfach viel zu unbedarft, als dass er sich seinen Reichtum selbst erarbeitet haben konnte. Er war der typische rotzfreche, aber im Grunde doch völlig planlose Bubi, dem von seinem reichen Papi Zucker in den Hintern geblasen worden war. Nach Gisberts Erfahrung gab es zwei Sorten reicher Papis: solche, die sich ihr Geld selbst hart und ehrlich erarbeitet hatten und daher das Gleiche auch von den eigenen Sprösslingen erwarteten, und solche, denen beim skrupellosen Geldscheffeln Dreck am Stecken kleben geblieben war und die ihr Gewissen damit reinwaschen wollten, dass sie ihre Nachkommen verhätschelten.

»Wissen Sie, Heckstaller«, hatte Hagen Böger großkotzig erzählt, »ich halte es in Deutschland einfach nicht aus. Mir ist es hier zu trist und zu kalt. Ich brauche Sonne und Strand. Ich habe da jetzt seit einiger Zeit eine Finca auf Ibiza. Was soll ich da noch mit der runtergekommenen Hütte von meinem Alten? Die verscherbel ich doch lieber samt dem ganzen Schrott, der noch drinsteht, und kauf mir dafür ein schnuckeliges kleines Ferienhäuschen an der Côte d'Azur oder einen schicken neuen Porsche.«

Als Gisbert die »runtergekommene Hütte« gesehen hatte, in welcher der alte Böger seinen Lebensabend verbracht hatte, waren seine letzten Zweifel verschwunden. Die Jugendstilvilla wirkte von außen in der Tat schon ein wenig verlottert, lag aber in der besten Wohngegend, umgeben von einem großen, von der Straße nicht einsehbaren Garten mit Teich und wunderbarem alten Baumbestand.

Im Innern verteilten sich gute dreihundert Quadratmeter Wohnfläche auf drei Etagen. Das ehemals edle Jugendstilinventar der Villa war leider einer Attacke der Geschmacklosigkeit zum Opfer gefallen. Die Designermöbel, die jetzt darin standen, waren wahrscheinlich einmal der neueste Schrei und sicher auch brandteuer gewesen, passten aber überhaupt nicht zu den Räumlichkeiten und wirkten in ihrem abgewohnten Zustand nur noch billig und fehl am Platze.

Wie üblich hatte Gisbert sich das Haus zuerst einmal alleine vorgenommen. Drei volle Tage hatte er vergeblich gesucht, bis es Junker gelungen war, ihm die alten Baupläne der denkmalgeschützten Villa zu beschaffen.

Dann hatte er mit dem Maßband noch einmal alles überprüft.

Der wuchtige offene Kamin im repräsentativen Wohnzimmer des Erdgeschosses war ihm von Anfang an nicht geheuer vorgekommen, aber er hatte keinen echten Anhaltspunkt für sein Unbehagen gefunden. Da der Schornstein sich vor einer der langen tragenden Wände des Zimmers befand und der viereckig gemauerte Ofen in deutscher Bauweise mit hohem, bis zur Decke durchgezogenen Mantel noch davor errichtet worden war, ragte die komplette Konstruktion weit ins Zimmer hinein, sodass sich auf beiden Seiten jeweils eine tiefe, geräumige Nische ergab.

In der einen waren Holzscheite gelagert gewesen, die Gisbert schon weggeräumt hatte, in der anderen stand ein massives Bücherregal mit dekorativen Attrappen von Klassikern der Weltliteratur – ein Klassiker auch als Versteck wichtiger Dokumente oder schmutziger kleiner Geheimnisse, wie Gisbert sehr wohl wusste. Nur fand er zu seinem Leidwesen weder in noch zwischen, auf, unter, über oder hinter den Attrappen irgendetwas Verwertbares.

Anhand der Pläne und seiner sorgfältigen Messungen war ihm dann aber aufgegangen, dass die rechte Nische knapp vierzig Zentimeter tiefer war als die linke. Das Holz und die falschen Bücher sollten offenbar lediglich davon ablenken, dass in der linken Nische nachträglich noch eine dünne Mauer vor der Rückwand eingezogen worden war.

Wütend darüber, dass er so blind hatte sein können, drosch Gisbert die Mauer zusammen und stand nun vor dem Skelett.

Wie lange dauerte es, bis von einem Menschen nur noch die Knochen übrig blieben? Ansonsten war nämlich nicht mehr der geringste menschliche Überrest zu finden, keine Haut, keine Haare, keine Stoffreste, rein gar nichts. Der alte Böger musste irgendwie nachgeholfen haben, um die Leiche hier so sauber und geruchsfrei zu verstauen. Vielleicht mit einem Säurebad. Gisbert kannte sich da nicht so genau aus.

Bevor er die Knochen einsammelte und sorgfältig in einem Plastiksack verstaute, dokumentierte er seinen Fund mit der Digitalkamera. Im Ernstfall würden die Fotos zwar keine große Beweiskraft haben, da er die Knochen auch problemlos selbst hätte mitbringen und an Ort und Stelle deponieren können, aber um den jungen Böger damit unter Druck zu setzen, sollten sie wohl ausreichen. Die Frage war nur, wen der alte Böger hier entsorgt hatte. Gisbert musste Nachforschungen anstellen, wenn er nicht einfach nur einen Schuss ins Blaue abgeben wollte. Letzten Endes war so etwas immer nur eine Frage des Preises. Dass Hagen Böger zahlen würde, um den Leichenfund in der guten Stube seines Vaters zu vertuschen, schien Gisbert sicher. Falls er ihm aber auf den Kopf zusagen konnte, wer ermordet und versteckt worden war und vielleicht sogar auch noch warum, konnte das den Preis in ungeahnte Höhen treiben.

Die Sache erwies sich jedoch schwieriger als gedacht, und Gisbert hatte nicht ewig Zeit. Böger hatte sein Geld in erster Linie mit Immobiliengeschäften gemacht. Gisbert hatte ein paar Bekannte in der Branche und fragte vorsichtig herum, aber sie konnten ihm nicht mehr viel erzählen, da sich der Alte schon zu lange aus dem Geschäft zurückgezogen hatte. Nur so viel kam dabei heraus, dass er vor Jahren einmal im Verdacht gestanden hatte, Geldwäsche für gewisse zwielichtige Kreise betrieben zu haben.

Der junge Böger drängte, sodass Gisbert sich gezwungen sah, Çalik und Bentkowski schon mit dem Entrümpeln der Villa beginnen zu lassen, während er auch noch seine Kontakte zu zwei Journalisten aktivierte und mit ihrer Hilfe die Archive der lokalen Klatsch- und der Wirtschaftspresse durchstöberte. Aber selbst das blieb erfolglos. Der alte Böger schien zwar in allerlei anrüchige Geschäfte verwickelt gewesen zu sein, wobei die Palette der Anschuldigungen von illegalen Immobilienverkäufen über Schmiergeldzahlungen an diverse Behörden und verbotene Parteispenden bis hin zu Steuerhinterziehung, Förderung der Prostitution und Unterstützung einer kriminellen Vereinigung durch Geldwäsche reichte, man hatte ihm jedoch nie wirklich etwas Handfestes nachweisen können. Und von einem Mordverdacht war auch nie die Rede gewesen.

So hatte Gisbert nicht den geringsten Hinweis darauf, um wen es sich bei dem Toten handelte. Er konnte nur vermuten, dass es jemand war, der dem Alten auf die Schliche gekommen und deshalb von ihm beseitigt worden war. Vielleicht irgendein eifriger kleiner Beamter, der auf eigene Faust ermittelt hatte und den niemand groß vermisste.

Als Çalik und Bentkowski mit der Villa fertig waren und Gisbert endgültig die Zeit davonlief, beschloss er zu bluffen. Wenn er den Bogen nur nicht zu sehr überspannte, ließ sich dieses großkotzige, unbedarfte Jüngelchen auch ohne nähere Informationen ins Bockshorn jagen. Eine Viertelmillion schien Gisbert durchaus angemessen für die stillschweigende Entsorgung der Knochen.

Er täuschte sich nicht. Nachdem er Hagen Böger die Abzüge der Fotos geschickt hatte, rief der schon am nächsten Tag zurück und machte ihm ohne große Umschweife einen Vorschlag zur Lösung des Problems: »Kommen Sie an den alten Parkplatz hinter der Waldmühle. Morgen, Punkt 23 Uhr. Bis dahin habe ich das Geld.«

»Schön.« Gisbert verstand allerdings nicht ganz, warum Böger so ein albernes Versteckspiel inszenieren wollte, und fragte: »Warum treffen wir uns denn nicht einfach nachmittags bei Ihnen in der Villa?«

»Weil Sie ein mieser Erpresser sind«, sagte Böger, »und mit so einem möchte ich mich nicht mehr am helllichten Tag in meinem Elternhaus treffen.«

Oho, dachte Gisbert, der Sohnemann ist jetzt also sogar schon zu fein, sich offen mit dem Mann zu treffen, der verhindern möchte, dass Papis ohnehin nicht mehr ganz blütenweiße Weste völlig verdreckt wird. »Na schön«, sagte er trotzdem, um Böger nicht zu verprellen. Schließlich war es egal, wo die Übergabe stattfand. »Elf Uhr an der Waldmühle.« Um den Burschen wieder auf den Boden zurückzuholen, konnte er es sich aber nicht verkneifen, noch hinzuzufügen: »Sobald ich die Kohle habe, stecke ich die Knochen dann in die nächste Mülltonne.«

»Das könnte Ihnen so passen«, zischte Böger. »Sie werden sie natürlich mitbringen, und ich werde sie an der tiefsten Stelle des Mühlteichs versenken.«

»Tolle Idee«, sagte Gisbert und grinste zufrieden. Wenn der kleine Spinner unbedingt ein paar Zutaten aus dem Fernsehkrimi brauchte – warum nicht? Hauptsache, er zahlte.

Zehn Minuten vor der Zeit fuhr Gisbert auf den Parkplatz des verfallenen Ausflugslokals. Der Platz war von Bäumen und verwilderten Hecken eingesäumt. Gisbert stellte sich in die Mitte, sodass er nach allen Seiten ein paar Meter freie Sicht hatte, und schaltete die Scheinwerfer aus. Man konnte ja nicht wissen, was dem Burschen noch alles für romantische Flausen in den Kopf gestiegen waren. Vielleicht bildete er sich am Ende tatsächlich ein, die Knochen umsonst zu bekommen. Gisbert war für alle Fälle gerüstet. Die handliche Automatikpistole, die er aus dem geheimen Waffenarsenal eines entrümpelten Hauses zurückbehalten hatte, lag geladen im Handschuhfach.

Böger war unpünktlich. Wahrscheinlich glaubte er, es sich schuldig zu sein, den »miesen Erpresser« ein wenig warten zu lassen. Gisbert ließ das kalt. Er kannte solche Mätzchen von früheren Kunden.

Kurz nach elf näherte sich ein Fahrzeug, fuhr aber nicht ganz heran, sondern blockierte die Ausfahrt zur Straße. Zwei Männer stiegen aus und kamen auf Gisberts Wagen zu. Böger war nicht dabei. Gisbert riss die Pistole aus dem Handschuhfach, entsicherte sie und verbarg die Hand mit der Waffe dann neben dem Sitz.

Die Männer blieben neben dem Wagen stehen. Der ältere war glatt rasiert, barhäuptig und trug eine dunkle Lederjacke, der jüngere hatte einen Dreitagebart, trug eine Strickmütze auf dem Kopf und eine ärmellose Daunenjacke über einem dicken Rollkragenpullover. Der jüngere trat noch einen Schritt näher, klopfte gegen die Scheibe und bedeutete Gisbert, sie herunterzulassen. Der ältere fummelte derweil in seiner Jacke herum und hielt plötzlich einen Polizeiausweis in der Hand, den er Gisbert entgegenstreckte. Gisbert ließ die Pistole unter den Sitz gleiten und bediente den Fensterheber.

»Guten Abend«, sagte der jüngere Beamte höflich und tippte an seine Strickmütze. »Wir würden gerne mal einen Blick in Ihren Wagen werfen. Wir haben da vorhin einen Anruf besorgter Eltern bekommen, dass hier öfter abends ein Auto rumsteht mit einem Mann, der bunte Pillen und andere süße Sachen an die Pärchen vertickt, die sich hier draußen zu ihren romantischen Schäferstündchen verabreden.«

Gisbert wurde festgenommen. Die kriminaltechnischen Untersuchungen ergaben, dass es sich bei den Knochen aus seinem Kofferraum um die sterblichen Überreste von Horst Silwernadel handelte, dem Mann, der in seiner Garage Fünfzig-Euro-Blüten gedruckt hatte.

Gisbert hatte seine Tochter Veronika damals nur um läppische zehntausend Euro erleichtert und sich dafür nicht die Mühe gemacht herauszufinden, wie der Fälscher gestorben war.

Dass der angeblich ins Wasser gegangene Selbstmörder nur einen Abschiedsbrief hinterlassen hatte, seine Leiche aber nie aufgetaucht war, wurde Gisbert zum Verhängnis. Sein Anwalt – ausnahmsweise keiner, den er erpresst hatte, weil Gisbert sein Schicksal nicht in die Hände eines Mannes legen wollte, der einen Groll gegen ihn hegte – klärte ihn über die missliche Lage auf.

Çalik und Bentkowski hatten Bögers Villa restlos entrümpelt und besenrein hinterlassen. Von der erst nachträglich eingezogenen Mauer im Kaminzimmer gab es keine Spur mehr. Die Beweiskraft der Fotos, die Gisbert gemacht hatte, ging gegen null. Ein Zusammenhang zwischen dem alten Böger und Silwernadel ließ sich nicht herstellen. Silwernadels Tochter bestätigte dagegen, Gisbert Heckstaller habe ihren Vater schon länger gekannt und vor dessen Tod auch häufiger in seinem Hause besucht. Man warf Gisbert vor, den alten Mann lediglich deshalb getötet zu haben, um an einen neuen Auftrag zu kommen.

Auch wenn es sich nicht restlos beweisen ließ, so erhärteten die Aussagen anderer früherer Kunden, die Gisbert allesamt nicht freundlich gesonnen waren, den Verdacht, dass Gisbert aus den gleichen niederen Beweggründen sogar noch weitere Morde begangen haben könnte. Obwohl die Beweislast gegen ihn nicht gerade erdrückend war, forderte der Staatsanwalt in seinem Plädoyer dennoch eine recht drastische Strafe. Diese wurde dann zwar abgemildert, trotzdem wanderte Gisbert für einige Jahre hinter Gitter.

Wem er das zu verdanken hatte, wurde ihm klar, als er ein halbes Jahr nach seinem Prozess in der Gefängnisbibliothek die Zeitung durchblätterte und rein gewohnheitsmäßig die Seite mit den Standesamtsnachrichten und den Todesfällen überflog. In der Rubrik mit den Hochzeiten zogen zwei Namen unwillkürlich sein Interesse auf sich: In Kürze wollten Veronika Silwernadel und Hagen Böger sich das Jawort geben.

garage

Für das Haus ist die Garage nicht nur ein Ort
der Aufbewahrung, sondern auch ein Übergangsraum -
zwischen drinnen und draußen, Verharren und Bewegen,
Ankommen und Aufbrechen.

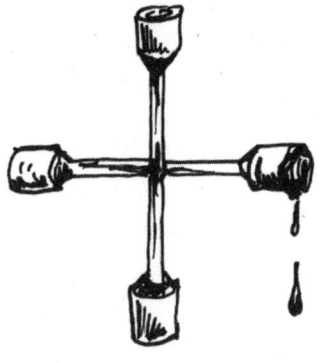

Der Weg ins Freie

ROB ALEF

Ihr war schlecht. Das musste das Betäubungsmittel sein. Von einem Schluck Whisky wurde ihr sonst nie schlecht. Irgendein edler Name, den richtig auszusprechen man in Whiskyseminaren lernte. Teuer und alt, genau wie der Typ, der ihn ihr verabreicht hatte.

Nur in Slip und T-Shirt lag sie jetzt da. Er hatte sie also ausgezogen, während sie ohnmächtig gewesen war. Erst hatte er sie durch die Gegend gefahren, dann ins Haus getragen, schließlich hatte er sie sich zurechtgelegt. Er hatte sie an den Beinen und Armen berührt, war mit den Fingern durch ihre Haare gefahren. Vielleicht hatte er an ihren Haaren gerochen. Und was noch?

Sie sah auf ihre gefesselten Knöchel und Handgelenke: breites Klebeband, silbrig, lustvoll festgezurrt. In den Pulsadern pochte das Blut. Sie lebte noch. Immerhin.

Auch über ihrem Mund klebte das Band. Die Beschichtung roch süßlich. Ihr graute davor, dass er ihr das Band vom Mund reißen würde. Aber vielleicht wollte er ja gar nicht, dass sie schrie.

»Ich werde jetzt duschen«, hatte er gesagt, »und dann werden wir es uns richtig schön machen.« Nur diesen einen Satz, höflich wie ein guter Gastgeber. Das flaue Gefühl im Magen war diffus, keine rote Lampe, die anging: Gleich kotzt du. Mehr wie wenn man aus dem großen Kettenkarussell steigt und alles um einen herum sieht speiübel aus. Hatte sie vielleicht Angst? Ja, das war Angst, groß wie ein Gorilla, der ihr seine behaarte Pranke auf den Bauch legte.

Sie lag auf einem Doppelbett, auf einer gesteppten Tagesdecke, Farbton Apricot, umhüllt von gedämpftem Licht. Die Zimmertür war angelehnt. Gegenüber ein Spiegel, der breit wie das Bett bis zum Boden reichte. Sie wackelte mit den Zehen und sah, wie sie sich im Spiegel bewegten. An der Decke noch ein Spiegel, in der Ecke ein Tageskleiderständer. Darauf die Jacke, die er im Auto getragen hatte. Die wollte er wohl noch einmal anziehen. Um sich wieder eine aufzugabeln? Eine wie sie.

Vor ein paar Stunden war sie aufgebrochen, ein Leben in Freiheit zu führen. Über den Fußweg mit den alten Steinplatten, zwischen denen das Moos wuchs, lief sie durch die Siedlung zur Lücke im Lärmschutzwall. Auf der anderen Seite lag die Ausfallstraße. Rechts ging es zum Autobahnzubringer, links in die Stadt hinein zum Bahnhof. Die Autos rauschten in beiden Richtungen vorbei und schenkten ihr keine Beachtung. Das war schon mal ein Anfang von Freiheit. Nicht beachtet werden. Nicht bequatscht werden. Nicht begutachtet werden. Dass sie kurze Haare hatte, dass sie nur gebrauchte Klamotten trug. Dass sie keinen Freund hatte, obwohl sie aussah wie ein Model.

Schwarz lackiert rollte er lautlos heran. Das Fenster auf der Beifahrerseite glitt herunter. »Kann ich Sie ein Stück mitnehmen?«, hatte er gefragt. Mit dem »Sie« hatte er sie gekriegt. Alle anderen duzten sie, weil sie so jung aussah. In der Siedlung, wo sie wohnte. Im Drogeriemarkt, wo sie arbeitete. Gearbeitet hatte. »Du siehst aus wie ein Model«, sagte Frau Mattick, die Filialleiterin, immer. Aus dem Nichts, ohne Anlass. Sie bekam dann jedes Mal das Gefühl, dass Frau Mattick sie heimlich anstarrte. Frau Mattick war eine Frau Mitte fünfzig mit einer Warze an der Oberlippe und watschelte schwerfällig wie eine alte Königin durch die Regalreihen mit Düngerstäbchen und Mascara. Aber sie hatte sich von Frau Mattick nichts bieten lassen.

Mit einer Geste aus dem Handgelenk forderte er sie zum Einsteigen auf. Und sie gehorchte, ganz brav. Sie ist freiwillig eingestiegen, würde er später sagen. Falls ihn jemand je danach fragen sollte.

»Ist das wirklich ein Ferrari?«, fragte sie, als sie das Logo mit dem schwarzen Pferd auf dem Lenkrad sah.

»Ah, Sie verstehen etwas von Pferden und von Autos«, hatte er gesagt und rauchig gelacht. Und dann: »Wo soll's denn hingehen?« Darauf sie: »Einfach nur weg.« Und er: »Da haben wir den gleichen Weg.« Aus der Jackentasche hatte er einen versilberten Flachmann gezogen. Bisschen Wegzehrung kann nicht schaden, hatte er gesagt, dann der edel klingende Name. Und sie hatte beherzt einen gekippt. Und dann noch einen. Der Whisky verschaffte ihr ein schwebendes Gefühl, während sie mulleweich im Auto saß. Sie war auf einem schwarzen Pferd in den Himmel geritten und auf einer Wolke in Apricot gelandet. Jetzt lag sie hier und hatte keine Ahnung, wo sie war.

Sie hörte Wasser rauschen. Mit seinen Händen mit den kurz geschnittenen Fingernägeln schmierte er sich vielleicht gerade Duschgel in die Achselhöhlen. Hoffentlich war er ein Genussduscher und ließ sich Zeit.

Sie machte ein Hohlkreuz und ließ sich auf die Matratze fallen. Sie wurde hoch gedrückt, nahm den Schwung mit, richtete sich auf und setzte die Füße auf den Boden. Wenn sie aufstand, würde sie umfallen, so eng waren ihre Knöchel verschnürt. Also krallte sie die Füße in den Teppichboden, zog sich zur Kante der Matratze und ließ sich mit dem Rücken zum Bett auf den Boden plumpsen. Sie rollte sich auf die Seite und stieß sich vom Bett ab. Der Teppichboden im Schlafzimmer passte im Farbton zur Tagesdecke. Es war mühsam, sich über den dicken Flor zu schieben. Unter ihrem T-Shirt wurde ihr heiß. Wie ein leichter Sonnenbrand fühlte sich das an, als ihre Schulter über den Teppichboden rieb.

Mit dem Hinterkopf schob sie die Tür auf. Es roch nach Möbelpolitur, weit und breit war kein einziger Fussel zu sehen. Kein Krümel, nichts. Er hatte eine Putzfrau. Vielleicht hatte er auch einen Diener. Mit einem Ferrari war alles möglich. Selbst hier unten auf dem Boden roch es nach Geld.

In der Diele gab es Fliesen. Jetzt ging es schneller voran. Immer an der Wand lang schob sie sich, ihre Zehen ertasteten die Scheuerleiste und die raue Oberfläche der Textiltapete. Mit dem nächsten Beinschlag kam ein elegant geschwungener Wasserhahn in ihr Blickfeld. Eine Spüle, die Küche. In einer Küche gab es Messer und Scheren und anderes Zubehör, um sich zu befreien und ihm das Grabschen zu verleiden. Vielleicht eine Vorlegegabel in die Eier. Oder wenigstens einen Schuss Essig in die Augen. Die grauen Augen, mit denen er sie gemustert hatte, als sie am Straßenrand stand. Freundlich, hatte sie gedacht. Vorfreudig hätte es wohl besser getroffen. Sie stellte die Fersen auf die Fliesen und bugsierte sich um die Ecke. Sie kam sich dick und schwerfällig vor, und zugleich war da die vage Erinnerung, wie sie als Kind auf dem Küchenboden gespielt hatte. Alles war riesengroß gewesen damals. Sie steuerte auf den Herd mit Backofen zu, irgendwas mit Edelstahl. Wenn irgendwo kleine Fenster aufgepoppt wären, die Produktinformationen enthielten, es hätte sie nicht gewundert. Es sah aus wie in einem dreidimensionalen Onlineshop, so neu und sauber.

Mit einem Ruck setzte sie sich auf und vollzog auf dem Hintern eine Halbkreisdrehung. Ihr Slip verdrehte sich und klemmte sich in die Pofalte.

In der Ferne rauschte die Dusche, das glaubte sie zumindest. Sie legte ihre Beine seitlich ab und erhob sich auf die Knie. Ihre Hände waren über Kreuz gefesselt, Handrücken an Handrücken. Auch die Finger waren umwickelt. Sie presste einen Handballen gegen die Ofenklappe, stand langsam auf und legte ihren Oberkörper auf die Arbeitsfläche. Aufrecht Stehen war nicht. Vor ihrer Nasenspitze lag ein Messer. Kurze Klinge, blauer Plastikgriff. Daneben war die Spüle, und durch das runde Küchenfenster sah sie die Dächer von Einfamilienhäusern, gelblich angestrahlt von der Gartenbeleuchtung. Er wohnte auf einem Hügel mit schicker Fernsicht. In einem schicken Vorort, wo die Häuser sich an den Hang schmiegten, irgendwo im halbzersiedelten Grün.

Solche blauen Messer gab es auch im Drogeriemarkt zu kaufen, in dem Gang mit dem Zubehör für Haushalt und Garten, bei den Blumentöpfen und den Kräutersamen. Klein, aber scharf. Während sie am Morgen, bevor es losging, die Regale auffüllte, saß Frau Mattick an der Kasse, trank einen Kaffee und las die Zeitung, die sie auf dem Förderband ausgebreitet hatte. Sie hatte eine Schwäche für gewalttätige und schaurige Geschichten, am liebsten diejenigen, die mit »Unbekannte Frauenleiche gefunden« überschrieben waren. Wenn sich dann im Lauf der Ermittlungen herausstellte, dass die Frau jung gewesen war, allein unterwegs, auf einer Reise oder gerade frisch getrennt von ihrem Freund ihre Heimatstadt verlassen hatte, um irgendwo neu zu beginnen, gab das Frau Mattick eine tiefe Befriedigung, die sie mit geheuchelter

Trauer überspielte: »Das arme Ding«, sagte sie dann meistens. »Ding« war jede Frau, die jünger war als Frau Mattick. »Arm« waren alle, die sich vom Leben mehr erhofften, als Leiterin einer Drogeriefiliale zu sein, und dabei auf die Schnauze fielen. Gerne schob sie noch ein »Das konnte ja nicht gut gehen« hinterher. Auf der Grundlage eines Kurzberichts durchschaute Frau Mattick das ganze Leben der Toten. Und stets wusste sie, was »das arme Ding« hätte anders machen müssen, um nicht nackt unter einem Holzstapel oder in einem Lagerschuppen entdeckt zu werden.

Sie würde sich nicht von Frau Mattick durchhecheln lassen. Wenn sie einmal starb, würde sie steinalt sein, steinalt und steinreich. Sie schubste das Messer auf den Küchenboden und ließ sich wieder hinab, den Rücken an den Einbauschränken entlang. Es gelang ihr, das Messer zwischen die Finger zu klemmen. Sie sägte an dem Band an ihren Knöcheln herum. Zweimal fiel ihr das Messer herunter, schließlich riss das Band, und ihre Beine gehörten wieder ihr. Jetzt herrschte Stille. Er war mit dem Duschen fertig.

In der Ecke der Küche gab es eine Tür, vielleicht war da eine Kammer, die ihr den Vorsprung verschaffte, den sie brauchte, um ihre Hände zu befreien. Vielleicht sogar ein Keller. Und von dort ging es in den Garten. Sie stakste zur Tür und drückte die Klinke mit dem Ellenbogen nach unten. Das Messer steckte zwischen ihren Fingern. Der dunkle Raum dahinter war kein Keller und viel größer als eine Speisekammer. Im Schein der Küchenbeleuchtung erkannte sie eine dunkle massige Form: der Ferrari, abgestellt mit offenem Verdeck. Er war eben ein sportlicher Typ. Sie musterte die Garage des Anwesens. Als sich ihre Augen an das Dunkel gewöhnten, erkannte sie eine weitere Tür genau gegenüber. Die musste in den Garten führen. Wenn sie erst einmal im Garten war, dann hatte sie es geschafft.

Links von ihr in Richtung Garagentor stand ein Holzschrank, an dessen Oberkante eine geblümte Kittelschürze auf einem Kleiderbügel hing. Hier zog sich die Putzfrau also um, hier bewahrte sie ihre Utensilien auf.

Sie tappte am Auto vorbei zur Tür, die in den Garten führte, drückte die Klinke mit dem Ellenbogen herunter, und die Tür schwang langsam auf. Wenn sie nicht noch immer das Klebeband über dem Mund gehabt hätte, hätte sie laut losgeschrien, aber so gab sie nur ein halblautes Ächzen von sich. Sie stolperte, machte einen hilflosen Schritt zurück, und das Messer rutschte zwischen ihren Handrücken heraus. Es fiel auf ein Gitter und von da aus in die nachtschwarze Tiefe. Die Tür, die sie gerade geöffnet hatte, führte auf einen schmalen Vorsprung hinaus, der sich schwindelerregend hoch über dem Erdboden befand. Die Brüstung aus stramm gezogenen Metalldrähten war da nur ein kleiner Trost. Der Vorsprung bestand aus Gittern, die aussahen wie die Fußabstreiferroste vor den Eingangstüren in der Siedlung. Er zog sich an der Außenmauer entlang, und weiter vorne führte eine Leiter nach oben.

»Wo sind Sie denn?«, hörte sie ihn rufen. »Haben Sie sich schon eingelebt?«

Sie trat auf den Vorsprung und zog den Fuß wieder zurück. Auf diesem Rost hätte sie keine zwei Schritte durchgehalten. Und wohin hätte sie auch fliehen sollen? Sie rannte um den Ferrari herum, zum Schrank mit der Kittelschürze. Die Tür war nicht verschlossen, und sie schlüpfte hinein. Es roch nach Erde und nach Dünger. Etwas schnitt sie in den Oberschenkel. Wieder hätte sie geschrien, wenn das Band über ihrem Mund nicht gewesen wäre. In Trippelschritten drehte sie sich um die eigene Achse. Ihre Fingerkuppen ertasteten eine große Klinge, gebogen. Eine Sense? Sie drückte das Klebeband an ihren Handgelenken gegen die Klinge und bewegte die Arme auf und ab. In dem Moment, in dem sich ihre Hände voneinander trennten, ging das Licht in der Garage an. Durch einen Spalt im Holz sah sie ihn. Er trug einen Bademantel in Apricot, und sein käsiger Bauch ragte daraus hervor. Noch nie im Leben hatte sie so einen Bauch gesehen. Er schlenderte in Badelatschen hinter dem Ferrari vorbei und sah sich um. Dann griff er in die Tasche des Bademantels und holte ein Bündel Geldscheine heraus. Er wedelte damit herum. »Ich will nichts umsonst von Ihnen. Sie können ein bisschen Startkapital bestimmt gut gebrauchen.« Stille. Sie rieb ihre schmerzenden Handgelenke und zog sich den Slip aus der Pofalte.

Dann sah er, dass die Tür zu dem Gitterweg draußen nur angelehnt war. »Ach so, ich soll Sie suchen. Das mache ich doch gerne. Bestimmt sehen wir uns im Dachgarten wieder. Sie haben die Wahl. Zuckerbrot«, er wedelte noch einmal mit den Geldscheinen, »oder Peitsche.« Dann holte er aus der anderen Tasche des Bademantels eine Pistole hervor und ging nach draußen.

Ihre Knie hatten unkontrolliert zu zittern begonnen, und die Sense klirrte leise gegen ein anderes Werkzeug im Schrank. War es das, was er wollte? Die Jagd, das Versteckspiel? Sie mit vorgehaltener Waffe zu allem zwingen, wonach ihm der Sinn stand. Sie trat aus dem Schrank und öffnete die Tür, so weit es ging. Alle paar Sekunden warf sie einen Blick über ihre Schulter. Da hingen ein Rechen, eine Hacke, außerdem eine Heckenschere, ein Klappspaten, ein Gartenschlauch und ein Vorschlaghammer. In einem Netz wurden Arbeitshandschuhe, Wäscheklammern, eine Rolle Wickeldraht und anderer Krimskrams aufbewahrt. Die freie Auswahl. Sie entschied sich für die Hacke. Sie hatte einen kräftigen Holzstiel, der Richtung Klinge und Forken breiter wurde. Ein altes, zuverlässiges Gartengerät. Der Hausmeister in der Siedlung hackte mit so einer Hacke das Moos zwischen den Steinplatten weg. Drei Wäscheklammern griff sie sich auch noch.

In der hell erleuchteten Garage hatte sie keine Chance, also sprang sie auf die Kühlerhaube. Der Zündschlüssel steckte. Diese Selbstsicherheit, dieses Ausmaß an Arroganz machte sie wütend. Jede Geste, jeder Handgriff, jedes Wort bei dieser Nummer saß. Er kam ihr vor wie einer jener Männer, die in Fußgängerzonen Sparschäler verkauften und unablässig die immer gleiche Botschaft in immer gleiche Worte verpackten. Wie viele hatten sich wohl kaufen lassen? Sich überwältigen lassen von dem Luxus und seiner netten Tour? Vielleicht hatten sie nur mitgemacht, um später erzählen zu können, in dieser scharfen Butze gevögelt zu haben.

Als er durch die Tür trat, holte sie aus und zerhackte die große Leuchtröhre an der Decke. Er feuerte auf sie. Sie sprang vom Auto. Die Kugel traf den Schrank und darin etwas Metallisches. Vielleicht den Spaten. Sie kauerte sich hinter dem Auto zusammen und hielt die Hacke wie einen Speer. Er feuerte ein zweites Mal, in

Richtung der Tür, die zur Küche führte. Er hatte keine Ahnung, wo sie war. Und sie hatte keine Ahnung, wie viel Schuss in seiner Waffe waren. Sechs? Neun? Hundert?

»Komm raus, du trampelst nicht auf meinem Auto herum!«

Sie knirschte mit den Zähnen. Wenigstens war seine Selbstsicherheit verschwunden. Er machte sich Sorgen um seinen Lack. Dabei war der Lack jetzt ab.

Sie riskierte einen Blick über die Fahrertür. Gut ausgeleuchtet vom Licht, das aus der Küche kam, stand er da, die Zähne gebleckt, und schwankte vom einen Fuß auf den anderen. Warum kam er nicht näher? Hatte er Schiss? In seiner eigenen Garage? Das Garagentor bestand aus langen Metalllamellen. Sie nahm die Wäscheklammern und warf sie gegen das Tor, das vibrierte und ein dumpfes Dröhnen von sich gab.

Er machte zwei Schritte zum Lärm hin und bewegte die Waffe hin und her. Sie kroch um das Heck, richtete sich auf und hackte ihm das Metallblatt mit beiden Händen in die Schulter, so fest sie konnte. Das Geräusch, mit dem sich die Klinge in seinen Knochen grub, gab ihr ein perverses Gefühl des Glücks. Er ging in die Knie, schwankte und kippte nach vorne. Die Pistole fiel ihm aus der Hand. Sie zog die Hacke aus seinem Rücken und trat vorsichtig neben ihn. Er rührte sich nicht. Mit der Hacke schubste sie die Waffe quer durch die Garage, bis sie neben dem Schrank lag. Dann ging sie zurück zu ihm. War er tot? Nein, er atmete pfeifend. Der Käsebauch, das gute Essen all die Jahre. Die Begegnung mit einer Hacke, die er vielleicht in seinem ganzen Leben noch nie in die Hand genommen hatte, hatte ihn ganz außer Atem gebracht. Wenn es nach ihm gegangen wäre, dann würde er jetzt keuchend auf ihr liegen. Sie bückte sich und holte die Geldscheine aus dem Bademantel. Sie konnte das Blut riechen. Vorne links befand sich der Motor für das Garagentor. Leise brummend schoben sich die Lamellen unter die Decke. Davor befand sich der Aufzug, ein Gitterkäfig groß genug für zwei Autos. Sie hatte darüber einmal einen Film gesehen. In Japan gab es das öfters. Man hatte mitten in der Stadt einen sicheren Parkplatz, nicht wie in einer Tiefgarage, in der man überfallen wurde.

Sie hängte die Hacke zurück an ihren Platz. Dann stieg sie ein, schmiegte sich in den Fahrersitz, drehte vorsichtig den Schlüssel, studierte das erleuchtete Armaturenbrett, fand das Abblendlicht, drückte prüfend Kupplung, Gas und Bremse, nahm den Gang raus. Dann startete sie den Motor. Langsam rollte der Ferrari in den Lift hinein. Der Motor erstarb, und sie stieg aus. Das Garagentor senkte sich wie ein Augenlid über den Bademantel. Bye-bye, Apricot. Sie drückte den Liftknopf. Mit einem Ruck setzte er sich in Bewegung. Ob sie dafür ins Gefängnis musste? Sie riss sich das Klebeband vom Mund und stieß ein wildes Geheul aus. Scheißegal, Frau Mattick.

wohnzimmer

Im Wohnzimmer trifft sich die Familie.
Da bleibt es auch nicht aus, dass Konflikte
ausgetragen werden müssen.

Grenzland

Anne K. Kuhlmeyer

Was für ein Tag! Die Sonne lacht wie ein Clown am kalten Blau, zwischen Buntblättrigem und Kieferwipfeln hindurch, zwinkert und glitzert im ersten Reif. Ein großartiger Tag. Zum Sterben.
Paula folgt dem Weg in ausgefahrenen Furchen – gut, dass es trocken ist – bis zu einem See. Sie hat das Schild, das ihr die Durchfahrt verbieten wollte, ignoriert und die Schranke am Abzweig geöffnet. Was heißt geöffnet? Mit der Axt hat sie sie zerschlagen. Sie duldet keine Schranken mehr.
Jetzt nicht, hier nicht, nie mehr und nirgendwo.
Mit schwarzem Wasser starrt der See zum Himmel, eine dünne Eisschicht überzieht ihn, glanzlos, tote Pupille.
Paula springt aus dem Geländewagen und landet inmitten der Stille auf knirschendem Kies. Ihr Navigationsgerät hat aufgegeben, die Karte zeigt Grün. Niemandsland.
Die Bäume sind so hoch gewachsen, wie sie es in den vierundzwanzig Jahren eben schaffen konnten, die sie Zeit bekamen zu wachsen. Ihre Samen hatten lange in der Erde ausgeharrt, die nur von Hundepfoten und Stiefeln betreten werden durfte, von Scheinwerfern ausgeleuchtet, von Eggen glattgezogen. Landminen, die in einem Streifen tückischen Grunds lauerten. Zäune und Stacheldraht.
Dann sind sie doch noch aufgegangen.
Zwischen den Stämmen nahe dem anderen Ufer erahnt sie eine Mauer.
Paula hätte der Panzerstraße weiter folgen und näher heranfahren können, doch sie geht lieber zu Fuß um den See herum an diesem gläsernen Tag. Damit man sie nicht bemerkt, bevor sie bemerkt werden will.
Es dauert etwa zehn Minuten am Ufer entlang. Zwischen trockenen Schilfstängeln lugt eine Ente hindurch, sagt aber nichts, das gute Tier.

Das Haus ist ein Klotz mit bröcklig grünem Putz, vernagelten Fenstern und einem verrammelten Tor, am Rande des Schotterplatzes davor ein rostiger Lieferwagen. An der rechten Seite begleitet eine Rabatte, auf der die letzten Rosen dem Oktober trotzen, einen sauber gefegten Weg zur Rückseite. Heute wird die Zeit umgestellt. So bekommen sie eine Stunde geschenkt, bevor sie am November welken. Vielleicht schafft es eine einzelne Blüte bis Weihnachten. Tiefgefroren, denn Rosen sind einen solchen Ort nicht gewohnt und nicht den frühen Frost. Da nützt nicht einmal Weihnachten.

Vielleicht ist jetzt alles anders.

Immerhin sind Bäume gewachsen. Und Gras über die aufgerissene Erde. Wer hätte gedacht, dass sie jemals vernarben würde?

Vierundzwanzig Jahre sind eine lange Zeit, eine, in der man mehr als ein Viertel seines Lebens verbringen kann, so man die Gelegenheit hat, es zu leben. Die hat längst nicht jeder bekommen.

Paula hat lange gesucht, um diesen Ort zu finden. Sie nimmt den Pfad hinters Haus und trifft auf eine Stahltür. Eine Klingel gibt es nicht. Das hat sie auch nicht erwartet. Die Fenster in der ersten Etage sind geputzt, Jalousien dahinter. Der Wildnis im Rücken des Hauses ist ein Stückchen Garten abgerungen mit einem Apfelbaum und einem Gewächshaus, in dem die letzten Tomaten leuchten.

Sie umrundet das Gebäude und findet auf der anderen Seite seine Wunde. Offenbar hat man einen Teil, vielleicht einen Seitentrakt, abgerissen. Halbe Räume schauen in den Wald, ein Honecker-Bild auf großblumiger Tapete. Früher mochte das Haus Fahrzeuge und Grenzer beherbergt haben. Selbst Gefangene im Todesstreifen, mit Ausgang auf Zeit und unter den Blicken der Anderen.

Man hat ihr gesagt, sie solle nicht in die Zone fahren.

Da ist doch nichts, hat Paul gesagt, nur Naturschutzgebiet. Und: Du findest nicht, was du suchst. Das ist alles schon viel zu lange her. Man muss vergessen können. Außerdem, hat er gesagt, man hört so einiges. Mancher sei, heißt es, nicht zurückgekehrt von da. Er hat sie besorgt angesehen, und sie konnte seine Angst spüren.

(Eigentlich heißt Paul gar nicht Paul, nur Paula fand, Paul passt zu ihm.

Paul und Paula. Wie in der Legende. *Die Legende von Paul und Paula.* 1972.
Die ist auch nicht gut ausgegangen. Erst. Dann doch. Und dann ist sie ein Musical geworden. Der Film sollte verboten werden. Aber es ist nicht so einfach, Legenden zu verbieten.)
Mach dir keine Sorgen, Paul, hat Paula gesagt und ihm die Hand an die Wange gelegt, trotz allem. Das muss zu Ende gebracht werden.
Es ist längst zu Ende. Er hielt ihre Hand fest. Geh nicht.
Aber sie konnte nicht *nicht gehen*. Die Bäume sind zwar gewachsen und das Gras, aber auf sandigem Grund.
Zurück an der Stahltür klopft sie. Ihre Knöchel brennen. Eine ganze Weile passiert nichts, außer dass ein Eichelhäher schreit und eine weiße Wolke sich vor die Sonne schiebt.
»Hallo?«, ruft sie. »Jemand zu Hause?«
Ein Motor springt an. Das Geräusch scheint aus dem Inneren des Hauses zu kommen, vielleicht aus dem Keller. Außerdem riecht das Haus ein bisschen. Nicht nach Papier, Staub und Motoröl, eher nach gemähtem Gras, solchem, das nicht trocknen konnte vor dem Regen. Häuser riechen immer ein bisschen.
Das, in dem Paula aufwuchs, hat nach Kohl und Bohnerwachs und Langeweile gerochen. Paula war ein aufgewecktes Ding mit Sehnsucht im Herzen und Abenteuer im Blut. Dann kam Benz aus Luanda. Sie war gerade fünfzehn.
Nach beharrlichem Klopfen öffnet sich die Tür einen Spalt. Dahinter ist es dunkel.
»Was wollen Sie?« Eine raue Stimme mit einem eigenen Timbre.
»Ich habe Sie gesucht.«
»Verschwinden Sie.«
Bevor die Tür zuschlägt, stellt Paula einen Fuß in den Rahmen. »Ich bin nicht den weiten Weg gefahren, um Sie nicht zu sprechen.«
»Verschwinden Sie, oder ich rufe die Polizei.«
Da würde er sicher laut rufen müssen. »Tun Sie das. Ich warte so lange. Oder soll ich das für Sie erledigen?« Paula holt das Handy aus der Tasche ihres Parkas.

»Warten Sie.« Die Tür geht zu, etwas klappert, die Tür geht auf. Er ist gar kein *Er*. Er ist eine *Sie*. Klein, dünn, alt und braun wie Milchkaffee. Die Hosenbeine sind aufgekrempelt. Rechts fehlt das Bein, das heißt, es fehlt nicht, es ist aus Kunststoff. Das ist falsch. Da ist etwas ganz und gar verkehrt. Paula muss sich geirrt haben. »Ich wollte zu Toni Fritsch.«

Die Frau tritt auf die Schwelle, hat eine Hand hinter dem Rücken. Sie trägt eine Cargohose, einen Blouson in Kaki, darunter einen Norwegerpullover und einen ehemals roten Schal um den Hals. Im Sonnenlicht schrumpft die kleine Gestalt.

»Und Sie sind?« Sie blinzelt und mustert Paula von Kopf bis Fuß. Interesse blitzt in ihrem Gesicht auf –

»Paula Kluge.«

– und eine Spur von Resignation. Sie tritt einen Schritt zurück.

»Nun kommen Sie schon.«

»Aber ...« Paula hat sich Toni Fritsch definitiv anders vorgestellt. Jedenfalls nicht als jemanden, der gleich vier Randgruppen angehört. Ihr Plan gerät ins Wanken. Sie kann doch nicht ...

Zuerst braucht sie eine Antwort. Sie hat zu lange gehabt.

»Ich bin Toni Fritsch.« Die Alte tritt zur Seite und lässt Paula vorangehen, eine steile Metalltreppe hinauf, die auf einem Flur endet, und drängt sie weiter. »Gehen Sie!«

Hat ihr Ton an Schärfe zugenommen, oder täuscht sich Paula? Sie würde sich gern zu ihr umdrehen, nur fürchtet sie, dass sie in die Mündung einer Waffe blickt. Egal wie einer scheint, man weiß nie ... Irgendwie findet sie es tröstlicher, von hinten erschossen zu werden, wenn es schon sein muss.

»Gehen Sie ins Wohnzimmer.«

»Wo ist das?« Der Flur hat viele Türen. Ein paar funktionsfähige und ein paar kaputte, dazu ein paar unentschiedene Neonröhren und einen von vielen Stiefeln abgetretenen Bodenbelag.

»Es steht dran.«

Jetzt entdeckt Paula handgeschriebene Schilder an manchen Türen. Küche, Schlafzimmer, Abstellraum. Das Wohnzimmer ist rechts. Vor der Tür bleibt sie stehen, dreht sich nun doch um und sieht auf die Frau hinab. Keine Waffe. Was es auch nicht besser macht.

Sie drückt die Klinke und steht im Dschungel. Das Wohnzimmer ist größer als Paulas gesamte Wohnung. Eine Halle mit Reihen von Pflanztischen und Grünzeug unter Tageslichtlampen, Bewässerungsschläuche, Töpfe, Harken, Schaufeln, Transportbehälter, Säcke mit Dünger und welche mit frischer Erde. Am Fenster ein Sofa, zwei Sessel und ein Couchtisch mit Zeitungen und einer Kaffeetasse. Ein Fernseher läuft. Toni Fritsch schaltet ihn aus.

»Setzen Sie sich.« Die Frau weist auf einen Sessel, nimmt selbst in dem anderen Platz und hält Paula eine Schachtel Zigaretten hin. Paula klopft eine Zigarette aus ihrer eigenen, lässt sich aber Feuer geben. Nach zwei, drei Zügen und umständlichem Ascheabstreifen sagt die Frau: »Ich wusste, dass Sie eines Tages kommen würden.«

»Es hat eine Weile gedauert, bis ich Sie ausfindig gemacht habe.« Jetzt rechtfertigt sie sich auch noch?

»Ich wohne etwas abgelegen, sicher. Aber wenn man sein Auskommen haben will, muss man Kompromisse machen.«

»Da haben Sie ja Übung drin, nicht?«

»Es waren andere Zeiten, Frau Kluge. Man muss vergessen können.« Sie steht auf, holt zwei Wassergläser und eine Flasche mit weißem Inhalt aus dem Schrank neben dem Fernseher und hält sie fragend hoch. Paula nickt. (Hier läuft etwas völlig verkehrt. Sie wollte ...) Die Frau schenkt ein. Sie trinken. Es schmeckt scharf und kräftig nach Himbeeren. Paulas Blick schweift durch den Raum. Eine Alternative zum Himbeergeist wären ein paar Blätter von dem Grünzeug. Aber so fängt es an. So hat es bei Tim auch angefangen, wahrscheinlich. Sie hat ihn ja gar nicht richtig gekannt.

»Er ist tot«, sagt Paula.

»Ich weiß. Das ist schlimm. Es tut mir leid.«

»Warum haben Sie es gemacht?«

Das ist die Frage, die Paula über Jahre, Jahrzehnte nicht hat schlafen lassen. Die sie in den Jugendwerkhof, eine Anstalt für schwererziehbare Jugendliche, in der man ihr den Ungehorsam aus dem Hirn prügelte, begleitete, in die »Spinne«, wie sie die Baumwollspinnerei nannten, in der sie hilfsarbeitete, in eine Ehe, die an fehlendem Kinderlachen zerbrach.

»Ich habe Tim großgezogen. Ich habe ihn geliebt. Es ist nicht meine Schuld, was passiert ist.« Die Frau senkt den Kopf. »Er hat mich gehasst. Dann. Als er davon wusste.«

»Sie haben ihn mir weggenommen und ich will wissen: Warum?«

»Nicht ich. Es war ein Beschluss. Wenn Sie mich gefunden haben, müssen Sie doch in den Akten gelesen haben, wie das damals gelaufen ist. Sie waren ja noch ein Kind. Und dann mit diesem, diesem ...«

»Benz.«

Benz war ein großer, schwarzer, fröhlicher Mann mit einem dröhnenden Lachen und Paulas erste Liebe. Er studierte Landwirtschaft in Magdeburg. »Komm«, sagte er, »lass uns übers Wochenende nach Berlin fahren.« Das taten sie zuweilen, nur manchmal lud er sie in einem Hotelzimmer ab und verbrachte die Nacht in den Bars im Westen.

Einmal sagte er: »Gehen wir zusammen fort.« »Ich kann nicht«, sagte Paula, »das weißt du doch.« Sie standen Unter den Linden, es regnete, sie war zu jung und sie hatte Stacheldraht im Kopf.

Für Paula war es nicht weiter schwierig, für ein paar Tage von zu Hause wegzukommen. Dort wartete ohnehin keiner. Vater war in der Kaserne und Mutter im Krankenhaus. Oder Vater war bei seiner Geliebten und Mutter mit Goldbrandt im Bett. Wenn der Alte doch merkte, dass Paula nicht in ihrem Zimmer gewesen war, verschnürte er sie im Keller und ließ sie zwei, drei Tage da. Eine Nachbarin brachte ihr Wasser und Leberwurstbrot. Es war die letzte Nachbarin vor dem Jugendwerkhof. Die Nachbarinnen hatten gewechselt wie die Geliebten des Alten, Mutters Goldbrandt-Flaschen waren geblieben. Bevor einer Nachbarin die blaugeschlagenen Augen auffielen, die die Frau des Oberstleutnants auf den Boden gesenkt hielt, oder die Striemen auf dem Rücken der Tochter, zogen sie um. Sie zogen oft um, von Halle nach Torgelow, von Torgelow nach Kamenz zum Beispiel, von irgendwo nach Magdeburg. Paula hatte keine Freunde, nur Vater, Mutter und Goldbrandt. Und plötzlich war Benz da, lachte und nannte sie seine Prinzessin.

Sie wollte das Kind, damit sie nicht mehr alleine war, damit sie irgendjemanden hatte, der ganz ihr gehörte.

Alle anderen wollten es nicht, deshalb versteckte sie es, solange es ging, unter weiten Pullovern und selbstgenähten Sommerkleidern.

Die Flut, die plötzlich und mitten in der Geografiestunde aus ihrem Unterleib heraus und auf den Dielenboden des Klassenzimmers schoss, konnte sie nicht verbergen, ebenso wenig wie den Schmerz, der folgte und jedes ihr bekannte Ausmaß überstieg, obwohl sie über eine Sammlung der verschiedensten Schmerzarten verfügte.

Paula trug sie sogar in eine Liste ein und bewertete ihre Intensität auf einer Skala von null bis hundert. Ohrfeigen waren zwanzig. Schläge mit der Siebenschwänzigen waren fünfzig. Dornen unter die Nägel treiben war siebzig.

Tim zur Welt bringen war hundert.

Mittendrin ahnte Paula nicht, wie rasch sie diesen Schmerz vergessen würde. Aber sie tat es unter dem ersten Babyblick von Tim.

Sein erstes Lächeln bekam sie nicht mehr mit. Sie sah nicht, wie seine Haut an der Sonne dunkelte, nicht seinen ersten aufrechten Schritt, nicht ... Sie brachten ihn weg, und Benz ging zurück nach Angola. »Ich muss meinem Land helfen«, sagte er, »den Sozialismus aufbauen, damit es so ein gutes Land wird wie deins.« Ob er das wirklich glaubte, erfuhr Paula nie.

»Sie hätten ihn mir zurückgeben müssen. Nach der Wende.« Paula lehnt sich nach vorn und blickt auf Toni Fritschs Stirn. »Da war er noch ein Kind. Da hätte er noch bei seiner Mutter aufwachsen können. Bei mir.«

Die Alte springt erstaunlich behände auf. »Sie haben doch keinen Schimmer, wie das war. Als Schwarze. Im Osten. In Magdeburg. Da musste ich sehen, wo ich bleibe und Tim auch. Und woher sollte ich wissen, wo sich eine wie Sie rumtreibt?« Sie hinkt durchs Zimmer, zwischen den Pflanzkästen hindurch bis zur Wand und wieder zurück, dabei zupft sie hier und da an einer der Pflanzen, die ihr den Lebensunterhalt bestreiten.

»Eine wie ich, ja?« Was ist das denn für eine? Sie fragt nicht, sie weiß, was die Andere denkt. »Aber meinem Alten konnten Sie

Bescheid geben? Da war es kein Problem, jeden Monat einen Bericht über Tim zu schicken?«

Die Frau bleibt in einiger Entfernung stehen. Ihre Haut wirkt dunkelgrün zwischen den Pflanzen. »Das ist nicht wahr. Ich habe keine Berichte ...«

»Durch den Reißwolf gedreht? Damals, als alles den Bach runterging für euch. Ihr musstet ja auch jede Bewegung, jedes Wort protokollieren und horten.« Sie machte eine Pause. »Ja, das hat der Alte auch gedacht, dass es alles ist. Damals ging ja so vieles durch den Reißwolf. Nur die Erinnerung in den Köpfen lässt sich nicht so einfach schreddern. Dumm gelaufen, was?« Ein kleines Triumphgefühl will sich in Paula ausbreiten.

»Wer?« Die Frau steht immer noch starr, eine Hand in ihren Pflanzen.

»Wer was?«

»Wer hat gequatscht?« Sie zischt die Worte zu Paula hinüber durch das Marihuana hindurch.

»Gequatscht hat niemand.«

Es war vielmehr herausgesprudelt aus der dünnen Person, die von Paulas Mutter übrig geblieben war. Wie das Blut, erst braunes, bröckliges Zeug, dann rot und dünnflüssig. Man rief Paula als einzige erreichbare Verwandte an, warf ihr einen grünen Kittel über und setzte sie an den Rand des Bettes auf der Intensivstation. Mutter war abgemagert und wusste, dass sie sterben würde. Und dann ging es ja auch schnell, ganz zum Schluss. Zwischen den Blutsalven, die sie auf das Laken, den Boden und manchmal in die Schale erbrach, nannte sie den Namen der Alten. Toni Fritsch. Paula dachte an einen Kerl, breitschultrig, im Anzug oder in Uniform. Viel Zeit für Erklärungen blieb Mutter nicht. Aber sie hatte etwas aufgeschrieben, sich Notizen gemacht, gesammelt. Und sie sagte Paula, wo sie die Sachen finden konnte. Mit Trotz im Gesicht sagte sie das, kurz bevor sie an der Blutung, die ihre Leberzirrhose verursacht hatte, verreckte.

Es stand nichts davon drin, wer genau Toni Fritsch war.

»Ich habe es gefunden.« Paula gießt sich noch einen Himbeergeist ein, kippt ihn und geht auf die Alte zu. »Du warst die ganze

Zeit in Magdeburg. Erst vor ein paar Jahren bist du hierher in den Wald gezogen. Nämlich als Tim zum Bund ist. Stimmt's?«

»Bleiben Sie, wo Sie sind.« Die Alte streckt abwehrend den Arm aus, aber Paula lässt sich nicht beirren. Inzwischen ist es ihr egal, dass Toni Fritsch eine kleine, alte, unterschenkelamputierte Schwarze ist. Sie hat ihr Tim genommen, und nun ist er tot. Und Paula hat keins von den Kindern bekommen, die sie hätte kriegen können, wenn der Kaiserschnitt gut gegangen wäre. Ist er aber nicht. Vielleicht wäre es sogar ohne Kinder gegangen, und sie wäre nicht hier, wenn nicht Paul eines bekommen hätte. Mit einer blonden Zwanzigjährigen. Vorige Woche. Kurz nachdem Tim starb.

Toni Fritsch weicht zurück. »Bleiben Sie, verdammt noch mal, stehen.«

Paula und der Himbeergeist gehen weiter. »Ich erwürge sie«, sagt Paula. »Fein«, sagt der Himbeergeist, »ich mach mit.«

Noch ein paar Meter.

Die Alte erreicht den Stapel mit Düngersäcken, daneben steht ein Tisch mit Töpfen und Werkzeug, sie tastet nach etwas.

»Was willst du jetzt machen? Mir einen Blumentopf an den Kopf werfen?« Paula lacht. Es hört sich schrill an.

Die Andere reißt eine Pistole aus der Schublade im Tisch und richtet sie auf Paulas Brust. »Stehenbleiben!«

Paula tut, wie ihr geheißen, schwankt ein wenig.

»Setz dich hin, du dämliche Kuh.«

Der Beton unter Paula ist feucht vom Gießwasser.

»Dahinten. Auf den Sessel.«

Paula rührt sich nicht.

»Du bist doch gekommen, um die ganze Geschichte zu hören.«

Na ja, schon. Oder vielleicht nicht. Eigentlich ist sie gekommen, um ... Sie ist sich nicht mehr sicher. Deshalb geht sie zum Sessel und lässt sich hineinfallen. Die Andere hält weiter die Waffe auf sie gerichtet.

»Sie haben ihn mir in den Arm gelegt. Er war noch keinen Tag alt«, beginnt sie. »Ich wusste natürlich, dass er zu mir gebracht werden würde.« Die Alte setzt sich Paula gegenüber.

Paula will aufspringen, doch der Himbeergeist hemmt sie. Und die Waffe.

»Warum?«

»Halt die Klappe! Sie haben es beschlossen und so wurde es gemacht. Die Adoptionspapiere waren lange vor Tims Geburt fertig. Es passte alles so gut. Deine Eltern meinten, du sollst eine Chance haben. Für dein Leben.«

Paula stößt die Luft aus. Eine Chance. Im Keller oder wie?

»Ich hatte keine Ahnung, wie er war.«

»Wer?«

»Dein Vater.«

»Und deshalb war es in Ordnung, mir mein Kind zu nehmen?«

»Das sollte es gut haben, in geordneten Verhältnissen aufwachsen. Ich war damals ja noch mit Bernd verheiratet. Und Tim war so wie ich. So ... dunkel. Niemandem wäre etwas aufgefallen. Nicht einmal Bernd hat etwas gemerkt. Zuerst.«

»Aber dann schon.« Was geht Bernd sie an? Bernd ist ihr scheißegal und diese Ich-konnte-doch-nicht-anders-Geschichte auch.

»Mir kommen gleich die Tränen.«

Die Waffe sinkt langsam in den Schoß der Frau. »Er ist dann weg, der Bernd. Das hätte ich nie gedacht. Er war in der Bezirksleitung. Die Genossen haben ihn fahren lassen ... Und dann ist er da geblieben. In Salzgitter. Ohne uns.«

Jetzt entdeckt Paula tatsächlich Tränen in den Augen der Alten. Hier ist etwas total verkehrt, ganz falsch herum. Sie spürt die kleine Beretta an ihrem Schenkel, die drückt ein bisschen.

»Das war 1989 im Mai. Da wusste noch keiner, was kommt.«

»Nee, da wusste keiner, was kommt. Aber danach. Warum hast du mir Tim nicht zurückgegeben?«

»Weißt du, was da los war? Oder hast du dich einmal um deinen Vater gekümmert? Weißt du, wie das war für ihn? Erst ist er Oberstleutnant in unserer NVA und dann ist er nichts mehr. Von jetzt auf gleich.« Sie schweigt einen Moment. »Wir hatten alle Hände voll zu tun.«

»Klar, mit Aktenvernichten.«

»Mit Überleben. Die Bezirksleitung hat zugemacht, die NVA hat zugemacht, die Gärtnerei, in der ich gearbeitet habe, hat zugemacht. Und Tim brauchte trotzdem Kleidung und Schuhe. Du hast dich ja in Berlin vergnügt. War bestimmt nett da. Kunststudium, pah! Wovon hättest du Tim denn was zu essen gekauft? Vom Stipendium? Das hat doch dann auch aufgehört, stimmt's?«

Es war nicht leicht gewesen. Sie hatte Jobs angenommen, und Mutter hatte ihr heimlich Geld geschickt, wenn sie es nicht vergaß. Aber zwei Jahre später machte Paula ihren Abschluss. Da war Tim immer noch Kind.

»Warum, Toni Fritsch?«

»Wir sind ein paar Mal umgezogen. Tim hat das Abitur geschafft, gar nicht so schlecht. Wir haben von der Stütze gelebt. Bernd hat sich nicht gemeldet. Die Scheidungspapiere schickte er mit der Post.« Sie legt die Waffe auf den Tisch, holt Tabak aus einer ihrer vielen Taschen und dreht sich einen Joint. Als sie fertig ist, nickt sie Paula zu. Paula nickt zurück. Die Alte wirft ihr das Tabakpäckchen zu und inhaliert tief.

»Tim wollte nicht studieren. Er wollte Geld. Deshalb ging er zum Bund. Dann kam er zurück aus Afghanistan und war ... anders. Ganz anders. Er war froh, dass ich das hier ...« Sie macht eine ausladende Bewegung mit dem Arm. »Dass ich das hier hatte. Es hat ihm geholfen.«

»Und mein Drecksalter hat dir zu dem hier ...«, Paula schwenkt ihren Arm, »verholfen.«

»Das hat er.« Sie lehnt den Kopf an, und die Lider sinken halb über die Augäpfel. »Und zu meinem Kunststoffbein. Die Genossen haben sich lange unterstützt, tun es noch.«

Gleich schläft sie ein. Und was mache ich dann?

»Tim hat hier mitgearbeitet. Nach Afghanistan. Hat die Säcke transportiert, das Dope gefahren, sich um die Bestellungen gekümmert, hat mir viel abgenommen, der Junge. Ich habe gedacht, es wird wieder mit ihm. Ich war ja seine Mutter.«

»Bis er seine Mutter getroffen hat.«

»Hättest du die Schnauze gehalten, würde er noch leben.«

»Ja. Besser im falschen Leben als in gar keinem.« Wie oft hat Paula sich das gesagt? Aber nachdem sie Tim ausfindig gemacht und ihm die Aufzeichnungen ihrer Mutter gezeigt hatte, gab es kein Zurück. Es gibt sowieso kein Zurück. Gesagt ist gesagt. Sie hat ihm das Leben geschenkt und den Tod gebracht. Was natürlich Unsinn ist. Tim hat sich auf die Schienen gelegt, der ICE nach Berlin hat ihn ihr genommen. Und das Dope und Afghanistan und das falsche Leben in seinem Kopf, bevor der ICE ihn pulverisierte. Paula weiß das, aber sie glaubt sich nicht.

Sie zieht an dem Joint, den sie sich gedreht hat, und die Welt wird wattiert. Nur die Frage schneidet ihr noch ins Fleisch.

»Warum, Toni Fritsch, hast du ihn mir nicht zurückgegeben?«

»Geh jetzt. Ich habe dir alles erzählt, was es zu erzählen gibt. Warum-Fragen sind Scheiße.«

Paula erhebt sich. Langsam. Sehr langsam. In Zeitlupe.

»Das werden wir sehen, wenn du sie beantwortet hast«, sagt sie.

Toni Fritsch steht auch auf. Sie geht auf Paula zu und klopft ihr auf die Schulter. »Ich bringe dich raus. Und wenn du mal wieder in der Nähe bist ...«

Sie gehen aus dem Raum, an dem Wohnzimmer dransteht, den Flur entlang, die Treppe hinab und landen im Sonnenschein. Paula blinzelt. Die Alte steht in der Tür und hält Paula die Hand hin.

»Warum?«, fragt Paula.

»Ich konnte nicht alleine sein, Kind.« Die Alte lächelt schief.

Paula nickt und geht. Dann dreht sie sich noch einmal um, zieht die Beretta –

– und schießt.

kinderzimmer

In ihrem eigenen Zimmer können Kinder bestimmen, was gespielt wird. Das bekommen auch Eltern zu spüren.

Spiel-Zeuge

REGINA SCHLEHECK

Natürlich kann etwas nicht stimmen, wenn Mädchen im Tochteralter auf dich abfahren. Zumal wenn nichts, aber auch gar nichts darauf hindeutet, dass du dich als gewinnversprechende Investition erweisen könntest.

Ich war mit Jeans, Sneakers und reichlich schlechter Laune versehen, als ich an dem Freitagabend das *Kamm-in* betrat. Dass ich dort verkehrte, war vermutlich kein Geheimnis. Erstens lag es direkt gegenüber meiner Wohnung in der Südstadt, zweitens hatte der Wirt ein ausgezeichnetes Händchen, was die Küche anging.

Das Mädchen hatte ich nie vorher dort gesehen. Ich war immerhin schon oft genug Gast des Hauses gewesen, dass ich behaupten konnte, die Besucher einigermaßen zu kennen, auch wenn ich nie ein Wort mit jemandem wechselte. Schließlich kehrte ich dort ein, um meine Ruhe zu haben. Mein Arbeitstag war stressig genug. Danach hatte ich keinen Bock, mir noch etwas zu essen zu machen. Also ging ich nach gegenüber.

Sie hockte am Tresen, und ich schenkte ihr kaum Beachtung. Sie hatte flüchtig von ihrer Zeitungslektüre aufgeblickt, als ich reinkam, und sobald ich mein Essen geordert hatte, faltete sie das Blättchen zusammen, klemmte es unter die Achsel, rutschte vom Barhocker und schlenderte zu mir herüber.

»Darf ich?«, fragte sie und nahm Platz, ehe ich widersprechen konnte.

Ein hübsches Ding. Zierlich. Lange, vermutlich naturblonde Haare, die sie offen trug und die Kopf und Schultern wie ein seidiges Tuch umschmiegten. Große blaue Augen vermittelten einen Eindruck von Kindlichkeit, ihr Blick wich meinem aus. Sehr jung, konstatierte ich. Nervös. Zu viel schwarze Farbe auf Wimpern und Lidern, ein hautenges, tief ausgeschnittenes schwarzes Glitzershirt über einer eher lässigen Bluejeans. Weiß noch nicht recht, wo es hingehen soll.

Nach einem halben Jahr war ich in dieser Stadt immer noch nicht wieder angekommen. Wie auch? Ich mache viel zu viele Überstunden, und sobald ich das Büro verließ, war mir im Grunde alles egal.

Nein, ich hatte nichts mit kleinen Mädchen. Niemals. Damals vielleicht, als ich selbst noch ein kleiner, dummer Junge war. Frauen gab es seitdem gelegentlich, klar. Aber eher, wie man in unregelmäßigen Abständen ein Fitnessstudio besucht, um sich zu vergewissern, dass man es noch drauf hat. Keinerlei Vorlieben, schon gar nicht diese. Sie mochte mich entfernt an etwas erinnern, ja. Aber da klingelte oder kribbelte nichts. Ich war einfach nur müde, mitgenommen und mies drauf.

Sie räusperte sich. »Und? Was vor?«, fragte sie. Eine etwas heisere Altstimme, die irgendwie eingängig-vertraut klang, aber bei Weitem nicht so lässig rüberkam, wie es wohl beabsichtigt war.

»Feierabend«, knurrte ich.

Ihr Rücken straffte sich. »Stressiger Tag?«

Wollte das Gör mich etwa bemitleiden? Auch wenn sie so forsch daher kam – eine Prostituierte war sie nicht. Wohl gerade weil ich so sicher war, dass sie es nicht darauf abgesehen haben konnte, ließ ich mich halbherzig drauf ein.

»Ich wollte einfach nur abhängen. Und du? Aufreißen?«

»Spricht was gegen einfach ein bisschen unterhalten?«

»Was da*für*?«

Sie schwieg, und ich ließ mir das Wort »unterhalten« durch den Kopf wabern. Was hatte »unterhalten« eigentlich mit »Unterhalt« zu tun? Warum überhaupt *unter*? Gab es einen Maßstab? War ein Gespräch, war sie unter meinem Niveau? Wo war die Latte? Jesses, was für eine Assoziation! Was hatte das Wort »Latte« hier verloren? Ich spürte plötzlich, wie es kribbelte – hinter den Ohren.

Die Kellnerin brachte das Essen. Ich orderte einen Barolo.

»Für die Dame auch?«, fragte sie.

Ich blickte fragend zu meinem Gegenüber.

»Hm«, sagte das Mädchen.

»Gern!«, übersetzte ich für die Servicekraft, die mir einen guten Appetit wünschte und weiter hetzte.

»Sieht lecker aus!« Sie sah mir zu, wie ich das Filet zerlegte und Bratkartoffeln aufspießte.
»Hunger?«
Sie schüttelte den Kopf.
Die Weingläser wurden vor uns abgestellt, und ich hob meins an.
»Jens«, sagte ich.
Sie lächelte. »Jona.«
Noch bevor das Glas leer war, hatte ich erfahren, dass sie Studentin war. Heilpädagogik. Bilder von Mädels, die paar- und gruppenweise an der Wirtschaftswissenschaftlichen Fakultät vorbeiflanierten, stiegen in mir auf.
»PH?«, fragte ich.
Sie zog das Näschen kraus.
»Pädagogische Hochschule hieß das damals.«
»Du hast hier studiert.« Es klang mehr nach Vergewisserung als nach Frage.
»Ist lange her. Ein Vierteljahrhundert.«
Als ich das zweite Glas orderte, winkte sie ab. »Ich muss noch fahren.«
»Du wohnst nicht hier?« Schon während ich fragte, wurde mir klar, wie bescheuert sich das anhörte.
Sie guckte sich in der Schankstube um, lachte. »Nicht wirklich!« Die anfängliche Nervosität schien sie abgelegt zu haben. Dennoch wurde ich das Gefühl nicht los, dass sie irgendwie unter Druck stand, auf irgendwas hinaus wollte oder irgendetwas suchte.
Ihr Ausweichen reizte mich. »Mit deinem Freund?«
»In einer Art WG. Ich hab keinen Freund«, sagte sie. »Und du? Freundin?«
Wir waren auf ein Gleis geraten, das völlig abwegig war. Aber es schien ihr Spaß zu machen, und ich ließ mich darauf ein.
»Fehlanzeige.« Ich legte ein Bedauern in meine Stimme, das Teil des Spiels war. »Nix Freundin, nix Frau, nix Familie.«
Sie runzelte die Stirn. »Jeder hat Familie. Aber manchen geht's halt am Arsch vorbei. Kinder zu zeugen ist ein Kinderspiel. Sie großzuziehen, ist eine ganz andere Kiste.«

Meinte dieses junge Ding allen Ernstes, mir die Welt erklären zu müssen? »Meine Eltern und Großeltern sind tot, ich hab keine Geschwister, Onkel, Tanten. Kinder waren mir nicht vergönnt. Keiner, der sich um mich sorgt, keiner, für den ich sorgen darf.« Sie zog eine Augenbraue hoch. »Armer kleiner Junge! Heul doch! Meine Mutter ist auch tot.« Ihr Spott ging zu weit. Ich stand auf. »Dann geh ich wohl mal besser für kleine Jungs.«
Auf dem Weg zur Toilette zahlte ich am Tresen das Essen und drei Wein. Als ich zurückkam, stand der Barolo an meinem Platz. Jona blätterte in der Zeitung, legte sie aber sofort wieder zusammen.

»Wie alt bist du eigentlich?«, fragte ich der Klarstellung halber.

»Fünfundzwanzig.«

»Schönes Alter.« Ich prostete ihr zu, obwohl kein Glas mehr vor ihr stand, tat einen tiefen Schluck und fühlte mich unvermittelt benommen, als sie sich vorbeugte.

»Ich hab sturmfreie Bude«, raunte sie mir zu, und so verquer die Situation war – ich spürte auf einmal, dass ich tatsächlich eine Latte kriegte.

Es war das Letzte, was mir klar im Bewusstsein blieb. Über alles andere hat sich ein gnädiger Nebel gelegt. Ich weiß, dass wir noch ein paar Worte worüber auch immer verloren, dass ich irgendwann aufstand, weil ich das akute Bedürfnis nach einem Bett verspürte, sogar noch, dass sie mir in den Mantel half. Vielleicht ist das so hängen geblieben, weil das noch nie jemand mit mir gemacht hatte und weil es mir total peinlich war, dass ich offensichtlich nicht mehr in der Lage war, ihn selbst anzuziehen. Sie hakte sich bei mir unter, als wir gingen, und ich war in dem Moment ganz froh darüber, weil ich mich kaum noch aufrecht halten konnte.

Als ich die Augen öffnete, war es dunkel um mich herum, und mein Mund fühlte sich im Gegensatz zu meiner Blase vollkommen ausgetrocknet an. Beide Empfindungen waren so quälend intensiv, dass sie alle übrigen Wahrnehmungen zunächst überlagerten.

Die steifen Glieder, die sich kaum rühren ließen. Erst als ich mich im Bestreben, eine Toilette aufzusuchen, aufstützen wollte, wurde mir bewusst, dass ich Hände und Füße nicht voneinander lösen konnte. Ich war gefesselt! Dickes Paketband, so fühlte es sich an, musste mir jemand breitflächig um beide Handgelenke gewickelt haben. Oder Isoband? Ich führte die Hände zum Mund und versuchte die Klebestreifen mit den Zähnen zu zerreißen. Sie gaben kein bisschen nach. Panik trieb mir das Blut pochend in die Ohren. Ich versuchte, tief durchzuatmen und mich zu orientieren. Offensichtlich lag ich auf einer Schaumstoffmatratze. Jemand hatte eine leichte Fleece-Decke über mich geworfen. Im Rücken spürte ich eine Schräge, eine Rigipswand vielleicht. Der Raum, in dem ich mich befand, war winzig und mit Teppichboden ausgeschlagen, das verriet mir das Geräusch meines Atems, aber auch ein schmaler Streifen Helligkeit, der am Boden vor mir hereinsickerte. Auf der anderen Seite musste es einen helleren Nebenraum geben.

Von dort drangen gedämpfte Geräusche zu mir. Jemand gab Laute von sich, vermutlich Worte, auch wenn ich sie nicht verstehen konnte.

Vorsichtig stützte ich mich auf und kroch auf Knien in Richtung Lichtstreifen. Es handelte sich um eine Tür mit Klinke, kaum anderthalb Meter hoch. Die höchste Stelle des Raums. Ich legte ein Ohr ans Holz. Meine Hände presste ich in den Schritt, um den Drang, Wasser zu lassen, niederzukämpfen. Hinter der Tür hörte ich eine junge männliche Stimme reden: »Piele! Pomm! Fieda! Fiedaaa pomm!« Nein, das war keine ausländische Sprache, es klang eher wie sehr unbeholfenes Deutsch, wie jemand, der nicht richtig artikulieren konnte. Ich führte die zusammengebundenen Hände zur Klinke, bemüht, sie lautlos niederzudrücken und die Tür vorsichtig zu öffnen. Das ins Kabuff strömende Licht blendete mich. Dann erkannte ich eine Wand mit bunt gemusterter Tapete. Elefanten, Autos, Schimpansen, Trecker, Bären, ein Bus, Krokodile – offensichtlich ein Kinderzimmer. Während ich die Tür langsam weiter aufschob, sah ich ein Fenster, durch das die Nachmittagssonne hereinschien. Daneben standen ein Bett mit Patchworkdecke, ein Schrank, ein Regal voller großer bunter Spielzeuge, Autos,

Kuscheltiere, Bilderbücher, Spielekartons, Kisten, vor dem Regal war ein Sitzkissen, daneben eine Tür und neben der Tür ein Tisch, an dem ein großer blonder Mensch saß, der Stimme nach ein junger Mann, der mir den Rücken zuwandte und vor sich hin sprach. Ich stemmte mich von den Knien auf die Füße. Dabei entrang sich mir ein leiser Schmerzenslaut. Der Kopf des jungen Mannes fuhr herum. Als er mich sah, sprang er auf und brüllte: »Joooonaa! Joonaaaa! Pomm! Auffe!« Mit Schrecken registrierte ich, wie massig seine Gestalt war. Seinen Gesichtsausdruck konnte ich schlecht einschätzen, weil die Physiognomie vor allem Blödigkeit offenbarte. Der Mund mit den unregelmäßigen großen Zähnen stand offen, eine dicke Zunge lag zwischen wulstigen Lippen im linken Mundwinkel. Seine Augen waren unterschiedlich geformt, über dem linken, schmaleren hing das Lid halb herab, während das rechte mich groß und blau anstarrte – angstvoll? Wütend? Freudig?

Meine Not war zu groß, als dass ich auf seine Befindlichkeit Rücksicht nehmen konnte. »Entschuldigung, aber ich muss dringend auf die Toilette!«, stieß ich hervor, meinen Harndrang mit den Händen mühsam zurückhaltend.

Er verstand.

»Pipiii!«, röhrte er. Mit einem Satz war er an der Tür, stieß sie auf und wies in den Flur dahinter. Dann lief er selbst in einem eigenartig hoppelnden Gang voraus, während ich vorsichtig mit gefesselten Beinen hinterher watschelte, bemüht, meiner Blase keine unnötigen Erschütterungen zuzumuten. Das Bad war gleich gegenüber dem Kinderzimmer. Daneben ging es eine Treppe hinunter, offensichtlich handelte es sich um ein zweistöckiges Einfamilienhaus. Allerdings war die Treppe mit einem Gitter gesichert, wie man es von Krabbelkinderhaushalten kennt, nur war dieses Gitter erheblich höher. Ob mein junger – wie sagt man politisch korrekt? – Entwicklungsbeeinträchtigter? – nicht in der Lage war, unfallfrei eine Treppe hinabzugehen? Oder ging es darum, die Bewohner des unteren Stockwerks vor ihm zu schützen? Galt dieses Absperrgitter etwa mir? All das schoss mir durch den Kopf, während ich eilig der Toilette zustrebte.

Mein Quasi-Beschützer – nicht -modo, nein, daran hatte ich bis dahin mit keiner Silbe gedacht! – hatte sich neben dem Klo aufgebaut und die Brille hochgeklappt. Jetzt beobachtete er gespannt, wie ich an meinem Reißverschluss fingerte.

»Danke, vielen Dank«, versuchte ich ihn abzuwimmeln, »ich komme schon klar.«

»Pipiii!«, röhrte er wieder und bedeutete mir damit, dass er keineswegs gewillt war, sich die Hauptsache entgehen zu lassen.

Mir war mittlerweile alles egal. Unter seinem interessierten Blick zückte ich mein bestes Stück. Nichts geschah. Mein Druck war so groß, dass ich Sorge hatte, es würde mir gleich zu den Ohren herauskommen. Aber mein letztes Gruppenpinkeln lag gute drei Jahrzehnte zurück, als ich mit einigen Mitschülern nachts am Flussufer ein Feuerchen entfacht hatte, das wir gemeinschaftlich löschten. Nie wieder hatte ich seitdem einem anderen Menschen derartig intime Einblicke in mein Privatleben gestattet. Um Pissoirs machte ich immer einen Bogen.

Erst als grobe Finger nach meinem Schniedel griffen, konnte ich – sozusagen in Notwehr – locker lassen. Dabei bin ich sicher, dass es sich weniger um eine Bedrohungssituation als vielmehr um ein Hilfsangebot handelte.

Mein junger Freund – durfte ich ihn so nennen? – war begeistert.

»Jooonaaa!«, brüllte er, »Pippiiii mach!«

Mein Kopf, befreit von physischen Nöten, nahm seine Arbeit wieder auf. Jona! Ha! So hatte das Mädchen sich vorgestellt, mit dem ich zuletzt im *Kamm-in* angestoßen hatte. Offensichtlich hatte sie mich in ihre Gewalt gebracht. Mit K.-o.-Tropfen! Was sonst? Mich verschleppt und diesen Behinderten zu meiner Bewachung abgestellt. Allein hätte sie mich nie und nimmer ins Haus und in die Abstellkammer befördern können.

Was wollte sie damit erreichen? Auch wenn ich derzeit ganz anständig verdiente – aus mir war kein Vermögen rauszuholen. Meinen Arbeitgeber erpressen? Absurd! Ich war nicht auf einem Motorradtrip im Sudan unterwegs, wo eine deutsche Botschaft mich freikaufen konnte. In Deutschland würde kein Chef nach mir krähen.

Ich hoppelte hinter meinem Bewacher zurück ins Kinderzimmer. Jona, so sie in der Nähe weilte, hatte sich nicht gemuckst. Wenn ich hier raus wollte, gab es nur einen Weg: den Jungen. Oder gab es hier eine versteckte Kamera? Ich streckte ihm meine Hände hin. »Bitte lösen Sie die Fesseln«, sagte ich. »Sie machen sich der Freiheitsberaubung mindestens mitschuldig, wenn Sie nicht augenblicklich dafür Sorge tragen, dass ich als freier Mann dieses Haus wieder verlassen kann.« Dämlicher hätte ich es wohl kaum anfangen können.

Er lachte mich an. Dann streckte er ebenfalls beide Hände vor, fuhr unvermittelt einen Zeigefinger aus und stupste mich in die Seite. Ich zuckte zusammen, und er kicherte. Zückte den anderen Zeigefinger und stupste mich wieder. Ich hatte keine Chance. Wie sollte ich ihn abwehren? Seine Stupser kamen in immer schnellerer Folge. Ich wand mich verzweifelt, bis ich mir nicht mehr anders zu helfen wusste, als mich fallen zu lassen und auf dem Boden hin und her zu wälzen. Ich kam mir vor wie eine Puppe in der Gewalt eines Riesenbabys.

Nach einer Weile verlor er das Interesse am Michdurchkitzeln, half mir wieder auf die Beine und fischte einen Ball aus dem Regal, den er mir an den Kopf warf. Es tat tüchtig weh, weil ich nicht schnell genug reagierte. Er bückte sich nach dem Ball und holte wieder aus. Da dämmerte mir, was er wollte, und ich kickte seine Vorlage mit dem Kopf zurück. Er strahlte. Wir spielten eine Art Fußball. Ich kam mir dabei vor wie ein Tischkickermännchen: Wenn ich den Ball nicht vor den Kopf bekam, blieb mir nichts anderes übrig, als ihn im Schlusssprung zu schießen, weil ich die Füße nicht auseinander kriegte. Nach ein paar Minuten war ich in Schweiß gebadet und ließ mich keuchend auf das Bett plumpsen.

Der Junge packte mich grob am Oberarm und zerrte mich zum Schreibtisch. »Piel!«

Dort lag ein Holzpuzzle, mit dem er offensichtlich noch nicht weit gekommen war. Es waren große Teile. Trotzdem schienen sie vorn und hinten nicht zusammenzupassen. Erst nach einer Weile kapierte ich, dass sie eine Ober- und eine Unterseite hatten, was die Kombinationsmöglichkeiten potenzierte. Mit gefesselten Händen war ich nur mit Mühe in der Lage, die Teile zu wenden und hin- und herzuschieben. Ich fluchte, was ihn zu amüsieren schien. Schon bekam ich den Zeigefinger wieder zu spüren, links, rechts, links. Wieder war ich seinen Kitzelattacken ausgeliefert. Schließlich sprang ich auf, hoppelte zum Flur und schmiss mich gegen das Treppengitter.

»Hallo? Ist da wer?«, rief ich.

Keine Reaktion.

»Jona?«

Nichts.

Mein kleiner großer Tyrann war hinter mir her gehinkt und zerrte mich wieder zurück ins Zimmer.

»Fieda piele!«, sagte er streng.

Wieder streckte ich ihm meine gefesselten Hände hin. »Dann mach das ab!«, forderte ich nicht minder gebieterisch.

Er schüttelte bedauernd den Kopf. »Jona boten.«

»Wo ist Jona?«

»Jooonaaa!«, brüllte er freudig. Wir lauschten beide. Nichts.

Stunden später, wie es mir vorkam, hatte ich das ganze Spieleregal kennengelernt, außerdem die Fluchtmöglichkeiten gecheckt. Das Fenster war gut gesichert und nicht über die Kippstellung hinaus zu öffnen. Es gab den Blick auf ein kleines Wäldchen frei. War das Haus völlig abgelegen? Mein Handy war weg. Jona musste es samt Portemonnaie und Schlüsseln in Sicherheit gebracht haben. Ich versuchte es mit Schreien. Rechts oder links mochte es Nachbarn geben, die die Polizei verständigen konnten. Aber kaum dass ich den Mund aufriss, brüllte mein Zimmergenosse begeistert mit. Sofern überhaupt jemand an dem Geschrei Anstoß nahm, war wohl nicht darauf zu hoffen, dass die Nachbarschaft meine Notlage erkannte.

Nach einer gefühlten Ewigkeit hörte ich unten eine Tür ins Schloss fallen. Das Mädchen? Endlich!

»Jonaaaa!«, rief mein Spielgefährte begeistert, und ich fiel wütend ein: »Joooona!« Seite an Seite hoppelten wir zum Treppengitter.

»Ich komme!« Das Mädchen erschien am Fuß der Treppe mit Rucksack und Einkaufstüten, die es abstellte, um uns fröhlich zuzuwinken. »Ich hab euch was Leckeres mitgebracht!«

»Ungaaa!«, schrie es neben mir.

Ich hatte vor lauter Wut im Bauch keinen Platz für Hunger. Dieses Gör hatte mich hierher verschleppt und zum Spielzeug dieses Riesenbabys degradiert, und jetzt tat sie gerade so, als wäre die Welt vollkommen in Ordnung. »Was gibt das hier?«, schrie ich.

»In fünf Minuten gibt's was!«, rief Jona und verschwand wieder aus unserem Sichtfeld. Den Geräuschen nach hantierte sie in einer Küche.

Was für eine absurde Situation! Diese Schlampe, der ich das alles hier zu verdanken hatte, ließ mich zappeln wie ein quengelndes Kleinkind!

Meine Wut wendete sich gegen den Jungen. Warum war ich bisher eigentlich noch gar nicht auf die Idee gekommen, ihm den Stuhl über den Schädel zu ziehen?

Das Riesenbaby hockte sich mit einem tiefen Seufzer neben mich auf den Boden, und mein Zorn verrauchte augenblicklich. Nein. Ihm konnte ich unmöglich etwas zufügen. Er war ein Albtraum, aber war er nicht Opfer wie ich? Wieso sperrte man ihn hier ein? Welche Rolle spielte das Mädchen in seinem Leben? Offensichtlich sorgte sie für ihn – aber warum?

»Hey.« Ich stupste ihn an. »Jona – deine Freundin?«

Er zerrte mich in die Höhe und zurück ins Kinderzimmer, wo er mich aufs Bett schubste. Dann zog er ein Buch aus dem Regal, fegte die Puzzleteile vom Tisch, legte das Buch darauf und schob den Tisch vor mich an das Bett. Er setzte sich neben mich und klappte das Buch auf. Ich achtete nicht darauf, weil ich im gleichen Moment Jona die Treppe heraufkommen hörte. Sie schloss das Gitter auf. Verflucht! Ich war zwischen Wand und Tisch und dem Jungen eingeklemmt und konnte mich nicht auf sie stürzen!

Jona betrat das Kinderzimmer, in den Händen ein Tablett, das sie auf dem Stuhl absetzte. Es wäre so ein Leichtes gewesen, ihr an der Treppe einen Schubs zu versetzen! Ich hätte mich an ihr vorbei gedrängt und wäre aus dem Haus gehoppelt!

»Weg damit, Benne!«, sagte sie, und das Buch verschwand vom Tisch.

»Was gibt das hier?«, begann ich wieder wütend.

»Linsensuppe«, entgegnete sie gelassen, verteilte drei Schälchen und Löffel auf dem Tisch und hob einen dampfenden Topf darauf.

»Jens, meinst du, du kannst mit meinem Bruder und mir ganz manierlich am Tisch sitzen, oder willst du so lange wieder ins Kabuff?«

Für einen Moment verschlug es mir die Sprache. Manieren? Dieses Gör sprach von Manieren?

»Was hältst du davon, wenn du mir mal die Klebestreifen von den Handgelenken entfernst? Das würde meine Manieren sicherlich wesentlich befördern!«, knirschte ich.

Sie sah skeptisch aus. »Ich meine es ernst«, sagte sie. »Du musst versprechen, dass du ganz ruhig bleibst. Wir sind spät dran, und Benjamin ist hungrig. Er braucht seinen Rhythmus. Alles andere können wir später klären.«

»Ach, wie fürsorglich!«, schäumte ich. »Wenn ich dich richtig verstehe, ist das dein kleiner Bruder?«

»Mein Zwillingsbruder. Ein Sauerstoffproblem. Ich hab zu lang gebraucht.«

»Egal! Du sperrst ihn ein, und dann verschleppst du wildfremde Menschen, die du abends in Kneipen aufreißt, und lieferst sie ihm zum Spielen aus?«

»Es tut mir leid«, sagte sie. »Aber ganz so ist es nicht gewesen.«

»Nicht?«, schrie ich. »Erzähl das mal der Polizei! Freiheitsberaubung! Verstoß gegen das Betäubungsmittelgesetz – oder hast du mir etwa keine K.-o.-Tropfen in den Wein gemischt?«

»Es war eine Kurzschlusshandlung«, unterbrach sie mich. »Du hast mich so wütend gemacht.«

»Ach, wirklich? Du hast dich über was auch immer geärgert und hattest rein zufällig K.-o.-Tropfen in der Tasche?«

Sie wand sich. »Nicht ganz zufällig. Ein Pfleger hat sie mir zugesteckt, als ich Benjamin aus dem Heim zu mir geholt hab. Für den Fall, dass er mal ausrastet und ich mit ihm nicht fertig werde.«

Mir fehlten die Worte.

»Völliger Blödsinn!«, rief Jona. »Benne ist ein Lämmchen! Seit er bei mir lebt, ist er nie wieder ausgerastet! Nach Mutters Tod hatten sie ihn ins Heim gesteckt, und er war einfach völlig durcheinander!«

»Uunga!«, sagte Benjamin laut. Es klang nicht sonderlich friedlich.
Jona griff nach seinem Schälchen und füllte es mit Suppe. Gierig fiel er darüber her. Manierlich konnte man es definitiv nicht nennen. Aber da gab es noch ganz andere Baustellen.
»Okay«, sagte ich, »du hattest also ganz zufällig die K.-o.-Tropfen, die du gar nicht brauchtest, dabei, und da hast du gedacht, kipp sie mal irgendjemandem zum Nachtisch in den Wein?«
»Ich war wütend auf dich«, wiederholte sie.
»Was, bitteschön, hatte ich dir getan?«
»Du hast rumgeheult, du hättest keinen, für den du sorgen darfst. Da hab ich gedacht, ich zeig dir mal, wie das ist. Ich wollte, dass du mal Zeuge bist, wie das sein kann, wenn man Verantwortung für jemanden übernommen hat.«
»Ach, und statt mich zu fragen, ob ich auch Lust dazu hätte, hast du mich betäubt, verschleppt und gefesselt?«
»Ich *musste* dich fesseln! Ich wusste ja nicht, was du tust, wenn du wieder zu dir kommst! Und ich musste doch was einkaufen! Es ist Samstag, und die Läden machen mittags zu! Ich hatte keine Ahnung, wann du wieder zu dir kommst. Was sollte ich machen? Ich musste dich mit Benne alleine lassen! Ich wollte ihn vor dir schützen!«
»Vor *mir*? Du wolltest *ihn* schützen vor *mir*?«
Benjamin hatte seine Mahlzeit mittlerweile beendet. Er schob den Napf beiseite und blätterte in dem Buch, als könnte er kein Wässerchen trüben.
»Er konnte dir die Situation ja schlecht erklären«, wandte Jona ein.
Ganz unrecht hatte sie nicht. Aber das rettete auch nichts. Ich hielt ihr die Arme hin.
»Mach das los«, sagte ich.
Sie zögerte. »Du rufst nicht die Polizei?«
»Leck mich am Arsch!« Ich war einfach nur wütend. »Mach das los!«
Sie nahm ein Küchenmesser vom Tablett und säbelte die Klebestreifen durch. Es tat scheißweh, als sie mir die Dinger von der

Haut abriss. Ich war sehr erleichtert und furchtbar wütend zugleich. Kaum dass sie den letzten Streifen gelöst hatte, schnellte meine Rechte vor, ich entriss ihr das Messer und drückte es an ihren Hals.

»So, meine Süße«, sagte ich, »du gehst jetzt ganz ruhig mit mir aus diesem Kinderzimmer, gibst mir mein Handy und mein Portemonnaie und verhältst dich vollkommen friedlich, bis die Bullen hier sind. Klar?«

Jona sagte nichts. Ihr Blick ging zu Benjamin, der von allem überhaupt nichts mitbekommen zu haben schien. Er hatte versonnen in seinem Album geblättert. Jetzt hob er es hoch, hielt es mir vors Gesicht und strahlte.

»Mamma, Pappa!«, sagte er.

Das Foto war ziemlich genau ein Vierteljahrhundert alt. Es war das letzte Bild, das es von Miriam und mir gab. Aufgenommen am Tag vor meiner Abreise nach New York, wo ich meine erste Stelle angetreten hatte. Ein Abschiedsfoto. Miriam lehnte sich an mich. Die langen blonden Haare umschmiegten Kopf und Schultern wie ein seidiges Tuch. Sie blickte aus großen blauen Augen in die Kamera.

Zierlich, ihr war nichts anzusehen.

Warum hatte Miriam mir nichts gesagt? Woher hätte ich es wissen sollen? Ich hatte nie wieder etwas von ihr gehört.

»Wie bist du auf mich gestoßen?«, fragte ich.

»Übers Internet. Ich hätte nie gedacht, dass du gleich um die Ecke wohnst. Aber als ich klingelte, warst du nicht da. Draußen wollte ich nicht warten, also bin ich so lange ins *Kamm-in*. Und als du kamst – aber dann hast du mir diese Scheiße vorgeheult von wegen keine Familie ...«

Ich wollte frei sein, hatte ich Miriam gesagt. Mich nicht binden. Familie sei was für später.

Höchste Zeit, wie es schien.

herrenzimmer

Was den Damen der Salon, das war das Herrenzimmer
dem männlichen Teil der besseren Gesellschaft
vor hundert Jahren – hier blieben sie unter sich,
und das andere Geschlecht störte.

Bildnis einer gereiften Frau

HEIDI REHN

*Das Herrenzimmer einer Wohnung in der
Münchener Maximilianstraße, Dezember 1913*

Ein Schuss! Im selben Moment krachte im benachbarten Innenhof des Schauspielhauses ein Teil der Theaterkulisse zu Boden. Einen Wimpernschlag lang war Sidonie deshalb versucht, sich den Pistolenschuss als simplen Baulärm zu erklären. Dann aber spürte sie: In Oskars Herrenzimmer war etwas Unvorhergesehenes geschehen! Hammermeyers Auftauchen vorhin war ihr gleich verdächtig erschienen, ebenso das Verhalten ihres Gemahls. Damit das Mädchen seinen angeblichen Doktoranden nicht zu Gesicht bekam, hatte Oskar den betörend schönen Mittzwanziger höchstpersönlich an der Tür in Empfang genommen. Dabei handelte es sich nicht um den ersten Besuch dieser Art. Sidonie bedauerte, Emma zum Viktualienmarkt geschickt zu haben. Wäre das Mädchen zu Hause geblieben, hätte sie jetzt weiblichen Beistand. Bei dem Gedanken, welcher Anblick sie im gegenüberliegenden Zimmer ihres Gemahls erwarten mochte, wurde ihr flau. Trotzdem durfte sie nicht zögern, sondern musste sofort nachschauen. Mit weichen Knien trat sie in den Flur.

Gerade noch erhaschte sie einen Blick auf eine dunkel gekleidete Gestalt. Wie ein Dieb auf der Flucht stahl sich der Schatten durch die Wohnungstür nach draußen. Trotzdem hatte Sidonie genug gesehen, um ihn zu erkennen: Hammermeyer! Sie ließ ihn ziehen. Zuerst wollte sie wissen, was genau geschehen war, wie es um Oskar stand. Seinem Galan würde es gewiss noch früh genug an den Kragen gehen.

»Oskar? Wo steckst du? Was ist passiert?« Dichter Zigarrenrauch schlug ihr beim Eintreten ins dämmrige Herrenzimmer entgegen, nahm ihr Sicht und Atem.

Niemand antwortete. Aufgeregt wedelte sie den Dunst beiseite, drehte den Schalter gleich neben der Tür. Das grell aufflammende

Licht ließ sie blinzeln. Ihr Blick huschte durch den von Bücherregalen und schweren, dunklen Möbeln beherrschten Raum. Die Rauchschleier tanzten wie verlorene Geister durch die Luft. Noch dröhnte Sidonie der Schuss in den Ohren, hatte sie Hammermeyers überstürzte Flucht vor Augen. Sie machte sich aufs Schlimmste gefasst, während sie sich einmal langsam um die eigene Achse drehte. Vor dem Bücherregal in der rechten Zimmerecke erblickte sie ihren Gemahl. Er lebte! Das Gesicht kreidebleich, die rechte Hand auf die Rückenlehne eines dunkelbraunen Lederfauteuils gestützt, stand er da, hielt sich allerdings nur unter größter Mühe aufrecht, wie das Schwanken seines Leibes verriet. Eilig wollte sie zu ihm, er aber wehrte aufstöhnend ab.

»Alles in Ordnung«, presste er mühsam zwischen den blutleeren Lippen heraus und versuchte mittels einer ungeschickten Bewegung von seiner linken Hand abzulenken, die er angestrengt gegen die rechte Leibseite gepresst hielt. Mehr schlecht als recht versuchte er die Schusswunde zu verbergen, die knapp unterhalb des Rippenbogens klaffte. Vielleicht wollte er auch nur dem herauspulsenden Blut Einhalt gebieten, das leuchtend rot über seinen weißen Handrücken rann und im Dunkel des Tweedanzugs versickerte. Die Schmerzensqual stand ihm deutlich ins Gesicht geschrieben. Nach einer kurzen Pause setzte er dennoch übertrieben munter nach: »Alles in allerbester Ordnung, meine Liebe. Geh nur wieder zurück in dein Zimmer und ruh dich aus.«

Fehlte nur noch, dass er sie mit den Händen wegscheuchte wie eine lästige Fliege! Dazu aber mangelte es ihm an Kraft. Mit schweren Schritten schlurfte er um den Sessel herum und ließ sich tief aufatmend hineinfallen. Auch wenn er sich die größte Mühe gab, den verräterischen Anblick zu verbergen, so hatte sie die auf dem Sitzkissen liegende Pistole trotzdem gerade noch rechtzeitig erspäht.

»Mir scheint, du bist derjenige von uns, der dringend Ruhe braucht.« Gleich stand sie vor ihm, sah ihm von oben in die grünbraunen, unruhig flackernden Augen und streckte ihm die rechte Hand auffordernd entgegen. Er zögerte. Sie reckte das Kinn, schürzte die Lippen. Er seufzte, wühlte mit der freien Hand in seinem Rücken und reichte ihr widerstrebend die Pistole. Sie nahm das schwere Stück, hielt es fest umklammert zunächst in der erhobenen Hand, ließ sie schließlich matt an ihrer Seite herabhängen. Um von seiner Niederlage abzulenken, verzog er den Mund zu einem schiefen Lächeln. Ein ohrenbetäubender Lärm von der Straße ließ ihn zusammenzucken. Ein Auto hupte, Schreie hallten herauf. Bremsen quietschten. Auch Sidonie erschrak, presste die Waffe wie zum Schutz mit verschränkten Händen gegen die Brust. Sie und Oskar drehten die Köpfe zum Fenster, lauschten gebannt. So plötzlich, wie er aufgebraust war, erstarb der Lärm. Eine gespenstische Ruhe kehrte ein. Sidonie und Oskar wandten sich einander wieder zu. Ihr Blick glitt über seinen wohlgeformten Professorenkopf mit dem lichten, grauen Haar und dem bartlosen Gesicht, das in seiner Zeitlosigkeit sein wahres Alter gut verschleierte. Ein Schauer erfasste sie. Früher einmal hatte sie Oskar sehr attraktiv gefunden. Es hatte ihr geschmeichelt, von ihm umworben zu werden, auch wenn sie seine wahren Absichten bald durchschaut hatte. Schon damals war er ein schlechter Schauspieler gewesen und hatte nur kurz über seine Leidenschaft für das Glücksspiel wie für schöne junge Männer hinwegtäuschen können. Ihre Augen wanderten weiter seinen langen Hals hinunter über die zurückhaltend schimmernde graue Seidenkrawatte, die sorgfältig in die Weste gesteckt endete, um schließlich auf der Leibmitte zu verharren. Der Blutfluss aus der Wunde hatte sich verlangsamt, die Spur zwischen seinen Fingern begann an manchen Stellen gar schon einzutrocknen. Das Gold des Eherings glänzte umso heller neben dieser trostlosen Linie.

»Dieses Mal hat Hammermeyer also tatsächlich geschossen«, erklärte sie und reckte die Waffe abermals nach oben. »Schade, dass er nicht richtig getroffen hat.«

»Es ist mir klar, wie sehr dich das ärgert.« Die Farbe kehrte auf seine Wangen zurück. Allmählich gewann er auch seine Fassung wieder, wie der leicht überhebliche Unterton in seiner Stimme verriet. »Vielleicht solltest du es selbst einmal versuchen?«

»Vielleicht sollte ich.« Sie richtete den Pistolenlauf geradewegs auf ihn, kniff die Augen zusammen und legte den Finger an den Abzug. Er erbleichte. Einen Moment lang war alles möglich.

»Du brauchst einen Arzt«, stellte sie trocken fest und ließ die Waffe wieder sinken, schickte sich an, zur Tür zu gehen. »Ich rufe einen ...«

»Nein!« Unerwartet flink schoss er nach vorn, umklammerte mit der Rechten ihr linkes Handgelenk, drückte fest zu. Sie wollte aufschreien vor Schmerz, Tränen traten ihr in die Augen. Mit aller Kraft unterdrückte sie jeden Laut. Er schnaubte, erklärte verärgert: »Ich brauche keinen Arzt. Ich brauche überhaupt niemanden, das musst du wissen. Geh nur wieder in dein Zimmer, verkriech dich in deine Romane. Ich komme bestens allein zurecht.«

»Natürlich. Wie konnte ich das nur vergessen. Du kommst ja immer bestens allein zurecht und brauchst niemanden, am wenigsten mich, deine dir angetraute Ehefrau.«

Sie lachte auf, befreite sich durch eine entschiedene Drehung aus seinem Griff, fuchtelte dabei mit der Pistole einen Moment ziellos durch die Luft. Ihr linkes Handgelenk tat weh. Sie klemmte die Waffe unter die Achsel, strich mit den Fingerkuppen der Rechten über die wunde Stelle, betrachtete erstaunt die Abdrücke, die seine Finger auf ihrer Haut hinterlassen hatten. Zum ersten Mal in ihrem gemeinsamen Leben hatte er sie grob angefasst, ihr Schmerzen zugefügt. In ihrem Innern brandete Empörung auf. Sie warf Oskar funkelnde Blicke zu, nahm die Pistole wieder in die Hand, schlug damit lauernd gegen ihren Oberschenkel und überlegte.

Seine Augen flackerten unruhig.

Sie spitzte den Mund, wartete.

»Vor fünf Jahren verhielt es sich ähnlich zwischen uns.« Nach einer geraumen Weile konnte sie überraschend gelassen zu ihm sprechen. »Nach der Sommerfrische in Monte Carlo standest du nahezu völlig ruiniert vor mir. Die Affäre mit Jacques Brissot drohte, dir den Rest zu geben. Auch damals wolltest du mir deinen elenden Anblick ersparen und schicktest mich großherzig weg, derweil du dich allein aus dem Sumpf zu retten gedachtest.«

Er schnaubte unwillig. Sie gab ihm ein besänftigendes Zeichen mit der Linken, stieß die Pistole gegen ihr Kinn und lächelte still in sich hinein, während sie in süffisantem Ton weitersprach: »Keine Sorge! Natürlich weiß ich, wie es in Wahrheit war: Nicht meine

Mitgift und ich retteten dich vor dem sicheren Bankrott, sondern letzten Endes bewahrtest selbstverständlich du mich mit deinem selbstlosen Antrag bei meinem Vater vor dem gesellschaftlichen Skandal. Dabei warst du nicht einmal der Vater meines Kindes, von meinem Liebhaber ganz zu schweigen. Trotzdem nahmst du das hinter meinem Rücken ganz allein auf dich. Ich danke dir von ganzem Herzen, mein Lieber, sowohl für deine Heldentat damals wie auch für dein tapferes Verhalten heute. Von neuem willst du mich vor dem Bösen bewahren und dich, um mich zu schonen, ohne meine Hilfe aus dem Unglück retten. Nur zu! Bieg dir die Wahrheit einfach wieder so hin, wie es dir am besten passt, dann wird es am Ende schon stimmen. Man muss es sich einfach nur oft genug erzählen, dann glaubt man schließlich selber daran. Aber vielleicht darf ich dir wenigstens dabei behilflich sein?«

Aufmunternd nickte sie ihm zu. Als er zu reden anheben wollte, kam sie ihm zuvor. »Lass nur, ich weiß schon, wie es sich zugetragen hat: Dein lieber Hammermeyer ist zwar vorhin da gewesen und hat dich deiner gewaltigen Spielschulden wegen zur Rede gestellt, aber das habt ihr wie stets friedlich miteinander geklärt. Ihr seid ja vernünftige Ehrenmänner. Ebenso ist es auch eurer unglücklichen Liebelei wegen nicht zum Streit gekommen. Wozu auch? Die ist ohnehin zu Ende, zumindest für dich. Gestern tauchte ja schon der nächste Günstling hier in deinem Herrenzimmer auf. Stock heißt er, nicht wahr? Hammermeyer wird es früher oder später wohl schon begreifen, was das bedeutet.«

Sie hob die Waffe und wedelte damit dicht vor Oskars fein geschnittener Nase, was er erschöpft geschehen ließ. »Deshalb ist eben auch kein Schuss aus dieser Pistole abgegeben worden. Die Bühnenarbeiter im Hof der Kammerspiele nebenan haben wieder einmal ein Teil der Kulisse unsanft zu Boden fallen lassen. Das hat diesen abscheulichen Knall gegeben. Und in deinem Leib dort«, sie deutete mit dem Pistolenlauf auf die Wunde in seiner rechten Seite, »ist nur ein harmloser Kratzer, den du dir eben am Bücherregal zugezogen hast. Ein Jammer, dass Hammermeyer so dringend fort musste. Ganz erschrocken bist du deshalb gegen die Kante geprallt und hast dich dabei angeschlagen.«

Zufrieden wog sie die Pistole in ihrer Hand. Es tat gut, die Kälte des Metalls auf der Haut zu spüren, das Gewicht der Waffe in der Hand zu wissen. Sie schürzte die Lippen und lächelte versonnen auf Oskar hinunter.

»Du hast recht, meine Liebe«, erwiderte er in schleppendem Tonfall. »Wie immer hast du mit allem recht. Genau so ist es gewesen.«

»Dann sind wir uns also einig?«

»Warum fragst du noch? Du weißt doch längst, wie ich das meine«, gab er matt zurück und presste die Hand fester in die Seite, senkte den Blick. Das Blut floss wieder stärker aus der Wunde, verschmierte seine Linke von neuem. Der Stoff seines Rocks glänzte feucht.

»Gut«, pflichtete sie bei, beugte sich vor und legte die Waffe behutsam auf dem Beistelltisch neben seinem Sessel ab. Sein Blick folgte ihr, wie sie aus den Augenwinkeln bemerkte. Sobald sie die Pistole losließ, atmete er leise auf. Langsam richtete sie sich auf. »Dann bleib du nur hier sitzen und schließ die Augen. Ich hole einen Arzt, der uns beistehen wird.«

Entschlossen ging sie zur Tür, legte die Hand auf die Klinke, stockte. Es war niemand da, den sie nach dem Arzt schicken konnte. Sie war mit Oskar in der Wohnung allein. Emma war noch beim Einkaufen, und die Köchin hatte ihren freien Tag. Ein Telefon besaßen sie nicht. Oskar wehrte sich bislang entschieden gegen diese »absolut überflüssige« Neuerung, wie er sie verächtlich nannte. Ihn allein lassen und selbst zur Briennerstraße vorlaufen wollte sie nicht. Ein ungutes Gefühl hielt sie davon ab. Sie biss sich auf die Lippen, dachte nach, was stattdessen am besten zu tun war. Da hörte sie Oskars Stimme wieder klarer als noch vorhin gegen ihren Rücken sprechen. »Du hast dich überschätzt, meine Liebe. Ganz so leicht kannst du allein das nicht klären. Die letzte Entscheidung liegt immer noch bei mir. Deshalb wirst du jetzt auch gemeinsam mit mir zugrunde gehen.«

»Was soll das heißen?« Verärgert fuhr sie herum. Die schnelle Bewegung ließ den Taft ihres violetten, wadenlangen Rockes rascheln. Zugleich spürte sie einen stechenden Schmerz in der

Taille. Das Korsett zwickte. Emma hatte es viel zu eng geschnürt. Sie verfluchte ihre Einfalt, Oskar zuliebe wieder einmal auf das bequeme Reformkleid verzichtet zu haben. Wann lernte sie endlich, nicht auf ihn Rücksicht zu nehmen? Voller Wut sah sie zu ihm hin, entdeckte zu ihrem Entsetzen die Pistole in seiner Rechten. Wie töricht, sie ausgerechnet auf dem Tisch neben seinem Sessel abzulegen! Zitternd vor Anstrengung, aber dennoch zweifelsohne zielsicher hielt er sie auf sie gerichtet. Als sie den Triumph in seinen Augen aufblitzen sah, lief es ihr eiskalt den Rücken hinunter. Er war zu allem entschlossen. Nach dem Bruch mit Hammermeyer hatte er nichts mehr zu verlieren. Sie zwang sich zur Ruhe, atmete tief durch, faltete die Hände vor dem Leib. Sie musste Zeit gewinnen, das allein war ihre Chance.

»Warum sollten wir jetzt miteinander zugrunde gehen? Du willst doch eines harmlosen Kratzers wegen nicht gleich ganz aufgeben? Dass Hammermeyer laut geworden ist und Stocks wegen Ärger angedroht hat, sollte dich erst recht nicht aus der Fassung bringen. Es ist nicht das erste Mal, dass wir solche hässlichen Auftritte erleben. Weder das Mädchen noch die Köchin sind da. Also hat niemand etwas mitbekommen, geschweige denn ein lautes Wort gehört. Für die Spielschulden, deren Begleichung dein junger Freund eben sicherlich angemahnt hat, wird sich ebenfalls eine Lösung finden. Noch hat sich immer ein Ausweg gefunden. Bislang hast du noch Kredit bei deiner Bank, und dein nächstes Professorensalär von der Universität steht bald an. Sind da nicht auch die Verlagshonorare von deiner neuesten Abhandlung zu erwarten?« Kurz überlegte sie, dann entschied sie sich, ihm ihre eigenen Einkünfte zu verschweigen. Ihr Pseudonym sollte ungelüftet bleiben, er musste nicht wissen, dass sie längst ihr eigenes Geld mit Schreiben verdiente. »Sei geduldig und reg dich nicht auf, Oskar. Jede unbedachte Regung bereitet dir nur unnötige Schmerzen.«

Als wären ihre Worte ein Signal, suchte ihn erneut eine Welle des Schmerzes heim. Seine Wangen wurden bleicher, sein Atem ging schneller. Sie meinte, im grellen Licht der Lampe erste Schweißtropfen auf seiner Stirn zu erblicken. Schlaff ließ er die Pistole sinken, sein Leib sackte in sich zusammen. Gewiss war es höchste Zeit, den Arzt zu rufen. Noch weniger als vorhin aber verspürte sie den geringsten Drang hinauszugehen. Stattdessen trat sie nah vor ihn und nahm ihm behutsam die Pistole aus der Hand. Widerstandslos ließ er sie gewähren.

»Hammermeyer wird wohl nicht mehr kommen«, erklärte er tonlos, biss die Lippen zusammen.

Sie horchte auf, wollte ihn fragen, wie er das meinte, machte das doch womöglich alle Befürchtungen über seinen drohenden Untergang zunichte. Ein Blick in sein Gesicht hieß sie allerdings, lieber zu schweigen. Sie betrachtete ihn, bis er das Antlitz von neuem abwandte, sich ganz auf seinen Schmerz besann.

»Dann seid ihr also endgültig fertig miteinander? Wie schade.« Langsam drehte sie sich um und ging zur Fensterfront, legte die Pistole auf das schmale Sims. Die Zeit arbeitete für sie, sie musste nur die nötige Geduld aufbringen.

Ziellos blickte sie durch den Regenvorhang vor der Scheibe auf die Maximilianstraße hinunter. Das trübe Grau des Dezembertages vermischte sich allmählich mit der aufziehenden Dämmerung. Die Gaslaternen spendeten kümmerliche Lichtinseln, die die Düsternis draußen eher verstärkten denn wirklich erhellten. Eine weiß-blaue Tram schob sich vom Nationaltheater her die schnurgerade Prachtstraße entlang, unerbittlich Droschken und Fuhrwerke beiseite drängend, zugleich mit einem ohrenbetäubenden Klingeln Fußgänger vor der drohenden Gefahr warnend. Vor dem Eingang des gegenüberliegenden Hotels kam die Straßenbahn zum Stehen. In beide Richtungen stauten sich Automobile vor und hinter dem Wagen. Vergebens wollten sich die Fahrer hupend zu ihrem Recht auf freie Fahrt verhelfen. Trotzig blieb die Tram stehen.

Eine gewaltige Menschentraube hatte sich um das Fahrzeug genau vor der Straßenbahn gebildet. Außer dem Trottoir blockierte sie längst auch die beiden Fahrbahnen. Der rot livrierte Portier des *Vier Jahreszeiten* setzte alles daran, die Menge rasch zu zerstreuen. Zögernd nur schenkte man seinem aufgeregten Winken Beachtung. Als sich der Pulk der Neugierigen etwas lichtete, erspähte Sidonie die Gestalt, die vor den Reifen des Automobils auf dem feucht glänzenden Straßenpflaster lag. Auch wenn sie nicht viel von ihr sah, so meinte sie doch, etwas Bekanntes an ihr auszumachen. Ein junger Mann musste es sein, dunkel gekleidet, schlank und hochgewachsen, genau so, wie sie ihn vorhin an der Wohnungstür noch entdeckt hatte. Offenbar war er direkt in das Fahrzeug hineingerannt. Der dumme Junge! Als ob Oskar das wert gewesen wäre.

Sie wich einige Handbreit von der Fensterscheibe zurück, gewahrte in dem von hinten beleuchteten Glas überrascht die Umrisse eines schmalen Frauenkopfes. Es dauerte einen Moment, bis sie das Spiegelbild als das ihre wahrnahm. Prüfend drehte sie den Kopf erst nach rechts, dann nach links, besah sich ganz genau. Das spitz zulaufende Kinn und die leicht eingefallene Wangenpartie befremdeten sie. Die hohen Wangenknochen wie die lange, schlanke Nase und die schräg stehenden Augen unterstrichen die Längsachse des Antlitzes stärker als notwendig, selbst dem herzförmigen Mund war jegliche Fülle abhanden gekommen. Eine Locke ihres aschblonden Haares hatte sich aus der aufgesteckten Frisur gelöst und hing am linken Ohr herab. War das tatsächlich das Gesicht einer Endzwanzigerin? Ihr eigentliches Selbst schien ganz hinter dem ungewohnten Antlitz zurückzutreten. Oder hatte sie selbst es bislang nur einfach nicht richtig wahrgenommen? Hatte sich selbst noch als jemanden gesehen, den es so gar nicht mehr gab? Die einst übermütige Jugendfrische war längst aus dem Gesicht gewichen, hatte einer gewissen Reife Platz gemacht, die auf ein reiches Maß an Erfahrung schließen ließ. Auch das besaß seinen Reiz, wie das Schmale, Längliche ebenfalls über eine gewisse Ausstrahlung verfügte. Sie musste es einfach nur so empfinden, wie sie es wollte, dann war es schon so. Das zumindest hatte sie von Oskar gelernt.

Je länger sie ihr neues Gesicht betrachtete, je besser gefiel es ihr. Aufmunternd zwinkerte sie dem eigenen Spiegelbild zu und bedauerte auf einmal lediglich, dass die Farbe ihrer eigentlich strahlend blauen Augen von der matten Scheibe verschluckt wurde. Ob es der alte Glanz der in der fünfjährigen Ehe mit Oskar viel zu rasch verflossenen Jugendjahre war, der darin aufflackerte, oder ob es ein ganz neues Strahlen war, das nun darin leuchtete?

Sie wusste es nicht recht zu bestimmen. Ein weiterer, sehr befreiender Gedanke kam ihr. Entschlossen ballte sie die herabhängenden Hände zu Fäusten, griff nach der Pistole und drehte sich schwungvoll ins Herrenzimmer zurück. Wie durch ein Wunder wichen die deckenhohen Bücherregale an den Längsseiten beiseite, verlor der Raum seine düstere und bedrückende Enge. Die letzten Reste des Zigarrenrauchs zerrissen in der Luft. Selbst die massigen Möbel wie die dicken, staubigen Teppiche, die jeden Schritt zu verschlucken pflegten, wirkten auf einmal leicht und freundlich, gewährten einer neuen Frische Einzug.

»Geht es dir gut?«, fragte Oskar, jede Silbe vor Schmerz mehr mühsam herausstoßend denn klar aussprechend.

»Mir geht es bestens, genau wie dir«, erwiderte sie. »Es ist, als wäre es mir nie besser gegangen als gerade jetzt, wo wir uns endlich in allem einig sind.«

In wenigen Schritten stand sie neben ihm. Wieder spürte sie das beruhigend schwere, kalte Metall der Pistole in der Hand, hob sie an und setzte sie dem entsetzt aufschreienden Oskar an die Schläfe. Der laute Knall erschreckte sie. Von der überraschenden Wucht des Rückschlags zuckte ihre Hand zurück. Oskars Körper sackte nach vorn. Sie schaffte es gerade noch rechtzeitig, ihm die Pistole in die rechte Hand zu legen, bevor er ganz zu Boden fiel.

Als sie wenig später auf den Flur hinausrannte, um den Arzt zu rufen, kam Emma atemlos die Treppe herauf, schleppte keuchend den prall mit Einkäufen gefüllten Korb die Stufen herauf.

»Frau Professor! Denken Sie nur, was passiert ist: Auf der Maximilianstraße ist der junge Herr überfahren worden, der so oft bei Ihrem Gemahl ...«

Dicht vor Sidonie angekommen, beendete sie den Satz nicht, sondern sah ihre Herrschaft aus schreckgeweiteten Augen an.

»Was ist Ihnen? Sie sehen so ganz anders aus!«

»Mir ist auch ganz anders! Geh und hol den Arzt. Mein Mann hat sich soeben vor meinen Augen erschossen.«

rumpelkammer

Rumpelkammern hüten Plunder und Schätze gleichermaßen, doch der Wert des Inhalts bemisst sich nach der Bedeutung, die er für den Besitzer hat.

Geschlossene Türen

ARND FEDERSPIEL

Jedes Haus hat seine Rumpelkammer. Manchmal ist sie groß, manchmal klein, doch das ist nicht entscheidend. Was zählt, sind die in ihr verwahrten geheimnisvollen Schätze. Oder auch nur die Geheimnisse.

Es war Herbst, als ich ins Haus meines Onkels kam. Der Wind jagte über das Land und trieb Blätter und Regen vor sich her; dies alles unter einem grauen Himmel, der perfekt zu meiner Stimmung passte. Meine Eltern waren vor vier Monaten bei einem Autounfall ums Leben gekommen und hatten mich, noch nicht einmal vierzehn Jahre alt, in einer Welt zurückgelassen, in der nichts mehr so war, wie ich es bisher gekannt hatte.

»Dein Onkel wird dich heute abholen kommen«, erklärte eines Morgens die Leiterin des Kinderheims, in dem ich nach dem Tod meiner Mutter und meines Vaters untergebracht worden war.

»Mein Onkel?«

»Ja, der Bruder deines Vaters.« Mit gerunzelter Stirn sah sie mich von ihrem Platz aus an, halb verschanzt hinter dem Computer – vielleicht um das Unglück, das sie tagtäglich umgab, nicht allzu sehr an sich heranzulassen. »Dein Onkel Markus.«

»Onkel Markus?« Versuchsweise ließ ich den Namen über meine Zunge rollen, als wollte ich ihn abschmecken.

Die Kinderheimleiterin legte die Stirn in Falten. »Kennst du ihn denn nicht?«

Stumm schüttelte ich den Kopf. Was hätte ich auch sagen sollen?

Sie zuckte die Schultern und wedelte mit der Hand. »Nun, das würde auch erklären, warum er sich jetzt erst bei uns gemeldet hat. Jedenfalls sind seine Personalien eingehend geprüft und für in Ordnung befunden worden. Von heute an wird er sich um dich kümmern. Ich freue mich so für dich.«

»Ja«, sagte ich leise. »Ich mich auch.«

Onkel Markus trug einen dunklen Anzug und war um die vierzig – also uralt –, groß und schlank. Auf seinen ernsten Zügen erschien ein kurzes Lächeln, als er mich sah.

»Auf den ersten Blick siehst du aus wie dein Vater«, sagte er, nachdem er sich vorgestellt hatte. »Aber zu deinem Glück hast du auch viel von deiner Mutter.«

»Wie Sie meinen«, erwiderte ich.

»*Sie*? Hey, Junge, ich bin dein Onkel. Nenn mich Onkel Markus oder von mir aus auch nur Markus, aber sag nicht *Sie*. Wir sind eine Familie. Oder das, was davon übrig ist.«

»Aber«, sagte ich schüchtern, und das Herz schlug mir bis zum Hals, »wieso kenne ich Sie ... *dich* dann nicht?«

Er legte den Kopf auf die Seite und betrachtete mich aufmerksam.

»Ich war viel unterwegs«, sagte er schließlich. »Und werde es wohl auch in Zukunft sein, aber das ist ein Problem, das wir lösen werden, wenn es auftritt. Jetzt lass uns erst mal nach Hause fahren.«

Nach Hause.

Was hätte ich nicht dafür gegeben, wenn wir wirklich dorthin gefahren wären. Aber wir fuhren nur in Onkel Markus' Haus. Und was für ein Haus das war. Es lag in der Mitte eines parkähnlichen Geländes, umgeben von einer hohen Steinmauer, auf deren Krone sich gusseiserne Spitzen in den grauen, wind- und regengepeitschten Himmel bohrten. Andere Häuser waren weit und breit nicht zu sehen. Wir fuhren durch ein ebenfalls eisernes Tor, das sich lautlos hinter uns schloss, durchquerten einen Gürtel aus alten Bäumen und erreichten schließlich die weitläufige Rasenfläche, in deren Mitte das Haus aufragte.

Gegen die bleiernen Wolken hob es sich wie ein riesiger Schatten ab. Alt war es, groß und klobig, mit einem spitzen Dach. Hier und dort sah man Erker und Türmchen.

Onkel Markus wandte den Blick von der kiesbestreuten Zufahrt ab und mir zu.

»Ein bisschen einschüchternd, nicht wahr? Aber du wirst es mögen, wenn die Sonne darauf scheint. Glaub mir, ich weiß es. Ich bin hier aufgewachsen. Genau wie dein Vater.« Er zwinkerte mir zu. »Am besten denkst du daran, wenn es dich einmal zu sehr bedrückt.« Ich nickte stumm. Mein Mund war trocken.

Es war wirklich nicht so schlimm, wie ich gedacht hatte. Das Haus war zwar alt, aber gut in Schuss. Die Räume waren gepflegt und gemütlich, wie ich feststellen konnte, während Onkel Markus mich durch das Gebäude führte.

»Der Salon«, sagte er, als wir in eine holzgetäfelte Halle traten. »Mörderisch zu heizen, aber früher waren die Wohnzimmer in solchen Hütten nicht kleiner.«

Danach: »Die Bibliothek.« Ledergebundene, aber auch ganz normale Bücher, die sich entlang der Längsseiten des Raumes erstreckten. An der der Tür gegenüberliegenden Wand ein aus Feldsteinen gemauerter Kamin, darüber das Porträt eines Mannes in irgendeiner alten Uniform, darunter ein Kavalleriesäbel.

»Dein ...«, Onkel Markus überlegte, »... Urururgroßvater. Ziemlich grimmiger Bursche, oder? Und darunter sein alter Säbel. Aber komm auf keine dummen Ideen. Der ist bombenfest angebracht. Auch das weiß ich aus Erfahrung, denn ich habe als Junge versucht, ihn aus der Scheide zu ziehen. Spar dir deine Kraft. Wenn du hier etwas willst, dann lies.«

Er wies auf eine Ecke in der Nähe des Kamins und eines gemütlich aussehenden Sessels. Dort stand ein Regal, kleiner als die anderen zwar, doch es enthielt immer noch eine ziemlich umfangreiche Sammlung an Büchern.

»Die gehörten deinem Vater und mir. Stevenson, Twain, Verne und Konsorten, aber auch eine Unzahl neueren Datums. Kann ich nur empfehlen. Und jetzt zeige ich dir dein Zimmer.«

»War es auch das von Papa?«, fragte ich, als wir in dem erstaunlich hellen und freundlichen Zimmer standen, in das er mich geführt hatte. An den weißen Wänden noch mehr Bücherregale, ein, zwei Poster von jungen Frauen – Sängerinnen oder Schauspielerinnen, die mir nichts sagten – mit unmodischen Klamotten.

Das erste Mal seit undenklichen Zeiten musste ich lachen.
»Oh Mann, guck dir die Frisuren an.«
Auch Onkel Markus lachte. »Was soll ich sagen?«, meinte er. »Wir waren jung.«
Er stellte meinen Koffer auf den Boden. Dann trat er langsam zu einer Kommode und griff nach einem Bilderrahmen, der darauf stand. Wortlos reichte er ihn mir. Das Foto darin zeigte meinen Onkel zusammen mit meinem Vater. Sie waren ungefähr in meinem Alter, hatten jeweils einen Arm um die Schulter des anderen gelegt und lächelten, als gehöre ihnen die Welt. Und wahrscheinlich tat sie es in diesem Moment auch.

Onkel Markus wendete den Blick nicht von mir ab, während ich das Bild betrachtete. Ich biss die Zähne zusammen.

Er nickte. »Ich lass dich dann mal allein, mein Junge.«

Ich hörte nicht, wie sich seine Schritte entfernten, hörte nicht, wie er die Tür ins Schloss zog.

Als ich am nächsten Morgen nach unten kam, schien die Sonne. Ich ging in die Küche, die Onkel Markus auf den allerneuesten Stand hatte bringen lassen, sodass sie nicht zum Haus zu passen schien, es auf eigentümliche Art aber doch tat, weil sie jemand hatte einbauen lassen, der das Haus offensichtlich liebte.

Es klapperte hinter einer weiteren Tür, die zwischen einem Küchenschrank und einem Regal lag. Im nächsten Moment öffnete sie sich, und Onkel Markus trat hervor, ganz leger in Jeans und T-Shirt gekleidet. Er wischte seine Hände an einem Lappen ab, den er in die Gesäßtasche steckte, als er mich sah.

»Guten Morgen«, sagte er.

»Guten Morgen.«

»Frühstück?«

Ich nickte.

»Gut.« Er bemerkte meinen Blick, der zur Tür hinüberhuschte. »Speisekammer«, sagte er.

Wir frühstückten schweigend. Als wir fertig waren, sagte ich: »Mama und Papa haben unsere Vorräte immer im Keller untergebracht.«

»Auch nicht schlecht, aber so sind sie näher an der Küche.«
»Ja.«
Wieder Schweigen. Irgendetwas war anders als gestern. Da hatte sich mein Onkel bemüht, mich aufzumuntern und sich von seiner fröhlichen Seite zu zeigen. Doch heute Morgen ...
Das Schweigen wurde immer länger. Da es mich zu bedrücken begann und mir nichts anderes einfiel, fragte ich: »Hat das Haus hier auch einen Keller?«
Mein Onkel hob die Augenbrauen. »Ja.«
Froh, ein Thema gefunden zu haben, platzte ich heraus: »Kann ich den sehen?«
»Ein andermal. Da gibt es nicht viel Interessantes. Räume für Wein, Werkzeug und die Heizung und ... eine Rumpelkammer.« Er drehte sich zum Fenster. »Die Sonne scheint. Lass mich dir lieber das Gelände zeigen. Ich habe dir doch gesagt, dass das Haus bei solchem Wetter ganz anders auf einen wirkt.«
»Okay.«
»Na dann, komm.«
Es stimmte. Bei Licht betrachtet und in die goldenen Strahlen einer herbstlichen Sonne gebadet, die noch einmal ihr Bestes gab, wirkte das Haus auf einmal gar nicht mehr bedrohlich. Eher ein wenig verwunschen, als wäre es einem alten Film entsprungen. Ein Ort voller Abenteuer und Rätsel.
»Siehst du, ich habe nicht zu viel versprochen«, sagte Onkel Markus, als wir uns nach einem langen Rundgang der Rückseite des Hauses näherten.
Wir nahmen ein paar Stufen und betraten die Küche durch die Hintertür.
Onkel Markus entschuldigte sich. Er müsse noch arbeiten. »Mein Büro ist vorne rechts neben der Haustür, wenn du mich brauchst.«
»Ich weiß. Du hast es mir gestern gezeigt.«
»Dann ist ja alles klar. Falls du Beschäftigung suchst: Fernseher und solche Sachen sind im Salon, Bücher ...«
»... in der Bibliothek, schon klar.«
Er verschwand. Ich beschloss, auf mein Zimmer zu gehen und mich dort genauer umzuschauen. Gestern Abend war ich für eine

eingehende Untersuchung zu müde und aufgewühlt gewesen. Zwar fühlte ich mich immer noch ausgelaugt von all dem Neuen, das auf mich eingestürzt war, doch schien der Sturm, der in mir tobte, ein wenig abgeflaut zu sein – und das wollte ich ausnutzen.

Ein paar Tage später allerdings musste ich feststellen, dass der Sturm sich nicht gelegt hatte. Ich war lediglich für kurze Zeit in sein ruhendes Auge geraten.

Die vergangenen Tage hatte ich damit verbracht, so viel von meiner Neugier auf das Zimmer und damit die Vergangenheit meines Vaters zu stillen, wie ich nur konnte. Wenn ich durch das Haus ging, versuchte ich ihn mir darin vorzustellen. Mittlerweile, dachte ich, hatte ich eine recht gute Vorstellung davon, wie ein Junge sich hier fühlen musste.

Ich saß gerade wieder einmal auf dem Bett und hörte die Platte einer der an der Wand hängenden Sängerinnen, als mein Magen sich bemerkbar machte. Ich sah auf die Uhr. Zeit fürs Mittagessen.

Die hölzernen Stufen der Treppe knarzten, als ich ins Erdgeschoss hinunterging. Ich warf einen kurzen Blick Richtung Haustür und Büro. Die Tür zum Arbeitszimmer meines Onkels war geschlossen. Wahrscheinlich wollte er nicht gestört werden, so wie meist in den letzten Tagen. Nun ja, ein Brot konnte ich mir auch selbst machen.

Ich betrat die Küche und öffnete den Kühlschrank, bediente mich an Käse und Wurst. Nur, wo war das Brot? Jedenfalls nicht in der Brottrommel. Und auch in keinem der Schränke. Irritiert sah ich mich um, die Plastikdosen mit dem nutzlosen Belag in der Hand. Da sprang mir die Tür zur Speisekammer ins Auge. Ich stellte die Dosen auf den Küchentisch und öffnete die Tür.

Lautlos schwang sie nach innen auf. Vor mir lag ein schmaler Raum. Spärliches Licht fiel durch ein kleines vergittertes Fenster. Schon auf unserem Spaziergang an meinem ersten Morgen im Haus war mir aufgefallen, dass alle Fenster im Erdgeschoss durch Gitter gesichert waren, wahrscheinlich wegen der häufigen Reisen meines Onkels, von denen er gesprochen hatte. An der gegenüberliegenden Wand der Kammer befanden sich ein paar Regale, darin Konserven und Tetrapacks, allerdings weder Brot noch sonst etwas in dieser Richtung. Direkt neben der Tür summte leise eine Kühltruhe.

Und da war noch etwas anderes. Eine weitere Tür.

Ich runzelte die Stirn. Noch eine Speisekammer?

Neugierig trat ich vor und drückte die Klinke herunter. Vor mir öffnete sich ein schwarzes Loch. Ich tastete die Wand ab und fand einen Lichtschalter. Eine Glühbirne flammte auf. Direkt vor mir führte eine Treppe in die Tiefe.

Der Keller. Vielleicht hat Onkel Markus da ja doch noch Essbares gelagert. So wie wir zu Hause, dachte ich.

Ich ging nach unten.

Keine Vorräte, stellte ich fest, als ich mich umsah. Nur ein paar Türen, die von einem größeren Vorraum abgingen. Die erste führte in einen Kohlenkeller, der in einen Weinkeller umgewandelt worden war, die zweite in den heutigen Heizungskeller mit seiner modernen Anlage. Rote und grüne Lichter tanzten im Dämmerlicht. Hinter der dritten Tür verbarg sich der Werkzeugraum. Ich wandte mich der letzten Tür zu.

Anders als die anderen war sie verschlossen.

Noch einmal rüttelte ich an der Klinke. Das Klappern hallte zwischen den Wänden des Vorraums wieder. Im nächsten Moment ließ mich eine Stimme hinter mir herumfahren.

»Was tust du denn hier?«

Onkel Markus stand auf der Treppe, eine Hand auf dem Geländer.

Ich machte eine hilflose Geste.

»Also?«

»Ich ... habe Brot gesucht. Und da in der Speisekammer keins war, dachte ich, ich würde vielleicht hier unten etwas finden.«

Onkel Markus gab ein unwilliges Knurren von sich. »Ich habe dir doch gesagt, dass alle Vorräte oben sind. Komm mit, ich zeig dir, wo das Brot ist.«

Gehorsam folgte ich ihm die Treppe hinauf.

»Was ist denn das für ein abgeschlossener Raum?«, fragte ich, unfähig meine Neugier zu zügeln, während er das Licht im Keller ausschaltete.

Er winkte ab. »Das habe ich doch schon mal erwähnt. Die Rumpelkammer.«

Ich war verwirrt. Wieso hatte er mich denn wegen einer blöden Rumpelkammer so angeschnauzt?

»Aber warum ist die verschlossen? Ist da was Wertvolles drin?«

Er schnaubte. »Quatsch. Nur lauter altes Zeug. Aber so viel davon, dass ich Angst habe, es könnte auf einen fallen, wenn man einfach unbedarft da reingeht. Darum halte ich sie verschlossen, es sei denn, ich brauche etwas daraus.«

»Verstehe«, sagte ich, obwohl ich das immer noch nicht tat.

Er öffnete die Kühltruhe, griff hinein und streckte mir einen Beutel mit geschnittenem Brot entgegen. »Ich friere es meistens ein, dann ist immer etwas da, wenn ich von einer meiner Reisen zurückkomme. Ich schätze, jetzt wo du da bist, werde ich diese Angewohnheit ändern müssen. Toaste dir ein paar Scheiben. Morgen hole ich einen frischen Laib.«

»Okay.«

Er schob mich aus dem Raum und schloss die Tür hinter uns. Nicht laut, aber mit Nachdruck. Ich ging zum Toaster.

Er lächelte mich an. Es wirkte etwas gezwungen.

»Ich muss weiterarbeiten«, verkündete er. »Kommst du klar?«

»Sicher.«

Er nickte mir zu. Dann verließ er die Küche. Ich hörte, wie sich seine Schritte durch den Flur entfernten.

Vom Toaster stieg mir der Geruch röstenden Brotes in die Nase, doch mir war der Appetit vergangen. Vor meinem geistigen Auge sah ich Onkel Markus auf der Kellertreppe stehen, die Hand am Geländer und einen Ausdruck im Gesicht, den ich nur zu gut kannte.

Genau so hatte mich mein Vater immer angesehen, wenn ich wirklich etwas verbockt hatte.

Was war denn so schlimm daran, in den Keller zu gehen?, fragte ich mich, als ich abends im Bett lag. Ich konnte nicht schlafen. Onkel Markus hatte zwar kein Wort mehr über den Vorfall verloren, war aber bei unserem gemeinsamen Abendessen wieder sehr wortkarg gewesen. Einmal hätte ich ihn fast auf den Keller und die verschlossene Rumpelkammer angesprochen, hatte dann jedoch darauf verzichtet. Letztendlich war ich froh, dass er die Sache auf sich beruhen ließ und mir nicht ordentlich den Kopf wusch. Wenn ich auch nicht richtig begriff, worin denn nun eigentlich mein Vergehen bestand.

Ein paar Tage später sagte er mir, dass er verreisen müsse. »Nur für vier oder fünf Tage. Ich habe eine Frau aus dem Ort angeworben, die sich in der Zeit um dich kümmern wird. Danach nehmen wir uns noch eine Woche Zeit für uns, dann sind die Ferien für dich vorbei, und es geht in die Schule. Wird Zeit, dass dein Leben wieder in normale Bahnen kommt.«

Ich hatte mich schon gefragt, wann meine Schonfrist wohl ablaufen würde.

Einen Tag später erschien Frau Worms auf unserer Schwelle und übernahm die Zügel im Haus, einen weiteren Tag später verabschiedete sich mein Onkel.

Ich sah seinem Wagen nach, als er unter den Blättern des Baumgürtels im Park verschwand. Dann wandte ich mich vom Fenster ab. Ich warf einen kurzen Blick durch mein Zimmer, das ich nun in- und auswendig kannte; auf das Foto von Onkel Markus und meinem Vater, der mir zuzulächeln schien. Ein leeres Gefühl breitete sich in meiner Brust aus, als ich an ihn und meine Mutter dachte. Ich wollte sie zurückhaben, verdammt noch mal. Aber das war unmöglich. Möglich hingegen war es, mich ihnen näher zu fühlen. Oder zumindest meinem Vater. In der Rumpelkammer waren sicher noch Sachen von ihm. Irgendetwas, das ihn mir, wenn auch nur für einen flüchtigen Moment, wiederbringen würde – und darüber auch meine Mutter, denn für mich waren die zwei untrennbar miteinander verbunden.

Noch ein letzter prüfender Blick aus dem Fenster, und ich trat auf den Flur.

Irgendwo im Haus erklang das Geräusch eines Staubsaugers. Frau Worms war also aus dem Weg. Leise eilte ich ins Erdgeschoss hinunter, übersprang die quietschenden Stufen, huschte in die Küche, dann in die Speisekammer, drückte die Klinke der Kellertür nieder ...

Weiter kam ich nicht. Sie war abgeschlossen. Und kein Schlüssel weit und breit zu sehen.
Ich fluchte leise. Rappelte am Türgriff. Vielleicht hatte ich mich ja auch nur zu blöd angestellt. Hatte ich nicht. Die Tür ließ sich nicht öffnen.
»Den Keller hat dein Onkel abgeschlossen. Die Heizung ist frisch gewartet, da dürfte also nichts passieren, darum meinte er, da müsste keiner von uns rein«, erklärte Frau Worms, als ich sie am Abend beiläufig nach der Tür fragte. »Vielleicht hat er ja Angst, dass du an seinen Wein gehst.« Sie lachte. »Wäre nicht das erste Mal bei einem Jungen deines Alters.«
Ich zwang mich zu einem Lächeln. Sie zwinkerte mir zu, und die Sache war abgehakt.
Kurz darauf kam Onkel Markus wieder – und ich in die Schule. Damit war ich erst einmal beschäftigt. Trotzdem kreisten meine Gedanken zwischen Schulalltag, Hausaufgaben und den ein, zwei Freunden, die der schweigsame Neue gefunden hatte, immer wieder um die Rumpelkammer; um das, was sie mir noch über meinen Vater erzählen konnte. Oder um das, was sie mir erzählen *könnte*, wenn ich nur hineinkäme. Daran war nämlich nicht mehr zu denken. Seit Onkel Markus' Abwesenheit war und blieb die Kellertür verschlossen. Die Rumpelkammer war damit sogar doppelt gesichert.
Die Wochen gingen ins Land. Immer wieder lag ich nachts wach. Meine Gedanken kreisten um die Rumpelkammer. Um meine Eltern. Um Onkel Markus. Warum er mir den Zutritt zum Keller verwehrte, verstand ich nicht.
Einmal hatte ich ihn danach gefragt. Das Ergebnis waren ein genervter Blick und ein paar scharfe Worte gewesen.
»Lass mich doch nur mal kurz da rein«, bat ich. »Wenn du sagst, dass sie so vollgestopft ist, sind bestimmt auch alte Sachen von Papa drin. Ich will doch nur ...«
»Hier im Haus findest du genug Erinnerungen an deinen Vater«, unterbrach er mich. »In der Rumpelkammer ist, wenn überhaupt, Zeug, das er nicht mehr wollte, weil es nichts mehr mit ihm zu tun hatte. Also vergiss es einfach. So, wie er es getan hat.«

»Aber ...«
»Das Thema ist beendet.«
Für ihn war es das wohl auch.
Für mich nicht.
Die Tür zum Keller, der Zugang zur Rumpelkammer, blieb zu. Ich blieb nachts wach. Der Winter kam, dann der Frühling und mit ihm Frau Worms, denn mein Onkel musste auf eine weitere Geschäftsreise.
»In einer Woche bin ich wieder da«, sagte er.

Nach der Hälfte der Zeit stellte Frau Worms fest, dass wir frisches Obst und Gemüse brauchten, also machte sie sich eines schönen Nachmittags in ihrem alten Wagen auf den Weg zum Supermarkt.

Jetzt oder nie, dachte ich, nahm all meinen Mut zusammen und setzte den Plan um, den ich mir in endlosen Nächten zurechtgelegt hatte. Das Knattern ihrer alten Kiste war noch nicht ganz verklungen, da rannte ich schon um das Haus herum und auf dessen Rückseite. Dorthin, wo die alte Schütte in den zum Weinlager umgewandelten Kohlenkeller führte. Ein paar Schraubenzieher hatte ich mir schon vor einiger Zeit in eben dem Supermarkt besorgt, zu dem Frau Worms gerade auf dem Weg war. Die Schrauben an den hölzernen Läden des Kellerfensters saßen fest, aber damit hatte ich gerechnet. Ich zog das Kännchen hervor, das ich mir ebenfalls zugelegt hatte, und ließ großzügig Öl über die Schrauben rinnen. Dann wartete ich eine schiere Ewigkeit lang, während es einwirkte.

Als ich es nicht mehr aushielt, machte ich mich daran, die Schrauben zu lösen. Diese Arbeit verschlang mindestens eine Viertelstunde und kostete mich einiges an Haut auf Fingern und Handflächen, aber schließlich waren die Scharniere losgeschraubt. Ich stellte die Läden beiseite. Als Nächstes schob ich einen schmalen Schraubenzieher zwischen die Flügel des Fensters und bewegte den Hebel, der sie miteinander verband, nach oben. Dazu war etwas Gewalt vonnöten, aber daran konnte ich jetzt nichts ändern. Ich musste mich beeilen. Um etwaige Schäden am Fenster würde ich mich später kümmern. Schließlich hatte ich noch ein paar Tage Zeit, bis Onkel Markus wieder zu Hause auftauchen würde.

Ich schob mich durch das offene Fenster, huschte zur Tür hinüber und stand Sekunden später im Kellervorraum, knipste das Licht an und nahm die Tür zur Rumpelkammer in Augenschein. Sie sah massiv aus. Außer einem normalen Schloss war sie durch fünf weitere, ziemlich wuchtige Vorhängeschlösser gesichert, die man allerdings erst entdeckte, wenn man eine Verschalung auf der Schlossseite der Tür wegklappte.

»Der spinnt doch«, flüsterte ich und spürte, wie kalte Wut in mir aufstieg. Und wie alles in mir nach meinen Eltern schrie. Ich war nun sicher, dass Onkel Markus irgendetwas vor mir zu verbergen versuchte, das mit meinem Vater zu tun hatte. Aber dazu hatte er kein Recht. Es ging um *meinen* Vater.

Immer noch von der kalten Wut erfüllt und meine Gedanken nur auf ein Ziel gerichtet, ging ich in die Werkzeugkammer, holte eine kräftige Metallstange, schob sie zwischen die Bügel der Schlösser und hebelte sie auf. Laut schepperten sie zu Boden. Doch damit war es nicht getan. Auch das Schloss war verriegelt. Ich rannte zu den Werkzeugen zurück und griff mir ein Brecheisen.

Ein paar Minuten später stand ich keuchend im Flur. Schweiß rann mir über Gesicht und Rücken. Aber die Tür, so dick und massiv sie auch war, stand offen. Jedenfalls einen Spalt breit.

Ich schloss die Augen.

Komm schon, sagte eine Stimme in meinem Inneren. Wie schlimm kann es schon werden? Onkel Markus hat ganz offensichtlich ein Rad ab. Außerdem hast du solch ein Chaos angerichtet, dass du sowieso einen Mordsärger bekommen wirst. Also kannst du auch nachschauen.

»Na gut«, murmelte ich, legte die Hand auf den Rand der Tür und öffnete sie ganz.

Schwärze. Meine Hand ertastete den Lichtschalter. An Wänden und Decke des Raumes erwachten Lampen flackernd zum Leben. Ich hielt die Luft an. Versuchte zu begreifen, was ich sah.

Die Rumpelkammer war überhaupt nicht vollgestopft. Alles andere als das. Selten hatte ich einen derart fein säuberlich geordneten Raum gesehen. In drei Glasschränken in einer Ecke standen und hingen Waffen, wie man sie im letzten und vorletzten Jahrhundert benutzt hatte. Die restlichen hingegen enthielten modernste Gewehre und Pistolen; solche, die ich bisher nur in Filmen gesehen hatte oder in den Nachrichten. Sogar einige Messer waren da. In der Mitte des Raumes stand eine Art Werkbank, auf der ein paar ölgetränkte Lappen lagen. So wie der, den Onkel Markus am ersten Morgen bei sich gehabt hatte, als er angeblich aus der Vorratskammer gekommen war.

Stumm ließ ich meinen Blick durch die Rumpelkammer wandern, bis er an einer Wandtafel hängenblieb, an der Bilder befestigt waren. Mit bleischweren Schritten ging ich darauf zu. Bei den Bildern handelte es sich um Fotos, deren Hauptmotiv ein Mann mittleren Alters war, den man mal allein, mal zusammen mit anderen fotografiert hatte. Er kam mir irgendwie bekannt vor.

Dann fiel es mir ein. Die Nachrichten hatten vorgestern über ihn berichtet, und gestern Morgen war sein Bild auf der Titelseite der Zeitung gewesen, die Frau Worms mir mit den Worten »Das ist noch nichts für dich« abgenommen hatte. Dabei wusste ich doch ohnehin, dass der Mann tot war. Irgendwo in Südamerika war er einem Attentat zum Opfer gefallen. Jemand hatte ihn aus großer Entfernung erschossen.

Was hatte Onkel Markus noch mal gesagt, wo er hingeflogen war? São Paulo. Das war in Brasilien, das wusste ich aus dem Erdkundeunterricht.

Hinter mir hörte ich ein leises Geräusch.

Ich wirbelte herum. Das Hämmern meines Herzens erfüllte meinen Kopf, und eine Welle, heiß und kalt zugleich, rollte durch meinen Körper.

Onkel Markus lehnte einen länglichen Koffer an die Türfüllung. Dann richtete er sich auf und sah mich an, sein Körper still, sein Gesicht unbewegt.

»Ich bin etwas früher zurückgekommen«, stellte er sachlich fest.

Ich bekam keinen Ton heraus.

»Im Ort habe ich Frau Worms getroffen«, fuhr er fort, »und schon nach Hause geschickt.«

Er sah an mir vorbei in den Raum. In die Rumpelkammer. Nach einer Weile wandte er den Blick von den Waffen ab und sah mich ernst an.

»Eigentlich hatte ich dich von all dem fernhalten wollen, so wie es sich auch dein Vater gewünscht hat. Er wollte mit dieser Welt nichts mehr zu tun haben und ist ausgestiegen. Eine Zeitlang sah es so aus, als hätte er es auch geschafft. Er hatte dich und deine Mutter. Aber dann ... Aus unserem Beruf steigt niemand aus. Jeder kann gefunden werden. Und ihn hat man gefunden.«

Er holte tief Luft.

»Ich wollte es wirklich nicht, aber jetzt, nachdem du das Geheimnis kennst, gibt es nur noch einen Weg.«

Sein Blick bohrte sich in den meinen, und ein trauriges Lächeln huschte über sein Gesicht, flüchtig wie ein Messer im Dunkeln.

»Willkommen im Familienunternehmen, mein Junge.«

gästetoilette

Ein Ort des kurzen Aufenthalts: die Gästetoilette.
Nicht nur für Gäste gedacht.

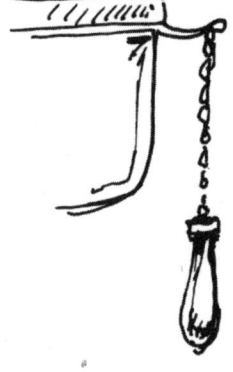

Bruderzwist im Hause Steiner

SABINA NABER

Das Weiß kroch von den Knöcheln in die Finger, unter die Nägel. Hatte was von Trinkschokolade ohne Kakao. Nein, nein, von einer Wurm-Armada! Wie sie in wenigen Tagen durch Philip ... in der Familiengruft auf dem Wiener Zentralfriedhof ... oh ja, gleich war es so weit. Wie schön.
David grinste und schloss die Augen. Seine Hände pressten sich nun nicht auf den glatten Lack der Salontür, sondern auf Philips Mund, damit da nie wieder eine Lüge herausquoll. Nicht bloß ein Stück graue Grundierung inmitten von all dem glänzenden Weiß starrte ihn an, sondern das Auge seines Bruders. Weit aufgerissen und beinahe aus der Höhle flutschend. Mit einem schwarzen Fleck in der Mitte wie das Knopfauge – David entschlüpfte ein Kichern, er presste die Lippen zusammen – ja, wie das Knopfauge einer Kakerlake. Bald voller Blutäderchen, schließlich gebrochen, wie es so schön hieß. Eben schlicht und einfach tot.

David öffnete die Augen, sah wieder die Türschnalle, die er noch immer fest umklammert hielt, und bemerkte, dass sein Kiefer verkrampft war. Er dehnte den Mund und atmete ein zweites Mal tief ein. Ein weiteres Mal. Jetzt war sein Gesicht wieder locker und saß sein Atem dort, wo er hingehörte: im Zwerchfell. Er war in seine Mitte zurückgekehrt und bereit für die Aufgabe. Alles nur eine Frage von Disziplin und Können. Wie gut, dass er bei dieser Schauspieltusse das Kommunikationsseminar gemacht hatte, auch wenn er seinen Vater für diesen Befehl noch immer hasste. Es war schlimm gewesen – nein, erniedrigend, nein, wie mit offener Hose dastehend – sich als Sohn des Chefs (in Schlabberhosen! *Zwecks der Bequemlichkeit*, nein, um mit dem Stolz auch den Willen zu brechen!) inmitten irgendwelcher Angestellten der Fabrik anhören zu müssen, welche Verkrampfungen ihn zu einem steifen Stock machten. Die Tusse hatte es zwar so nie ausgesprochen, aber in den Augen der anderen hatte er diesen Ausdruck gelesen. Er ahnte, dass er so wahrgenommen wurde. Wenn die alle wüssten! Er war nicht steif – höchstens ein zwanzig Zentimeter langer Teil von ihm. Er wurde nur nicht gern gemein mit anderen. Warum auch? Es gab kaum Menschen, die ihm das Wasser reichen konnten. Und das lag nicht an der angeblich so elitären Privaterziehung, wie ihm schon einmal an den Kopf geworfen worden war. Manche Menschen, ganz wenige allerdings nur, waren eben auch zwischen den Ohren besonders gut ausgestattet. So wie er. Und Dumpfbacken langweilten ihn.

Davids Blick flog von der Tür zum Salon quer durch das Entrée zur Gästetoilette. Ja, er benötigte keine brutale Gewalt wie in der Vision vorhin, um sich von seinem Bruder zu befreien, auch keine Unsummen für mindertalentierte Anwälte, denn er hatte sein Hirn. Und endlich sollte es ihm das verschaffen, was ihm zustand. Er würde nicht mehr wider besseres Wissen zurückstehen und vertrauen.

Das Rizinusöl musste demnächst seine Wirkung entfalten. Philip hatte seine Gesichtsmuskeln kaum unter Kontrolle gehabt, als er die mit dem Abführmittel versetzte Honigbanane gegessen hatte. Aber wie vorausgesehen, hatte er nichts gesagt, denn die Nachspeise stammte traditionell von der Dame des Hauses, und Vater reagierte sehr ungnädig auf Kritik an seinem Besitz. Noch dazu, wo er selbst ja eine perfekte Portion Honigbanane genossen hatte, also nicht hätte nachvollziehen können, wovon sein Thronfolger sprach. Es war alles so einfach.

David stellte fest, dass seine Hände noch immer auf die Tür gepresst lagen. Er löste sie und rollte mit den Schultern – auch so eine Übung aus dem Seminar. Bislang war alles gut gegangen. Ein positives Zeichen, auch wenn es natürlich nicht anders zu erwarten gewesen war. Denn er plante immer perfekt. Also fast immer.

Zuerst hatte er allen kräftig Hochprozentiges nachgeschenkt und Vaters Lieblingsmusik aufgelegt. Die Schlager aus den Sechzigern dröhnten seitdem durch den Salon und schmalzten die Aufmerksamkeit der Gäste ins Bewusstlose. Als sich allgemeines Delirium breit gemacht hatte und genügend Zeit seit dem Nachtisch vergangen war, war er ganz leise von der Dinnertafel aufgestanden, langsam wie eine Schnecke zur Kredenz neben der Tür geschlichen. Niemand sollte später sagen können, wann er oder ob er überhaupt den Raum verlassen hatte. Er reduzierte seine Aura auf ein Minimum, auch das hatte er von der Kommunikationstusse gelernt, tat so, als ob er sich einen Whisky einschenken wollte. Arbeitete sich Schritt für Schritt zur Flügeltür, öffnete sie ganz langsam, schaffte es tatsächlich, durch die minutiöse Bewegung ihr übliches Knarren zu vermeiden, schloff durch den Spalt hinaus.

Er hätte gar nicht so vorsichtig sein müssen, zwei Drittel der Gäste lauschten ehrfürchtig dem Vortrag seines Vaters zur neuesten süßen Kreation des Hauses Steiner oder taten bei dem Lärm zumindest so – sie waren abhängige Geschäftspartner, sie mussten das. Neueste Kreation! Wie lächerlich. Jeder Großkonzern verkaufte mittlerweile Bitterschokolade mit irgendwelchen Fruchtstückchen drin und pappte das Gütesiegel »Bio« drauf. Und um die Familientauglichkeit des Produkts zu unterstreichen, hatte der Alte dieses Mal die in der Füllung eingearbeitete – anders konnte man das lieblose Zerhacken nicht nennen – Maracuja für die Banderole durch einen Zeichenwettbewerb in Volksschulen kreieren lassen.

Von dem er nun ausschweifend erzählte. Philip lachte brav an den für Pointen vorgesehenen Stellen, diese personifizierte Schleimspur; die Hellweins hielten sich an ihren Gläsern fest, damit sie nicht von den Stühlen kippten; der Wiesler begrapschte das Knie der Föhringer – man musste immer eine attraktive Frau neben den Bankkonzernchef setzen, sonst war der ganze Abend geschmissen –, während deren Mann sich die Blumen des Gestecks vor seiner Nase einprägte, als ginge es um sein Leben. Wieslers Frau flirtete auf Teufel komm raus mit Philip, denn jede Frau der Gesellschaft bekam bei ihm, dem zarten, gebrechlichen, blonden Engel mit den schwarzen Glutaugen, diesen Mutterinstinkt, der sich in einer leidenschaftlichen Umarmung entladen wollte. Und Lena, Stiefmutter Nummer sechs, stand ohnehin schon seit Beginn des Abendessens unter Drogen, wie meistens, denn nüchtern hielt sie die Ehevertragsbedingungen nicht aus. Sie lächelte, nahm Huldigungen für ihre Bananen entgegen und war schön, das reichte Vater und somit auch den anderen. Sie war schlicht ein besetzter Stuhl.

Ja, niemand hatte ihn beachtet, wie immer, obwohl er der Gescheiteste, Eloquenteste und Begabteste im Raum war. Seine Mutter hatte das schon immer gesagt, aber was zählte das schon – Mütter eben. Erst als einst die dritte Frau seines Vaters das ebenfalls bemerkte, dieses Mensch gewordene Silberfischchen, hakte sich in ihm der Gedanke wie Glaswolle fest. Alle seien eifersüchtig auf ihn, hatte Nadja gemeint, deshalb würden sie ihn alle so runtermachen. Damals hatte er diese einfältige Person ausgelacht, denn er war sich noch der Liebe und Loyalität seines Bruders sicher gewesen.

Alle, alle, runtermachen. Sein Vater hatte sich diese Pflichtschulabsolventin wirklich nur als Accessoire zugelegt. Man gibt sich volksnah, wenn der Wirtschaftsadel aufgrund von Massenentlassungen gerade ein wenig an Reputation verliert. Das war in den Neunzigern gewesen und er selbst noch ein kleiner Junge. Der Alte musste Nadja extrem gut bezahlt haben, denn sie hielt bis jetzt gemäß der Klausel den Mund, obwohl sie im Gegensatz zu ihren Vorgängerinnen und Nachfolgerinnen am Luxusleben, das mit dem Deal einherging, gar keine Freude gehabt hatte. Plus fünf Jahre wie üblich kein Sex. Er an ihrer Stelle hätte das Geld gut offshore versteckt und sich mit einem netten kleinen Interview gerächt und noch einmal abkassiert. Denn niemand durfte wissen, dass der Big-Boss-Schokoladenbaron impotent war. Aber irgendwie schaffte es der Alte, dass all die gekauften Weiber tatsächlich auf seinen guten Ruf achteten. Wie gut, dass das Silberfischchen Tagebuch geschrieben hatte, sonst würde er sich jetzt noch über die Zombies an des Alten Seite wundern. Und die Entdeckung, die er gemacht hatte, hätte ihn noch mehr aus den Schuhen geworfen.

David fühlte einen Blick auf sich und wandte sich um. Gerard, der Butler, stand vor ihm. Damit hatte er gerechnet. Er erklärte dem

Mann lachend, dass die Gesellschaft gerade in Schwaden von Peter Kraus, Alkohol und Zigarrenrauch versinken würde, der Diener also sorglos eine Pause machen könne, nachdem der Spätmokka bereits serviert worden war. Und er, David selbst, würde das Ausschenken von weiteren Spirituosen übernehmen. In einer halben Stunde sei Gerard wieder vonnöten. Da sei es dann kurz vor Mitternacht, und die Hellweins würden eine Gesellschaft immer zur Geisterstunde verlassen. Dass sie glaubten, damit weniger wie Alkoholiker zu wirken und dadurch ihren guten Ruf wahren zu können, sagte er Gerard nicht. Doch der Butler dachte sicher dasselbe, er war jemand, den man nie und nimmer unterschätzen durfte.

Bis zu seinem dreiundzwanzigsten Geburtstag vor zwei Jahren hatte er den Mann als selbstverständlichen, diensteifrigen Schatten gesehen. Inventar eben. Doch an diesem besonderen Geburtstag ... David wartete, bis Gerard gemessenen Schrittes das Entrée durchquert hatte und im Küchentrakt verschwand, kerzengerade und mit dem für ihn typischen undurchdringlichen Lächeln im Gesicht. Mit leichtem Zittern lehnte David sich an die Säule, die gemeinsam mit vier anderen das Dach der Eingangshalle trug.

Damals, das war die Zeit mit Raffael gewesen. Ein verrückter Mathematikstudent, der ihm vor den Porsche gepurzelt war, als er die Flugbahn eines Blattes im Wind beobachtete. Jemand, den Geld nicht beeindruckte, ein Typ aus einer anderen Welt, der dadurch Spaß bereitete und David von seinen Sorgen ablenkte. Denn Philip war zu der Zeit stumm und abweisend geworden, und er konnte keinen Grund aus ihm herauslocken.

Zu seiner Überraschung sehnte er sich ganz, ganz schlimm nach der Innigkeit mit seinem Bruder. Fühlte sich einsam. Erst recht, als Philip immer öfters allein mit dem Vater in dessen Arbeitszimmer verschwand. Natürlich war er der Erstgeborene, klar musste er vor dem Alten so tun, als würde er allein das Geschäft übernehmen, erst recht, als David mit einer Trinkschokolade aus Criollo-Bohnen, der Viertelliter um den Preis eines etwas gehobeneren Abendessens, die geschäftliche Bauchlandung des Jahrzehnts hingelegt hatte. Er war einfach der Zeit voraus gewesen, mit dem Begriff »Grand Cru« hatten damals nur Weinkenner etwas anfangen können. Sein Vater hatte getobt und ihm den Rausschmiss aus der Familie angedroht, sein Bruder ihm vor lauter Schiss nur heimlich versichert, ihn nach der Firmenübernahme wieder bei solchen Projekten zu unterstützen.

Ja, um die Nachfolge war es damals schon gegangen, aber hatte Philip deswegen dem Alten in den Arsch kriechen müssen? Als ohnehin Erstgeborener? Nun ja, mittlerweile wusste er ja, dass Philip das gar nicht getan hatte, weil er etwas viel Schlimmeres als ein bloßer Schleimer war, nämlich ein knallharter Verräter.

Jedenfalls war er zunehmend vereinsamt. Also tat er so, als wäre er ein normaler Mensch. Doch die Besuche in den Studentenbeisln frustrierten ihn. Denn plötzlich zwecks Anbahnung von mentaler oder auch körperlicher Nähe mit Wildfremden über irgendwelchen niveaulosen Scheiß reden zu müssen, hatte ihn grenzenlos überfordert.

Raffael war die einzige Ausnahme. Hochintelligent und belesen – und ein Analytiker, der Probleme schlicht als ungelöste Fragen sah, ihnen damit die Schwere nahm. David war von ihm in ein Nobelpuff geschleppt worden, damit er endlich seine Jungfräulichkeit verlor. Zuerst hatte er sich gesträubt, denn er hielt Sex für wahrlich überbewertet, doch dann fiel ihm ein, dass sein Bruder für eine Fortpflanzung vielleicht zu schwach und er der Retter des Stammbaums sein könnte. Also üben und heiraten!

Doch die billigen Damen in den billigen Duftwolken stellten sich als Herausforderung dar. Und während David minütlich auf die Toilette floh, orderte Raffael eine Flasche Schampus nach der anderen, ebenso billiges Zeug für allerdings sehr teures Geld. Alles verlor an Kontur, der Raum, die Situation, die Zeit, und plötzlich war Gerard in feinem Zwirn an der Bar gelehnt.

David hatte ihn sofort erkannt, obwohl der Butler wie ein Manager aussah, oder vielleicht gerade deshalb: Gerard wirkte, als wäre er endlich das, was seinem Innersten entsprach. David war aus dem Lokal geflohen, hatte frierend in einer dunklen Ecke auf den Angestellten gewartet, weil er ahnte, dass dieser Nachtausflug des Domestiken mehr als nur einen gelegentlichen Spaß darstellte – bis der eine halbe Stunde später die Nachtbar verließ und in einen antiken Jaguar stieg, den David noch nie gesehen hatte und dessen Anschaffung mit Sicherheit den Gehaltsrahmen des Dienstboten überstiegen hatte.

Aus dem Salon ertönte nun Gelächter, Stühle wurden gerückt, obwohl die Musik noch dröhnte, sein Vater also die Tafel noch nicht aufgehoben hatte. Wahrscheinlich wollte Föhringer seine Frau noch nach Hause bringen, bevor Wiesler sie in Stücke begrapscht hatte. Noch gut zehn Minuten, so lange dauerte üblicherweise die Verabschiedungszeremonie. Und Philip musste nun aufstehen, sich bewegen, der Drang würde unerträglich werden.

David floh in das dunkle Dreieck, das unter der Treppe gegenüber der Gästetoilette lag. Jetzt war es so weit. Er griff in seine Sakkotasche und fühlte das Kuvert pulsieren. Wenn er gewusst hätte, welchen Aufwands es heutzutage bedurfte, Kakerlaken aufzutreiben, vor allem in seinem Universum, hätte er sich einen anderen Plan einfallen lassen. Er verdrängte die Erinnerung an die vielen Nächte, die er mit der Suche nach diesen kleinen Monstern verbracht hatte, an die Menschen, denen er dabei begegnet war, sonst wurde ihm gleich wieder übel ... Doch er hatte es geschafft. Ironischerweise im eigenen Betrieb, die ganze Belegschaft nahm es mit dem »Bio« wohl überernst – seitdem aß er nur mehr, heimlich natürlich, Pralinen von einem kleinen Chocolatier im siebenten Bezirk. Grand Gru vom Feinsten, eben genau das, was er ... und aus! Bald schon konnte er ausmisten und neustarten. Jetzt galt es, endlich diese grauslichen Viecher ihrer Bestimmung zuzuführen. Dafür musste er nur noch eine Sache erledigen.

Er schlich zur Gästetoilette und zog mit einem Ruck die Klinke auf der Innenseite so weit von der Halterung, dass sie beim schnellen Zuklappen der Tür zu Boden fallen musste. Musste. Er hatte sie schon vor Wochen gelockert und jedes Mal nach der Reparatur durch Gerard aufs Neue. Ein simpler Unglücksfall, die herabfallende Klinke. Vorsichtig schloss er die Tür und zog sich wieder in die dunkle Ecke zurück. Seine Hand tastete nach dem Kuvert. Noch durfte er es nicht öffnen, erst, wenn sein Bruder auf der Toilette einen Wutschrei von sich gab, nachdem ein helles Pling – Metall auf Kachel – ertönt war.

Und dann war er endlich frei. Von diesem Schwächling, der mit seiner Vorsicht und Ängstlichkeit mehr ein Mädchen als ein Stammhalter war. Von Geburt an mit einem Herzfehler geschlagen, dadurch immer kränklich, ständig irgendwo in Traumschlössern daheim. So hatte er bis vor Kurzem zumindest gedacht. Er, als Jüngerer, hatte all die Jahre auf den *Kleinen* aufpassen müssen. Der schulische Erfolg war egal gewesen, seine steile Karriere beim Landhockeyclub ebenso. Vater hatte immer nur Interesse für Philip gehabt, wenn man das allmonatliche Abfragen von Wissen und Schulterklopfen, abgewechselt mit kräftigen Ohrfeigen, überhaupt als solches bezeichnen konnte.

Doch sein Bruder und er hatten zusammengehalten, erst recht, als ihre Mutter eines Tages ein One-Way-Ticket zu ihrer Schwester in Vancouver genommen hatte. Die beiden Musketiere gegen den alten Herrscher. Sie fantasierten, sich als Einbrecher zu verkleiden und dem Alten solch einen Schreck einzujagen, dass er nach einem Gehirnschlag als sabbernder Idiot an den Rollstuhl gefesselt war. Sie dachten auch über gerissene Bremsschläuche nach und über verstopfte Schrotflinten, die explodierten. Also genau genommen dachte David nach, Philip kicherte nur pflichtschuldig und holte sich seine Abreibungen mit einer stoischen Ruhe ab, die David an seinem Verstand zweifeln ließ. In ihm keimte der Verdacht, dass die schwächliche Konstitution seines Bruders zunehmend auf dessen geistige Fähigkeiten Einfluss nahm. Also strengte er sich in der Schule und beim Studium noch mehr an, damit sein Vater endlich bemerkte, dass er einen zweiten Stammhalter hatte und nicht verzweifelte. Ja, so hatte er es sich vorgestellt: Philip, der süße Liebling aller, sollte repräsentieren, und er selbst würde die Firma endlich ins neue Zeitalter führen – Kunstwerke statt Bioblöcke. Damit war echt Kohle zu verdienen. Herkunftszertifikate für die Bohnen, Pralinés wie Schmuckstücke, nicht unförmige Tafeln, die man mit dem Messer zerschneiden musste.

Lächerlich das Ganze, wenn er es nun im Nachhinein betrachtete.

David lauschte. Im Salon war es wieder ruhig, nur Gitte schrie sich aus Sehnsucht nach einem Cowboy die Seele aus dem Leib. Gar nicht gut. Die Hellweins waren doch längst reif für ihren Abgang, und Gerard lauerte ebenfalls bald, vermutlich nach zwei Zigaretten, auf seinen Einsatz, er würde David vor der Gästetoilette sehen – was im Grunde egal war. Denn Gerard würde schweigen. Auch das war Teil seines Planes.

Nach jener Nacht in der Bar hatte er Monate benötigt, um hinter den Reichtum des Butlers zu kommen. Er hatte den Mann beschattet. Zuerst hatte er herausgefunden, dass Gerhard Meier, wie er tatsächlich hieß, eine Dachterrassenwohnung in der Innenstadt sein Eigen nannte. Mit Garage, in der der Jaguar versteckt war. Dann hatte David seine Beziehungen spielen lassen und entdecken müssen, dass der nette Herr Meier zusätzlich zu seinem Gehalt jeden Monat nicht übermäßiges, aber gutes Geld überwiesen bekam. Und zwar von seinem Chef. Allerdings auf ein weiteres Konto, das jedoch in keinem der üblichen Offshore-Paradiese gebunkert war, sondern quasi legal über Jahrzehnte immer dicker und fetter geworden war. Die Zigtausende von Euro, die sein Vater bereits vom Gewinn der Firma abgezweigt hatte, verursachten Schwindel bei David. Und es konnte nur eine Erklärung geben: Erpressung. Das sagte er dem Bankbekannten natürlich nicht, sondern offerierte ihm die Vermutung des illegitimen Sohns.

Wie knapp bei der Wahrheit er damit war, hätte er lieber nie erfahren. Ein halbes Jahr kostete es ihn, an das von Gerard in einem Bankschließfach gebunkerte Erpressungsmaterial zu gelangen. Nach der Lektüre ging er das erste und letzte Mal in seinem Leben in ein Säuferloch, um sich mit mehreren Klaren zuzudröhnen. Wobei er immer mehr in einen hysterischen Lachanfall hineinkippte, denn er wusste ja seit dem Silberfischchen, dass der Alte tot in der Hose war, nur hatte er angenommen, dass sich das sozusagen erst irgendwie ... entwickelt hatte.

Gerard war ihrer beider Vater.

Wie in einem schlechten Kostümschinken. Der Diener, der für den Herrn eingesprungen war. Es war keine Erpressung, es war ein Deal: lebenslange Apanage für zwei Mal erfolgreiches Besteigen der Hausherrin. Im ersten Moment wollte David öffentlich die Bombe platzen lassen, so sehr ekelte er sich vor der knallharten Lebens- und Firmenplanung des Vaters. Aber rechtzeitig fiel ihm ein, dass er das Imperium mit seinem guten, skandalfreien Namen ja erben wollte, er sich mit so einem Schritt also selbst am meisten schadete.

Dann gab er seinem Vater zu verstehen, dass er die Leitung wollte, sonst würde sein Liebling davon erfahren. Die Reaktion war Gelächter gewesen. Der Alte rief Philip ins Zimmer – der es bereits wusste. Und der Bruder sei der Auserkorene, nicht aufgrund seiner Erstgeburt, sondern weil er die Tradition im Sinne des Vaters fortsetzen wollte.

Ein Orchester hatte in seinem Kopf eingesetzt, für jedes Mosaiksteinchen, das sich an seinen Platz legte, ertönte ein schriller Ton. Erst recht, als er Philip »Du kannst ganz beruhigt sein. David wird keine Position übernehmen« säuseln hörte, gefolgt von Worten wie »Klemmi« und »egozentrisch« und »rechthaberisch« und »fast autistisch«. All die Zusicherungen während all der Jahre Lügen. Das Mauscheln nichts als Ablenkung von seinen eigenen Plänen.

Er war ausgebootet.

In seiner Not hatte er Gerard näher betrachtet, gehofft, dass sich Kindgefühle und dadurch bei diesem vielleicht Vatergefühle einstellten, um auf diese Weise einen Verbündeten zu gewinnen. Aber der Butler blieb der Butler, vor allem, als er sich ins Gedächtnis rief, dass dieser Samenspender weit über zwanzig Jahre mit seinen Söhnen in einem Haushalt gelebt und keinerlei Emotionen gezeigt hatte. Bloß die Loyalität hatte sich ein wenig zu Davids Ungunsten verschoben, seit Philip ständig mit dem Alten zusammensteckte. Eine Geldfressmaschine war Gerard, sonst nichts.

David spürte sofort wieder den Druck in der Gallengegend, unter dem er seit seiner Entdeckung litt. Er musste auf seine Gesundheit achten, um die Firma führen zu können, wenn dieses verlogene Schwein Philip in der Hölle billige Milchschokolade in den Schlund gegossen bekam.

Gerard würde also nichts sagen, ihm ging es nur um die Zahlungen des Alten. Wenn er David verriet und die Firma bankrottging, sah auch er schlecht aus.

Im Salon polterte ein Sessel auf den Boden. Schnelle Schritte. Die Flügeltür wurde aufgerissen. Philip ließ sie hinter sich zufallen und rannte ungebremst Richtung Gästetoilette. Sein Gesicht war weiß und schweißbedeckt. Er riss die WC-Tür auf – und David kniff ganz fest die Augen zusammen. Ein Stoßgebet sandte er ins Universum, die Klinke erst herabfallen zu lassen, wenn die Tür eingeklickt und zugleich zugesperrt war. Das erledigte sein Bruder immer mit einer einzigen Handbewegung. David wurde erhört.

Pling.

»Scheiße!«

Ja, so konnte man die Situation beschreiben. Sofort nach dem Fluch stöhnte sein Bruder. Hoffentlich hatte er es geschafft, die Hose rechtzeitig runterzuziehen. Wobei – das war auch schon egal. Er würde ohnehin mit blankem und verschmutztem Hintern vor Petrus treten.

David ging zur Gästetoilette und holte das Kuvert aus seiner Sakkotasche. Er riss die Kante auf, presste sie zusammen, hielt das Kuvert zum Schlitz zwischen Staffel und Türblatt, löste den Griff. Die Monster krochen brav ins Klo.

Nichts. Sein Bruder mit der tierisch krankhaften Insektenphobie müsste doch schreien wie ein kleines Mädchen. Da, im Türspalt war es hell. Das Licht war aufgedreht. Er musste sie sehen.

Noch immer nichts.

Oh Gott! Der zweite nicht einkalkulierte ... wie hatte ihm das nur passieren können? Ihm, David Steiner, dem Akkuraten?

Ja, so musste es sein. Philip hatte die Augen geschlossen, völlig auf seine erniedrigende Verdauung konzentriert. Auf diese Idee war er beim Visualisieren des Szenarios nicht gekommen.

Mist.

Aber Kakerlaken schabten doch, wenn sie sich fortbewegten. Die Musik war hier nicht mehr so laut wie im Salon. Der kleine Scheißer musste das hören! Die Augen aufreißen, den seit Jahren fälligen Herzinfarkt bekommen und wegen der defekten Türschnalle ungerettet bleiben. Die Mörder würden sich in die Ritzen verkriechen, und Problem Nummer eins wäre erledigt. Worauf er seine ganze Energie auf Problem Nummer zwei konzentrieren konnte, den verlogenen Impotenzler.

Höre es!!
Stille, jetzt auch im Salon. Die ganze Welt schien plötzlich die Kommunikation zu verweigern. Kein Getratsche der Gäste, keine Autos draußen auf der Straße. Und kein stöhnender, schon gar kein schreiender Bruder.

Vielmehr eine Spülung, ein Wasserstrahl auf Keramik, das Geschepper von Metall auf Metall, dann das Flutschen von Metall in Metall, schließlich das Klacken einer Tür.

Philip stand vor ihm, noch immer blässlich, aber sichtlich entspannt. Seine schwarzen Knopfaugen schienen David anzuschreien. Natürlich ahnte er, dass nur sein Bruder ein Motiv für das Rizinusöl in der Banane haben konnte, auch wenn er die Attacke als schlichte Schikane abtat, weil er die Kakerlaken offensichtlich nicht gesehen hatte. Oder hatte er gar keine Phobie? War das auch nur eine Lüge wie alles andere? Um als armer Kleiner verhätschelt zu werden? Philip stakste in den Salon zurück.

David spürte Gerard neben sich. Hoffentlich war der Butler gerade eben erst in dieser Sekunde von seiner Zigarettenpause im Garten zurückgekehrt. Ein warmer Hauch berührte sein Ohr.

»Mein Sohn, ich würde sagen, der Trick mit dem Kuvert und der Türklinke sollte Ihnen – nun, ich bin nicht gierig, sagen wir zweitausend im Monat wert sein. Die Kontonummer sage ich Ihnen noch. Nein, Unsinn, die kennen Sie ja schon. Na, dann!«

Er lächelte und ging in den Salon.

In diesem Moment beschloss David, bei nächster Gelegenheit das gesamte Haus mit all seinen Bewohnern zu sprengen. Einzelaktionen halfen da nicht mehr. Irgendeiner seiner genialen Pläne musste doch einmal funktionieren!

schornsteinfeger

Um manche Technik, die zum Wohnen unerlässlich ist,
können die Bewohner sich nicht selbst kümmern.
Ein Schornsteinfeger als Experte hilft mit Rat und Tat.

Angeschwärzt

Melanie Lahmer

Guten Morgen! Und ein frohes neues Jahr wünsche ich!« Udo stampfte kurz mit den Stiefeln auf, um den Schnee abzuschütteln. Dabei hinterließ der Ruß grauschwarze Flecken auf der Fußmatte. Die Dohle, die ihn beim Aussteigen aus dem roten Kastenwagen beobachtet hatte, hüpfte auf das niedrige Gartentörchen und stieß einen krächzenden Ruf aus.

Der Hausbesitzer stutzte kurz, erkannte dann seine schwarze Uniform und grinste über beide Wangen. »Ach, der Schornsteinfeger! Und gleich in der ersten Woche des neuen Jahres. Na, wenn das mal kein Glück bringt!«

Torsten Wagner war nicht der Erste, der ihn heute so empfing. Langsam nervte es. Aber es gab genügend Berufe mit deutlich schlechterem Image, tröstete sich Udo.

Sein Gegenüber war kleiner als erwartet. In Udos Vorstellung war er zu einem riesenhaften Menschen angewachsen, doch in Wirklichkeit wirkte er gedrungen und irgendwie bleich. Wie ein überreifer Käse, genauso formlos wie der lieblos angelegte Vorgarten mit Rhododendren und der immergrünen Hecke aus Thuja.

Der bronzefarbene SUV in der gepflasterten Einfahrt war viel zu protzig für so einen unscheinbaren Typen wie Wagner. Als wollte er etwas kompensieren.

»Weigelt. Ich bin der neue Bezirksschornsteinfeger.« Udos Stimme blieb laut und fest. Er hatte fast befürchtet, dass nur ein verhaltenes Piepsen kommen würde. Doch Wagner schien nichts von seiner Unsicherheit zu bemerken.

»Na, kommen Sie doch rein, ein bisschen Glück kann ich gut gebrauchen!« Wagners Lachen erinnerte an das Keckern eines Eichhörnchens. Unsympathisch. »Ich wusste gar nicht, dass es einen Wechsel gab. Na ja, Ihr Vorgänger war ja auch nicht mehr der Jüngste, wenn ich das so sagen darf.«

Wieder dieses Keckern, gleichzeitig hielt er die mit unzähligen Eisblumen behaftete Aluminiumhaustür mit der linken Hand auf, mit der rechten bat er ihn herein. Udo betrat eine Art Vorflur, der eisig kalt war; ihrer beider Atem bildete feuchte Wolken vor den Gesichtern. Dämmung schien in diesem Haus kein Thema zu sein, das hatte er bereits an den einfach verglasten Holzfenstern gesehen. Die mussten noch aus der Bauzeit des Reihenmittelhauses stammen, etwa Ende der Fünfzigerjahre. Unbegreiflich, wie sich bei der rasanten Entwicklung der Energiepreise noch jemand solche Fenster leisten konnte, dachte er.

Der enge Hausflur, durch den Wagner ihn nun führte, war mit Fliesen in hellen und dunklen Grüntönen ausgelegt. Ein schmaler, brauner Läufer lag auf dem Boden, und Udo putzte sich gehorsam die Schuhe auf der Fußmatte ab. Die Wohnung roch muffig und ungelüftet, Radiogedudel drang in den Flur, aber kein Geräusch, das auf weitere Personen schließen ließ.

»Urig haben Sie es hier«, versuchte er sich im Smalltalk und gab sich Mühe, jede Ironie aus seinen Worten fernzuhalten. Es gelang ihm mäßig, fand er. Doch Wagner drehte sich zu ihm um und schien ehrlich erfreut. »Ja, gell? Mein Vater hat die Fliesen für den Flur ausgesucht und auch die Armaturen im Bad. Die waren schon damals was Besonderes.«

Er blieb vor der Holzvertäfelung an der rechten Wand stehen, hinter der sich eine Tür mehr schlecht als recht verbarg. Mit den Fingerknöcheln der rechten Hand klopfte er gegen die dunklen Paneelhölzer. »Das ist alles noch so, wie mein Vater es damals gebaut hat.«

»Das Holz ist ja auch sicher mit den damals üblichen Chemikalien behandelt, nehme ich an«, mutmaßte Udo und umschiffte das Thema Brandschutz. Wenn es hier brennen würde, blieben die Paneele wahrscheinlich als Einziges übrig. Wagner zuckte mit den Schultern, als ginge ihn das nichts an. »Mein Vater wird schon das Richtige gemacht haben.«

»Sie haben dieses Haus geerbt?« Udos Stimme schien ätzende Dämpfe zu verteilen, aber Wagner bemerkte es wohl nicht.

»Ja, wissen Sie, es ist mein Elternhaus. Ich brächte es nicht übers Herz, dieses Haus zu verkaufen. Auch wenn es ein paar Renovierungsarbeiten nötig hat. Aber man hat ja nicht immer das nötige Geld.«

Wagner öffnete die quietschende Tür zum Keller, dann schaltete er das Deckenlicht ein und ging auf der knarzenden Holztreppe nach unten.

Udo folgte ihm. »Viele Hausbesitzer unterschätzen den Renovierungsbedarf von Altbauten, die in die Jahre gekommen sind.«

»Wem sagen Sie das?«, erwiderte Wagner. »Ich spare ja schon länger auf eine neue Heizungsanlage.«

Er blieb am Treppenabsatz stehen und sah zu Udo empor. »Aber keine einfache Brennwerttherme, nein. Ich hätt' ja gern eine Wärmepumpe, so eine Luft-Wärme-Pumpe, da muss man keine Bohrungen im Erdreich machen wie bei der Geothermie, und Abgase hat man auch keine mehr. Mein Schwager hat so eine. Ganz feine Sache.«

Udo sah sich um und entdeckte einen antiquierten Sicherungskasten an der Wand. »Da wird sich Ihre Stromrechnung aber deutlich erhöhen«, sagte er. Vor seinem inneren Auge sah er Bilder von wirrer, laienhafter Verkabelung. Ein leises Gefühl der Schadenfreude machte sich breit. »Wenn Sie Ihre alte Gasheizungsanlage gegen eine neue Brennwerttherme austauschen, ist das für Sie doch günstiger, zumindest kurzfristig.«

Wagner schüttelte unwillig den Kopf und ging den engen, dunklen Gang entlang, blieb vor einer grauen Feuerschutztür stehen. »Klar, die Wärmepumpe ist ein bisschen teurer in der Anschaffung. Aber dafür sind die Folgekosten niedriger. Und ein alter Schulkamerad ist Elektriker, der wird mir da schon weiterhelfen.«

Udo dachte an billige Verteilerdosen aus dem Baumarkt, geschwärzt von Brandspuren, und an uralte, stoffummantelte Leitungen. Hatte er alles schon gesehen. Aber das musste Wagner selbst wissen, hier stand ihm kein Kommentar zu. Er war ja nur der Schornsteinfeger. »Glücksbringer«, dachte er spöttisch und schloss zu Wagner auf.

Kaum hatte Wagner die Tür zum Heizungskeller geöffnet, schlug ihnen noch muffigere Luft entgegen. Von der Decke baumelte eine einfache Glühbirne und verteilte grelles Licht in dem kleinen, fensterlosen Raum. Die Heizungsanlage füllte ihn fast gänzlich aus.

»Hier steht es, das Prachtstück!« Wagner wies mit der rechten Hand auf den großen Wasserspeicher und das veraltete Gerät daneben. »Ich mein', Gasthermen sind ja immer noch in Ordnung. Besser als Öl allemal. Aber so richtig modern sind sie nicht mehr.« Udo nickte und trat zu der Anlage, einem orangefarbenen Ungetüm aus den Neunzigern.

Der Kellerraum war klein, mehr als fünf Quadratmeter dürften es nicht sein, schätzte Udo. Die Wände waren aus Bruchstein gemauert, an den beiden Außenwänden war eine zusätzliche Putzschicht aufgetragen. Jemand hatte versucht, sie mit weißer Farbe einigermaßen ansehnlich zu machen, aber die dunklen Stockflecken und die rosafarbenen Ausblühungen waren trotzdem zu sehen. Es wirkte ziemlich schäbig, und jeder Baugutachter würde sofort die Feuchtigkeitsquelle suchen.

»Auf dem Gebiet der Heiztechnik tut sich immer wieder was«, sagte er und ging näher zu den mit Schaumstoffen isolierten Leitungen, die oberhalb der Therme verliefen. »Die vielen Verordnungen zum Umweltschutz tun ihr Übriges. Das Erneuerbare-Energien-Gesetz zwingt die Hersteller ja geradezu, noch sparsamere Geräte zu entwickeln.«

Es war beinahe absurd, mit Wagner jetzt noch über eine neue Heizungsanlage zu sprechen. Aber es fiel Udo erstaunlich leicht.

»Ja, ja.« Wagner klang ungeduldig. »Natürlich habe ich mich informiert. Und ich weiß ja auch, dass eine neue Anlage nötig ist. Im Sommer ist ein Bausparvertrag fällig, das Geld wollte ich ohnehin in die Modernisierung stecken.«

Udo nickte und blickte auf die Werte der Gastherme. Für einen alleinstehenden Mann hatte Wagner einen ziemlich hohen Gasverbrauch, dachte Udo. Das passte perfekt.

»Ihre Verbrauchswerte sind etwas hoch, da würde sich eine grundsätzliche Modernisierung Ihres Hauses schon rentieren«, antwortete er und ging zum Kaminschacht, der sich hinter dem zylinderförmigen Wasserspeicher verbarg. Den Schornstein würde er nur vom Dach aus reinigen können, doch das würde er

Wagner nicht auf die Nase binden. Stattdessen dachte er an das tiefe Gefühl von Freiheit, wenn er auf dem Dach stand, wenn er die Welt von oben sehen konnte. Ein bisschen so wie Gott, wenn es ihn gäbe. Der Nervenkitzel reizte ihn, das Gefühl, vom Dachfirst herab zu blicken, und der Gedanke, einfach zu springen. Unten anzukommen und das Leben hinter sich zu lassen. Vergessen. Doch er drängte die dunklen Gedanken beiseite. »Mein Vorgänger hat Ihren alten Kaminofen stillgelegt«, sagte er stattdessen und holte einen Schreibblock aus der Hosentasche. »Ich nehme an, Sie haben ihn schon abgebaut?«

Wagner biss sich auf die Unterlippe und gab ein zischendes Geräusch von sich. »Wissen Sie, ich bin noch nicht dazu gekommen, den Ofen auszutauschen.« Er versuchte, einen Blick auf Udos Block zu erhaschen, aber er war zu klein, um über seine Schultern blicken zu können. »Ich hab ihn auch nur zwei Mal angehabt. Neulich, um Nikolaus rum, als es so fürchterlich kalt war. Und kurz vor Weihnachten.« Erst sah er verlegen auf seine beigefarbenen Hausschuhe, dann blickte er ihm offen ins Gesicht. »Aber öfter nicht, wirklich!«, beteuerte er. Udo schnaubte verächtlich. Diese Geschichten kannte er.

»Ich muss mir das notieren, Herr Wagner. Ich kann Ihnen direkt sagen, dass das nicht ganz billig wird.« Er kritzelte etwas auf seinen Block. Ein wunderbares Gefühl, auf diese Weise seine Macht demonstrieren zu können! Doch Wagner ahnte nicht, dass das nur ein kleiner Vorgeschmack war. Das grandiose Finale würde erst noch kommen.

»Ja, ja, ich werde den Ofen schon abbauen!«, schleimte Wagner. »Und dann ruf ich Sie an, und wir regeln auch das Offizielle.« Die Stimme des Hausbesitzers hatte einen deutlich aggressiven Unterton bekommen. »Und wenn ich dann meine Wärmepumpe hab, müssen Sie auch gar nicht mehr kommen.«

In einer unbewussten Geste schob er den Unterkiefer nach vorn, was ihn weniger angriffslustig als vielmehr bockig wirken ließ.

»Da wird ja kein Schornstein mehr benutzt, und die sind ja auch gar nicht so gefährlich wie eine Gasheizung. Was da alles passieren kann! Ich hab mal in der Zeitung gelesen, dass eine Familie an Kohlenmonoxid erstickt ist, weil bei denen der Abzug irgendwie verstopft war. Da ist das ganze Gas tagelang ins Haus entwichen, und alle sind der Reihe nach krepiert.«

»Tja, wenn man regelmäßig seine Heizungsanlage kontrollieren lässt, kann so was nicht passieren«, meinte Udo kühl. »Dann ist auch gewährleistet, dass das Kohlenmonoxid ordnungsgemäß abziehen kann. Durch den Schornstein, wie es sich gehört.« Er steckte den Block zurück in die Hosentasche. »Ich nehme aber an, dass Sie nicht so leichtsinnig sein werden. Schließlich wollen Sie nicht das Leben Ihrer Familie gefährden.«

Der Hausbesitzer gab ein schnaubendes Geräusch von sich. »Ich lebe allein. Wer kann sich denn heutzutage noch Frau und Kinder leisten? Der Sozialstaat ist pleite, und wenn man nicht grad was geerbt hat, kommt man doch allein kaum über die Runden.« Er schüttelte den Kopf mit den dicken Wangen. »Nee, da leb ich lieber allein und halbwegs sorgenfrei. Wenn ich mir da meinen Bruder anguck ... Der hat zwei Kinder, Jungs. Und was die für Bedürfnisse haben! Einen Haufen Taschengeld, teure Elektrogeräte, modischer Schnickschnack. Und dann geht der Große auch noch aufs Gymnasium und will später studieren. Nee, was das alles kostet ...«

Udo spürte altbekannte Wut in sich aufsteigen. Mit schnellen Handgriffen öffnete er die kleine Revisionsklappe am Kaminschacht, umklammerte das Türchen aus Metall, bis es ihm schmerzhaft in die Finger schnitt. Tief durchatmen, sagte er sich. Nicht provozieren lassen.

»Ich hatte auch einen Sohn«, flüsterte er, ohne Wagner anzuschauen. Er stützte sich mit der rechten Hand an der orangefarbenen Gastherme ab.

Wagner schien jedoch nichts zu bemerken. »Na, dann wissen Sie ja, wovon ich rede«, warf er lapidar in den Raum.

Udo atmete tief durch, schloss die Augen. »Mein Sohn ist jetzt bei meiner Frau.« Er sah Ulrikes Gesicht vor sich, lachend.

»Ach, lebt der nicht mehr bei Ihnen? Müssen Sie jetzt Unterhalt zahlen, was?« Wagner klang schadenfroh. »Ja, da wird noch einmal ordentlich die Hand aufgehalten!« Es schien ihm Spaß zu machen, dem Schornsteinfeger eins auszuwischen.

»Manchmal spielt einem das Leben eben böse Streiche«, murmelte Udo so, dass Wagner es hören konnte. Er nahm die Handbürste mit den Metallzinken und bürstete ziellos über die kleine Metalltür. Einfach so tun, als wäre alles in Ordnung. Als hätte es den schwarzen Tag nie gegeben.

Er stellte sich vor, gemeinsam mit Wagner das Dach des schmalen Reihenhauses zu besteigen. Ihn mit einem gezielten Schubs hinabzustoßen. Zuzusehen, wie der feiste Hausbesitzer vom Schieferdach rutschte, sich schreiend an den Schindeln festzuhalten versuchte, um dann mit einem lauten Knacken seines Genicks im Vorgarten aufzukommen. Direkt neben den spießigen Rhododendren. Oder, besser noch, neben seinem großkotzigen Auto.

Doch nach außen blieb er ruhig.

»Ja, mit Kindern verschieben sich einfach die Prioritäten. Da kann man sich eben vieles nicht mehr leisten. Zum Beispiel große Autos.«

Wagner sah ihn misstrauisch an, sagte aber nichts.

»Ihr SUV draußen im Hof ist ja schon ein schönes Stück. Und selten in der Farbe, oder? Ich kann mich jedenfalls nicht erinnern, viele bronzefarbene Cayenne gesehen zu haben.«

Die Schmeichelei wirkte, Wagner grinste stolz. »Ist auch selten. Interessieren Sie sich für Autos?«

»Nicht besonders«, antwortete Udo. »Nach seltenen Cayenne-Modellen halte ich immer mal Ausschau, aber sonst sind mir Autos eigentlich ziemlich egal.«

Würde Wagner weiter fragen?

»Ach, Sie interessieren sich ausgerechnet für den Cayenne? Ist ja ein lustiger Zufall«, sagte Wagner und lachte. Udo dachte daran, dass ihm dieses Lachen bald vergehen würde. Spätestens in drei, vier Tagen. Oder fünf.

Er ging in die Hocke und befühlte mit zwei Fingern das Innere des Kaminschachts. Kratzte dabei ein wenig Ruß ab, den er mit gespieltem Kennerblick betrachtete und dann kurz nickte. Wagner begriff offenbar nicht, welch unsinnige Handlung das war. Er schien zufrieden, als Udo sagte, alles sei in Ordnung.

»Keine auffälligen Ablagerungen, keine Versottung.« Er schloss den Revisionsschacht und klopfte mit dem Handrücken gegen den gemauerten Schornstein. »Sowohl Schornstein als auch Heizungsanlage laufen einwandfrei.« Ein Triumphgefühl machte sich in ihm breit. »Die laufen locker bis zur nächsten Untersuchung. In der Zwischenzeit können Sie ja ein bisschen Geld für die Wärmepumpe zur Seite legen. Oder Sie lassen Ihren Wagen neu lackieren.«

Wagner sah ihn fragend an. Udo grinste süffisant. »Rechts vorne an der Stoßstange ist eine Beule zu erkennen. Von einem Unfall, nehme ich an. Bei der Höhe könnte man meinen, Sie hätten ein Reh überfahren.« Udo hielt einen kurzen Moment inne. »Oder ein Kind.«

Der bleiche Hausbesitzer sah ihn erst irritiert an, doch dann zog er die Mundwinkel nach oben. Er keuchte. »Haha, guter Witz. Aber Sie haben recht, ich sollte das längst mal in Ordnung gebracht haben.«

Udo entging nicht, wie unsicher und fahrig Wagner auf einmal war. Mit langsamen Bewegungen packte er seine Sachen zusammen, blickte noch einmal kurz zu der Heizungsanlage und ging nach oben. Er musste dringend an die frische Luft. In Wagners Gegenwart hatte er das Gefühl, nicht mehr atmen zu können. Nicht mehr er selbst zu sein.

Der Flur mit seinen altmodischen Fliesen und den muffigen Paneelen erschien ihm noch düsterer als zu Beginn seines Hausbesuchs. Der Geruch aus der Wohnung noch unerträglicher und der SUV vor der Tür noch gefährlicher. Lebensbedrohlich. Tödlich. Doch er ließ sich nichts anmerken, öffnete die Haustür und atmete die eiskalte Luft tief ein. Bevor er durch das niedrige Gartentörchen ging, drehte er sich noch einmal zu Wagner um.

»Ach, übrigens«, seine Stimme war nur ein heiseres Flüstern, »ich bin nicht geschieden. Meine Frau lebt dort, wo es keinen Schmerz mehr für sie gibt und keine Trauer. Sie hat lange gelitten, aber letztendlich den Tod unseres Sohnes nicht überwinden können.«

Er sah, dass Wagner einen mitleidigen Blick auflegte, aber er konnte seine Worte nicht zurückhalten. »Unser Sohn starb bei einem Verkehrsunfall. Fahrerflucht. Die Polizei hat den Fahrer nie gefunden, aus Mangel an Beweisen die Suche eingestellt. Aber es gibt trotzdem einen Zeugen. Und der hat einen auffälligen Wagen davonfahren sehen. Einen bronzefarbenen Cayenne.«

Udo schritt durch das Törchen und öffnete seinen roten Kastenwagen. »Auf Wiedersehen, Herr Wagner.«

Er stieg in sein Auto, schnallte sich an und ließ den Motor an. Langsam fuhr er die Straße entlang und blickte in den Rückspiegel. Eine schwarze Dohle flog zu Wagners Haus, hielt Reisig im Schnabel und ließ sich auf dem Schornstein nieder. In Udo machte sich ein Gefühl der Freiheit breit, füllte ihn aus bis zum Rand, machte ihn beinahe glücklich.

Vier Tage später schlug er voller Genugtuung die Zeitung auf. Ein Hausbesitzer sei ums Leben gekommen, stand in der Überschrift. Kohlenmonoxidvergiftung, hervorgerufen durch ein Dohlennest, das den Schornstein blockiert hatte.

Dabei sei erst ein paar Tage zuvor der Bezirksschornsteinfeger im Haus gewesen und hatte den Hausbesitzer auf das Nest aufmerksam gemacht. Doch der Bewohner hatte seine Warnungen nicht ernst genommen und trotzdem die unmoderne Gasheizung verwendet. Es sei ein trauriger Fall von Missachtung amtlicher Anordnungen, habe der Schornsteinfeger den Todesfall bedauert und auf seine korrekten Eintragungen im Kehrbuch verwiesen.

Udo Weigelt ließ die Zeitung sinken und blickte auf das Foto von Lukas, das seit seinem Unfalltod auf dem Esstisch stand. Mit einem melancholischen Lächeln strich er zaghaft über das Glas, hinter dem ihn sein fünfjähriger Sohn anlächelte. Man konnte die Lücke zwischen den unteren Schneidezähnen nur ahnen, doch er wusste, dass sie da war. So wie er noch all die Kleinigkeiten wusste, die seinen Sohn so liebenswert gemacht hatten. Das leichte Lispeln und der dunkle Leberfleck neben dem rechten Auge. Der Wirbel im blonden Haaransatz, der immer ein paar Strähnen nach oben stehen ließ.

Dann griff er nach seinem Block und betrachtete Name und Adresse des nächsten Kunden im Kehrbezirk. Kontrollierte, ob es sich wirklich um die richtige Person handelte. Nahm seine Uniformjacke vom Haken im Flur, schlüpfte in seine rußverschmierten Schuhe und steckte sich den Adresszettel in die hintere Hosentasche. Ja, die Angaben stimmten. Sein nächster Kunde war der Staatsanwalt, der das Verfahren gegen den flüchtigen Fahrer des bronzefarbenen SUV eingestellt hatte.

Am Himmel flog eine Dohle, stieß einen krächzenden Ruf aus und ließ sich unter der nächsten Buche nieder, um Reisig einzusammeln.

wintergarten

Ein Wintergarten ermöglicht es, einen Dschungel im eigenen Heim entstehen zu lassen - mit allen seinen Gefahren.

INTRODUCTION

Küss den goldenen Frosch

F. G. Klimmek

Wir hatten uns zur endgültigen Aussprache für vierzehn Uhr verabredet. Dass es schon achtundzwanzig Sekunden eher schellte, beseitigte die letzten Restzweifel, er könnte die Sache nicht ernst gemeint haben.

Der dicke Mann vor meiner Tür, der mir mit verlegenem Lächeln die Hand reichte, hieß Jens Meerfeldt, und dick war noch sehr euphemistisch formuliert. Er hatte diese Art von Körper und Gesicht, die wie ein in eine menschliche Umhüllung gepresster Frosch wirkten. Er schwitzte ständig, hatte massive Herzprobleme, war rotgesichtig, kurzatmig und der reichste Mann in unserem Golfclub in Westerholt. Es war ihm gelungen, im Rahmen des Bauprojekts Moselbrücke, das internationale Beachtung gefunden hatte und den Ausführenden satte Folgegeschäfte versprach, einen fetten Auftrag an Land zu ziehen, der sein ohnehin schon im zweistelligen Millionenbereich angesiedeltes Vermögen in den dreistelligen katapultieren würde. Und deshalb war er nun als goldener Frosch dabei, seinem Feudaldasein die Krone aufzusetzen. Dazu gehörten nicht nur die Errichtung eines palastähnlichen Domizils auf dem begehrtesten Grundstück am Stadtrand von Marl und die Anschaffung des neuesten Aston-Martin-Modells, das der James-Bond-Version bis hin zur Lackierung entsprach. Nein, es sollte auch auf dem Beifahrersitz ein Weib hocken, das direkt von der Leinwand herab- und zu ihm in den Wagen gestiegen zu sein schien. Und deshalb kam für ihn nur die schönste und umschwärmteste Frau der ganzen Gegend infrage.

Meine.

Immerhin besaß ihr derzeit glühendster Bewunderer so viel Klasse, sich bei seiner Ankunft kurz zu verbeugen und dafür zu bedanken, dass ich ihn in so einer »gleichermaßen prekären wie delikaten Angelegenheit«, wie er die Sache nannte, zu mir eingeladen hatte.

»Ich bin froh, dass wir uns vernünftig darüber unterhalten können«, sagte er, als er sich an mir vorbei in den Korridor quetschte, »und du es wie ein Mann nimmst.«

Das war auch so einer seiner typischen doofen Sprüche, die er sich angewöhnt hatte, als Vermögen und Profilneurose im selben Maße zu wuchern anfingen. Wie sollte ich es denn sonst nehmen, wie ein Kind, das vor sich hin greinte und aus Wut Modellautos und Nintendokonsole zertrampelte? Fehlte nur noch seine John-Wayne-Version von »Diese Stadt ist zu klein für uns beide!«. Dass diese allerdings anders ausgehen sollte, als er sich vorgestellt hatte, dafür waren wir ja jetzt hier.

Irgendwie tat er mir in seiner für ihn ungewöhnlichen Unsicherheit sogar ein bisschen leid. Vielleicht auch deshalb, weil ich ihn nur zu gut verstehen konnte.

Sie war der Typ Frau, für die ein Mann alles tat. Die Sorte Weib, die es schaffte, ehrliche Männer zu Kriminellen zu machen. Mühelos. Ganz einfach, weil es anders kaum zu schaffen war, Geld in der Menge zu verdienen, wie sie es für ihren Lebenszuschnitt brauchte.

Ich selber war ein leuchtendes Beispiel dafür. Meine Apotheke war alteingesessen, konnte sich auf eine solvente Kundschaft von Privatpatienten verlassen und warf so viel ab, dass ich mein Leben als einigermaßen luxuriös bezeichnen und mir zum Beispiel eine Mitgliedschaft im Golfclub leisten konnte. Zwar fand ich diese Erwachsenenversion des kindlichen Knickelspiels unter Zuhilfenahme von verformten Eisenstangen ausgesprochen dämlich, insbesondere, wenn man sie als Sport bezeichnete, was schon durch einen Blick auf die Körpermaße der Mitglieder widerlegt wurde. Andererseits finanzierte allein der Unter-der-Hand-Verkauf von potenzsteigernden Mitteln an meine Clubkollegen locker den Jahresbeitrag. Strafrechtlich relevant wurde mein Treiben erst so richtig durch die illegale Belieferung dreier Bodybuildingsportstudios mit Anabolika und Epo. Die Schose funktionierte nur deshalb so gut, weil dort einige Polizeibeamte trainierten, und das waren die Hauptabnehmer.

Doch sei es, wie es sei, der Schritt über die Grenze zur Kriminalität war damit gemacht.

Was letztlich vielleicht gar nicht so schlecht war; denn eine etwas gelöste Einstellung zu unserem herrschenden Rechtssystem konnte einer Umsetzung meiner Absichten nur förderlich sein.

»Komm am besten gleich mit durch, dann begreifst du am ehesten, was noch so alles auf dich zukommen wird.«

Wir durchquerten Korridor und Wohnzimmer mit anschließender Bibliothek und landeten schließlich im angebauten Wintergarten. Tatsächlich handelte es sich dabei mehr um ein doppelstöckiges Gewächshaus von rund einhundert Quadratmetern Grundfläche. In der Mitte hatte ich ein Stück plattieren lassen, auf das ein Tischchen und vier dazu passende Rattansessel sowie am Rande ein kleiner Barschrank passten. Der Rest war reinrassiger Dschungel mit lianenüberwucherten Palmen bis unter das Dach und jeder Menge sonstiger Pflanzen auf moosigem Boden. Weder fehlten ein flacher Tümpel mit künstlichem Zwei-Meter-Wasserfall noch ein Querschnitt durch die dazugehörige Tierwelt, bestehend aus kleinen, metallisch glänzenden Vögeln, Reptilien und Amphibien. Als Blickfang hatte sich ein mehr als anderthalb Meter langer Grüner Leguan herauskristallisiert, der zur Freude mancher Gäste gelegentlich aus dem Dickicht hervorkam, um sich von Hand mit Bananen füttern zu lassen.

Obwohl Meerfeldt seine Jacke sofort ausgezogen, den Schlips abgenommen und sein Hemd geöffnet hatte, war der Umfang der Schweißflecken unter seinen Achseln bereits beachtlich.

»In was für einen stickigen Schwitzkasten schleppst du mich denn jetzt? Man kann ja kaum atmen.«

»Ach Junge, wenn du vor dieser kleinen Hürde schon verweigerst, dann wirst du Ilona nicht lange halten können. Ich habe diesen Wintergarten nur für sie anbauen lassen. Nun ja, eigentlich mehr ein Exotarium. So was wirst du ihr auch bieten müssen, nur erheblich größer. Schließlich will sie sich ja nicht verschlechtern. Aber trink deinen Tee, das hilft. Das Zeug schmeckt zwar scheußlich, und ich hab selber lange gebraucht, um mich daran zu gewöhnen, aber die Indianer da unten im südamerikanischen Dschungel wussten schon, was für einen Menschen in so einer Umgebung gut ist.«

Und ich wusste, was schlecht für den Feind meiner Ehe war. Deshalb hatte ich den Tee auch mit einem entsprechenden Präparat aus meinem Laden gewürzt, das extrem kontraindiziert zu den blutdrucksenkenden Mitteln war, die für Meerfeldt unverzichtbar waren und die er, wie auch alle anderen seiner lebenserhaltenden Arzneien, regelmäßig bei mir kaufte. Ja, es ist für einen Apotheker manchmal ein unschätzbarer Vorteil, dass ihm als Exklusivlieferant der Gesundheitsstatus eines Stammkunden nicht verborgen bleibt.

Er nahm einen Schluck und verzog angeekelt das Gesicht. »Und so eine Miege will Ilona wirklich jeden ...«

Ilona. So hieß sie nun einmal, aber nach ihrer und auch meiner Ansicht war das mehr ein Name für eine Friseuse als für eine Schönheitskönigin, die sich wie eine Stammesfürstin fühlte. Was nicht gänzlich ohne Berechtigung war, denn als Tochter einer deutschen Mutter und eines indischen Vaters war sie Exotik und Erotik pur. Deshalb hätte sie ihren Künstlernamen Illandra auch am liebsten im grauen Alltag beibehalten und hatte das am Anfang unseres Zusammenseins auch versucht, bis ihr die blöden Blicke, die aus der Kombination mit dem durch mich erheirateten Hausnamen Konschewitz resultierten, zu viel wurden.

Ich nickte nachdrücklich. »Will sie – und noch einiges mehr, das nicht unbedingt mit Kohle zusammenhängt. Ganz im Gegenteil. Natürlich ist Geld immer ein überzeugendes Argument. Ich habe deshalb keine Zweifel, dass es dir letztlich gelingen wird, Ilona auf deine Seite zu ziehen. Aber glaub mir eines – auf lange Sicht wird nicht einmal das ausreichen, sie da auch zu halten. Frauen gewöhnen sich an nichts so schnell wie an Geld.« Dabei schaute ich demonstrativ auf seine noch halb gefüllte Tasse, und er trank pflichtschuldigst aus.

»Na, ich weiß nicht, ob das nicht ...«

»Aber ich weiß. Irgendwann genügen auch keine teuren Geschenke mehr oder exklusive Urlaube, wenn der Kerl selber ein Langweiler ist. Und ich glaube, in der Beziehung musst du noch ziemlich an dir arbeiten. Hast du eigentlich eine Ahnung, wie ich Ilona damals, hm, du wirst es wahrscheinlich ›rumgekriegt‹ nennen, also rumgekriegt habe? Ich habe einen Frosch geküsst!«

»Hör auf mit dem Scheiß, du willst mich bloß verarschen! Erzähl mir nicht, dass du sie zum Essen eingeladen hast und der Frosch vom Kellner angeschleppt wurde.«
»Nein, das war tatsächlich so, wie ich es sage. Aber hier, damit du den Geschmack aus dem Mund kriegst.« Ich ging rüber zur kleinen Bar und kam mit zwei Gläsern Whisky zurück, Glenlivet, achtzehn Jahre alt. Schade um den guten Stoff, aber der als Zugabe würde seinen Blutdruck bis in die Todeszone hochjagen. Viel fehlte jetzt nicht mehr. Zumal mich ein schneller Blick in die Schublade davon überzeugt hatte, dass Chirurgenhandschuhe, Vaseline und die Ausgabe der *Salamandra* mit der Titelstory über den *Phyllobates terribilis* bereitlagen.
»Prost! Also, zum Frosch. Du kennst ja ihren früheren Job. Den hat sie nicht von ungefähr gewählt. Sie hat sich einfach von Kind an in diese Fantasien hineingesteigert ...«
Oh ja, in ihrer Traumwelt schaffte sie den fließenden Übergang von der malayischen Prinzessin über die Göttin vom Rio Beni zur Anführerin der Amazonen vom Okawango mühelos, denn bei ihrem Bildungsniveau lagen die Kontinente dieser Erde nicht allzu weit auseinander. Dieses vernachlässigbare Defizit wurde aber in jeder Nacht dadurch mehr als wett gemacht, dass Ilona bei dem, was früher mal als eheliche Pflicht apostrophiert wurde, mit einer Kunstfertigkeit aufwartete, die auf allen Kontinenten kaum zu übertreffen war.

Diese in der Nacht zutage tretende Extravaganz fand auch, wie gesagt, unter anderem ihren Niederschlag in ihrem Faible für außergewöhnliche Haustiere, die bevorzugt tropischen Gebieten entstammten. Vielleicht sollte ich in diesem Zusammenhang erwähnen, dass ich Ilona in einem exklusiven Nachtclub kennengelernt hatte, in dem sie mit der Albinoform eines Tigerpythons als Schlangentänzerin aufgetreten war.

»... deshalb hab ich sie auch nicht zum Essen, sondern zu einem Besuch in Burgers Zoo eingeladen, wo wir ...«
»Burgers Zoo?«
Ich konstatierte mit großer Zufriedenheit, dass sein Hemd durch den massiven Schweißausbruch mittlerweile wieder einfarbig war,

wenngleich nun erheblich dunkler, und dass seine Hände merklich zitterten.

»Ja, dieser Riesentierpark bei Arnheim. Ich war vorher schon ein paarmal da, und deshalb wusste ich, dass das genau ihre Welt ist. Die haben unter anderem gigantische Hallen, in denen verschiedene Gebiete der Erde im Maßstab eins zu eins nachgebaut sind, als hätte man ein Stück aus der Natur rausgeschnitten. Wüste, Meeresstrand bis runter auf den Boden des Ozeans, und ... ach, egal, jedenfalls auch eine Halle mit Dschungel total, in der die ganzen Viecher frei um einen herumhopsen. Da hab ich mir dann einen Frosch geschnappt, so einen von der bunten Sorte, die Augen zugemacht, ihm einen fetten Schmatz gegeben, die Augen wieder aufgemacht, Ilona angestrahlt und gesagt: ›Und schon steht die Prinzessin neben mir!‹ Okay, das entspricht zwar nicht hundertprozentig dem Ablauf im Märchen, aber ich bin ja auch nicht Steven Spielberg, um so was perfekt hinzukriegen. Sie war jedenfalls begeistert und zwei Monate später meine Frau. Aber den Teil kennst du ja, du warst schließlich unser Trauzeuge.«

Mittlerweile schwitzte er wie das redensartliche Schwein. Hätte ich es nicht besser gewusst, ich hätte den Grund dafür im Tropenklima gesehen.

Während meines kurzen Monologs hatte ich ihm den Rücken zugekehrt, war wieder zum Barwagen rübergegangen und hatte mich dort unbemerkt mit den bereitgestellten Utensilien für meinen Auftritt präpariert. Wieder am Tisch, legte ich die entsprechend gefaltete *Salamandra* so vor ihn hin, dass ihm das Porträt des leuchtend gelben Frosches samt Überschrift »Absolut tödlich!« und der etwas tieferen, aber fettgedruckten Zeile »Sein Hautgift langt für etwa zehn Menschen« darunter sicherer in die Augen sprangen, als mein kleiner Gehilfe es selber gekonnt hätte.

Dann grapschte ich mir meinen auserkorenen Assistenten von seinem Platz auf einem Moospolster unter einer Anthurie.

»Na, würdest du das auch für die Frau deiner Träume tun, so einen glitschigen Frosch küssen? Ich meine, ganz abgesehen davon, dass du erst gar nicht auf so eine Idee kämst.« Mit diesen Worten hielt ich ihm den goldenen Frosch direkt vor den Schädel.

Ein kleiner Stupser mit dem Daumen genügte, und mein unfreiwilliger Mitarbeiter sprang ihm genau auf den Mund, nach einigen Sekunden weiter auf die Nase, krabbelte über den Rest des schreckensstarren Gesichts und verschwand mit einem gekonnten Schlusssprung zwischen den Blättern einer Maranta.

»Erst recht ganz abgesehen davon, dass du jetzt sowieso nicht mehr dazu kommen wirst.« Dabei wischte ich mir demonstrativ die dicke Vaselineschicht von meinem noch dickeren Grinsen und entledigte mich anschließend betont langsam meiner Handschuhe.

»Kontaktgift, kapiert? Falls du in den letzten Minuten deines Lebens noch etwas Sinnvolles tun willst, lies den Artikel da. Dann weißt du wenigstens, warum du nächste Woche bei der pompösesten Beerdigung der ganzen Gegend die Hauptrolle übernommen hast. Falls es dir ein Trost ist: Ilona wird dabei sein, natürlich an meiner Seite, und sicherlich ein paar Tränen vergießen. Und dann werden wir nach Hause gehen und unsere wiederentdeckte Liebe feiern, und das selbstverständlich so, wie Ilona es am besten kann.«

Es mag für einen schlechten Charakter sprechen, trotzdem halte ich es für menschlich verständlich, dass ich mir nicht verkneifen konnte hinzuzufügen: »Ich bin froh, dass du so vernünftig bist und es wie ein Mann nimmst.«

Ich habe mich immer gefragt, ob das wirklich funktioniert mit dem Farbwechsel bei Menschen, die in Panik geraten. Das Exemplar vor mir changierte jedenfalls von einem plötzlichen Grau über blässliches Blau zu einem dunklen Rot, was mich jedoch nicht mit dem geringsten Mitgefühl erfüllte, sondern komischerweise an das Stadion von Bayern München denken ließ.

Meerfeldt ächzte sich aus dem Korbsessel hoch, schwankte wie ferngesteuert den Weg zurück zu seinem Auto und schaffte es, die Nobelkarosse im Schritttempo und in Schlangenlinien die lange Auffahrt hinunter bis zur Einmündung in die unbefestigte Straße zu chauffieren, die durch das einsame Wiesengelände an meinem Haus vorbeiführte. Noch einige wenige Meter, dann rollte der Wagen wie in Zeitlupe nach rechts und blieb schräg auf dem Bankett mit einem Rad im Graben hängen.

Mit dem Timing konnte ich ganz zufrieden sein. Natürlich wäre es auf den ersten Blick besser gewesen, er wäre erst ein paar Kilometer weiter gestorben. Aber immerhin hatte er mein Grundstück bereits verlassen, und kein Unbeteiligter war durch ein plötzliches Ausbrechen des Wagens zu Schaden gekommen. Ich würde noch ein bisschen warten und dann unseren Clubkameraden Rudolf anrufen, Chefarzt an der Universitätsklinik von Münster und nebenbei Meerfeldts behandelnder Arzt, der dessen Herzschwäche besser als jeder andere kannte. Man musste also kein Hellseher sein um zu erahnen, was auf dem Totenschein als Ursache des plötzlichen Ablebens dieses permanent infarktgefährdeten Geschäftsmanns stehen würde.

Mit einem höchst zufriedenen Lächeln auf den Lippen machte ich mich auf den Weg in mein Exotarium und suchte den wunderbaren goldenen Frosch, der meine Ehe gerettet hatte.

Selbstverständlich hatte ich nun auf Vaseline und Gummihandschuhe verzichtet. Und zwar nicht etwa, weil russisches Roulette zu meinen Lieblingsspielen gehörte, sondern weil mein goldener Frosch völlig harmlos war. Klar ist dieses Tier, solange es in seiner tropischen Heimat lebt, eines der giftigsten Wesen der Welt. Es heißt, er kann jedesmal über seine Haut so viel an Wirkstoff absondern, dass es langt, um etwa zehn Menschen umzubringen. Doch um dieses Batrachotoxin erzeugen zu können, braucht er als Futter bestimmte Insektenarten, die er nur in seiner Heimat in freier Wildbahn erbeuten kann. Ich glaube, irgendwelche Ameisensorten, Milben und so ein Zeug. Ansonsten verliert er nämlich seine Fähigkeit der Giftproduktion spätestens nach acht Monaten vollkommen. Unseren *Phyllobates terribilis* hier beherbergten wir seit mindestens der doppelten Zeit, und gefüttert haben wir ihn mit *Gryllus domesticus*, dem ordinären deutschen Heimchen.

Schon erstaunlich, was allein die Todesangst alles bewirken kann!

Ich gab dem kleinen Schwindler mehr als nur einen Kuss in dem Bewusstsein, dass sich Ilona heute Abend, wenn sie von ihrer Shoppingtour aus Düsseldorf zurück war, wieder in meine Märchenprinzessin verwandeln würde.

heizungskeller

Vom Heizungskeller aus wird das Klima im Haus gesteuert; treten hier Störungen auf, wirkt sich das auf die Bewohner nachhaltig aus.

Dreimäderlhaus

BEATRIX KRAMLOVSKY

Berta sah zu, wie der junge Mann den Stutzen durch das schmale Fenster schob. Genau genommen sah sie von ihm nur kurz grobe Arbeitshandschuhe, die den dicken Schlauch umfassten, die stählerne Manschette mit dem Kettchen daran, das silbern leuchtende Ausgussrohr, eine riesige Tülle, die sich langsam senkte wie der Kopf einer müden Schlange.

Schön, dachte Berta, und dass der junge Mann sehr vorsichtig den Schlauch abgewickelt und durch den Vorgarten gelegt hatte. Eine Zeitlang passierte gar nichts, dann hörte sie ihn die Kellerstiege herunter hüpfen. Dynamisch und gut aufgelegt, dachte Berta weiter, und dass ihr solche Männer immer gefallen hatten. Der Mann drückte sich mit einer Entschuldigung an ihr vorbei, stieg über die hohe Sicherheitsschwelle des Heizungsraumes, ging zur Fensterwand, packte den Stutzen und zog ihn hinüber zum Tank. Mit welcher Leichtigkeit er den Deckel abschraubte, die Verbindung zum Wagen draußen herstellte. Trotz der Vliesjacke bildete sich Berta ein, das Muskelspiel im Oberarm und auf dem Schulterblatt erahnen zu können.

»Dos hamma glei«, sagte der Mann und lief wieder hinauf, um den Hahn am Tankwagen zu öffnen. Ein leichter Akzent, fand Berta, melodiös, als spielte eine Bassflöte den Satz vor. *Dos-ham maglei.* Schalmeienmusik. Schubert hätte daraus das Leitmotiv für eines seiner Kunstlieder geformt, da war sie sicher.

»Bertaaa!«, schrie oben mit zittrigem Diskant die jüngste Schwester. »Die Haustür ist offen, es zieht!«

Es zieht, es zieht, dachte Berta, und wie fein es wäre, wenn Helgas lächerliche Zipperleins sich endlich in einer gestandenen Lungenentzündung auflösten. Schmerzende Bronchien, Stechen bei jedem Atemzug, vor allem aber keine Stimme, ein nutzloser Kehlkopf, Stille, Stille allüberall.

»Bertaaa!«

Gott war nicht auf ihrer Seite. Berta drehte sich von der Sicherheitstür zum Tankraum weg, die Gewichte brachten die Angeln zum Quietschen. A-Dur. Ein hübscher Ton für ein dunkles Kellereck. Sanft fiel die Metalltür ins Schloss. Berta keuchte die Stufen hoch. Vermutlich saßen die Zwillinge wie hingemalt im Wohnzimmer. Berta schaute beim offenen Eingang hinaus. Der junge Mann hatte sich gerade zum Führerhaus hochgeschwungen, ein handlicher Popo in engen Jeans, Stiefel mit schief getretenen Absätzen. Was für ein belebender Anblick, dachte Berta, und dass der Alltag unerwartete Freuden bereithielt.

Noch bevor sie etwas sagen musste, und wie immer wäre ihr wohl nichts Gescheites eingefallen oder sie hätte zu stottern begonnen, drehte sich der Mann um, die Auftragszettel in der Hand, winkte damit und rief: »Kommaglei!« Slowene aus dem Steirischen? Kroate aus dem Burgenland? Egal, sein Mund war voll Musik. Sie würde ihm ein ordentliches Trinkgeld geben.

Berta schaute kurz ins Wohnzimmer.

»Das Öl«, erklärte sie knapp. Herta und Helga sahen nicht einmal von ihren Büchern auf. Berta schloss sanft die Tür und wandte sich dem jungen Mann zu.

»Mussa Schlauch kappn.«

Berta nickte selig, ging ihm nach, sah zu, wie er den Hahn draußen schloss, dann die zwei Stufen zum Eingang heraufsprang, an ihr vorbei die Stiege hinunter in den Keller lief. Sie würde ihm nicht folgen können. Nicht so schnell. Die Jahre waren vorbei, wo sie einen hübschen Lieferanten erfolgreich in ein Eck gedrückt oder aufs Bett gedrängt hatte. Keinen hatte ihr Stottern gestört. Aber seitdem die Zwillinge in Pension waren und daheim residierten, waren die elysischen Bocksprünge Vergangenheit. Eigentlich waren sie schon viel länger passé, dachte Berta, das letzte Mal war vor sieben Jahren passiert, an einem Mittwoch, bildete sie sich ein, mit einem Paketzusteller. Seitdem führte sie das leidenschaftslose Leben einer Haushälterin, der das Monatsgeld von den Schwestern peinlich genau vorgezählt wurde. So war das, wenn man nichts Gescheites gelernt und als junge Witwe in Notlage erleichtert die Pflege des schwesterlichen Besitzes übernommen hatte.

»Das ist für Sie.« Berta bezahlte und legte dreißig Euro extra in die schwielige Hand. Er hielt Nägel und Haut sauber, ach wäre sie doch jünger, welches Vergnügen hätten sie einander bereiten können!
»Dosgeta nit, dosis zuvil.«
»Das ist nicht zu viel«, bestand Berta und ließ ihre Finger auf den seinen ruhen. Er lächelte sie offen an.
»Gutafrau!« Ein Haydn-Horn im Schubertlied.
»Und Sie sind ein guter Mann!«
»Hör auf zu sülzen.« Herta stand hinter ihr. Der Mann trat zurück, die Finger glitten voneinander. Berta begleitete ihn stumm zur Tür, sah noch, wie er sorgsam hinter sich das Gartengatter zudrückte, er lächelte und winkte.
»Bertalein, du und dein Hang zu den Proleten!«
»Zur Arbeiterklasse.«
»Das ist dasselbe.«
»Ich arbeite auch.«
»Nein, Liebste, wir leben und wohnen. Und zwar miteinander. Wobei ich zugebe, dass du die Praktische bist.«
    Berta ging nickend in die Küche und stellte Kaffeewasser auf. Wenn Menschen durch Musik dargestellt werden konnten, und davon war sie überzeugt, dann war sie selbst Landler und Menuett, Volkslied und tröstlicher Wiegenkanon. Herta entsprach in ihrer Klarheit der Bach'schen Kunst der Fuge mit einem Schuss Schönberg, Helga jedoch Rachmaninow und manchmal einem Echo von Gershwin, das bei ihr leider meist chaotisch endete. Alle drei zusammen hätten eine feine Konzertmixtur ergeben, aber im gleichzeitigen Zusammenspiel geriet es oft zur quälenden Kakofonie.
    »Wir wissen sehr zu schätzen, dass du für uns kochst und bügelst, irgendwie hast du das immer so flott gemacht. Bevor wir das Werkzeug beisammen haben, hast du schon alles erledigt.«
    Berta holte die Tassen aus dem Schrank. Ihr wisst gar nicht, wo der Staubsauger steht, wo der Wasserzähler eingebaut ist, ich wette, ihr habt noch nie überlegt, dass auch ein Keller aufgeräumt gehört.

Herta sah ihr zu, schob die Dose mit den Bohnen hin und her. »Dafür hatten wir es immer gemütlich, findest du nicht auch? Keine Fremden im Haus, also keine Putzfrau, niemanden, der über uns Bescheid weiß.«

Ach ja, eure Techtelmechtel mit den verheirateten Kollegen, die Modenschauen vor den Wochenenden, an denen ihr eingeladen wurdet, Affären, die geheim gehalten wurden wegen der Ehefrauen, der Karrieren, die Heulkrämpfe, wenn Schluss war und eure Erwartungen sich wieder zerschlugen. Berta stellte Milch und Zucker aufs Tablett, drückte es ihrer Schwester in die Hand, packte die volle Kanne und segelte ihr ins Wohnzimmer voraus.

»Na endlich!« Helga schloss das Buch mit einem Knall.

»Nicht wahr, Helli, ich sag grad, uns dreien geht es so gut miteinander, die Berti ist unser Kümmerschatz, die kümmert sich um alles.«

»Geh, Schnecki, schenk ein«, antwortete Helga bloß.

Kein Wunder, dass uns die Verwandtschaft die »Gschießerln« nennt. Die drei Schwestern, die keinen Mann halten konnten, der eine gestorben, die anderen nur schlampige Verhältnisse, vorübergehend. Mittlerweile zwei Tussis mit Spitzenkragen und verstaubten Allüren, Dämchen, die so taten, als sei die dritte eine gewollte Mischung aus Gesellschafterin und Putzfrau, auf jeden Fall nicht elegant genug. Hatte es nicht einmal eine Zeit gegeben, in der sie einander nicht nur gebraucht, sondern auch geliebt hatten? Das viele Lachen, Tratschen wie Vogelgezwitscher, so leicht, so nahe am Glück. Aufgefressen von einer schleichenden Kälte, die wir alle nicht gemerkt haben. Oder bin ich die Einzige, die so fühlt? Alles Theater, und außerdem sind sie nicht elegant, sondern betulich, dachte Berta, schenkte sich ein und sah hinaus in den Garten. Sie sollte jemanden anheuern für die schwere Arbeit, es wurde ihr langsam zu viel, vor allem im Spätherbst.

»Es riecht ein bisserl nach Öl«, sagte Herta. »Das ist nicht gut für die Stirnhöhlen.«

»Es stinkt auf gut deutsch«, quengelte Helga, und wieder wurde Berta bewusst, wie wenig sie ihre Schwestern mochte. Das Beste an ihnen war wirklich dieses Haus, das sie wie ein Hotel bewohnten, verwöhnte Gäste ohne Bezug zu den Dingen, die sie in den vergangenen Jahrzehnten zwar gehortet, aber nie wirklich geschätzt hatten. Nicht so wie Berta, dessen war sie gewiss. Das Dreimäderlhaus nannten es die Nachbarn in einer Mischung aus Herablassung und liebevollem Kümmern. Es wäre das Paradies ohne die Zwillinge, dachte sie wie schon so oft, ein Gedanke, der einem Stoßgebet glich. Wieder wallte der vertraute hilflose Zorn hoch. War es die Erinnerung an den freundlichen Ölmann, die ihr die eigene Abhängigkeit so schmerzhaft vor Augen führte? Selber schuld, Berta, du hättest gehen können, du hättest Arbeit finden können, du warst die Klette im Leben der Schwestern, so wie sie an dir hängen. Sie sind dir ähnlicher, als dir lieb ist.

»Ich geh das Essen vorbereiten«, sagte sie und ging zurück in die Küche. Niemand sah hoch.

Sie hatte vergessen, das Licht unten auszuschalten! Es war ein Kreuz mit dem heranschleichenden Alter, Schwächen mehrten sich, Defizite wurden größer. Was war sie doch grantig! Sie stieg die Stiege hinunter – die eingelegten Birnen wären fein und dann nimm auch gleich Fisolen aus dem Tiefkühler mit –, querte die offene Waschküche und ging hinüber zur Sicherheitstür. War eventuell im Tankraum das Licht ebenfalls noch an? Quietschen in A-Dur, als ob das Haus mit ihr redete, ein feiner Dialog, der allen anderen entging.

»Was treibst du denn da?«

Sie hatte Helga nicht gehört. Seit wann schlich die so?

»Kontrolle.« Sie bevorzugte Rumpfsätze, das engte die Stottermöglichkeiten ein.

Helga trat näher. »Da war ich ja schon ewig nicht mehr.« Sie hob den linken Fuß über die Sicherheitsschwelle, setzte ihn auf, griff mit der Hand nach dem Türstock, um sich festzuhalten. Seit kurzer Zeit mehrten sich ihre kreislaufbedingten Schwindelanfälle.

Selbst im Nachhinein konnte sich Berta nicht erklären, was sie geritten hatte. Hatte sie überhaupt etwas gedacht?

Hatte sich ihr Arm nicht einfach vom Hirn abgekoppelt, ganz allein entschieden, ganz allein den schweren Vorschlaghammer gehoben, der da neben Axt, Zange, Säge lag, ganz alleine ausgeholt, ganz alleine der Schwester zwischen die Schulterblätter geschlagen, so ganz ohne Zielen. Einfach nur das Ding schleudern und treffen lassen.

Helga stürzte nach vorn. Das rechte Bein verfing sich in der Schwelle, sie kippte ganz einfach und knallte mit dem Gesicht direkt auf die Stufenkante, die den Tank umrahmte. Ein unschönes Geräusch.

Berta ließ den Hammer aus der Hand gleiten und schaute. Alles war still, selbst die Türangel hielt sich ruhig. Nichts bewegte sich nun. Da war das geschlossene Kellerfenster, da war der rot lackierte Tank, ein viereckiges Monstrum, das dreitausend Liter fasste, fleckenlos. Da war die hübsche Messinganzeige unter den Rohren, die hinauf zur Decke und ins Haus führten. Da war die schmale Stellage mit den Skischuhen, die schon seit Jahren nicht mehr benutzt wurden. Da war der leere Eimer mit dem Mopp, den sie nur zur Reinigung des Tankraums benutzte, damit in den Vorratskeller keine Ölflecken verschleppt wurden. Da war der Körper der Schwester, das eine Bein etwas verdreht, die Arme ausgestreckt, der Kopf in irritierend steilem Winkel seitwärts gedrückt. Berta trat näher.

»Helga?«

Die Haare der Schwester wie immer sorgfältig frisiert. Allerdings am Ansatz ein verräterisch weißer Schimmer. Sie muss bald wieder färben, dachte Berta, und erst jetzt sah sie den Fleck unter dem verborgenen Gesicht, das wachsende Rot, das nun wie ein Rahmen den Kopf umgab. Still, dachte Berta, so still, und einen Moment lang durchblitzte sie so etwas wie Trauer um den Verlust von sehr speziellem Rachmaninowklang. Dann hob sie den Hammer hoch und verstaute ihn zwischen dem anderen schweren Werkzeug. Stille immer noch. Sie schob einen Korb mit leeren Flaschen gegen die Tür, sodass sie nicht zufallen, lieblos auf das schwesterliche Bein fallen konnte, und stieg langsam die Treppe hoch, um Bescheid zu geben. Die Stille hüllte sie ein wie ein schützender Pelz.

Wie nett die Nachbarn doch waren, wie hilfsbereit seit Wochen schon. Voller Verständnis. Berta hörte zu, wie man Herta Trost zusprach, sie auf die ältere, so patente Schwester verwies, die sie ja glücklicherweise noch hätte. Sie hörte zu, wenn man zu beruhigen vermeinte, schließlich könnte kein Mensch so einen Unfall voraussehen, ihn verhindern. Was für ein Schlag, gerade jetzt hätte doch die Pension gemeinsam genossen werden können. Ein Leben lang gearbeitet, und kaum begann die Zeit, Haus und Garten zu genießen, riss das Schicksal diese grausame Wunde. Wenn, ja wenn; nichts ließ sich ungeschehen machen mit Möglichkeitssätzen und Sehnsüchten. Herta weinte, wenn man das Leid mit ihr teilte. Sie weinte mit Leichtigkeit, als ob jedes Wort, das mit ihrer Schwester zusammenhing, die Tränenquelle speiste. Berta hörte zu, verstummt, und die Nachbarn erklärten es sich mit dem Schock über den plötzlichen Verlust. Aber das stimmte nicht, nicht wahr? Die Versicherungen hätten schon recht, es war gefährlich daheim, was für eine Tragödie, den Zwilling auf diese Art zu verlieren, und der Advent vor der Tür, aber war das Begräbnis nicht ergreifend schön gewesen? Und der Blumenschmuck, den Frau Berta zusammengestellt hatte, so etwas Feinsinniges mit diesen Wintergräsern, ein wahres Abbild der eleganten Verstorbenen. Ein Glück im Unglück, dass der verwaisten Herta diese Schwester geblieben war. Die kannte sich wenigstens aus mit dem Besitz, die packte zu und managte alles, verlor trotz aller Trauer nicht ihren Hausverstand. Berta hörte das alles und hütete die Stille in sich.

Sie wusste, dass Herta dankbar war und froh über alles, was Berta tat, veranlasste, erledigte. Es konnte jedoch natürlich nichts an diesem Tod erträglicher machen. Dreiundsechzig Jahre waren Helga und sie eins gewesen, getrennt nur durch zehn Minuten Geburtszeit. Berta wusste, dass sie dieser Amputation nichts entgegenhalten konnte. Eigentlich wollte sie das gar nicht. Es erstaunte sie, zwar den Kummer ihrer Schwester zu teilen, aber keinen eigenen Verlust zu empfinden. Die Molltöne, die das Haus einhüllten, quollen nur aus Herta.

Die Tage vergingen, und aus der Stille erhob sich ein Summen, dicht wie vielfarbige Petit-Point-Stickerei. Ein wenig wunderte sich Berta, wie unberührt sie blieb von Gefühlen der Schuld, von Reue. Aber ihr gefiel, dass sie diese Erkenntnis nicht nur ertrug, sondern als neue Wahrheit genoss. Das Haus schien sich mit dem Summen zu füllen, als sei es dabei, neue Melodien zu gebären. Berta gefiel, welche Art von Musik sich in Zukunft rund um sie entfalten würde.

Das Begräbnis war vorbei. Erbstreitigkeiten würden sich nicht ergeben, in dieser Hinsicht hatte immer Einigkeit in der gespaltenen Dreifaltigkeit dieser Familie geherrscht. Berta überlegte, ab wann sie Herta vorschlagen konnte, Helgas Zimmer auszuräumen. Nicht dass sie den Platz brauchten, aber Berta wollte nicht, dass sich dieses wunderbare Haus in ein Museum verwandelte. Die Zeit mit dem quengeligen Zwilling war endgültig vorbei.

Weihnachten stand vor der Tür.

»Wie kannst du daran denken?« Herta war fassungslos.

»Kekse backen ist sehr tröstlich. Wenn die Hände beschäftigt sind, schmerzt das Herz nicht so sehr«, sagte Berta, der die Schwester ein wenig leid tat.

»Ich weiß nicht, wie du das aushältst. Ich weiß nicht, wie du hinunter in den Keller gehen kannst. Ich weiß nicht, wie du es schaffst, an dieser Stelle vorbei zu gehen, fast jeden Tag, ohne dass es dir hochkommt, ohne dass du weinen musst.«

Berta dachte an das gebrochene Genick unter dem Haarnest, den Fuß auf der Schwelle, das Blutrot auf dem Betongrau, ein Bild von kalter Schönheit. Aber das würde sie ihrer Schwester nicht erklären können.

»Das Haus sammelt die Geschichten der Menschen, die darin wohnen, und speichert sie in den Mauern. Das glaube ich. Helga steckt da drinnen und geht nicht verloren«, sagte sie daher. »Aber wir leben trotzdem weiter. Und brauchen Essen und müssen Wäsche waschen. Du musst lernen, dem Haus nicht übel zu nehmen, dass es Helga getötet hat.« Schon lange hatte Berta nicht mehr so zusammenhängend gesprochen. Herta schien es nicht aufzufallen.

»Das Haus doch nicht! So ein Blödsinn. Warum kam sie nur auf die Schnapsidee, dir nachzulaufen. Immer dieses Kontrollieren. Ihr ging das Büro ab, sie fand es so langweilig daheim.«

»Warum hat sie nichts im Haushalt übernommen? Ich hätte gegen Hilfe nichts einzuwenden.«

»Du weißt doch, Helli mit ihren zwei linken Händen und den ungeschickten Füßen!« Herta begann wieder zu weinen, vermutlich fiel ihr gerade ein, dass die Schwester offensichtlich in den Tod gestolpert war.

Berta schaute ihr zu. Interessiert stellte sie fest, dass ihre Gedanken wieder wanderten. Sie beschäftigten sich mit der Planung neuer Beete in einem sommerlichen Garten, in dem sie eine fette rothaarige Katze herumstreichen sah, ein Tier, dessen Gesellschaft Helgas Allergie bis jetzt unmöglich gemacht hatte. Sie beschäftigten sich mit einer blau lackierten Sitzgruppe, auf der die Nachbarn ihre Kuchen genießen konnten, ohne dass sich die Zwillinge gestört fühlten. Sie beschäftigten sich mit der Neugestaltung von Räumen, in denen später vielleicht einmal eine nette Helferin wohnen würde, sodass sie nichts aufgeben musste, weder das Haus noch den Garten. Ihr Werk. Die Schwestern mochten es gekauft haben, gepflegt hatte nur sie es.

Berta schreckte hoch. Was sagte Herta gerade?

»Ich kann mir nicht vorstellen, ohne sie alt zu werden. Sie war doch mein Lebensmensch.«

Berta erinnerte sich. Als ihr Mann starb und sie so jung und so unerwartet Witwe wurde, hatten die Schwestern ihr nicht gestattet, in ihrer Trauer zu versinken. Durchhalteplattitüden hatten sie ihr an den Kopf geworfen, und dass sie sich zusammenreißen müsste. Sie ließ ihre Schwester stehen und ging hinunter in den Keller. Es war kalt, genau richtig für die gelagerten Weine und eingemachten Marmeladen. In den Rohren gluckerte es, ein neues, feines Summen waberte durch die Räume. Berta war nicht sicher, ob es zu den Geräuschen des Hauses gehörte oder nur wieder in ihrem Kopf stattfand. So oder so machte es sie glücklich. Sie schaltete das nächste Licht ein, ging in den Heizungskeller, wo ihr Rad bereits Winterschlaf hielt. Der Nachbar würde ihr im Frühling wieder helfen, es die enge Stiege hinaufzubugsieren. Noch radelte sie sicher, war keine Gefahr für sich oder andere. Das Leben war ein bunter Teppich, und sie saß mittendrin.

Sie öffnete die Sicherheitstür und begann zu trällern, automatisch, genau auf dem A, das die Angel verlässlich hinaussang. Der

Tank leuchtete wie ein satter Freund. Der Betonboden glänzte sauber. Nichts hier unten erinnerte an die Tote. Berta tätschelte den roten Lack. Dies war das Herz des Hauses, und sie war seine Hüterin. Herta konnte eigentlich die breiten Holzstufen vom ersten Stock hinunterfallen, dachte sie übergangslos aus der Leere hinter ihrem Trällern heraus, und es war eine Vorstellung, die Berta gefiel. Frisch eingelassen war die Treppe teuflisch rutschig. Und Herta war ungeduldig, manchmal sprang sie wie ein kleines Mädchen. Man konnte das leicht arrangieren. Sprach nicht dafür, dass die Zwillinge dann wieder vereint wären? Danach wird keiner in der Verwandtschaft mehr von mir als eine der drei Gschießerln reden.

Berta lauschte dem Gedanken nach, dem Klang des Wörtchens »man«. Ein offenes A, freundlich, wie in einem Kinderlied. Hugo Wolf oder doch Schumann? Was für ein Gewinn es wäre für ihre geheime Hausmusik, die erhebende Klarheit eines Universums in Dur.

Im Frühling vielleicht. Im Frühjahr, damit sie nach Hertas Begräbnis ungestört mit der Gartenarbeit beginnen konnte. Sie schloss die Sicherheitstür sorgsam. Aus dem Vorratsschrank nahm sie Rosinen, Zitronat, Kokosflocken. Die Bäckerei sollte besonders gut gelingen, denn auch wenn die Schwester es nicht wahrhaben wollte, Herta war ein Schleckermaul. Und diese Weihnachten sollten tröstlich werden, das nahm sich Berta fest vor. Schließlich war sie schon ihr Leben lang eine sorgende, eine pflegende Frau. Hinter ihr verhallte das Quietsch-A endgültig und sank in friedliche Stille.

küche

Die Küche ist in jeder Hinsicht ein elementarer Raum.
Nicht verwunderlich, wenn dort auch elementare
Gefühle zutage treten.

Friedhofsgewächs

BARBARA SALADIN

Als Julia erwachte, fühlte sich ihr Kopf an, als hätte ihn jemand in einer Schraubzwinge eingespannt. Sie hörte, wie draußen auf der Kantonsstrasse die Autos vorüberfuhren, und das Geräusch, das der Schneematsch erzeugte, wenn er unter den Rädern wegspritzte, verstärkte ihren Schmerz.

Zeitgleich mit dem Erwachen und dem Schmerz war auch der Gedanke an Dorothee wieder da. Was das beengende Gefühl in Julias Kopf noch steigerte.

Der Telefonanruf war am vergangenen Abend gekommen. Sie müsse mit ihr über das Mietverhältnis reden, hatte Dorli angekündigt. Was genau, war ihr nicht zu entlocken gewesen, oder besser gesagt, hatte Julia sich nicht getraut nachzufragen. Sie war die Großtante ihres Ex-Mannes und Besitzerin des Hauses, in dem Julia mit den beiden Kindern lebte, und wenn Dorli über das Mietverhältnis sprechen wollte, konnte dies eigentlich nur Schlimmes bedeuten.

Julia schälte sich aus dem Bett, wankte ins Bad und spritzte sich Wasser ins Gesicht. Das Wasser war so kalt, als käme es direkt von einem Gletscher, doch es vermochte keine Lebensgeister in ihr zu wecken. Julia drehte den kleinen Elektroofen, der an der grüngekachelten Wand befestigt war, auf die höchste Heizstufe. Wie immer sonderte er zuerst den Geruch nach versengtem Staub ab, bevor sich allmählich eine zaghafte Wärme im Badezimmer auszubreiten begann.

Unten in der Küche war es ebenfalls eiskalt, dennoch öffnete Julia als Erstes das Fenster, ließ frische Luft herein und warf einen Blick nach draußen. Die Dämmerung war schon fast dem Tag gewichen, doch die mächtige dunkle Eibe, die gleich neben dem Küchenfenster wuchs, schluckte einen Großteil des Tageslichts.

Eigentlich machte Kälte Julia nichts aus. Sie war nicht empfindlich, was tiefe Temperaturen anging. Bis sie die Kinder weckte, würde sie den Kachelofen eingeheizt und die Raumtemperatur in der engen Wohnstube mit den dunklen Holzwänden so um ein paar Grad bis ins Erträgliche gesteigert haben. Als sie vor sieben Jahren, damals noch zusammen mit ihrem Ex-Mann, mit den Kleinen in das Haus gezogen war, hatten alle sie gewarnt: Winter ohne Zentralheizung seien unerbittlich. Na ja. Zu zweit war es gegangen, hatte man sich abwechseln können, aber nun, da sie allein fürs Heizen zuständig war, kam sie doch immer wieder an den Rand ihrer Energie: Ein paar Stunden zu lange weg, und schon sank die Temperatur in sibirische Tiefen, was nicht nur an der chronisch laufenden Nase von Lena ein Barometer hatte, sondern auch an der inneren Kälte, die Julia oft verspürte.

Dennoch: Mit der meteorologischen Kälte kam sie klar, dagegen halfen Wollsocken und Brennholz. Auch wenn es erst Ende Oktober war und der Winter vielleicht in den Alpen schon seine Daseinsberechtigung hatte, aber hier im Mittelland hatte er definitiv noch nichts verloren.

Mit Dorli hingegen war das Klarkommen schwieriger. In den letzten fünf Jahren hatte sie sich als Hausbesitzerin immer wieder eingemischt und Julia das Leben erschwert – Dorli hatte es ja nur gut gemeint, und das machte es fast noch schlimmer. Auch mit ihren 82 Jahren fühlte sie sich offenbar noch für alles zuständig und glaubte, überall Ratschläge und Belehrungen streuen zu müssen.

Während Julia die Holzscheite im Ofen stapelte und auf einem Haufen aus Spänen und getrockneten Tannenzapfen einen Anzündwürfel platzierte, dachte sie an den Anruf vom vergangenen Abend, der sie aus ihrem zwar nicht wirklich zufriedenstellenden, aber doch irgendwie akzeptabel vor sich hin tröpfelnden Alltag gerissen hatte.

»Lass uns über das Mietverhältnis reden, liebe Julia«, hatte Dorli gezwitschert. Wörtlich. Immer diese hohe Fistelstimme, die klang, als spräche die Zahnfee persönlich.

Doch der Schein trügte. Unter »über das Mietverhältnis reden« – der Satz hallte in Julias Ohren unablässig wider – konnte Julia sich nur eines vorstellen: die Kündigung. Die Alte würde Eigenbedarf anmelden. Dann konnte sie sie rauswerfen, wie sie wollte. Das jedenfalls hatte Urs schon mehrmals angetönt in den letzten

Tagen, während Telefonaten, die genauso aufreibend und entmutigend ausgefallen waren wie die meisten anderen Kontaktversuche seit der Scheidung.

»Dorli will das Haus. Ich kann es leider nicht verhindern«, hatte er gesagt. Dabei hatte in seiner Stimme dieses mitleidige Timbre vibriert, das Julia schon früher zur Weißglut getrieben hatte, weil sie wusste, dass es nicht ehrlich gemeint war. Und dennoch musste sie Urs dankbar sein, dass er sie vorgewarnt hatte.

Eigenbedarf. Wer's glaubte! Nur ein weiterer mieser Trick dieser Familie! Die Alte hatte doch schon eine Wohnung in der nahe gelegenen Kleinstadt, die über viel mehr Komfort verfügte als das alte Haus mit dem Holzherd und dem verwilderten Garten.

Nach dem Einfeuern wusch Julia sich die Hände. Das kalte Wasser half kaum, die in ihr kochende Wut abzukühlen. Sie setzte Milch auf und warf einen Blick aus dem Küchenfenster. Im Garten lag noch Schnee, auch wenn an mehreren Stellen bereits einzelne Grashalme wieder durch das Weiß lugten. Doch es ging noch lange, bis der Winter vorbei war – es war ja erst Herbst. Fünf oder sechs Monate würde sie noch heizen müssen, Morgen für Morgen den Ofen einfeuern, Morgen für Morgen mindestens eine halbe Stunde früher aufstehen, als sie es mit Zentralheizung hätte tun müssen. Und doch mochte sie dieses Haus.

Julia seufzte. Den Blick über den Gartenzaun auf die andere Straßenseite und den Volg-Dorfladen, wo eben frische Lebensmittel angeliefert wurden, versperrte die große dunkle Eibe vor dem Fenster weitgehend. »Friedhofsgewächs«, ging es Julia durch den Kopf. Einer der giftigsten Bäume Europas stand in ihrem Garten, wo die Kinder spielten. Als sie noch kleiner gewesen waren, hatte Julia ständig Angst gehabt, Lena oder Max könnten sich irgendwann trotz aller Warnungen eine jener einladend knallrot leuchtenden Beeren in den Mund stecken. Das Fleisch der Eibenbeeren war zwar nicht giftig, aber der Kern war es – und der ganze Rest der Pflanze ebenfalls.

Mehrmals hatte sie Dorli darum gebeten, die Eibe fällen zu dürfen, aus Sicherheitsgründen und um mehr Licht in die Küche zu bekommen, doch Urs' Großtante hatte es ihr strikt verboten.

»Das ist ein heiliger Baum«, pflegte sie zu sagen und hatte über die Bedeutung von Bäumen in der griechischen, römischen und germanischen Mythologie zu dozieren begonnen.

Heiliger Baum. Für Julia war es ein verhasster Baum. Ein Friedhofsgewächs, in verschiedenen Kulturen angesiedelt am Eingang zum Totenreich und deshalb nicht in ihren Garten gehörend. Und nicht nur für Menschen tödlich, sondern auch für viele Tiere. Das Pony, das sie als Teenager mehrmals wöchentlich geritten hatte, war nach dem Genuss einiger weniger Eibenäste jämmerlich verendet. Ein Trauma für Julia. Und nun hatte sie seit sieben Jahren den Blick auf den verhassten Baum. Egal was sie in der Küche machte: Vor dem Fenster glänzten jahraus, jahrein die dunklen Nadeln der Eibe.

Dies sei ein Baum, so hatte Dorli ihr erzählt und wohl Verständnis für das Gewächs wecken wollen, aus dem seit dem Altertum Waffen hergestellt würden, weil er über außerordentlich hartes Holz verfügte. Pfeilbögen, Wurfhämmer, Lanzen. Was auch immer.

Für Julia blieb es ein Gift, das sie latent bedrohte und das sie nur zu gerne eines Tages im Ofen verfeuert hätte, dann hätte die Eibe wenigstens einmal einen Nutzen gehabt und Wärme gespendet.

Gift und Waffe.

Genau.

Was lag denn näher, als Dorli quasi mit ihren eigenen Waffen zu schlagen? Ein paar Eibennadeln statt Rosmarin am Poulet, ein paar Eibenkerne zu den Pfefferkörnern in der Sauce ... und schon würde der Eigenbedarf überflüssig sein. Alles stand ja bereit.

Sobald Julia den Gedanken zu Ende gedacht hatte, wurden ihre Handflächen schweißnass vor Aufregung. Das war es! Die Lösung! Einmal, nur ein einziges Mal würde die Eibe in ihrem Garten ihr einen guten Dienst erweisen. Und musste dazu nicht einmal ins Feuer geworfen werden.

In diesem Moment zischte es auf der Herdplatte. Die Milch war übergekocht.

Am Abend, als es an der Haustür klingelte, lagen die Nadeln und die aus dem roten Beerenfleisch gepuhlten Samen der Eibe in einer alten Ovomaltine-Dose auf der Anrichte in der Küche bereit. Ihre

Kinder hatte Julia zu Freunden geschickt – sie wollte nicht, dass jemand in der Nähe war, wenn Dorli das Zeitliche segnete. Vor allem nicht die Kleinen.

»Hallo, liebe Julia!«, jubilierte Dorli schon unter der Tür und drückte ihr einen feuchten Kuss auf die Wange.

Wie konnte sie nur so freundlich sein, wenn sie doch kam, um ihr das Dach über dem Kopf zu nehmen!

»Hallo«, erwiderte Julia, und es fiel ihr schwer, auch nur ein Lächeln auf ihr Gesicht zu bemühen. Sie bat die Großtante herein.

»Lass die Schuhe lieber an, es ist kalt am Boden, und sonst kriegst du am Ende eine Blasenentzündung«, sagte sie und hoffte, dass sie mit ihrer Warnung die ungeeignete Wohnumgebung für eine alte, gesundheitlich nicht mehr sehr robuste Frau unterstreichen konnte. Wer wollte denn schon Eigenbedarf anmelden auf ein Haus, das einem nur Schmerzen und unzählige Gänge aufs WC bescherte! Obwohl: So weit würde es ja gar nicht mehr kommen.

»Kein Problem, ich hab meine Hüttenfinken dabei«, sagte Dorli.

Auch das noch! Beabsichtigte die also schon, sich häuslich einzurichten!

»Hör mal, ich koche gerade. Es gibt Rosmarinpoulet an Pfeffersauce und Kartoffelstock. Du bleibst doch zum Znacht, oder?«

»Oh, das ist aber lieb von dir! Gerne doch. Ich hab zwar noch Schinkli im Teig zu Hause, aber das kann ich ja morgen wärmen.«

Wer sagte es denn. Ging ja.

Während Dorli sich auf der Sitzbank des Kachelofens ihren breiten Hintern wärmte, verschwand Julia in die Küche. Alles war vorbereitet. Die beiden Pouletschenkel brutzelten in der Bratpfanne. Rosmarin war schon dran. Eibe noch nicht.

Die Pfeffersauce rührte sie in einem kleinen Topf an und zerrieb die Eibensamen mit dem Mörser.

Immer wieder blickte Julia nervös über die Schulter zur Küchentür. Schließlich wäre es ungeschickt gewesen, wenn Dorli gesehen hätte, dass sie das Essen, das sie auf zwei Tellern anrichtete, unterschiedlich würzte.

Als das Abendessen auf dem Tablett bereit stand, legte sie noch ein paar Scheite nach und schaltete den Abzug aus. Das Surren des

Ventilators verstummte, und Stille legte sich über die Küche. Nur im Ofen knackte das brennende Holz.

Sie aßen einträchtig. Der Kachelofen sonderte wohlige Wärme ab. Dorli lobte Julias Kochkünste.

»Ich kann nicht verstehen, dass Urs und du nicht mehr zusammen seid. Er weiß doch gar nicht, was er alles verpasst, wenn er sich nicht mehr von dir bekochen lässt«, sinnierte sie kopfschüttelnd. Wahrscheinlich war diese Aussage ja als Lob gedacht. Aber Julia musste sich zusammenreißen, um eine Bemerkung im letzten Moment noch runterzuschlucken, die mindestens so giftig gewesen wäre wie die Eibenbestandteile auf Dorlis Teller.

Nach zwei Gläsern Walliser Pinot Noir geriet die Alte ins Erzählen. Warum kommt sie denn nicht endlich auf den Punkt und wirft mich raus, fragte Julia sich, als sie längst fertig gegessen hatten – Dorli hatte sogar um ein Stück Brot gebeten, um die »vorzügliche Pfeffersauce« bis zum letzten Tropfen aus dem Teller auftupfen zu können.

»Weißt du, an dieses Haus sind sehr viel schöne Erinnerungen geknüpft«, erklärte sie redselig.

»Ja, kann ich mir denken.«

»Ich lebte ja selber lange darin.«

»Ja, ich weiß.«

»Das war die Zeit, als der Ruedi – Gott hab ihn selig – noch in der Bändelfabrik drüben gearbeitet hat. Ach, war das eine harte Zeit. Aber auch eine schöne. Wir haben uns früher nie beklagt, weißt du, wir haben das genommen, was wir hatten, und das Beste daraus gemacht.«

»Ja, ich weiß.«

Zwischendurch floh Julia in die Küche, um den Abwasch zu erledigen. Sie hielt das Warten nicht mehr aus – das Warten auf den Rauswurf und das Warten auf das Eintreten der Giftwirkung. Sie verwendete Unmengen Spülmittel für den vergifteten Teller, aus Angst, dass daran etwas haften bleiben könnte, was auch dem Nächsten schaden würde, der daraus aß. Der Schaum türmte sich und quoll über die Ränder des Abwaschbeckens hinaus.

Als Dorli plötzlich im Türrahmen erschien, erschrak Julia fast zu Tode. Die alte Frau hatte sich leicht gekrümmt.

»Macht es dir etwas aus, wenn ich kurz die Toilette aufsuche? Mein Bauch – die Verdauung spielt mal wieder verrückt.«

»Fühl dich frei«, murmelte Julia.

Als Dorli zurückkam und beide wieder am Stubentisch saßen, sah sie nicht erleichtert aus.

»Du musst entschuldigen, aber ich glaube, ich gehe jetzt lieber nach Hause. Ich fühle mich nicht sehr gut.«

»Ach, das tut mir leid. Natürlich.« Julia stockte. Jetzt musste es raus.

»Aber wolltest du mir nicht noch etwas mitteilen wegen dem Mietverhältnis?«

»Ja, klar.« Dorli rieb sich den Bauch und krümmte sich wieder: »Wie konnte ich das nur vergessen, deswegen kam ich ja überhaupt: Urs wollte mich dazu bewegen, das Haus anderweitig zu vermieten, ja er wollte mir sogar schmackhaft machen, es selber wieder zu bewohnen. Aber das ist nichts für mich. Ich wollte dir sagen, dass du gerne weiter hier wohnen bleiben kannst. Egal was dein ehemaliger Gatte erzählt.«

Mit offenem Mund starrte Julia die Großtante an: »Aber ...«

»Natürlich. Ich wollte dich beruhigen, ich wusste ja nicht, ob du von ihm schon etwas gehört hast in der Richtung. Aber wenn er dir noch keine Angst damit gemacht hat, umso besser.«

Ihre hohe Fistelstimme wollte Beruhigung verbreiten, doch ihre angespannten Gesichtszüge verrieten das Gegenteil. Auf ihrer Stirn stand Schweiß, obwohl es in der Stube nicht eben sehr warm war. Trotz des Kachelofens.

»Mir ist schon ganz übel bei der Vorstellung, dass er dir – und seinen eigenen Kindern! – so schlecht will. Aber jetzt gehe ich besser. Ich ...«

Krampfhaft hielt sie sich an der Tischkante fest, sodass ihre Knöchel sich weiß aus ihren Händen hervorhoben. Ihre Pupillen waren geweitet.

»Dorli, ist das wahr?«

»Ja. Aber erschreck dich doch nicht so, alles ist ja gut. Ach, mir ist schwindlig. Vielleicht sollte ich mich kurz hinlegen, bevor ich ins Auto steige.«

Noch während Julia sich überlegte, ob es einen Ausweg aus dieser Situation gab, wurde Dorli auf der Ofenbank ohnmächtig. Wie in Trance wählte Julia die Nummer des Rettungsdienstes. Als die Ambulanz auf dem Hausplatz hielt, zwei Sanitäter die Stube betraten und an Dorlis Hals keinen Puls mehr fanden, fühlte Julia sich, als hätte sie selbst von der Eibe gegessen. Sie war wie gelähmt. Dann stürzte sie in die Küche und übergab sich über die Schaumreste im Spülbecken.

Da die Tote Vergiftungsmerkmale aufwies, wurde auch Julia notfallmäßig ins Spital verfrachtet, und man pumpte ihr den Magen aus. Die Nacht verbrachte sie, von blinkenden Geräten überwacht, in der Klinik. Deshalb bekam sie nicht mit, dass bei ihr zu Hause die Polizei auftauchte und Spuren sicherte. Urs hatte sie gerufen, nachdem weder Dorli noch Julia das Telefon abgenommen hatten. Nachdem die Beamten im Kompostkübel Fruchtfleisch der Eibe gefunden hatten, beschlagnahmten sie den Mörser.

Als Julia am nächsten Tag wieder aus dem Spital entlassen wurde, standen zwei Polizisten bereit und baten sie mitzukommen.

Dass Urs ihr mit dem Eigenbedarf eine Lügengeschichte aufgetischt hatte, war Julia klar geworden, noch bevor Dorli gestorben war. Dass er selbst die Polizei auf den Plan gerufen hatte, war auch nicht weiter verwunderlich. Doch ihr Anwalt, der ihr von Amtes wegen zur Seite gestellt wurde, klärte sie wenige Tage später nicht nur über ihre Rechte auf, sondern auch über den bevorstehenden Umzug ihrer Kinder zu ihrem Ex-Mann und über die Erbfolge in dessen Familie: Nach dem Ableben der kinderlosen Großtante fiel das Haus, in dem Julia gewohnt hatte, aufgrund eines Testamentseintrags aus dem Jahr 2004 ihm zu.

Ein Jahr später besuchte Julia in Begleitung zweier Polizeibeamtinnen das Grab der Großtante ihres Ex-Mannes auf dem Friedhof. Dorli hatte ihre letzte Ruhe ganz in der Nähe einer knorrigen dunkelgrünen Eibe gefunden, deren knallrote Früchte mit den Grabkerzen um die Wette leuchteten.

atelier

Im Atelier wohnt die Kunst
und bildet Einfälle und Ausfälle ab.

Einer muss es ja machen

RALF KRAMP

Einer muss doch auf Fritz Kiesel aufpassen. Versponnen, verträumt, leicht verschusselt ... Künstler eben.

Haben Sie Künstler in Ihrem Freundeskreis? Oder sogar in der Familie? Ja gut, dann wissen Sie ja, wovon ich rede. Nein, lebensuntüchtig nicht. So weit würde ich nicht gehen. Eher ... hilfsbedürftig.

Fritz Kiesel hat sich alles selbst beigebracht. Autodidakt. Gelernt hat er Einzelhandel oder so, aber das hat ihn nicht ausgefüllt. Er ist sehr talentiert. Doch, muss man schon sagen. Es geht ihm leicht von der Hand. Landschaften, Stillleben, Tiere ... doch, da hat er was weg. Porträts eher weniger. Nein, da fehlt es ihm an Lockerheit. Fritz ist so ein feinsinniger, sensibler Typ. Ich glaube, er versucht dann viel zu sehr, das Wesen der Menschen zu ergründen, die da vor ihm sitzen. Da verzettelt er sich leicht.

Verzetteln ist auch so ein Stichwort. Ständig zu spät, vergesslich hoch drei, immer eine Handbreit neben der Spur. Vielleicht sind es die Joints, die er sich ab und zu zur Stimulation reinzieht, vielleicht der billige Rotwein, vielleicht aber auch die ganzen Lösemittel und Dämpfe. Wie schon gesagt: Einer muss auf ihn aufpassen.

Ich glaube, es gibt nur einen Ort, an dem sich Fritz Kiesel so richtig sicher fühlt. Das ist sein Atelier. Natürlich ist er oft unterwegs. Straßencafés, Sonnenuntergänge, Bachläufe, was ein Künstler alles so einfängt. In seinem Atelier werden dann, wenn er wieder zurück ist, aus den Skizzen Gemälde. Vornehmlich in Tempera und Öl. Mit Pastellkreide ist er nicht so gut, das hat immer so was Naives bei Fritz.

Es macht mir Spaß, ihm zuzusehen, wenn er sich so richtig in seine Bilder reinarbeitet. Das geht dann oft die ganze Nacht durch. Irgendwie hat das was Anrührendes, wenn das Tageslicht sich aus dem Atelier stiehlt, wenn die Ecken des Raumes langsam im Schwarz versinken, wenn leise klassische Musik in der Luft hängt und sich alles nur noch auf das angeleuchtete Bild auf seiner Staffelei konzentriert. Manchmal verbrennt er Weihrauch, wenn er besonders enthusiastisch ist. Das ist nichts für mich. Können Sie mich mit jagen, mit dem Zeug.

Hinterher wirft er sich dann irgendwann völlig entkräftet auf sein quietschendes altes Doppelbett im Nebenzimmer und schläft ein. Dann sind seine Finger bunt besprenkelt, und in seinem Mundwinkel bilden sich kleine Speichelbläschen. Ich muss mich ganz tief zu ihm hinunterbeugen, damit ich sie sehen kann. Ich finde es rührend, wie Fritz sich in diesem alten, zugigen Seitentrakt des Hauses ausgebreitet hat. Alles ist stockfleckig, und große Risse durchziehen den Verputz vom Gebälk bis zum Boden. Seine Bilder machen es warm und behaglich, stehen gegen die Wände gestapelt und hängen schief und flächendeckend rings umher. Fritz Kiesel ist, glaube ich, ziemlich glücklich. Und ich bin es eigentlich auch. Ich würde ihm das gerne einmal sagen, aber das geht natürlich nicht.

Vor Fritz habe ich bei Jeannie gelebt. Etwa anderthalb Jahre. Mir ist das irgendwann auf die Nerven gegangen, ständig diese wechselnden Liebhaber, andauernd diese Lügen am Telefon und dieses ganze laute Gestreite. Ja, Sie staunen, aber wenn Sie wüssten, was ich alles so mitkriege. Jeannie hat ihr Leben einfach nicht unter Kontrolle gekriegt. Deshalb bin ich ja auch bei ihr eingezogen. Ich hatte am Anfang wirklich das Bedürfnis, ihr zu helfen. Kennengelernt habe ich sie am Bahnhof, als der Fahrkartenautomat sie zur Raserei gebracht hat. Ich verstehe das, diese Geräte sind eine echte Prüfung. Ich habe ihr mit ein paar ganz ruhigen Ratschlägen weitergeholfen, und da habe ich gleich begriffen, dass sie Unterstützung braucht. Ich spüre es sehr schnell, wenn Menschen Hilfe brauchen.

Über ihrer Wohnung gab es einen völlig vermüllten Dachboden. Da war es leicht, sich versteckt zu halten. Ein paar Löcher in der Holzdecke, groß genug zum Durchgucken, klein genug, damit man nicht entdeckt wird, ein Nachschlüssel zu ihrer Wohnungstür, den ich mir in einem günstigen Moment habe machen lassen

... kein Problem. Tagsüber, wenn sie auf ihrer Ausbeuter-Arbeitsstelle im Supermarkt war, hatte ich die ganze Wohnung für mich. Hab ihr schon mal die Wäsche gefaltet oder mal die Kloschüssel geschrubbt. Und nachts habe ich manchmal an ihrem Bett gesessen und ihrem leisen Schnarchen gelauscht. Natürlich nur, wenn sie nicht einen ihrer unzähligen Lover bei sich hatte. So was muss ich mir wirklich nicht antun.

Und dann wollte sie irgendwann heiraten! Einen geleckten Typen aus einem Werbeatelier! Ich brauchte ihm nur einmal bei einem seiner Telefonate zuzuhören, die er führte, wenn Jeannie unter der Dusche stand, da habe ich die Katastrophe kommen sehen.

Sie haben ihn zwei Tage später unten am Flussufer gefunden.

Ja, Sie regen sich auf, aber einer muss es doch machen!

Danach habe ich eingesehen, dass das mit Jeannie keinen Zweck hat. Ich glaube, sie hat auch irgendwie Verdacht geschöpft. Das ist dann der Moment, in dem man sich besser aus dem Staub machen sollte.

Aber zurück zu Fritz Kiesel. Hier bei ihm könnte ich alt werden. Doch, ehrlich.

Das Gründerzeithaus ist unheimlich verwinkelt. Es gibt einen alten, zugemauerten Kamin, darin kann ich mich recht und schlecht rauf und runter bewegen. Ein echter Glücksfall ist der Alkoven, der irgendwann mal zugenagelt und übertapeziert wurde. Hier habe ich tatsächlich Platz für meinen Schlafsack gefunden. Kaum zu glauben, aber ich kann mich wirklich in voller Länge ausstrecken! Die kleine Klappe, die ich am unteren Ende der Holzwand neben der Dachschräge eingebaut habe, ist groß genug, um mich durchzulassen. Mein Gewicht muss ich natürlich halten, aber das ist kein Problem. Und durch ein paar lose Bodendielen gelange ich in den Hohlraum hinter der Treppe und kann dann nahezu mühelos durch den kleinen Schuppen nach draußen schlüpfen, ohne dass ich Frau Schönhals, der alten Vermieterin, in die Arme laufe, die Fritz immer so tyrannisiert. Wie für mich gemacht, diese Unterkunft!

Fritz hat mit Frauen nicht viel am Hut. Nicht dass er andersrum wäre, aber er hat wohl schlechte Erfahrungen gemacht. Jedenfalls kriegt er so gut wie keinen Frauenbesuch. Da hätte die Schönhals auch schnell einen Riegel vorgeschoben. Ab und zu kommt mal ein Künstlerfreund, dann ziehen sie einen durch, dass mir von dem Dunst hier hinten fast schummrig wird. Zweimal war eine gewisse Elke da, aber dann hat Fritz wohl ein Date verpennt, und dann war das auch schnell gegessen. Wäre auch sowieso nichts für ihn gewesen.

Als es an der Tür des Ateliers klingelt, ahne ich, dass sich eine Veränderung ankündigt. Etwas wird geschehen, das spüre ich gleich. Ich weiß nicht, ob ich das gut finden soll.

Fritz hat so eine altmodische, schrille Klingel. Ja, lachen Sie nicht, das klingt alles total klischeehaft, aber genauso ist es!

Drei Typen kommen herein. Da muss ich mich jetzt aber wundern. Seit wann hat Fritz denn mit solchen Gestalten zu tun?

Der in der Mitte ist klein und fett. Er hat nackenlanges, zurückgekämmtes Haar und Gold an allen möglichen Stellen. Ohrläppchen, Finger, Handgelenke, den Rest kann man nur erahnen.

Er spricht, als wäre er eine schlechte Kopie von Vito Corleone. »Herr Kiesel, hm? Wissen Sie was, Herr Kiesel? Sie sind mir empfohlen worden.«

Fritz ist stark verunsichert. Sein Blick geht zwischen den beiden breitschultrigen Begleitern seines Gastes hin und her, die stumm Kaugummi kauen und ansonsten eine Elfmeter-Sackhalter-Position eingenommen haben.

»Empfohlen?«, stammelt er unbeholfen und betrachtet den Mann, der jetzt die Staffelei umrundet und mit schief gelegtem Kopf das darauf entstehende Bild begutachtet. Ich habe es letzte Nacht bestaunt, nachdem ich die Zigarette aufgelesen und ausgedrückt habe, die dem schlafenden Fritz aus dem Mundwinkel gekullert war. Ich mache oft solche Sachen. Einer muss es ja tun. Was meinen Sie, wie oft ich die Milch aus dem Kühlschrank entsorge, die so sauer ist, dass sie auch ohne Tüte drin stehen würde. Fritz merkt das nicht. Ein Segen, dass er so zerstreut ist.

Das Bild zeigt Sacré Coeur auf dem Montmartre. Fritz war letztens vier Tage in Paris. Eine einsame Zeit für mich!
»Ah, das Tadsch Mahal«, sagt der Mann mit Kennermiene und sieht seine Begleiter an.
Einer von ihnen traut sich, vorsichtig den Kopf zu schütteln. »Neuschwanstein«, sagt er gepresst.
Sein Kumpel weist ihn zurecht: »Holstentor in Lübeck.«
»Sie malen auch Tiere«, sagt der kleine, fette Mann und wendet sich wieder Fritz Kiesel zu.
Der lässt vage den Kopf hin und her gehen. »Ab und zu schon, ja.«
»Können Sie Hunde?«
Fritz nickt. »Ich habe mal einen Staffordshire-Terrier ...«
»Ah!«, jubiliert der Mann. »Das sind diese großen, dürren, struppigen, grauen, die nur sieben Jahre alt werden!«
Einer seiner Schränke sagt: »Das sind Hovawarts, Chef.«
Sein Kumpel korrigiert ihn: »Dingos.«
Der fette Mann bohrt seinen fetten Zeigefinger in Fritzens flachen Bauch. »Sie werden den Lieblingshund meiner Tochter porträtieren, kapiert?«
Fritz weiß nicht so recht, wie er reagieren soll. Soll er sich über den Auftrag freuen?
»In Essig und Öl. Mit allem drum und dran. Hab ich Beyoncé versprochen.«
Jetzt weiß ich, woher ich den Kerl kenne! Er ist nicht nur ein stadtbekannter Zuhälter, er ist eine nationale Rotlichtgröße, ein Lude, der auf keiner Promiparty in Deutschland fehlt und der sogar mal Star einer Reality-Soap im Privatfernsehen war. Jeannie hat dauernd solche Sachen geguckt.
Der kleine, dicke Zuhälter umrundet Fritz und gestikuliert wild herum. »Sie haben das Wellensittichpärchen einer guten Freundin von mir gemalt. Das ist echt klasse, das Ding. Wie fotografiert! Und Beyoncé will jetzt auch so was. Schön groß. Am besten so zwei mal ein Meter. Für ihren Loft.«
Jetzt fällt's mir wieder ein: Der Typ heißt Bingo Breuer! Er ist irgendwie mit Johannes B. Kerner verwandt, habe ich gehört.

Fritz schluckt schwer. Ich würde ihm jetzt gerne zur Seite stehen. Er ist so ein feiner Kerl.

»Wie viel?«, fragt der Mann knapp. Es klingt wie ein trockenes Husten.

Ratlos blickt sich Fritz um. Was verlangt man in so einem Fall? Ist es zu viel, gibt es großen Ärger, ist es zu wenig, macht man sich ein Leben lang Vorwürfe. Frag mich, Fritz! Frag mich, und ich gebe dir einen Tipp!

»Ja ... nun ... ähm ... achtzehn ... neunzehn ...«

Nuschel nicht so, Fritz. Sprich deutlich! Du darfst keine Angst zeigen!

»Neunzehntausend?«

Fritz ist zu erschrocken, um etwas zu erwidern. Er hatte an siebzehnhundert gedacht. Ich kenne doch seine Preise!

»Okay«, sagt der Mann, schnippt mit den Fingern und bekommt augenblicklich von einem seiner Gorillas eine Brieftasche gereicht, aus der er ein paar Scheine herausfingert. »Ich bin nicht für diese kosmetischen Preise, Junge. Du kriegst zwanzigtausend, wenn das Bild meiner Beyoncé gefällt. Hier sind dreitausend Anzahlung für Pinsel, Lack und Radiergummis und all so Zeugs. Der Rest kommt, wenn's fertig ist.«

Und bevor er das Atelier verlässt, raunt er noch: »Mein Töchterchen bringt den Hund übermorgen vorbei. Und bau bloß keinen Scheiß, Freundchen. Sonst kriegst du ein Ohr abgeschnitten, wie sie es auch bei deinem Kollegen gemacht haben, diesem Rembrandt.«

»Picasso«, korrigiert einer seiner Begleiter vorsichtig.

»Spitzweg«, verbessert ihn der andere.

Ich glaube, ich kann mit Fug und Recht behaupten, dass ich Fritz Kiesel in- und auswendig kenne. Ihn und sein kleines, muffiges Atelier. Ich bewege mich neben ihm fast so, als sei es mein eigenes.

Wenn er unterwegs ist, sortiere ich seine Bilder nach Sujets, putze ab und zu die Fenster, lese seine Tageszeitung und esse seine Wurst, bevor sie verdirbt. Natürlich alles auf Socken und mit Latexhandschuhen.

Manchmal benutze ich auch sein Aftershave, und er kann es dann gar nicht riechen, dass ich in seiner Wohnung war. Das war bei Jeannie nicht so einfach.

Vor Jeannie habe ich auch schon einmal bei einem Mann gelebt. Ein alter Tattergreis, der sich in seiner Villa vor der grässlichen Verwandtschaft verbarrikadiert hatte. Komisch, dass ausgerechnet dieser fast taube Greis mich irgendwann in meinem Versteck in seinem Keller aufgespürt hatte. Richtig gemocht habe ich ihn nicht. Er wollte sich nicht helfen lassen.

Na ja, er wäre ohnehin nicht mehr viel älter geworden.

So, jetzt halten Sie sich aber fest. Soll ich Ihnen mal sagen, was diese Beyoncé für eine ist? Zwei Tage später eiert ein fettes, kleines, vielleicht gerade mal volljähriges Luder mit aufgespritzten Lippen und weggezupften Augenbrauen auf Schuhen durch das Atelier, deren Plateauabsätze so groß sind wie Dash-Trommeln. Sie hat picklige, carotinbraune Haut und breite, gepiercte Nasenflügel.

Ihr Hund, der auf den Namen Choochie hört, ist ein ... genau! Ein Chihuahua. Ein zitterndes kleines Vieh, kaum größer als eine Ratte, das keuchend ein fettes Halsband durch die Gegend schleppt, das mehr glitzert als die britischen Kronjuwelen.

Nun gut, denke ich. Für zwanzigtausend muss man schon mal eine Faust in der Tasche machen.

Was wird wohl Fritz mit dem Geld anfangen? Hoffentlich fährt er nicht in Urlaub und lässt mich allein!

Der Hund will einfach nicht stillsitzen. Fritz fährt nervös mit dem Kohlestift über die Leinwand, um eine Skizze zu fabrizieren.

»Der Hund will einfach nicht stillsitzen«, murrt er leise.

»Das liegt an euch«, piepst Beyoncé und guckt die beiden Aufpasser ihres Vaters, die sie begleiten, giftig an. »Los, verpisst euch ins Treppenhaus.«

Die beiden zaudern und gucken einander fragend an. Beyoncé verleiht ihrem Befehl Nachdruck. »Der Künstler braucht Ruhe. Oder soll ich meinem Vater erzählen, dass ihr zwei das Ding hier vermasselt habt?«

Langsam setzen sich die beiden in Bewegung. Der eine dreht sich noch einmal um, zischt Fritz den Namen »Spitzweg« zu und zupft sich bedeutungsvoll am Ohr. Dann schließt sich die Tür hinter ihnen.
»Was meint er?«, quiekt Beyoncé.
»Ein Künstler, der sich ein Ohr abge...«
»Ach, Gauguin!« Sie spricht es *Gogäng* aus.
»Jedenfalls will Ihr Vater mir ein Ohr abschneiden, wenn ich irgendwas falsch mache.«
»Wie viel zahlt er?«, fragt sie spitz.
»Ich weiß nicht, ob ich das sagen ... äh ... zwanzigtausend.«
Sie schubst sanft ihren hechelnden Hund von seinem Platz auf dem gut ausgeleuchteten Sitzkissen gegenüber der Leinwand und lässt sich selbst dort nieder.
»Findest du nicht, dass das ein bisschen viel für einen klitzekleinen Hund ist?«, säuselt sie unschuldig. »Das reicht doch locker für zwei Ölschinken.« Sie wirft die Haare in den Nacken und kaut schmatzend ihren Kaugummi. »Du malst doch sicher auch Menschen. Ich meine, das kann doch nicht viel schwerer sein als Hunde. Augen, Nase, Mund ... Menschen eben.«
Fritz windet sich gequält. Menschen malt er nicht gerne. Er hasst es, sie anzustarren und ihre Gesichter mit seinen Blicken abzutasten!
Außerdem will er das mit diesem Köter jetzt so schnell wie möglich hinter sich bringen.
»Weißt du was? Du malst mich auch noch. Superidee, oder?«
Fritz weiß nicht, was er sagen soll. Auch nicht, als sie jetzt ganz unverhofft beginnt, sich auszuziehen.
Ich sehe sie nur von hinten und bin ziemlich froh darüber. Ihr Arschgeweih, das sie sich wahrscheinlich schon mit fünf hat stechen lassen, ist total verzerrt und in die Breite gezogen. Sie hat auch Tattoos an den Armen, die irgendwie aussehen, als wären sie in der Behindertenwerkstatt *mit dem Munde gemalt* worden.
»Ich wünsche mir schon sooo lange ein Aktgemälde«, haucht sie.
Fritz wird hektisch. Er springt von seinem Hocker auf und läuft herum, beißt sich auf die Fingerknöchel. »Ich halte das für keine

gute Idee«, ruft er panisch. »Ihr Vater ... mein Ohr ... Eigentlich sollte doch der Hund ...«

Aber Beyoncé weiß genau, was sie will. »Pass mal auf, Typ, entweder du malst mich jetzt nackt, oder ich schreie ganz laut um Hilfe, dann kommen Nino und Adalbert rein, und du bist beide Ohren auf einmal los.«

Es macht mich wütend, nicht eingreifen zu können. Sie können sich nicht vorstellen, wie das ist, nichts tun zu können. Es gibt verschiedene Gründe, bei einer besonders prekären Situation untätig zu bleiben. Manchmal ist es mangelnde Zivilcourage, oft ist es Furcht. Die Furcht davor, in etwas hineingezogen zu werden, die Furcht, selber Prügel einstecken zu müssen. Ab und zu ist es auch die Lust am Beobachten einer eskalierenden Situation. Ich versichere Ihnen, dass es sich hier um keinen der genannten Gründe handelt. Ich greife nicht ein, weil ich einfach nicht da bin. Für Fritz existiere ich nicht. Dass ich sein Mitbewohner bin, ahnt er nicht einmal.

Also sehe ich zu, wie Fritz sich mit hängenden Schultern in sein Schicksal fügt. Als Beyoncé ihren aufgequollenen Körper irgendwann in die richtige Pose gerückt zu haben glaubt, beginnt er sein Werk. Er hat die Mundwinkel verkniffen. Ich erkenne es, wenn Fritz unglücklich ist.

In der nächsten halben Stunde kritzelt er sich in stumme Wut hinein. Er raucht eine nach der anderen und betrachtet sein hässliches Modell immer wieder voller Abscheu.

Man müsste ihm irgendwie helfen!

Derweil hat der Chihuahua sich daran gemacht, das Atelier zu erkunden. Der kleine Köter schnüffelt sich langsam an meinen Alkoven heran. Das fehlt mir jetzt noch. Er trippelt ein bisschen herum und dreht dann ab, zu dem Stapel Bilder, der nur ein paar Handbreit von meinem Versteck an die Wand gelehnt steht. Ich muss mich sehr krümmen, um ihn weiterhin zu beobachten.

Das darf ja wohl nicht wahr sein! Er hebt das Bein, und ...

Ich bin schnell. Das muss jemand wie ich sein. Das verlangt uns der Alltag in fremden Wohnungen ab.

Ich muss jetzt was tun.

Meine Hand schießt durch die Klappe, kriegt Choochie am Hinterlauf zu packen und reißt ihn ins Dunkel hinter der Holzwand. Bevor er anfangen kann zu kläffen, habe ich ihn schon in den Schlafsack gestopft und mich darauf geworfen. Ein unterdrücktes Jaulen ist alles, was zu hören ist, es knackt, dann herrscht Stille. Mein Schlafsack wird nass. Choochie hat doch noch gepinkelt.

Vorsichtig nähere ich mich meinem Guckloch. »Choochie?«, ruft Beyoncé unsicher in einem so hohen Tonfall, dass es eigentlich wirklich nur Hunde hören können dürften. Sie hat sich umgewandt, und was ich jetzt sehe, ist noch weniger schön als ihr nackter Rücken. Wo kann man sich denn überall tätowieren lassen?

Fritz guckt ratlos hinter seiner Leinwand hervor.

Ich bitte Sie, was hätte ich denn tun sollen?

Zugucken, wie die Kunstwerke von Fritz Kiesel einem Urinattentat zum Opfer fallen? Ich kann eben nicht immer untätig sein.

Die nackte Beyoncé trampelt durch alle Ecken des Ateliers und quiekt unentwegt Choochies Namen.

Plötzlich schreit sie auf und kommt in meine Richtung gelaufen. Als ich zu Boden gucke, sehe ich, was sie entdeckt haben muss. Im Dunkel zu meinen Füßen glitzert etwas. Sie scheint das Hundehalsband entdeckt zu haben, das sich offenbar in der Klappe verfangen hat. Ihr Keuchen ist ganz nah. Sie beginnt zu wimmern, und dann wird plötzlich zu meinen Füßen die Klappe geöffnet und ihr tätowierter, speckiger Arm greift hektisch in meinem Versteck herum.

»Choochie!«, ruft sie ängstlich. »Choochiebaby! Choochiebabymausi!«

Und dann ertastet sie meinen rechten Schuh. Instinktiv ziehe ich ihn weg, und sie schreit laut los.

Ab hier wird es ein wenig unübersichtlich.

Ich trete ihr auf die Finger, dass es knirscht, was sie natürlich erst recht zum Schreien bringt. Undeutlich kann ich durch mein Guckloch sehen, wie die Ateliertür auffliegt und die beiden Schränke hereinstürmen. Der eine zückt gleich ein Messer, brüllt wütend »Spitzweg!« und springt auf Fritz zu, der andere stürzt zu der schluchzenden Beyoncé hin, die vor mir kauert, von mir nur getrennt durch drei Millimeter übertapeziertes Sperrholz.

»Was hat die Sau dir getan?«, röhrt er, kniet sich hin und wirft der bibbernden Beyoncé sein Jackett um.

Es ist eigentlich mehr Glück als Können. Sein Schulterholster ist für ein paar Sekunden in meiner Reichweite, und ohne dass er in dem Tumult etwas mitbekommt, habe ich seinen Revolver herausgerissen.

»Da drinnen!«, kreischt Beyoncé. »Irgendwas ist da drinnen!« Sie hämmert jetzt gegen meine Holzwand.

Unscharf erkenne ich am anderen Ende des Raumes Fritz, den der zweite Rohling im Schwitzkasten hat. Beide halten in ihrem Zweikampf inne und starren verwirrt zu meinem Versteck herüber.

Plötzlich wird es dunkel. Etwas schiebt sich vor mein Guckloch. Das Auge des Totschlägers rollt in seiner Höhle hin und her und versucht, in der Finsternis etwas zu erspähen.

Und jetzt?

Ich muss etwas tun!

Ich könnte die losen Bretter links von mir beiseite schieben und durch den Boden abhauen. Ich wäre weg, bevor er auch nur auf die Idee käme, die Wand einzureißen.

Aber ich kann Fritz Kiesel nicht mit diesen Unmenschen alleine lassen.

Also tue ich etwas anderes. Ich drücke ab.

Es knallt so laut, dass ich das Gefühl habe, meine Trommelfelle seien geplatzt. Die Augenlider direkt vor mir flackern ein paar Mal, dann plumpst es, und mein Guckloch ist wieder frei.

Beyoncé kreischt wie eine Alarmanlage, schrill und ohne Unterbrechung, Fritz wird von seinem Peiniger zur Seite gestoßen. Er stürzt gegen seine Staffelei und reißt sie im Fallen um. Was für den Bruchteil einer Sekunde von der Aktskizze zu sehen ist, bevor der Keilrahmen mit der Leinwand zu Boden poltert, zeigt deutlich, was da Scheußliches herausgekommen wäre.

Der zweite Mann reckt jetzt das Messer in meine Richtung. Mit der anderen hat er sein Handy hervorgeholt und brüllt hinein: »Boss, Boss, hier ist Adalbert. Große Scheiße! Hier läuft irgendwas schief!«

Beyoncé hat sich aufgerappelt, strauchelt auf ihn zu und verliert dabei das Jackett.

Wie in einer schlechten Vier-Türen-Komödie folgt nun der Auftritt der Vermieterin. »Guten Abend! Hatten wir nicht eine Vereinbarung, was Frauenbesuche angeht, Herr Kiesel?«, keift Frau Schönhals, starrt das nackte Gör an und umklammert grimmig die Klinke der Ateliertür.

Als ich mich jetzt mit aller Kraft gegen die Holzwand werfe, die augenblicklich aus ihrer Vernagelung reißt und deren Bruchstücke sich krachend von dem Holzrahmen lösen, der den Alkoven einfasst, starren mich alle mit weit aufgerissenen Augen an.

Frau Schönhals ist die Erste. Der Schuss fegt sie zurück durch die Tür ins Treppenhaus. Den Schläger erwische ich als Nächsten. Er schafft es nicht mehr, das Messer nach mir zu werfen.

Und als ich Beyoncé direkt in die Stirn treffe, hört auch endlich das verdammte Gequieke auf.

Jetzt atme ich erst mal tief durch.

Fritz Kiesel kauert neben seiner umgestürzten Staffelei und guckt, als erwache er gerade aus einem verstörenden Traum.

Ich lächle ihn an.

Er muss Vertrauen zu mir fassen. Schließlich kann er nicht ahnen, dass wir uns schon sehr, sehr lange kennen.

Ganz langsam gehe ich auf ihn zu und strecke ihm meine Hand entgegen.

Er zögert nur einen kurzen Moment, dann erlaubt er mir, ihm auf die Beine zu helfen.

Stumm lässt er den Blick von einer Leiche zur anderen wandern. Er zittert ein bisschen.

Sein Blick zuckt zwischen der zerborstenen Holzwand und mir hin und her. Eine Weile wird Fritz sicher brauchen, bis er alles begreift. Er soll wissen, dass ich ihn nicht allein lasse, dass ich mich um ihn kümmern werde. Sanft schiebe ich ihn zur Tür, wo er bei Frau Schönhals' Leiche stehen bleibt.

Aus dem am Boden liegenden Handy des Kleiderschranks plärrt blechern Bingo Breuers Stimme: »Nino? ... Adalbert?« Ich nehme einen von Beyoncés Plateauschuhen und hämmere mit dem Absatz auf das Handy, dass die Splitter nur so durch die Gegend spritzen. Dann greife ich mir das Feuerzeug, das neben der Zigarettenschachtel liegt, und hole aus dem Regal, in dem Fritz seine Farben aufbewahrt, eine Flasche Terpentin.

Fritz ahnt, was ich vorhabe. Er greift nach meinem Arm, will mich zurückhalten, aber als ich ihm einen beruhigenden Blick schenke, lässt er mich wieder los.

»Wir finden etwas anderes«, sage ich leise. Ich habe ja geahnt, dass eine Veränderung bevorsteht.

Dann beginne ich, das Terpentin im ganzen Raum auszuschütten.

Als Fritz mich traurig ansieht, sage ich seufzend: »Einer muss es ja machen.«

wandschrank

Wandschrank, auch abwertend Kabuff oder anheimelnd Butze
genannt - ein gutes Versteck für alles,
was schnell aus dem Weg sein soll.

Die Geisel

MISCHA BACH

Wie ein Sack Knochen wurde ihr Körper von einer Seite zur anderen geschleudert. Schmerz durchfuhr sie. Sie wollte schreien, doch sie konnte den Mund nur wenige Millimeter öffnen. Riemen schnitten in ihre Wangen, ein rundes Objekt aus Plastik drückte auf ihre Zunge, gegen den Gaumen, füllte die Mundhöhle unangenehm aus. Wo es den Lippen gelang, sich voneinander zu entfernen, berührten Zähne und Zahnfleisch klebrigen Stoff. Ein Fauchen war alles, was sie zustande brachte.

Ihre Umgebung geriet erneut ins Schleudern. Unter ihr – was war da? Und was waren das für Wände, die wie der Boden zu vibrieren schienen? Sie versuchte, die Augen aufzureißen. Es blieb stockfinster. Hatte ihr jemand die Augenlider zugeklebt? Ihr Herzschlag beschleunigte sich, und die Atmung kam nicht mehr mit. Einzelne Stofffasern standen von dem, was ihren Mund umschloss, ab und kitzelten die Nasenlöcher. Sie musste niesen und geriet im selben Augenblick wieder ins Rutschen. Nach rechts, nach links, vor, zurück? Was, wenn der Stoff nach oben wanderte und ihr die Nase verschloss?

Nein, das würde nicht passieren, begriff sie, denn das waren nur einzelne Fasern auf der Außenseite des Klebebandes, mit dem man ihren Mund über dem Knebel verschlossen hatte. Den Bruchteil eines Augenblicks beruhigte es sie zu wissen: Sie wird daran nicht ersticken, jedenfalls nicht, solange sie sich nicht übergibt. Aber was war passiert, wo war sie, was war hier los? Alles überschlug sich in ihr, während sie wieder und wieder hin und her geworfen wurde. Sie hatte keine Chance, etwas abzufedern, denn sie war verschnürt wie ein Paket. Die Hände hinterm Rücken – sie versuchte, sie zu bewegen, und spürte sofort, wie sich etwas Klebriges ins Fleisch grub. Sie wackelte mit den Füßen. Das gelang, jedenfalls für einen Augenblick, als sich ihre Lage beruhigte. Aber ihre Beine, die abgewinkelt vor ihrem Leib lagen, konnte sie den-

noch kaum bewegen. Etwas hielt die Unterschenkel zusammen. Und die Augen, die Ohren, was war damit? Den Kopf konnte sie bewegen. An der Stirn blieb das Kratzen stets gleich, und oben am Nasenrücken wie an den Augenbrauen juckte es wollig. Nur mit den Wangen und der Nasenspitze konnte sie die Unterlage, auf der sie lag, fühlen. Sie war rau und stank. Billiger Filz, Polyestermüll, es roch nach Reinigungsmittel und Benzin.
Plötzlich kam der Raum um sie zur Ruhe. Oder doch fast. Es vibrierte und dröhnte, und es erinnerte sie an etwas Alltägliches. Wenn sie nur eine Ahnung hätte, wo sie war und was mit ihr passiert war. Sie tastete mit Händen und Füßen, soweit das eben ging. Versuchte, den Kopf zu heben. Dann bewegte sich wieder alles, und sie rutschte weg. Etwas röhrte auf. Als eine holpernde Bewegung ihrer gesamten Umgebung sie an die Decke schleuderte, begriff sie: Das war der Kofferraum eines fahrenden Wagens! Der nächste Schlag gegen den Kofferraumdeckel raubte ihr das Bewusstsein.

Dunkel. Es war noch immer klebrig in ihrem Gesicht, aber sie wurde nicht mehr hin und her geworfen. Das war der erste Gedanke, als sie das nächste Mal zu sich kam. Der Boden unter ihrer Wange war glatt und roch gut. Holz, das könnte Holz sein, dachte sie. Holz?! Sie schrak auf, erwartete, mit dem Kopf gegen einen Sargdeckel zu stoßen. Aber über ihr war nichts. Hinter ihrem Rücken dagegen spürte sie einen Widerstand. Die gefesselten Hände ertasteten eine glatte Fläche, nicht kalt, nicht warm, vermutlich ebenfalls aus Holz. Sie bewegte die Beine – die Unterschenkel waren nach wie vor verschnürt oder verklebt. Erst als sie sie Zentimeter für Zentimeter nach hinten schob, wurde ihr das Kribbeln bewusst. Eiskalt fühlten sich die Beine an, ganz steif obendrein. Wie lange war sie schon gefesselt? Sie versuchte sich zu erinnern. Das Kribbeln wurde stärker, besser, sie machte weiter, bewegte sich. Doch noch bevor sie die Beine ausgestreckt hatte, stießen ihre Füße ans nächste Hindernis. Noch eine Wand, glatt, im rechten Winkel zu der hinter ihrem Rücken. Wie ein Wurm schob sie sich so weit in die Ecke, dass ihre Zehen die Wand hinter ihr berührten.

Dann Schwung genommen und sich auf die Knie hochgerollt. Ein dumpfes Rumpeln. War sie das? Einen Augenblick verharrte sie. Nichts geschah. Alles blieb dunkel, unbewegt, still. Also drückte sie den Rücken durch und richtete sich auf zu einer halbwegs stabilen Hocke. Sie wand sich, bis es ihr gelang, mit den Fingerspitzen das Klebeband zu packen, das ihre Unterschenkel umschloss, zerrte und zog, und nach einer Ewigkeit hatte sie wenige Zentimeter abgerissen. Wie ein Terrier arbeitete sie sich an dem Ding ab. Dass das schmerzte, dass es anstrengend war, dass sie einen Hustenanfall bekam, weil ihr Mund samt Knebel so entsetzlich trocken war, all das merkte sie nur am Rande. Die Fesseln loszuwerden, dieses Ziel verlieh ihr Kraft. Und eine Pause war nicht drin. Denn dann käme das schwarze Nichts in ihrem Kopf wieder.

Endlich war es geschafft. Die Beine waren frei. Was ein Glück, dass sie eine lange Hose trug, die nur etwas zerschlissen war bei all dem Zerren und Reißen, dachte sie. Sie machte sich lang. So viel Platz war hier. Sie lauschte, so gut es ging mit dem Knebel, der knirschende Geräusche in ihrem Kopf erzeugte. Sonst war nichts zu hören. Dennoch vermied sie beim Ausschütteln der Beine, allzu sehr an den hölzernen Boden anzustoßen. Endlich beruhigte sich das Kribbeln, und das Blut floss ungehindert durch die Beine, die sich wieder anfühlten, als gehörten sie zu ihr.

Einen Augenblick durchatmen, und weiter ging es. Sie hockte sich hin, machte den Rücken rund und sich so klein, wie es irgend ging. Dann zog sie die Arme mit einem Ruck unter ihren Hintern. Schmerz durchfuhr sie, und sie war einen Augenblick froh über den Knebel. Der Aufschrei hätte sie gewiss verraten. Das ist irreal, versuchte sie sich Schmerz und Angst auszureden, das ist nur ein Spiel. Na los, eine Geschicklichkeitsprobe, das wirst du hinkriegen, feuerte sie sich an, seitlich an die Wand gelehnt. Noch einmal tief einatmen und wieder aus, dann ließ sie sich nach hinten fallen und zerrte die Hände endlich bis in die Kniekehlen hinein. Schwer atmend lag sie auf dem Rücken. Die Beine drückten auf ihren Leib, sie selbst presste sie ja zwangsläufig mit ihren Armen auf ihn herunter. Mit viel Mühe gelang es ihr, erst den rechten, dann den linken Fuß durch die gefesselten Arme zu ziehen. Endlich ...!

Noch im Liegen suchten und fanden ihre Hände ihr Gesicht, erspürten das Klebeband über dem Mund und rissen es mit einem Ruck runter. Unter der Mütze schoss Tränenflüssigkeit aus den geschlossenen Augen. Sie atmete heftig. Ihre Fingerspitzen folgten den ledernen Riemen des Knebels. Da war ein Verschluss an ihrem Hinterkopf, so viel konnte sie durch die Wollmütze erahnen. Sie schob die Daumen bei den Augenhöhlen unter die Mütze und zerrte, kratzte sich die Augenbrauen wund, das Klebeband um ihren Kopf schnitt in die Daumen, aber sie machte weiter. Kämpfte. Zerrte ein letztes Mal und hatte Wollmütze samt Klebeband in Händen. Sie riss die Augen auf – und es blieb dunkel!

Panik wallte in ihr hoch, doch sie zwang ihren Atem und ihre Hände zur Ruhe. Tastete, spürte. Ließ ein Bild des Knebel-Mechanismus in ihrem Kopf entstehen, so, wie sie sonst Verspannungen und Blockaden bei ihren Patienten visualisierte. Und wirklich, nach zwei Anläufen gelang es: Sie löste die Lederriemen und spuckte den Knebel aus. Mit den Zähnen attackierte sie das Klebeband um ihre Handgelenke, bis es riss. Dabei lauschte sie angestrengt. Kein Verkehr, kein Stadtlärm, nicht mal Hundebellen. Nur unbestimmte Geräusche, zu leise, um sie einzuordnen.

Gerade wollte sie sich erneut mit dem Tastsinn einen Überblick über den Ort verschaffen, an dem sie sich befand, als es plötzlich laut wurde: Geschrei, erst noch gedämpft, dann Gepolter und schwere Schritte näherten sich! Türen wurden aufgerissen, Treppenstufen erklommen, noch eine Tür, noch ein paar Schritte, dann explodierte die Helligkeit in ihrem Kopf.

»Umdrehen, auf die Knie, na los, machen Sie – was?! Das gibt's doch nicht!«

Noch bevor die letzte Silbe verhallte, war der Mann über ihr. Sie konnte seinen Atem riechen, sein billiges Aftershave, seinen Schweiß. Sie kniff die Augen zusammen, machte sich ganz klein.

»Das darf doch nicht wahr sein – wie haben Sie das hinbekommen? Egal, ich brauche Sie. Also: auf die Knie, Hände überm Kopf zusammenlegen und dann raus da. Wird's bald?!«, ging die Tirade weiter.

Benommen und mit steifen Gliedern folgte sie den Anweisungen. Nun, da sich ihre Augen ans Licht gewöhnten, erkannte sie einen Mann, der von den Schuhen bis zur Skimaske schwarz gekleidet war. Rasch wandte sie den Blick ab, als sie die Pistole in seinen Händen sah.

»Na los«, herrschte er sie erneut an und packte ihren Oberarm. »Jetzt sind Sie dran, Frau Doktor!«

Frau Doktor – im ersten Moment wollte sie protestieren. Den Irrtum aufklären, am besten gleich hier auf der steilen Stiege, die von der Mansarde über den ersten Stock ins Erdgeschoss führte. Doch dann riss der Mann die Tür auf und stieß sie in ein Zimmer, und sie verstummte. So viel Blut, war der erste Gedanke, als sie ins Dämmerlicht blinzelte, das durch die schweren Samtvorhänge vor den Fenstern entstand. Auf dem moosgrünen Sofa krümmte sich ein Mann in seinem Blut, das war trotz seiner ebenfalls schwarzen Kleidung nicht zu übersehen. Genauso wenig wie die Pistole, die auf dem niedrigen Eichentisch vor ihm lag.

Unerwartet alert hatte er danach gegriffen, als sie den Raum betraten, und sie bedroht.

»Was macht die Schlampe hier, Bernie, bist du komplett von Sinnen?!«, schleuderte der Verletzte ihnen entgegen. Ein Schuss löste sich aus seiner Waffe, fuhr krachend in die Decke und warf ihn zurück aufs Sofa.

»Helfen Sie ihm, na los, machen Sie schon!« Damit schob der andere – Bernie – sie zum Sofa.

Hätte es etwas gebracht zu erklären, dass ihre weiße Berufskleidung die einer Physiotherapeutin war?

Das Eintrittsloch der Schusswunde lag knapp unterm Rippenbogen in seiner rechten Seite, ein Austrittsloch gab es nicht. Irgendwo in seinen Eingeweiden steckte eine Kugel, die neben der Leber Teile des Darms zerfetzt haben musste. Noch konnte er sich bewegen, noch war er nicht verblutet. Aber ohne eine Notoperation hatte er nicht die geringste Chance.

»Ich bin keine Chirurgin, ich kann das nicht. Wir können die Wunde säubern und eine Kompresse draufpacken und dann hoffen, dass Ihr ... Freund ... nicht sofort verblutet, aber das wird ihn nicht retten. Er muss in ein Krankenhaus, sofort!«, appellierte sie an Bernie.

Doch auch der kam nicht gegen die Sturheit des Verletzten an, jedenfalls nicht, solange der noch bei Bewusstsein war. Und danach verschwendete Bernie Zeit darauf, sie nach oben zu zerren, ihr mit Kabelbinder Hände und Füße zu verschnüren, ihr die Wollmütze über die Augen zu ziehen und sie zurück in den Wandschrank der Mansarde zu verfrachten.

»Bete, dass ich wiederkomme. Hier draußen findet dich sonst niemand.«

Wie lang mochte das her sein? Der Satz hallte in ihrem Kopf nach. Irgendwann hatte sie sich getraut, die Mütze aus dem Gesicht zu schieben. Doch was gab es schon zu sehen außer dem Lichtschein am unteren Rand der Schranktür, der immer schwächer wurde? Hieß das, draußen wurde es Abend, oder wanderte die Sonne lediglich vom Fensterchen der Mansarde weg? Noch war es warm, aber das sagte nicht viel, denn der Tag hatte als freundlicher Frühlingstag begonnen.

Ihr vorerst letzter Arbeitstag in Deutschland hätte es sein sollen. Die Koffer hatte sie bereits tags zuvor zum Flughafen gebracht und eingecheckt. Gleich nach der Arbeit hatte es losgehen sollen – sechs Monate in Indien und Nepal, wo sie ihr Repertoire ayurvedischer und alternativer Heilmethoden erweitern und sich in einem Schweige-Retreat ihrer spirituellen Entwicklung widmen wollte. Jahrelang hatte sie davon geträumt, darauf gespart und geplant. Und jetzt, wo der Traum wahr werden sollte, war bereits die Welt jenseits des Wandschranks außerhalb ihrer Reichweite.

Inzwischen ahnte sie wenigstens, wie sie hierher gekommen war. Nachdem der Entführer die Treppe hinunter gepoltert und eine kleine Weile später die Haustür ins Schloss gefallen war, hatte sie es gehört: das Knattern des ramponierten Auspuffs – Bernie fuhr mit ihrem Auto davon, genau dem Auto, in dessen Kofferraum man sie hierher gebracht haben musste! Folglich war sie im Parkhaus auf ihre Entführer getroffen. Sie erinnerte sich genau an den Abschied von der Chefin und den Kolleginnen. An die Umarmungen und das federleichte Päckchen mit dem safranfarbenen Sari darin, den sie für sie besorgt hatten. Sogar den Knebel aus dem Fetischladen nebenan – »falls dir das Schweigen doch schwer fallen sollte«, hatte Karla gesagt und zu laut gelacht – hatte sie mitgenommen, als sie von Sekt und Zukunftsaussichten beflügelt die Praxis verließ, während die anderen weiter feierten. Sie hasste Abschiede. Das wussten alle. Niemand hatte sich aufgedrängt, sie zum Flughafen zu fahren. Nur noch das Auto zum Gebrauchtwagenhändler bringen, und dann nichts wie weg. Einfach alles hinter sich lassen.

Das war der Plan gewesen. Und weil es schnell gehen sollte, hatte sie dieses eine Mal im Parkhaus geparkt, das zu dem Gebäudekomplex mit der Praxis gehörte. Auf dem kurzen Weg vom Aufzug zum Auto hatte sie überlegt, was sie mit den Abschiedsgeschenken machen sollte. Deshalb hatte sie den Kofferraum geöffnet und ihr Handgepäck herausgenommen. Der Sari passte dort leicht hinein, der Krimi als Reiselektüre ebenfalls, was aber sollte mit den Klangschalen und ihrem Lieblingswein geschehen? An ihr Gepäck kam sie nicht mehr heran. Es war ruhig gewesen im Parkhaus. Kaum Verkehr. Sie hatte ihre Sachen auf den Rücksitz gestellt und den Kofferraum für die Übergabe an den Gebrauchtwagenhändler kontrolliert. Und dann hatte sie sich urplötzlich zwischen zwei maskierten und bewaffneten Kerlen wiedergefunden! Ein entsetzter Aufschrei, auch der wurde ihr wieder gegenwärtig. Zeitgleich hatte sie eine Bewegung im Augenwinkel wahrgenommen und einen Schlag gespürt.

Bloß – warum? Was wollten die beiden von ihr? Sie war niemand. Es gab keinen reichen Ehemann, keine Familie mit Geld, niemanden mit Einfluss. Im Gegenteil – kein Mensch würde sie in den nächsten Wochen vermissen, zumindest nicht hier in Deutschland. Bilder stiegen auf, Serienkillergeschichten mischten sich mit berüchtigten Entführungsfällen wie Dutroux oder Matthias Hintze. Was war schlimmer: missbraucht zu werden oder im Dunkel allein zu verdursten?

Das durfte nicht sein. Erneut rutschte sie in die Ecke und schob sich so weit die Wand entlang nach oben, bis sie gegen die Kleiderstange stieß. Dann warf sie sich mit aller Kraft gegen die Schranktüren. Sie prellte sich die Schulter, schrie auf, machte weiter. Wieder und wieder schleuderte sie ihren Körper gegen das Holz. Es krachte, knirschte, stöhnte – oder war sie das? –, aber es hielt stand. Erschöpft ließ sie sich zu Boden gleiten, hatte das Gefühl, in einem riesigen Federbett aus Verzweiflung, einer grauen Wolke aus Sinnlosigkeit zu versinken.

»Nein«, heulte sie, »nein, nein, nein!« Sie schluchzte, weinte, wimmerte. Nichts und niemand reagierte. Weder im Guten noch im Bösen.

»Nein, nein, nein, nein!«, heulte sie erneut, doch diesmal aus Wut. Sie machte sich selbst zum Rammbock, ignorierte Schmerz wie Lärm, und als es schließlich gelang, traf es sie unerwartet: Die Tür schwang krachend auf, und sie knallte auf den Boden der Mansarde.

Da lag sie nun und schnappte nach Luft. Sie rollte sich auf den Rücken. Schräg über ihr gab das Fensterchen den Blick frei auf Baumwipfel, hinter denen das Abendrot zu erahnen war. Es gab sie also noch, die Welt da draußen, dachte sie und lächelte. Jetzt müsste sie nur einen scharfen Gegenstand finden, mit dem sie die Kabelbinder durchtrennen könnte. Vielleicht am Nähtisch, der auf der anderen Seite des Räumchens stand. Sie müsste sich nur wie ein Wurm hinüber schieben oder aufstehen und hopsend dorthin gelangen. Aber das lief ihr ja nicht weg, dachte sie, von Erschöpfung übermannt. Erst recht, wo die beiden Männer mit ihren Waffen und all dem Blut weg waren. Einen Augenblick ausruhen und Atem schöpfen, das würde schon nicht schaden.

»Du verdammte Schlampe, was glaubst du, wer du bist?«

Hatte sie das geträumt? Kaum vorstellbar, dass eine Stewardess einen Fluggast so rüde weckte. Selbst wenn der aus unerfindlichen Gründen auf dem Boden lag, so etwas tat man nicht. Und dann, noch bevor sie sich orientieren konnte, hagelte es plötzlich Schmerz. Bauch, Beine, Rücken, Schultern – sie versuchte, ihren Kopf mit den Armen zu schützen.

»Du hast uns in eine Falle gelockt, du bist schuld, wenn er stirbt!« Sie erkannte Bernies Stimme, ein viel zu netter Name für einen Entführer, dachte sie, als die Tritte aufhörten und sie wieder seinen Atem roch. Unwillkürlich öffnete sie die Augen – und erschrak: Was wollte er mit dem Messer?! Ratsch, machte es. Und noch einmal, ratsch.

»Na los, steh auf, tu nicht so, das war gar nichts, reiß dich zusammen und komm.« Sie musste aufpassen, auf der Stiege nicht zu stürzen, so eilig hatte er es. Den Grund sah sie, als sie das Wohnzimmer betraten: Der andere lag mehr im Sessel, als dass er saß. Der Verband hatte nicht gehalten, die Kompresse war durchgeblutet. Sein Atem klang rasselnd. Sein unmaskiertes Gesicht war bleich und schweißnass.

»Tun Sie was!«, verlangte Bernie. Der andere schien sie erst jetzt zu bemerken. Er versuchte den Kopf zu heben und die Waffe, die in seinem Schoß lag, auf sie zu richten. Beides misslang. »Sie haben uns praktisch direkt in die Straßensperre der Polizei geschickt. Nur durch ein Wunder haben wir es dort weg- und wieder hierher zurück geschafft.«

»Aber ich weiß doch gar nicht, wo wir sind, und was soll das mit der Polizei«, protestierte sie. Die beiden starrten sie nur an. Also verband sie die Wunde erneut, wischte dem Verletzten den Schweiß von der Stirn und flößte ihm schluckweise Wasser ein.

»Ommmm«, summte sie leise, um seinen Atem zu beruhigen und auch sich selbst. Er war zu schwach, sich gegen sie zu wehren, und Bernie war damit beschäftigt, den Röhrenfernseher, der in einer Eicheneinbauwand stand, in Betrieb zu nehmen.

»... Schusswechsel und mehrere Verletzte sind das traurige Ergebnis eines Überfalls auf die Sparkassenfiliale in der Citypassage. Die ersten Schüsse fielen noch in der Bank, als ein Wachmann die Räuber an der Flucht mit der Beute hindern wollte. Anschließend lieferten sich zwei der Bankräuber eine hollywoodreife Verfolgungsjagd mit der Polizei, womit sie jedoch ihre Verhaftung nicht verhindern konnten. Wie der angeschossene Wachmann werden auch diese beiden Männer zur Zeit im Krankenhaus notoperiert. Ob es weitere Komplizen gibt, ist nach wie vor ungeklärt. Offenbar gab es in dem Gebäudekomplex immer wieder Probleme mit der Videoüberwachung. Bevor nicht alle Zeugenaussagen ausgewertet sind, läuft die Fahndung nach möglichen Mittätern weiter, hieß es aus Polizeikreisen«, tönte es aus dem Kasten. Die Bilder fuhren Fahrstuhl.

»Oh Gott«, entfuhr es ihr. Sie war also nichts als ein Kollateralschaden eines schief gelaufenen Überfalls, und die Polizei wusste nicht einmal davon.

»Oh Gott«, stöhnte der Verletzte auf. »Meine Brüder – auch verletzt. Ruf den Alten an. Er wird ...«

»Wir sind im Funkloch, das weißt du doch, das Haus und der Wald, das ist ein einziges Funkloch«, antwortete Bernie und fuchtelte dem anderen mit dem Handy vor dem Gesicht herum. Dann tigerte er stumm im Raum auf und ab.

Wenig später, als es draußen vollkommen dunkel und drinnen bis auf Bernies Schritte auch still geworden war, klammerte sich der fremde Mann noch einmal an sie, als könnte sie ihn im Leben festhalten, und dann war es vorbei. Ihr liefen die Tränen übers Gesicht, und sie hätte nicht sagen können, war das Erschöpfung, Angst oder gar so etwas wie Trauer, Mitgefühl?

Bernie spürte sofort, was geschehen war.

»Nein, das darf nicht wahr sein, nein, bitte nicht, wie soll ich denn ganz allein – oh Gott, du bist schuld, du verdammte Schlampe ...« Er stürzte auf sie zu und stoppte abrupt, um nicht die Beine des Toten zu berühren. Er griff sich eine leere Wasserflasche vom Tisch und schleuderte sie nach ihr. Sie duckte sich, ließ sich fallen, und schon war er über ihr. Wieder hagelte es Tritte, Schläge und Verwünschungen. Endlos schien es diesmal zu dauern, bis sie das Bewusstsein verlor.

Unbestimmte Zeit später kam sie zum dritten Mal im Wandschrank zu sich. Schon bei der ersten Bewegung stöhnte sie auf. Zwar hinderte sie diesmal keine Fessel, doch alles schmerzte. Ihr Körper musste von Hämatomen übersät sein.

»Es tut mir so leid, das wollte ich nicht«, hörte sie von der anderen Seite der Schranktür die Stimme des Mannes, der sie so zugerichtet hatte. »Ich bin sonst nicht so. Aber heute geht alles schief, wirklich alles, und ich weiß nicht mehr weiter. Bitte, ich brauche Sie, ohne Sie schaffe ich das nicht.«

Sie war zu fertig, um ihm zuzuhören oder auch nur zu versuchen, ihn zu verstehen. Sie war ja nicht einmal mehr in der Lage, ihre eigenen Bedürfnisse zu spüren oder gar zu formulieren: Brauchte sie Wasser? Etwas zu essen? Schmerzmittel oder eine Toilette? Immer wieder, wenn sie versuchte, sich über den Atem zu beruhigen und im Hier und Jetzt zu verankern, driftete sie in einen Dämmerzustand ab. Jedes Mal, wenn sie erwachte, hörte sie den Mann auf der anderen Seite der Tür. Nicht immer gab er Worte von sich, manchmal schien er zu wimmern, einmal hörte es sich an, als schnarche er dort auf dem Fußboden.

Am nächsten Tag blieben die Dinge auch nach dem Erwachen unwirklich. Bernie gab ihr Wasser und etwas zu essen, brachte sie in ein kleines, altmodisches Bad im ersten Stock und ließ sie ihre Wunden säubern und verbinden. Dann ging er mit ihr ins Wohnzimmer im Erdgeschoss, wo der Tote noch genau so in seinem Sessel lag wie am Abend zuvor. Sie sollte die Leiche nach draußen schaffen. Dort wollte Bernie ihn begraben – ohne ihn jedoch selbst zu berühren. Wie sollte das gehen, hatte sie ihn gefragt. Sie war einen halben Kopf kleiner als der Tote und mindestens fünfzehn Kilo leichter. Außerdem würde sich die Totenstarre frühestens in der Nacht zu lösen beginnen. Dann solle sie sich etwas einfallen lassen, hatte Bernie gesagt und vermieden, den Toten anzusehen, oder solle er sie mit ihm im Schrank einsperren und dann das Haus abfackeln?

Sie versuchte, all ihre Gefühle auszuschalten, nicht zu riechen, nicht zu denken, nur zu arbeiten, mit aller Kraft, die sie noch hatte. Sie brach dem Toten die Gelenke, streckte ihn auf dem Boden aus, wickelte ihn in zwei gestärkte, bestickte Leintücher, die Bernie ihr hingelegt hatte. Doch nicht genug: Mit vorgehaltener Waffe zwang er sie, den Toten in den Tüchern hinter sich her in den Garten bis zu einer frisch ausgehobenen Grube am Waldrand zu zerren. Das stöhnende Geräusch, das dem toten Körper entwich, als er unten aufschlug, versuchte sie ebenso mit jeder Schaufel Erde zu begraben wie ihre Ängste, ihren Abscheu, ihren Ekel vor dem, was sie soeben getan hatte.

Doch in den nächsten Tagen kam all das immer wieder. Es war ganz egal, ob sie im Dunkel des Wandschranks kauerte und die Stille in ihren Ohren dröhnte oder ob sie Bernie im Schlafzimmer gleich unter der Mansarde rumoren hörte. Es machte keinen Unterschied, ob sie danach lauschte, wenn der Fernseher, den ihr Entführer aus der Wohnstube dorthin geschleppt haben musste, Nachrichten aus einer fremden Welt herunterleierte oder ob Bernie mal wieder vor dem Schrank hockte und sich abwechselnd bei ihr entschuldigte und ihr vorweinte, wie schief alles gelaufen sei. Dass sie hier festsaßen, auch wenn sie nicht wusste, worauf er wartete, lag auf der Hand. Und in dem Warten verlor sie nicht nur das Zeitgefühl, sondern mehr und mehr auch die Erinnerung, wer sie wirklich war und was sie gewollt hatte in ihrem Leben. Denn egal, ob sie sich abzulenken versuchte oder sich atmen ließ, sich in Achtsamkeit übte, alles zog sich immer wieder auf den Moment zusammen, als die Leiche im Grab endete. Würde es ihr genauso ergehen? Und wann wäre es so weit?

Sie versuchte sich all der buddhistischen Lehren zu erinnern, wie man das Leiden durchbricht und sich auf Sterben und Tod vorbereitet. Doch sie scheiterte schon daran, dass sie nicht wusste, was sie wollen sollte: leben oder sterben? Beides schien gleichermaßen unendlich weit entfernt von ihrem jetzigen Dasein im Wartestand des Wandschranks.

Sie hatte keine Ahnung, was in ihrem Entführer vorging, der inzwischen die Skimaske gegen eine Basecap und ein über die Nase hochgeschobenes Halstuch vertauscht hatte. Manchmal verschwand er, und sie wusste nicht: Würde er je wiederkommen? Dann sperrte er sie in den Wandschrank, dessen Türen er mit einem Stuhl verkeilte. Doch Fesseln und Knebeln war nicht mehr nötig, denn in der dunklen Enge fühlte sie sich sicher. Hier drin bedrohte sie niemand. Bereits das Mansardenzimmerchen war ihr zu groß, mit den paar Möbeln und Kartons zu unübersichtlich. Selbst wenn er ihr gestattete, sich dort frei zu bewegen – sie huschte höchstens zum Nähtisch und nahm sich, was immer er an Nahrung und Wasser für sie hingestellt hatte. Manchmal erhaschte sie einen Blick nach draußen. Bäume und Himmel, der verwilderte

Garten und der Wald, das war die ganze Welt. Sie konnte sich kaum mehr an die anderen Menschen erinnern, und wenn sie es versuchte, verschwammen die Bilder wie in einem Traum. Einzig die Erinnerung an den Verletzten, den Sterbenden, die Leiche und das, was sie ihr angetan hatte, stand glasklar in ihrem Bewusstsein.

»... Durchbruch: Zeugenaussagen und rekonstruierte Videoüberwachungsbänder bestätigen, dass am Überfall auf die Sparkassenfiliale mindestens zwei weitere Räuber beteiligt waren. Ihnen gelang die Flucht durch die Tiefgarage, wobei sie offenbar eine Geisel nahmen. Warum es weder eine Geldforderung noch eine Vermisstenmeldung gab, ist bislang unklar. Die Polizei bittet die Bevölkerung um Mithilfe bei der Identifizierung der beiden Männer und ihrer Geisel. Das Video, das die Geiselnahme zeigt, kann im Internet unter ...«

»Nein, verdammte Scheiße«, übertönte Bernies Stimme den Fernsehton.

»... weitere Erkenntnisse erhoffen sich die Behörden von der Befragung der beiden Verhafteten, von denen einer das Bewusstsein bereits wiedererlangt hat.«

Ein explosionsartiges Krachen, gefolgt von Bernies wütenden Schritten, ließ sie hochschrecken. Doch die Schritte entfernten sich, die Haustür flog auf – würde er jetzt wegfahren, sie endgültig zurücklassen? Nein, beruhigte sie sich wieder, als Motorgeräusche ausblieben. Aber was war das, was aus dem Garten zu ihr heraufdrang? Wieso keuchte Bernie und wofür brauchte er so lange? Was war das für ein seltsames Schleifen, begleitet von gelegentlichem Quietschen, das ihr so vertraut vorkam? War das etwa ...

Ja, das war ihr Handgepäck, der kleine Rollkoffer, dessen Räder sie schon zig Mal vergessen hatte zu ölen. Er lag in der frischen Grube, die Bernie gleich neben dem Grab seines Komplizen ausgehoben hatte. Auf dem Koffer lagen die Klangschalen und sogar die Flasche Wein von ihren Kolleginnen. Eben alles, was von ihrem alten Leben geblieben war.

»Das ist doch nicht Ihr Ernst ...«, setzte sie an und verstummte sofort wieder. Natürlich war es ihm ernst.

»Rein da.« Er hob drohend die Pistole. Auch jetzt hatte er wieder ein Tuch vor Mund und Nase gebunden und trug seine Basecap. Gab es etwa noch Hoffnung?

»Bitte ...«, versuchte sie es erneut. Sie wollte nicht in diese Grube und schon gar nicht neben dem anderen liegen.

»Wird's bald.« Er sah sie nicht einmal an. Oder sah er schon die Leiche in ihr, dachte sie und erkannte ihre Chance. Sie machte einen großen Schritt zur Seite. Weit genug weg von der Grube, dass kein Schuss sie dort einfach hinein befördern würde.

»Hey, so nicht«, rief er aus, riss die Waffe hoch und schoss in die Luft. Sie zuckte zusammen, machte jedoch noch einen Schritt weiter weg. Die nächste Kugel schlug vor ihren Füßen ein. Sie sprang zurück. Er stürzte sich auf sie, doch sie wich aus und stieß ihn beherzt in die Grube. Ein Schrei – sie duckte sich, machte sich klein; ein Knirschen, dann war es still. Außer ihrem Atem gab es kein menschliches Geräusch mehr. Sie stand auf und spähte hinunter. Bernies tote Augen starrten überm Mundtuch zurück. Sein Nacken war merkwürdig verdreht und der hohe Rand der Klangschale darunter blutbesudelt. Die Basecap war verrutscht und gab den Blick frei auf schütteres, blondes Haar, dessen hoher Ansatz so gar nicht zu den Aknepickeln passen wollte.

Das war das Letzte, was sie von ihm wahrgenommen, und auch das Letzte, was sie von ihrem alten Leben gesehen hatte. Wie in Trance hatte sie anschließend die Grube zugeschaufelt, den Boden festgestampft und dann den Spaten zurück in den kleinen Schuppen neben dem Haus gebracht. Dort stand ein Auto, das ihr irgendwie bekannt vorkam. Sie betrat das Haus, schloss die Tür hinter sich, ging die Treppe hoch, bis ganz nach oben, in die Mansarde. Sie zog die Zimmertür zu und den Stuhl an den Schrank heran, bevor sie hineinkroch. Natürlich konnte sie die Tür von innen nicht damit verkeilen, aber das müsste genügen. Es war dunkel, und die Dunkelheit, die von nichts als ihrem eigenen Atem gefüllt wurde, war gut.

»Ommmm«, setzte sie an und verschwand darin.

schlafzimmer

Für Bettlägerige ist ihr Schlafzimmer die ganze Welt. Manchmal vergessen sie, dass auch außerhalb dieser vier Wände noch Leben existiert.

Watzmann in Öl

HENNER KOTTE

»Schatz! Schatz! Ich glaube, Oma – sie stirbt!«
Ich halte Omas Hand in der meinen und spüre, das Leben ist aus ihr gewichen. Der Schlag hat sie gründlich getroffen. Sie röchelte kurz, als hätte sie sich am Teechen verschluckt. Dann würgte sie Spucke. Dann war es vorbei. Vor fünf Minuten hat sie mir noch schrill ihre Anweisungen entgegen gebrüllt. *Höher, Tom, höher!* Und ich hielt den Watzmann in Öl an die Wand, den sie unbedingt ihrem Bett gegenüber hängen haben wollte. Denn ihr Joachim, ihr geliebter Joachim, war mit ihr dort vor einem Dreivierteljahrhundert im Liebesurlaub gewesen. Und es ist so ein schönes Bild, und so viele Erinnerungen hängen daran. *Links, mehr nach links!* Stunden konnte sich die Alte nicht entscheiden, wo genau sie es an der Wand haben wollte. Mir wurden die Arme schwer. Ich hätte ihr den Watzmann auf den Kopf hauen können. *Vielleicht mehr am Fenster?*

Manuela stürzt ins Zimmer und kniet am Bett nieder und fühlt Oma den Puls an der Hand und am Hals. Mit schreckgeweiteten Augen schaut sie mich an. Tränen glitzern ihr zwischen den Wimpern. Sie schüttelt den Kopf. Dann springt sie auf und beginnt immer wieder auf Omas Herz zu drücken, wie man es im Rot-Kreuz-Kurs gelernt hat.

»Nein, bitte, lass es nicht wahr sein! Bitte, Gott, bitte. Es ging ihr doch gut!«

Ja, es ging ihr gut. Wie eine Drohne lag Lieschen im Bett und gab ihre Befehle. Hatte sie auf Moskauer Eis Appetit, lief meine Frau Moskauer Eis holen, das Lieschen dann gar nicht schmeckte. Manuela kochte Broiler, Rindsroulade, Schmorbraten, doch niemals so gut wie sie selbst, ihre Mutter. Ich habe Lieschen das Fernsehen mit 144 Kanälen installiert, und kein Programm sendete, was sie sehen wollte. Ich baute einen schwenkbaren Tisch, ein Bücherregal, das sie vom Bett aus erreichte, ihre verstellbare Nackenstütze, auf der sie lag wie die Königin von Saba und huldvoll empfing. Unsere Kinder haben sie nur auf Minuten besucht. *Die lieben mich! Was ich von meiner Tochter nicht sagen kann!*

»Ruf den Arzt, Tom! Ruf den Arzt!«

Und hektisch schlägt Manuela ihrer Mutter ins Gesicht. Es zeigt keine Reaktion, nur die künstlichen Zähne schieben sich über die Lippen. Ein bisschen wie Helga Feddersen, ein bisschen wie Frankenstein sieht Lieschen jetzt aus. Die Tränen rollen meiner Frau über die Wangen. Ich nehme sie in den Arm. Sie stößt mich beiseite und drückt wieder aufs Herz ihrer Mutter. Dann nimmt sie ihr das Gebiss aus dem Mund und beatmet die Alte. Die liegt wie ein Stein. Der linke Arm rutscht vom Bett, die Finger streichen über den Teppich.

»Ruf den Arzt, Tom! Ruf den Arzt!«

»Doktor Simon wird keine Sprechstunde haben.«

Manuela hält inne und schaut zu mir auf, als würde ich ausländisch quatschen.

»Den Notdienst! Einhundertzwölf! Schnell, Tom, Oma stirbt! Schnell!«

Auch der Notdienst wird nur den Tod feststellen können. Es ist vorbei. Endlich. Der Watzmann in Öl wird niemals mehr im Zimmer hängen.

Vor fünf Jahren holte Manuela ihre Mutter ins Haus. Lieschen schaffte es nicht mehr allein, und das Altersheim war für sie keine Alternative. *Man kann doch Mutti nicht ...* Und so schlurfte Mutti fortan bei uns durch die Zimmer. Stets hatte sie was zu bemängeln, besorgen zu lassen, und nie haben wir ihr die Liebe geschenkt, die sie verdiente. Ja, ich hab Lieschen gehasst.

Etwas höher! Und mehr nach links! Ich stand auf dem Hocker und schob den Watzmann in Öl hin und her. Er zog mir die Arme aus den Gelenken. Ich schwitzte. *Na, sag mal, früher warst du auch besser drauf. Ja, das Bier ... Du lässt dich gehen, mein Lieber!* Sie lag im Bett und nippte am Kaffee. Ihr Finger dirigierte den Watzmann über die Wand. *Links! Rechts! Hoch! Tief!* Dann fand Lieschen endlich die Stelle. Genau dort wollte sie das Bild hängen sehen. *Genau dort!* Aber der Schwiegersohn hatte weder Stift noch einen Nagel zur Hand, um diesen Punkt markieren zu können. Ich stieg von der

Leiter und wieder hinauf. Den Watzmann ließ ich an die Wand gelehnt stehen. Der Schnee schien zu leuchten. Dann haute ich den Nagel hinein in die Wand. Aber Lieschen erkannte: *Das ist niemals die Stelle gewesen! Weiter rechts, Tom, weiter rechts. Zu nichts ist dieser Mann zu gebrauchen!*
»Tom! Schnell!«, schreit Manuela vom Bett her.

Am Telefon drücke ich die Tasten und hoffe, das Besetztzeichen zu hören. Ich erkläre dem Profi am Notruf Omas Symptome, er verspricht, sofort einen Wagen zu schicken, und verlangt die Adresse. Dann lege ich auf. Die Rettung ist auf dem Weg.

Manuela drückt noch immer auf Omas Leiche herum und versucht, ihr Leben einzuhauchen. Aber ich weiß, dass es vorbei ist. Lieschen wird nie wieder Befehle geben. Keine Suppe wird ihr jemals wieder zu heiß sein, keine Kartoffel wird zu viel Salz haben, und ihre Tochter wird sie niemals wieder beschimpfen. Der Watzmann in Öl wird nicht hängen. Der Nagel steckt in Omas Kopf. Ich habe ihn ihr einfach in den Schädel geschlagen.

Lieschen dachte, ich wollte ihr den Nagel wohl zeigen, als ich auf sie zukam. Erst als ich ausholte, begriff sie vielleicht. Keinen Ton gab sie von sich. Sie ist lautlos gestorben und hat nicht geblutet. Ich habe zwischen den grauen Haaren gesucht und den Nagel gefunden. Beim Rausholen hätte eine Zange Spuren verursacht. Der Nagel steckte fest und war kaum zu bemerken. Ich kann nur hoffen, dass den Arzt die Symptome vom Herztod schnell überzeugen. Aber wer röntgt schon bei dieser Diagnose Omas Schädel?

Die Sonne über dem Watzmann geht auf ohne jegliche Wolke.

arbeitszimmer

Das Arbeitszimmer eines Menschen offenbart meist mehr über ihn als jeder andere Raum, den er benutzt.

Das blutrote Arbeitszimmer

MONIQUE FELTGEN

Die Blümchentapete passte überhaupt nicht zu der blutroten, mit vertikalen Goldfäden durchzogenen Stofftapete an der Schrägwand. Sonia Marchese blieb in der Tür zu Joshs Arbeitszimmer stehen. Sämtliche Tapeten im Obergeschoss schmückten die Wände der Jugendstilvilla aus dem 19. Jahrhundert seit fünfzig Jahren, hatte Josh ihr erzählt. Er war in dieser Villa geboren, in der bereits seine Großeltern gelebt hatten, dann seine Eltern und nun er. Und er liebte die Tapeten. Nach endlosen Diskussionen und vor allem Sonias Argument, diese düsteren Räume inspirierten weder ihre Fantasie noch ihre Kreativität, hatte er einer Renovierung der beiden Arbeitszimmer zugestimmt.

»Deckenanstrich, Parkett und Tapeten«, hatte er geknurrt. »Anschließend keine Ausflüchte mehr; dann schreibst du mir das verflixte Manuskript für meinen Film.«

Sonia war ihm um den Hals gefallen. »*Merci, chéri!*«

Sie hatte einen befreundeten Innenarchitekten um Unterstützung bei der Auswahl der Farben und Materialien gebeten, und er sollte auch die Ausführung koordinieren. Doch damit biss sie bei Josh auf Granit. Der Streit dauerte zwei Tage; Josh gewann. Mit Anstrich und Parkettboden war er einverstanden, aber einem Architekten wollte er auf keinen Fall das Zepter überlassen. »Damit Arbeiterheerscharen mein Haus bevölkern? Nein, danke! Ich habe auch Freunde«, hatte er Sonia entschlossen mitgeteilt. »Zum Beispiel Manu Braun, er besitzt einen Malerbetrieb. Du wählst – er führt aus! Seine Firma erledigt *alle* Arbeiten.«

»Mit einem Innenarchitekten ginge es aber schneller voran«, widersprach Sonia.

»Verdammt, nein!«, war Josh ausgerastet. »Ich will keine Fremden in *meinem* Haus. Wer finanziert denn den ganzen Scheiß? Ich! Da werde ich doch sicher ein Wörtchen mitreden dürfen.«

»Wenn es ›Scheiß‹ ist, dann lass es halt so beschissen, wie es ist!«, hatte Sonia wütend geschrien und davonstapfen wollen. Brutal hatte er sie am Arm gepackt und gezischt: »Bleib hier!« Verschreckt war sie stehen geblieben. Josh hatte bemerkt, dass er zu weit gegangen war. So schnell wie er aufgebraust war, beruhigte er sich wieder, nahm Sonia in den Arm und hauchte ihr einen Kuss auf die Stirn. »Ich verspreche dir, Manu ist super ... du befiehlst, er führt aus, ich zahle. Was willst du mehr? Und du, Mäuselchen, du schreibst *unseren* Bestseller. Die berühmte Krimiautorin und der außerordentliche Starregisseur.« Seine Augen glühten. »Dein Joshi dreht den Film des Jahrhunderts. Wir werden noch reicher, noch glücklicher.«

Reich mit glücklich zu verbinden, war nicht unbedingt Sonias Philosophie. Aber Josh war Starregisseur. Mit ihm konnte sie den Durchbruch schaffen, auch wenn er manchmal ein absoluter Kotzbrocken war. Er konnte charmant und zuvorkommend, aber auch aufbrausend und ordinär sein. *Sie* hatte sich in den charmanten, gutaussehenden, zuvorkommenden Mittfünfziger verliebt, damals auf der Promiparty im *Rive de Clausen* in Luxemburg. Deutsche Autoren waren zu einem Treffen mit Luxemburger Autoren ins Ländle gereist, hatten sich im internationalen Zentrum für Literatur zu Fachtagung, Austausch und Lesung getroffen und einen Abend im *Rive de Clausen* ausklingen lassen.

Josh von Zegenau, renommierter Regisseur aus Frankfurt, hatte sich den Schriftstellern mit einem einzigen Ziel angeschlossen: Sonia Marchese! Die mit mehreren literarischen Preisen ausgezeichnete Luxemburger Krimiautorin sollte für ihn die Geschichte für ein Drehbuch schreiben. Doch nicht irgendein Drehbuch, sondern *das* Drehbuch. *Ihr* Stil war *sein* Stil; sie schrieb realitätsnah; in ihren Romanen verlor man sich, glaubte sich an den Schauplätzen. Ihre Morde, ihre Leichen waren fast real. Genau das brauchte Josh von Zegenau.

An dem Abend umgarnte, umschmeichelte und hofierte er sie. Trotz zwanzig Jahren Altersunterschied fühlte Sonia sich dermaßen zu ihm hingezogen, dass sie nach dreimonatiger Fernbeziehung ihren Wohnsitz in seine Villa nach Frankfurt verlegte. Während sie nun Joshs Entschuldigungsküsse zuließ, passierten die

Bilder der ersten romantischen Wochen Revue. Sie kannte aber auch seine ungemütliche Seite: die Arroganz, die Überheblichkeit mit den Schauspielern am Set, die Unbeherrschtheit. Manchmal, während eines Streits, meinte Sonia den Wahnsinn in seinen Augen flimmern zu sehen. Einmal, als er ihren Kopf brutal an den Haaren nach hinten gezogen hatte, sie grob geküsst und die Worte »Du verlässt mich erst, wenn ich es will« hervorgepresst hatte, war zum ersten Mal Angst in ihr hochgestiegen.

»Sieh mich an«, hatte er gefordert, »ich gehöre dir mit Haut und Haar, und wenn mir etwas zustoßen würde, geht all mein Besitz an dich. Ich habe das so in meinem Testament verfügt.«

»Das ist mir nicht wichtig«, hatte sie trotzig erwidert.

Da hatte sich seine Miene besänftigt, und er war wieder ihr zärtlicher Josh gewesen. Tagelang hatte er sich für sein Verhalten entschuldigt, sie verwöhnt und mit Geschenken überhäuft, bis sie ihm verziehen hatte.

Manu Braun war ein großer, kräftiger Mann, gutaussehend, mit graumeliertem Haar und Stoppelbart. Ein Geschäftsmann mit Lausbubenhumor, etwas jünger als Josh. Kultiviert unterbreitete er Sonia seine Idee. »Ich kenne Josh und dieses Haus seit der Kindheit. Wie lange sind Sie denn schon mit Josh zusammen?«, fragte er und sah sie dabei geradeheraus an.

»Ein halbes Jahr«, antwortete sie. »Warum?«

Er hob die Schultern. »Sie sind die Erste, die hier etwas verändern darf.«

Sie lachte. »Na dann, runter mit der Blümchentapete!«

Da wurde Manu ernst. »Ah ja! Die Blümchentapete – kein Problem. Aber die blutrote mit den vertikalen Goldfäden, die *muss* bleiben; das war die Lieblingstapete seiner Großmutter. Das ist Joshs einzige Bedingung.«

»Passt fast nicht zu ihm«, sagte Sonia.

»Er hat auch seine positiven Seiten.«

Sonia sah Manu zweifelnd an, doch bevor sie nachfragen konnte, öffnete er die Farbenpalette. »Ich würde die Farben Champagner oder Creme für die anderen drei Wände vorschlagen ...«

Die Renovierung begann, und Manu überwachte persönlich den Ablauf. Nach und nach spürte Sonia, dass er nicht nur der Arbeiten wegen ins Haus kam, und damit war sie nicht die Einzige. Zwei Wochen später war die Renovierung abgeschlossen, und Josh hatte Manu auf ein Glas Rotwein am Kamin in seinem Arbeitszimmer eingeladen, um auf das gelungene Werk anzustoßen.

Sonia nippte an ihrem Glas. Sie trug ein graues Etuikleid und hellgraue Strumpfhosen. Ihre seidigen kastanienroten Locken schmiegten sich an ihre Schultern, und mehr als einmal blieb Manus Blick in ihren blauen Augen hängen. Sie spürte, wie sein Blick von ihrer Taille über ihre langen, schlanken Beine bis zu den schuhlosen Füßen wanderte.

Josh prostete zuerst ihr, dann Manu zu. »Sonia liebt es, barfuß zu laufen.«

Ertappt räusperte Manu sich.

»Danke, mein Freund«, fuhr Josh fort. »Du hast mehr getan, als erforderlich war. Ich hoffe, du stellst mir nicht allzu viel in Rechnung.«

»Einem armen Schlucker wie dir doch nicht!«

Josh nickte. »Tipptopp! Dann kann mein Mäuselchen bald ungestört an seinem Manuskript weiterarbeiten.«

Sonia nickte. »Es kribbelt schon in den Fingerspitzen.«

»Ach, übrigens, ich drehe morgen den ganzen Tag in Wiesbaden«, sagte Josh.

»Davon weiß ich ja gar nichts«, erwiderte Sonia. »Ich dachte, wir packen die Kartons aus und kaufen vielleicht noch das ein oder andere Möbelstück.«

»Ich gebe dir meine Kreditkarte, Mäuselchen, und übermorgen packen wir gemeinsam aus. Einverstanden?«

»Soll ich dich begleiten?«, bot Manu an. »Ich kenne ein paar schicke Designermöbelgeschäfte in der City.«

Sonia bemerkte gerade noch rechtzeitig das gefährliche Blitzen in Joshs Augen. »Nein danke, Manu. Ich komme klar.«

Nachdem Josh um sechs Uhr in der Früh aufgebrochen war, hatte Sonia sich in ihren flauschigen Bademantel gehüllt, barfuß auf dem Hocker an der Küchentheke Kaffee getrunken, Musik gehört und die Zeitung gelesen. Anschließend hatte sie geduscht, eine hippe Jogginghose und ihr Ed Hardy T-Shirt – ein Entschuldigungsgeschenk von Josh – angezogen und sich in ihr Arbeitszimmer begeben. Sie wollte Josh überraschen. Bis zum Abend sollte der Großteil der Kartons ausgepackt sein. Bücherregale, Schreibtische und Kleinmöbel standen bereits an ihrem Platz. Dafür hatten Manus Leute gesorgt; auch das war in seinem All-inclusive-Angebot enthalten gewesen.

Im Obergeschoss schwand die Anzahl der Kartons, die Sonia Zug um Zug leer im Keller entsorgte. Am Nachmittag lehnten nur noch einige Bilder verloren an den Wänden ihres Arbeitszimmers. Sonia holte den Werkzeugkasten, fand Hammer und Nägel und hängte die Bilder auf.

Mit einem Glas Roséwein ging sie nach nebenan in Joshs Arbeitsraum und nahm seine Kartons in Angriff. Nach bestem Wissen stapelte sie Manuskripte, Drehbücher und Bücher, ordnete Kugelschreiber, Lineale, Visitenkarten und Briefbeschwerer. Als sie den letzten Karton öffnete, dämmerte es bereits. Zuerst zog sie eine schwarze Jacke heraus – Joshs Wohlfühljacke. Sie hing immer über seinem Bürostuhl.

Als letztes Stück befand sich im Karton eine Schuhschachtel, in der früher Herrenschuhe gewesen waren. Neugierig hob Sonia den Deckel ab. Ein viereckiges Frotteetüchlein, bedruckt mit einem flauschigen Bärenkopf, kam zum Vorschein. Sein Kuscheltuch aus der Kindheit? Josh konnte Sonia tatsächlich überraschen. Darunter lagen zwei Fotos. Wahrscheinlich seine Mutter und seine Großmutter. Aber warum war der Karton so schwer? Sonia schüttelte ihn. Er war solide verarbeitet. Mit einem Brieföffner stach sie in den Boden; ein Hohlraum tat sich darunter auf. Sie riss den falschen Boden auf, und ein Stapel Fotos fiel heraus.

Die ersten Bilder zeigten Nacktfotos von hübschen Frauen; sie lagen entweder auf dem Boden, hockten in aufreizender Position auf einem Bürostuhl oder auf der Arbeitsplatte eines Schreibtischs.

Das Schlimme für Sonia war, dass es Joshs Stuhl, Schreibtisch und Boden waren. Beim nächsten Bild drohte sich ihr Magen umzudrehen; es zeigte eine Frau, rothaarig wie sie selbst, blaue Augen, groß, schlank, um den Hals eine Hundeleine, die sich zwischen ihren Beinen verlor. Ihre Zunge glitt lüstern über die Lippen. Der Gipfel: Den Hintergrund bildete die blutrote, mit vertikalen Goldfäden durchzogene Stofftapete.

Die folgenden Fotos fand Sonia nicht minder pervers, ekelerregend und ... angsteinflößend. Sie stutzte und hielt sie näher an eine Lampe. Den Mädchen stand die Angst ins Gesicht geschrieben. Sie betrachtete ein Foto, auf dem eine Rothaarige von hinten abgelichtet war, die Hände an der blutroten Stofftapete, den Kopf zum Fotografen gewandt. Auf ihrem Rücken prangten Striemen und blaue Flecken. In ihren Augen glitzerten ... Tränen?

»Perverses Schwein«, flüsterte Sonia.

Das letzte Foto zeigte die blutrote Tapete – *nur* die Tapete. Kopfschüttelnd starrte sie darauf. Offensichtlich hatte Josh tief sitzende psychische Probleme. Unterdrückung durch die Frauen in seinem Leben, Mutter, Großmutter?

Während Sonia grübelnd das Bild ansah, bemerkte sie einen vertikalen Schatten rechts auf der Stofftapete. Sie stand auf und glitt mit der flachen Hand über die Stelle, wo sich auf dem Foto der Schatten befand. Da spürte sie einen Spalt. Ihre Hand folgte ihm bis zur Fußleiste, die nicht sehr fest verankert war. Sie zog einmal daran, und die Leiste kippte nach vorn. Ihre Finger ertasteten den Rand. Styropor, sie spürte es sofort. Styropor löste bei ihr Gänsehaut aus. Widerstrebend zog sie daran, und die Platte, auf der die blutrote Tapete befestigt war, löste sich aus ihrer Verankerung. Verunsichert entfernte sie sie. Zum Vorschein kam eine metallene Klappe. Ausgehend von der räumlichen Anordnung der Küche, konnte es sich um den oberen Teil einer ausgedienten Räucherkammer handeln. Eine böse Vorahnung ergriff Besitz von Sonia.

»Scheiße, scheiße«, murmelte sie.

Im Werkzeugkasten fand sie einen Schraubenschlüssel, mit dem sie die sechs Schrauben an der Metallklappe entfernte. Bei jeder Umdrehung wurde ihr mulmiger, ihre Hände bebten. Als sie die

Klappe vorsichtig auf dem Parkettboden absetzte, zitterte sie am ganzen Leib. Modrig-stechender Geruch schlug ihr entgegen. Ihre Pupillen weiteten sich, während sie eine Silhouette im dunklen Innern zu erkennen glaubte. Sie erschauderte, holte die Taschenlampe aus dem Werkzeugkasten, nahm allen Mut zusammen und richtete den Lichtkegel in die Dunkelheit. Ein spitzer Schrei entfuhr ihrer Kehle. Sie sackte auf die Knie. »Oh Gott ... Oh Gott«, wisperte sie. Ein Horrorszenario wie in ihren Romanen – aber dies war kein Roman, sondern bittere Realität. Der Lichtkegel ihrer Taschenlampe hielt das Grauen fest: zwei mumifizierte Frauenleichen. Durchsichtige Plastiktüten umfingen die Köpfe, ihre Hände waren mit Krawatten hinter dem Rücken gefesselt. Neben ihren geschundenen Körpern bewegten sich im Luftzug geisterhaft kastanienrote Haarbüschel. Unverkennbar: Es waren die Mädchen von den Fotos. Sonia schluckte Ekel und Verachtung hinunter. Das war also der wahre Josh! Ein perverses, sadistisches Schwein und ein Mörder. Sie spürte förmlich, wie er sie immer an den Haaren gezogen hatte.

Das Geräusch eines Autos, das über den Kiesweg zur Villa fuhr, holte sie in die Gegenwart zurück. Panik stieg in ihr hoch. Sie huschte zum Fenster. Tatsächlich, es war Josh. In wenigen Minuten wäre er bei ihr im Arbeitszimmer. Und dann wäre sie genau so tot wie die beiden Frauen.

»Was mach ich nur?«, flüsterte sie. Hektisch sah sie sich um. Ihre einzige Möglichkeit war die Flucht. Sie rannte zur Treppe. Zu spät!

»Mäuselchen, ich bin wieder da-a!« Als sie nicht antwortete, rief er noch einmal: »Mäuselchen! Ich bin zu Hau-se.« Währenddessen stieg er die Treppe empor. »Ich weiß, dass du da oben bist«, säuselte er. »Möchte mein Mäuselchen etwa mit Klein-Joshi verstecken spielen?« *Noch* lächelte er.

Sonia beobachtete ihn durch den Spalt der Badezimmertür und sah, wie seine Miene sich verfinsterte, als er an ihr vorbei auf sein Arbeitszimmer zuschritt und hineinging. Einen Atemzug lang herrschte Stille. Dann hörte sie ihn schreien.

»Du Hure, du verdammte Hure! Du bist genau wie alle anderen. Das wirst du mir büßen!«

Bevor Sonia reagieren konnte, knallte die Badezimmertür an ihre Stirn; sofort rann Blut aus einer Platzwunde. Josh riss sie an den Haaren und zog sie rückwärts in sein Arbeitszimmer. Wahn blitzte in seinen Augen. Sie wollte nicht auch in der Räucherkammer landen. Angsterfüllt schoss ihr Blick umher, bis er auf den Hammer fiel. Sie griff danach und schlug blindlings rückwärts, dorthin, wo sie den Kopf vermutete. Josh taumelte und krachte auf den Parkettboden. All ihr sonstiger Einfallsreichtum als Autorin verwandelte sich in reale kriminelle Energie. Mechanisch, als schriebe sie ein neues Manuskript, holte sie zwei Abfalleimertüten aus dem Bad und eine Krawatte aus Joshs Schrank und hetzte zurück ins Arbeitszimmer. Er atmete ... noch! Sie stülpte ihm die beiden Plastiktüten über den Kopf und fesselte ihm die Hände mit der Krawatte auf dem Rücken.

»Wie du mir, so ich dir«, keuchte sie. Es war, als tippe sie die Sätze in ihren geliebten Laptop. Zeile für Zeile entstand der Kriminalroman, den Josh von ihr gefordert hatte. Die Plastiktüten wickelte sie um seinen Hals und fixierte sie mit Klebestreifen aus dem Werkzeugkasten. Keine Sekunde zu früh, denn er kam zu sich und rollte sich voller Panik auf den Rücken. Erschrocken sprang Sonia rückwärts. Sie sah Joshs weit aufgerissene Augen, als er nach Luft schnappte und immer weniger davon bekam. Dann rannte sie aus seinem Arbeitszimmer und ließ den Starregisseur bei seiner letzten Einstellung allein.

Als sie sich wieder hineintraute, war er tot. Mit seinem Tod kam das Entsetzen. Was hatte sie getan? Gemordet! Sie war keinen Funken besser als er. Aber war es nicht Notwehr gewesen? Sie beleuchtete noch einmal die beiden Frauenleichen und stellte sich vor, wie sie gelitten hatten. Auch *sie* hätte so enden sollen. Ganz, ganz sicher hätte sie so enden *sollen!*

»Pech gehabt, Joshi!«, sagte sie zu seiner Leiche und griff nach ihrem Handy.

Manu hatte Sonia am Telefon kaum verstanden. Sie hatte fast nur unzusammenhängendes Zeug gestammelt. Eines jedoch war ihm klar geworden: Sie hatte Josh umgebracht. »Öffne das Garagentor«, war das Einzige, was er geantwortet hatte. Dann war er in seinem Range Rover zu ihr gefahren.

»Oh, Manu!«, schluchzte sie.

Er streichelte ihr tröstend das Haar. Reflexartig schlug sie seine Hand weg.

»Entschuldige.« Stockend erklärte sie ihm ihre Reaktion.

Nachdem er sich ein Bild des Tatortes gemacht hatte, führte er Sonia zu der Couch in ihrem Arbeitszimmer. Aus der Tragetasche, die er mitgebracht hatte, holte er eine Flasche Cognac und zwei Gläser. Er schenkte ein. »Trink! Wir brauchen einen Plan.«

Langsam kehrte Farbe in Sonias Gesicht zurück. »Josh hat mir das Haus testamentarisch vermacht«, flüsterte sie.

Manu hob eine Augenbraue. »Willst du es behalten?«

Sonia knabberte an ihrer Unterlippe. »Der Mistkerl hatte die Räucherkammer für mich vorgesehen, da bin ich ganz sicher. Ich sollte so enden wie die beiden anderen Frauen.« Ihr Entschluss klang wie ein Gelübde: »Ja, ich will.«

Nach dem zweiten Cognac stand die Vorgehensweise fest.

»Das Handy und sein Portemonnaie?«

»Hier.«

Der muskulöse Manu hob den schmächtigen Leichnam hoch und beförderte ihn durch die Öffnung in die Räucherkammer. Josh war zwar sein Schulfreund gewesen, aber seine Exzentrik, sein Alkohol- und sein Drogenkonsum waren ihm doch sehr gegen den Strich gegangen. Und allem voran die Art, wie er die Frauen behandelt hatte. Jetzt verstand er, warum sie immer wieder plötzlich aus Joshs Leben verschwunden waren. Wer weiß, wen er noch auf dem Kerbholz hatte.

Er drehte die sechs Schrauben in die Klappe, ließ das Versteck hinter der Styroporplatte verschwinden und sagte zu Sonia: »Du hängst die Bilder in Joshs Arbeitszimmer auf, während ich sein Auto in der Moselstraße abstelle. Wenn man später Spuren von mir in seinem Auto findet, ist das kein Problem – er hat mich ja öfter damit fahren lassen.«

Das war Manus Idee gewesen. Rotlichtmilieu und Drogenszene passten zu den Informationen, die sie für die Polizei vorbereitet hatten. Die perversen Fotos und die Tatwaffe ruhten im Schuhkarton neben ihrem toten Besitzer in der Räucherkammer.

Er parkte den Wagen in der Moselstraße und stieg aus. Joshs Geldbeutel und Handy lagen sichtbar auf dem Beifahrersitz, der Schlüssel steckte im Zündschloss. Dann schlenderte er vor einigen Nachtclubs und zwielichtigen Hotels auf und ab, ohne das Auto aus den Augen zu lassen. Nach fünf Minuten hörte er das Piepsen aus dem Wagen: Sonias SMS war Teil des Plans. Sie bat Josh, Baguette und Rotwein mitzubringen, um die gelungene Umgestaltung der beiden Arbeitszimmer zu feiern. Der Schluss der SMS lautete: *Hab dich lieb. Dein Mäuselchen.* Die Polizei würde früher oder später herausfinden, wo Joshs Handy zuletzt eingeloggt gewesen war. Zufrieden verließ Manu die Moselstraße. Aus den Augenwinkeln bemerkte er, wie sich ein wieseliger Typ durch das offene Fenster in den Wagen lehnte und sich des Portemonnaies und des Handys bemächtigte. Dann bemerkte er den Schlüssel. Kaltblütig, als gehöre das Auto ihm, schwang sich der Typ hinein, startete den Motor und brauste davon. Lächelnd begab Manu sich zur U-Bahn.

»Ich fahre anschließend am besten nach Hause«, hatte er zu Sonia gesagt.

»Ich möchte über Nacht nicht alleine in diesem Haus sein. Noch nicht!«

»Du musst aber, Sonia. Nimm eine Schlaftablette, und morgen, wenn du aufwachst, rufst du mich an und fragst, ob ich weiß, wo Josh ist. Ich komme dann zu dir, und danach alarmieren wir die Polizei.«

Erschöpft lehnte Sonia sich an Manus breite Schulter. »Ich schaffe das nicht. Und diese Leichen ...«

Manu hob zärtlich ihr Kinn und beugte sich hinab. Sein Kuss war sanft und weich. Sonia erwiderte ihn. »Mach dir keine Sorgen. In ein paar Wochen entsorgen wir sie. Ich kenne ausgediente Bunkeranlagen und Tunnel in und um Frankfurt. Da wird man dann die Leichen eines Tages finden – oder auch nicht!«

Endlich ging die schlaflose Nacht zu Ende. Sonia hatte nur auf dem Sofa in ihrem Arbeitszimmer gehockt und darauf gewartet, dass es hell wurde. Vor ihrem Anblick im Spiegel hatte sie sich erschreckt: Ihre Augen lagen in tiefen Höhlen, dunkle Ringe zeichneten sich ab. Ihr schneeweißes Gesicht wirkte gespenstisch unter dem kastanienroten Haar.

Um acht war Manu gekommen.

»Ich schaffe das nicht, Manu«, sagte sie. »Ich bin keine Mörderin. Gestern war ich hasserfüllt und voller Verachtung. Aber ich will das Haus eines Schänders und Mörders nicht. Ich werde der Polizei die Wahrheit gestehen.«

»Das wirst du nicht, Sonia! Überlege doch mal – du hättest das gleiche Schicksal erlitten. Er hat es verdient, so zu verrecken wie seine Opfer. Dies alles steht dir zu! Es ist eine Entschädigung für das, was du durchmachen musstest.« Er streichelte ihr sanft über den Rücken. »Triff wenigstens keine voreiligen Entscheidungen. Du kannst die Villa später verkaufen, wenn du möchtest, dir was Neues anschaffen, das Geld spenden. Es gibt viele Möglichkeiten. Nur überstürze nichts.«

Was er sagte, hatte Hand und Fuß. Sie musste stark bleiben.

»Hast du das Krankenhaus angerufen?«

»Ja.«

»Gut. Dusche jetzt erst mal, und dann rufen wir die Polizei an.«

»Josh von Zegenau? Sie meinen den Starregisseur hier aus Frankfurt?«

»Ja«, antwortete Sonia dem Hauptkommissar zerknirscht und musste sich dafür nicht einmal verstellen. »Sie haben also auch nichts von ihm gehört?«

»Nein, leider nicht.«

»Dann möchte ich eine Vermisstenanzeige aufgeben.«

»Normalerweise ist es noch zu früh dafür, aber im Falle eines so berühmten Mannes komme ich gleich bei Ihnen vorbei.«

Erleichtert legte sie auf.

»Gut gemacht«, lobte Manu.

Der Kommissar traf gegen halb zwölf ein. Sonia stellte Manu vor. »Er ist ein Freund meines Verlobten. Gibt es noch keine Erkenntnisse zu Joshs Verbleib?«

Der Kommissar räusperte sich und wirkte verlegen. »Sein Auto wurde in der Taunusstraße gefunden.«
»In diesem verruchten Viertel?«, fragte Sonia.
»Die Schlüssel steckten. Auf dem Beifahrersitz sowie auf der hinteren Sitzbank lagen gebrauchte Drogenutensilien und leere Schnapsflaschen. Wir können ein Verbrechen nicht ausschließen. Oder verkehrt Ihr Freund in dem Milieu?«
»Ich ... ich ...«, murmelte sie.
Bevor sie etwas Unüberlegtes sagen konnte, schritt Manu ein. »Für diese Aussage wird Josh mir den Kopf abreißen, aber wenn es den Ermittlungen dienlich ist.« Er machte eine Pause. »Josh konsumiert regelmäßig Drogen«, sagte er dann. »Ich habe ihm öfters zu einer Therapie geraten, aber dafür hatte er bis jetzt kein Ohr.«
Der Kommissar sah von Sonia zu Manu. »Wie lange sind Sie mit Josh von Zegenau befreundet?«
»Fünfundvierzig Jahre. Seit unserer Kindheit.«
»Und wie lange kennen Sie Frau Marchese?«
Manu sah Sonia zärtlich an. »Seit einigen Wochen.«

Zwei Wochen später und erfolglos am Ende aller Bemühungen angekommen, klingelte Hauptkommissar Kronzucker an der Villentür. Die Story um das Verschwinden dieses Mannes gefiel ihm nicht. Sie war zu rund. Ein Starregisseur verschwindet spurlos! Sein langjähriger Freund kümmert sich hingebungsvoll um die Freundin, die, wie der Zufall es so will, die Villa erbt. Hatte die Freundin ihn auf dem Gewissen?
Sonia sah atemberaubend aus. Enge Caprihose, tailliertes schwarzes T-Shirt, Goldschmuck. Eigentlich überhaupt nicht wie eine Frau, deren Freund kürzlich verschwunden war, fand der Kommissar.
»Guten Morgen, Herr Kommissar. Treten Sie ein.«
»Ich bin nur gekommen, um Ihnen mitzuteilen, dass es immer noch keine neuen Erkenntnisse zum Verbleib Ihres Freundes gibt. Es deutet alles auf ein Verbrechen hin.«
Sonia versteifte sich. »Solange man mir nicht das Gegenteil beweist, gebe ich die Hoffnung nicht auf, Herr Kommissar.«

Er sah sie prüfend an. Diese Frau war ein Rätsel, und sie barg ein Geheimnis.

»Kommen Sie doch auf einen Kaffee herein!«

»Nein danke«, sagte er. »Ich muss wieder los. Falls Sie etwas in Erfahrung bringen, melden Sie sich. Meine Nummer haben Sie.«

»Sie aber auch, Herr Kommissar. Und ... danke für alles.«

Er traute dieser Schriftstellerin nicht. Aber was hatte er gegen sie in der Hand? Nichts, absolut nichts! Als er grübelnd über den Kiesweg zu seinem Wagen schritt, drehte er sich noch einmal um. Im Fenster von Zegenaus Arbeitszimmer spiegelten sich die Konturen einer Frau – Sonia Marchese. Daneben die Konturen eines Mannes – Manu Braun. Und sie küssten sich in inniger Umarmung.

CUT!

kellerbar

Was noch vor wenigen Jahrzehnten der Inbegriff von fröhlichem Beisammensein in der Freizeit - und Statussymbol - war, wird heute eher als Schreckenskammer gesehen: die Kellerbar.

Kellergeister

THOMAS KASTURA

»Hrrngmpf«, sagte Kommissar Küps.
»Drücken Fie fich ein wenig klarer auf!« Staatsanwalt Brandeisen seufzte. Dieses Lispeln war die Pest. »Ich verftehe kein Wort.«
»Rschlch!«
»Immer diefe Probleme mit den Vokalen! Ich für meinen Teil mache nach dem Aufftehen immer Ftimmübungen. Blaukraut bleibt Blaukraut und Brautkleid bleibt Brautkleid. Demofthenef nahm Fteine in den Mund, um seine Auffprache fu verbeffern. Fo fwer kann das doch nicht fein.«
Brandeisen hatte Glück im Unglück. Vor wenigen Minuten war es ihm endlich gelungen, den kugelförmigen Knebel auszuwürgen. Sein Peiniger hatte beim Fesseln geschlampt und den Lederriemen, der den Knebel fixieren sollte, zu locker angebracht. Bei Küps war er leider gründlicher vorgegangen.

Sie befanden sich etwa sieben Meter tief unter der Erde, in einem Raum, der die Bezeichnung »Folterhöhle« mehr als verdiente: Die Wände bestanden aus unbehauenem Jurakalk. Es gab jede Menge Ketten und Gestänge. Eine Arbeitsfläche mit allerlei Heimwerkerbedarf lag genau im Blickfeld der beiden gefesselten Ermittler: Schraubstock, Bohrmaschine, Handsäge, Hammer und Meißel, Beißzange, Lötkolben, Autobatterie – was das Psychopathenherz begehrte. An der Decke waren Fleischerhaken festgedübelt. Überall klebte altes Blut.

»Wie das auffieht! Man follte hier mal gründlich faubermachen.« Brandeisen blickte zum wiederholten Mal nach oben.
Eine Falltür – natürlich ohne Leiter – führte in Gööbs Kellerbar. Von der Kellerbar führte eine schmale Stiege ins Erdgeschoss.
Vom Erdgeschoss führte eine massive Eichenholztür ins Freie.
Dummerweise war jeder Zentimeter dieses potenziellen Fluchtwegs mit Sprengfallen gesichert. Und er führte zwar ins »Freie«,

aber dabei handelte es sich um einen abgelegenen Bauernhof irgendwo in Hochfranken. Hier hörte man weder Schreie noch Bitten und Flehen, schon gar nicht an einem regnerischen Novembertag wie diesem.

Brandeisen entschloss sich, etwas zu unternehmen. Er verlagerte sein Gewicht, bis er samt Stuhl zur Seite kippte und auf den Kommissar fiel. Es krachte, als würden Knochen brechen. Doch das war nur das Mobiliar. Küps verfügte über eine körpereigene Polsterung, die einiges aushielt.

»Tut mir furchtbar leid, alter Knabe.« Mit den Zähnen lockerte Brandeisen das Lederband an Küpsens Knebel.

Der Kommissar spie das Ding aus und rang nach Atem. »Wird ja auch Zeit!«

»Nicht fo laut!«, mahnte Brandeisen. »Wir wollen Gööb doch keine Gelegenheit geben, nach dem Rechten zu fehen.«

Gööb ... Leichtsinnig waren sie ihm ins Netz gegangen.

Seine Opfer waren Legion: einsame Tramper, ahnungslose Wanderer, durchgebrannte Teenager, Huren vom Straßenstrich an der Grenze nach Tschechien. So viele waren spurlos verschwunden! Die Hinweise häuften sich, dass im Fichtelgebirge etwas abgrundtief Böses erwacht war, ein Ungeheuer, das in Gestalt eines wackligen Wohnmobils auf Beutezug ging.

Es gab nur wenige Zeugen. Sie flüsterten ihre Aussagen rasch dahin und blickten ängstlich über die Schulter, als spürten sie den Brodem unendlicher Qualen heranwehen. Niemand wusste, wen es als Nächsten traf. Keiner wollte seine Gedärme bei lebendigem Leib aufgespindelt sehen und zu Wienern oder Krakauern verarbeitet wissen. Denn im Wursten galt Gööb als Virtuose. Seine zahllosen Talente beflügelten die Fantasie des gesamten Regierungsbezirks.

Bis Brandeisen und Küps aufgebrochen waren, um im dunklen Tann das Licht der Aufklärung zu entzünden. Sie hatten bei Gööb geklingelt und noch Witze gerissen über das Grunzen aus dem Schweinestall, welches jedes andere Geräusch froh übertönte. Nach dem Eintreten waren sie von zwei Wasserrohrhieben außer Gefecht gesetzt worden. Der klassische Verdammter-Wichsersteht-hinter-der-Tür-Hinterhalt.

Das Letzte, was Brandeisen gesehen hatte, war eine Momentaufnahme, eine Art Familienporträt. Die Gööbs starrten ihn mit ihren schiefen, gelbzahnigen Visagen an. Im Vordergrund sechs junge Männer, offenbar Söhne, teils schwachsinnig-muskelbepackt, teils wieselhaft-durchtrieben. Töchter oder dergleichen schien es nicht zu geben, dafür Mutter Gööb, eine vierschrötige Naturgewalt, die gerade mit einem Schlachterbeil hantierte. Und alle überragend der Paterfamilias, Gunter Gööb, Riese und Vollzeitsadist, Urheber einer beispielhaften Mordserie, mehrfach vorbestraft wegen Menschenhandels und äußerst kreativer Formen der Körperverletzung. Man musste seine Resozialisierung, an die nur ein paar Papiertiger am Oberlandesgericht glaubten, wohl als misslungen bezeichnen.

Küps hatte diese illustre Schar nicht nur in voller Pracht bewundern dürfen, sondern auch einen unheilvollen Satz gehört: »Endlich wieder was zum Spielen.«

Die beiden Strafverfolger waren erwacht, als sie nach unten geschleift wurden und ihre Köpfe über die Treppenstufen titschten. Brandeisen hatte sich dabei die Örtlichkeiten eingeprägt und die Sicherheitsmaßnahmen registriert. Dann waren sie mit Kabelbindern an Stühle gefesselt und prophylaktisch zusammengeschlagen worden. Der Staatsanwalt fragte sich, wie er seinem Dentisten die fehlenden Schneidezähne erklären sollte. Küps litt unter Schmerzen im Schritt.

Doch die Gööb-Söhne hatten erstaunlich schnell von ihren Übungsobjekten abgelassen. Auf ein Kommando des Vaters hatten sie die Opfer geknebelt und waren durch die Falltür verschwunden. Für Leibesvisitationen war glücklicherweise keine Zeit geblieben.

Vielleicht, so hoffte Brandeisen, stand an diesem Abend noch eine Entführung *en famille* auf dem Programm. Dann waren die Gööbs erst mal beschäftigt.

So weit, so schlecht.

Er versuchte, an die Fesseln des Kommissars heranzukommen. Seine Zahnlücken machten die Knabberarbeit nicht einfacher. »Wir find in argen Ungelegenheiten, mein Lieber«, sagte er in einer Pause. »Doch bin ich guten Mutef, diefe Leute ihrer gerechten Fra..., Pfra...«

»Strafe zuzuführen«, ergänzte Küps. Er kannte die geschraubte Ausdrucksweise seines Kompagnons.

»Nicht bewegen.«

Nach einer halben Ewigkeit war es vollbracht. Küps konnte seine linke Hand wieder benutzen. Dadurch kam er an das Pfeifenfeuerzeug in Brandeisens Hosentasche heran, einen wahren Flammenwerfer, der die Kabelbinder wegschmorte wie nichts.

Die beiden Ermittler erhoben sich und hüpften herum, um die Durchblutung anzuregen. Dabei fiel der Blick des Kommissars auf die Kalksteinmauer. Jemand hatte Buchstaben in den Stein geritzt. *Lasst mich sterben*, stand da. Und ganz oft das Wort *BITTE* in Versalien.

»Wir müffen unf beeilen«, mahnte der Staatsanwalt. »Irgendwann kommen die wieder.«

Küps entwickelte Berserkerkräfte. Er riss Stahlstangen von Decke und Wänden, dass es nur so eine Art war. Sie bastelten daraus eine Steighilfe, um an die Falltür heranzukommen. Dann machte sich Brandeisen daran, die Sprengfalle am Rahmen der Klappe zu entschärfen. Mit seinem Pfeifenbesteck trickste er den Zünder aus – der Weg war frei für den Kommissar.

Der kletterte das Gestänge hoch und nickte Brandeisen zu. Muskelstränge, geformt von bestem Bamberger Bier, bündelten sich zu einem wuchtigen Schulterstoß. Jetzt oder nie! Die Falltür flog samt Vorhängeschloss und Sicherungsbügel aus ihren Angeln.

Behände wie ein Orang-Utan schwang sich Küps durch die Luke nach oben. Dort hielt Sohn Nummer sechs Wache, Typ schwachsinnig-muskelbepackt, das Schlusslicht in der Erbfolge, ein schieläugiger Schrat. Er näherte sich mit dem bewährten Wasserrohr von *OBI*.

Indes, Küps hatte eine Kette mit hoch gebracht und benutzte sie wie eine Peitsche. Während der junge Gööb noch ausholte zu einem zünftigen Hieb, schlangen sich bereits eiserne Schlaufen um seinen Hals. Röchelnd und würgend ging er zu Boden, wo seine Gliedmaßen noch eine Weile zuckten, bis er das Bewusstsein verlor.

Der Kommissar zog Brandeisen zu sich herauf. Dann schauten sich die beiden um.

»Widerlich!«, entfuhr es dem Staatsanwalt.

»Ich glaub, ich muss kotzen.« Küps kämpfte mit dem Brechreiz. Verdiente die Folterhöhle schon keinen Preis bei *Schöner Wohnen*, so war die Kellerbar vollends ein Ort des Grauens: Siebzigerjahre-Holzverkleidung wie in einer Sauna, gusseiserne Partyhocker, Resopaltheke. An der Wand eine Postertapete, die einen stockfleckigen Sonnenuntergang in den Tropen zeigte. Außerdem gab es eine Diskokugel, einen Flokatiteppich, einen vergammelten Billardtisch und weitere epochengemäße Einrichtungsgegenstände, die zu erwähnen der gute Geschmack verbietet.

Die Kellerbar war definitiv kein Ort zum Verweilen. Leider hatte Sohn Nummer sechs im letzten Moment einen Alarmknopf betätigt. Ein hoher Warnton schrillte durchs gesamte Anwesen.

»In dieser prekären Lage ift ef wohl am beften, hier zu bleiben«, sagte Brandeisen. »Wir können niemalf alle Fprengfallen entfärfen. Warten wir lieber auf den Anfturm der Höllenfaren.«

»Höllenscharen«, korrigierte Küps. »Die werden nicht lange auf sich warten lassen.«

Die beiden versuchten, sich notdürftig zu bewaffnen.

»Von diesen Gööbs nehm ich noch ein paar mit in den Tod«, brummte der Kommissar und schnappte sich eine hölzerne Heugabel, die zur Deko über dem Ausschank hing. »Möchte nicht wissen, wen die alles auf dem Gewissen haben. Neulich ist eine ganze Kindergartengruppe samt Erzieherinnen im Wald verschollen und nie mehr aufgetaucht.«

»Das ift die richtige Einftellung, Gerhard! Laffen wir die kleinen Racker nicht ungeführt.«

»Warum sind wir eigentlich nur zu zweit hier rausgefahren?«

»Fparfwang.«

»Sparzwang?«

»Ich werde eine geharnifte Befwerde einreichen.« Brandeisen spitzte mit seinem Pfeifenbesteck ein Billardqueue an.

Zur Sicherheit wickelten sie den bewusstlosen Wasserrohrsohn in den Flokati und schnürten ihn mit der Kette fest.

Der Kommissar horchte auf. Ein Trampeln von zahllosen Füßen war zu vernehmen. »Sie kommen! Wir können nicht hinaus.«

Die Kellertür öffnete sich, und eine Rotte Hausschweine stürmte die Treppe herab. Es waren regelrechte Kampfschweine, vier an der Zahl, bewehrt mit Stachelhalsbändern, infernalisch grunzend vor Hunger.

Die beiden vordersten wurden mit Queue und Heugabel fachgerecht aufgespießt. Doch die improvisierten Waffen blieben in den quietschenden Leibern stecken. Der dritten Sau verpasste Küps einen Fußtritt und schickte sie ins Reich der Träume. Für den letzten Widersacher benutzte Brandeisen lanzenförmige Cocktailspieße mit der Gravur *Saludos desde Lloret de Mar*: Wie ein Picador bei einer Corrida rammte er die scheußlichen Bar-Requisiten dem Untier in den Nacken. Es hielt verdutzt inne – Zeit genug, um ihm die von der Decke gerupfte Diskokugel über den Schädel zu ziehen.

Hinterdrein kam der Schweinehirt, ein weiterer Gööb-Sohn, Nummer fünf, wenn man im Countdown nach unten zählte. Er schwang eine lange Spaltaxt.

Die Ermittler besaßen einen taktischen Vorteil. Ihr Gegner musste erst über die niedergestreckten Schweine hinwegsteigen. Das hielt ihn auf, bis Queue und Heugabel wieder einsatzbereit waren. So rannte er in sein Verderben und wurde zu einem menschlichen Käseigel. Seine toten Augen spiegelten sich in den Diskokugelresten facettenreich wider.

»Geht als Notwehr durch, oder?«

»Beftimmt.«

Küps betrachtete mit Bedauern die Heugabel. Sie war bei der Attacke abgebrochen. »Das Ding ist hinüber.« Mit dem Stiel brachte er die überlebenden Schweine zum Schweigen.

»Fie find ein echter Tierfreund.« Der Staatsanwalt besaß noch sein Queue, leider gab es nur dieses eine.

Doch ihr Sieg war von kurzer Dauer. Ein Schnellfeuergewehr ratterte los und bestrich die Kellerbar mit einem Geschosshagel.

Brandeisen suchte unter dem Billardtisch Schutz, der Kommissar hechtete hinter die Theke. Dabei betätigte er unfreiwillig die Wiedergabetaste eines alten Kassettendecks. Musik begann zu spielen in einer Lautstärke, die jede Verständigung unmöglich machte: »Highway to Hell« von AC/DC. Der Song stammte aus dem Jahre 1979 – passte also gerade noch so in dieses Seventies-Horrorszenario.

Ein Sohn der wieselhaft-durchtriebenen Sorte stieg dauerfeuernd die Treppe herunter, gefolgt von der Herrin des Hauses. Mutter Gööb hatte eine Schrotflinte dabei. Offenbar legte sie keinen Wert darauf, das Mobiliar zu schonen.

»Party time«, dröhnte es aus den Boxen.

War es die nostalgische Umgebung, die Brandeisen eine höchst unangenehme Erinnerung durch die Synapsen jagte, oder einfach nur Instinkt? Jedenfalls kamen ihm die Bundesjugendspiele in den Sinn, jene schulische Sportveranstaltung, die ihn alljährlich aufs Schwerste gedemütigt und dem Spott seiner minderbegabten Mitschüler ausgesetzt hatte. Der Schlagballweitwurf war am schlimmsten gewesen. Brandeisen hatte den kleinen Hartgummifeind mit aller Kraft wegzuschleudern versucht – und stets nur mädchenhafte Weiten erzielt. Seither kannte er einen Namen für Adoleszenztraumata: Schlagball.

Sein Blick fiel auf die Billardkugeln im Auslauf des Tisches.

»I'm on the highway to hell!«, sang Bon Scott, der ein Jahr nach dem Release dieser historischen Liedzeile an seinem Erbrochenen erstickt war.

Behände wechselte der Schütze das Magazin und schoss weiter. Die Projektile fraßen sich ihren Weg durch die Theke. Küps lag flach auf dem Boden und betete.

Der richtige Mann zur richtigen Zeit, heißt es beim Cricket. *Das* wäre was gewesen für den Schulsport! Brandeisen sprang auf die Füße und warf.

Die ersten beiden Kugeln gingen daneben. Sohn Nummer vier richtete den Lauf seines Gewehrs auf den Staatsanwalt –

– und wurde ausgeknockt von der schwarzen Acht.

Brandeisen warf sich sofort wieder hin, denn jetzt sprach die Schrotflinte.

»Verfluchte Bullen!« Mutter Gööb sah ihre Brut arg dezimiert und wurde zur Rachegöttin. Sie feuerte beide Läufe ab, worauf sich der Billardtisch in ein Wrack verwandelte und keine brauchbare Deckung mehr abgab. Die Kugeln, volle und halbe, kullerten durch die Gegend.

Nachladen. Mutter Gööbs Wurstfinger waren erstaunlich flink. Schon rastete der Verschluss ein. Aus diesem elenden Paragraphenreiter würde sie Haschee machen. »Und aus den Eiern Mayonnaise!« Aber sie hatte nicht mit Küps gerechnet. Was war das für ein Ding, mit dem er auf sie zustürzte? Es leuchtete rot und lila, wabernd, brodelnd, Blasen werfend. Ein Kabel hing auch dran. Der Kommissar hieb die Lavalampe gegen die Kante der Theke. Sie brach entzwei, er fuhr herum und bohrte den Stumpf in den amorphen Busen der Matriarchin.

Augenblicklich gingen die Lichter aus. Der Stromschlag verursachte einen Kurzschluss, hatte aber noch genug Power, um Mutter Gööb vielfarbig zu illuminieren. Dagegen erschien die Regenbogenflagge geradezu monochrom.

Brandeisen erhob sich. »Verbindlichften Dank.«

»Wie viele Gööbs waren das jetzt?«, fragte sich Küps. Er stellte die Musik aus und wedelte den Gestank der angeschmorten Leiche beiseite.

»Der Vater und drei Föhne find noch übrig.«

»Machen wahrscheinlich einen Zug durch die Gemeinde. Frischfleisch besorgen.«

»Daf fteht fu befürchten«, sagte Brandeisen.

»Dann sehen wir uns mal um.«

Küps entwand Sohn Nummer vier die AK-47 und fesselte ihn mit einem Stromkabel. Der Staatsanwalt nahm die Schrotflinte an sich. Sie konnten bedenkenlos nach oben gehen, die Sprengfallen zum Erdgeschoss waren deaktiviert.

Die Behausung der Gööbs strotzte vor Zeugnissen ihres schändlichen Tuns. Neben den Habseligkeiten der Opfer fanden sich auch ein paar sterbliche Überreste, vor allem in der Küche. Brandeisen mochte sich nicht ausmalen, was hier alles durch den Fleischwolf gedreht worden war. Köttbullar waren ein Dreck dagegen.

Sie gingen nach draußen und kamen zu den Stallungen. Es wurde nicht besser.

Von der verschwundenen Kindergartengruppe waren gerade mal drei arme Würmer übrig geblieben. Sie sahen ziemlich moppelig aus und verlangten apathisch nach Pommes – offenbar die Gööbsche Mastmethode. Küps setzte die Kleinen in seinen Dienstwagen, einen schlammfarbenen Opel einer längst vergessenen Baureihe. Der Schlüssel steckte noch. Er rief über Funk Verstärkung herbei. Dummerweise verstand der Kollege in der Bayreuther Zentrale nur Bahnhof. Bamberg/Bayreuth – ein uralter Konflikt.

In diesem Moment waren Motorengeräusche zu hören. Ein Wohnmobil gondelte die Auffahrt hoch.

Eher ein Schlachtmobil.

Brandeisen und Küps warfen sich hinter den Misthaufen, um nicht gesehen zu werden. Mitten in die Schweinescheiße. Es stank mörderisch.

Sie hatten die Eingangstür des Hauses offen stehen lassen. Ein Fehler.

Das Wohnmobil hielt an.

Nichts rührte sich.

Nach einer Weile wurde die Beifahrertür geöffnet. Gööb-Sohn Nummer drei schob sich heraus, eine Pistole im Anschlag. Die Entfernung betrug etwa dreißig Meter.

Küps putzte ihn mit der AK-47 weg. Einer weniger.

Der Fahrer des Wohnmobils stieß mit Vollgas zurück. Brandeisen sprang hinter dem Misthaufen hervor, rannte ein Stück und drückte aus nächster Nähe ab.

Sohn Nummer zwei wurde von Schrotkugeln und Glassplittern durchsiebt. Er klappte über dem Steuer zusammen. Sonst war niemand in der Fahrerkabine zu sehen.

Das Wohnmobil kam zum Stehen. Es war, als hallte das Echo der Schüsse auf der gottverlassenen Hochebene nach. Irgendwo krächzte eine Krähe – wohl in Vorfreude auf das zu erwartende Festmahl.

Bevor sich bei Brandeisen und Küps späte Skrupel meldeten, fing Gunter Gööb zu verhandeln an.

»Ich hab hier zwei Gefangene, Küps!«, brüllte er. »Die müssen dran glauben, wenn ihr so weitermacht!«

»Du bluffst!« Der Kommissar zielte mit seinem Gewehr auf den Seiteneingang des Wohnmobils.

Spitze Schreie straften ihn Lügen.

»Hörst du das, Bulle? Das geht noch lauter!« Die Schreie wurden schmerzensreich, panisch, erfüllt von blanker Todesangst. Sie waren weiblich. Und jung.

»Ich komm jetzt raus und geh mit den Geiseln ins Haus!« Der Riese verließ das Wohnmobil und benutzte einen Teenager als Schutzschild. Sohn Nummer eins folgte ihm in gleicher Manier. Sie hielten ihren Gefangenen Pistolen an die Schläfen. Die Mädchen ließen sich willenlos mitschleifen.

Dagegen waren die Ermittler machtlos. Die Gööbs verschwanden in ihrer Gruselburg.

Brandeisen kehrte zu Küps zurück. »Warum machen die daf?«, fragte er. »Im Haus find die doch ...«

»In der Falle?« Der Kommissar schüttelte den Kopf. »Wetten, die kommen gleich wieder raus? Vielleicht gibt's 'nen Hintereingang. Bewegung!«

Die beiden hatten gerade die ersten Meter zurückgelegt, als der Misthaufen in einem braungelben Feuerball explodierte. Durch die Druckwelle wurden sie zu Boden gerissen. Benommen blieben sie liegen.

Gunter Gööb hatte einen Granatwerfer benutzt, den man aus der Hand abfeuern konnte. Kurz darauf beugte er sich über Küps und stieß ihn mit dem Fuß an. Der Kriminaler versuchte sich zu orientieren.

»Mit euch werden wir wochenlang unseren Spaß haben«, sagte Gööb. »Hast du eine Ahnung, wie viel man von einem Menschen wegschnippeln kann, bis er den Geist aufgibt? Alles nur eine Frage der Wundversorgung. Du kannst dabei zuschauen, wie du immer weniger wirst. Wir machen das ganz langsam, zum Genießen.«

Er wandte sich Brandeisen zu, der von Sohn Nummer eins in Schach gehalten wurde. »Ah, der Klugscheißer ist auch schon wach! Für dich hab ich mir was ganz Besonderes ausgedacht. Wir setzen dich erst mal auf Nulldiät, Heilfasten und so. Und dann, wenn der Magen richtig knurrt, kriegst du einen Leckerbissen. À la carte versteht sich, du darfst bestimmen, was auf den Tisch kommt. Brust oder Keule?«

»Lass die Mädchen frei!«, presste Küps hervor.

Gööb tat, als würde er überlegen. »Tut mir leid, aber die sind mir schon ans Herz gewachsen. Ich habe vor, eine neue Familie zu gründen – jetzt, wo ihr die alte quasi ausgelöscht habt.«

»Fie foll der Teufel holen!«, sagte Brandeisen.

»Alles zu seiner Zeit.« Gööb zog ein Bowiemesser und bückte sich zu Küps hinunter. »Irgendwie hab ich Lust auf ein paar Finger, zum Vorgeschmack.«

Sohn Nummer eins lachte kehlig – und fuhr herum, als er ein Motorengeräusch hörte. Das Auto des Kommissars zockelte quer über den Hof und kam langsam näher. Doch hinter dem Lenkrad war kein Fahrer zu erkennen.

»Verdammt, was ist da los?«, fragte Gööb und erhob sich.

Plötzlich machte der Wagen einen Satz und raste mit Vollgas auf die überraschten Männer zu. Sohn Nummer eins konnte nicht mehr ausweichen. Er wurde von den Beinen geholt, der Kopf prallte gegen die Windschutzscheibe, und sein puppenartig erschlaffter Körper flog in hohem Bogen durch die Luft.

Den Ort, an dem er landete, hatte es bis vor Kurzem noch nicht gegeben. Wo der Misthaufen gewesen war, befand sich jetzt nämlich ein tiefer Krater. Der Granatwerfer hatte ganze Arbeit geleistet. Und dieser Krater war im Nu mit Jauche vollgelaufen, irgendwo musste das Zeug ja hinfließen.

Sohn Nummer eins versank wie ein Stein. Der Opel bretterte in den Schweinestall.

Abgelenkt von dieser unverhofften Wendung der Ereignisse, drehte Gööb sich zu spät um, sodass ihn Küpsens Bodycheck mit voller Wucht traf. Er taumelte nach hinten, verlor am Rand des Kraters das Gleichgewicht und gesellte sich zu seinem Stammhalter.

Nun reichte ein Sturz in die Gülle natürlich nicht, um Gööb den Garaus zu machen. Das besorgte er unfreiwillig selbst. Er fiel auf den Körper seines Sohnes und bohrte sich dabei das Bowiemesser in den Wanst. Dies stellte die Spurensicherung zumindest Stunden später fest, als die beiden Leichen geborgen wurden.

Brandeisen und Küps schüttelten sich den Schreck aus den Gliedern.

»Das war ja was«, sagte der Kommissar.

»Fie ftinken entfetflich«, sagte der Staatsanwalt.

»Und Sie erst mal!«

Dann sahen sie im Schweinestall nach.

Den Geisterfahrern – es handelte sich um die drei Mastknirpse – war nichts passiert. Sie hatten ungewöhnliches Geschick bewiesen. Einer hatte im Fußraum gesessen und die Pedale bedient. Ein anderer hatte gelenkt, obwohl er kaum übers Armaturenbrett schauen konnte. Und der dritte hatte vom Rücksitz aus die Richtung angegeben. Fränkische Kinder, das war bekannt, übten schon früh für die Führerscheinprüfung – Dreikäsehochs im Wortsinn.

Die Teenagermädchen waren schnell befreit. Als schwieriger erwies es sich, sämtliche Entführungsopfer zu beruhigen und psychologisch zu betreuen, bis die Bayreuther Kollegen eintrafen.

Brandeisens Lispeln stellte den einzigen Lichtblick in diesem Albtraum dar. Er zitierte Sprechübungen und Zungenbrecher, die zum Training von Reibelauten dienten. »Fnecken erfrecken, wenn Fnecken an Fnecken flecken, weil zum Frecken vieler Fnecken Fnecken nicht fmecken.«

Küps übersetzte: »Schnecken erschrecken, wenn Schnecken an Schnecken schlecken, weil zum Schrecken vieler Schnecken Schnecken nicht schmecken.«

Zaghaftes Lächeln, das Eis war gebrochen. Als Brandeisen zu Beispielen aus der Vogelwelt überging – Specht, Spatz, Storch und Sperber –, musste sogar Küps grinsen.

Das Geflachse hellte die Stimmung etwas auf, sodass die Bamberger Ermittler ihre Schützlinge kurz allein lassen konnten. Noch einmal betraten sie die unterirdische Walstatt und kontrollierten die Fesseln der bewusstlosen Söhne Sechs und Vier.

»Gut, dass die beiden Trolle noch am Leben sind«, meinte Küps. »Dann kann man uns nicht unnötige Gewaltanwendung vorwerfen.«

Die Räumlichkeiten waren völlig verwüstet und somit endgültig ein Fall für den Innenarchitekten. Doch im Gegensatz zu dem abgebrühten Kommissar war das Blutbad an Brandeisen nicht spurlos vorübergegangen.

»In eine Kellerbar bringen mich keine fehn Pferde mehr rein«, sagte er.

»Oder siebenundsiebzig Schimmel.«

»Oder fiebenundfiebfich Fimmel.«

»Zweiundzwanzig Zebras?«

»Fff-ei-, fww-ei- ...«, stammelte der Staatsanwalt.

»Schon gut«, sagte Küps. »Höchste Zeit, dass Sie neue Zähne kriegen.«

wohnzimmer

Wohnzimmer dienen auch zur Selbstdarstellung: Man zeigt, wer man ist und was man hat. Dabei kommt es nicht auf den Geldwert der Einrichtung und Dekoration an.

Im Jagdzimmer

CORNELIA C. ANKEN

Wir haben uns um alles gekümmert, Bengt und ich, vor allem um das Feuer. Damit die Hütte behaglich warm ist, sobald du eintriffst.

Als ich dich zum ersten Mal interviewte, ging es mir so sehr zu Herzen, wie du leise sagtest: »Niemals mehr im Leben möchte ich frieren.«

Weißt du noch, Ole-Rune, wie du den dicken Norwegerpulli gekauft hast? Ausgerechnet am Bodensee, im Hochsommer. Zu feige, mich in den Laden zu wagen, habe ich dich all die Zeit, die du zur Auswahl brauchtest, durchs Fenster hindurch beobachtet. Ich habe mich geschämt dabei. Meiner Lust schon aufs Ausziehen wegen, während du dich doch anzogst.

Du glaubtest den Pullover verloren, gestohlen gar. Dummer Kerl, natürlich habe ich ihn! Nur geborgt trage ich ihn schon, seitdem ich am Donnerstag losgefahren bin, um vor dir hier zu sein.

Es tut mir so leid, dass ich ihn dir nicht mehr zurückgeben kann. Ich hatte es mir so schön vorgestellt: Wie ich ihn dir mit einem frechen Grinsen zuwerfe, damit du ihn morgen tragen kannst auf unserem Ausflug zu den Schären. Der nun nicht mehr stattfinden wird.

Hättest du doch nur ein wenig Freude gezeigt, mir hier zu begegnen, anstatt mich mit einer Vergangenheit anzugreifen, an die ich mich so nicht erinnere.

Ich hätte es besser wissen können, ja müssen, nur wollte ich es nicht.

Du hast mich vom ersten Augenblick an mit der Intensität fasziniert, die dich zu einem begnadeten Schauspieler macht. Zu meinem wundervollen Liebhaber auch. Ich konnte das immer trennen, warum nur du nicht?

Zu unserem ersten Gespräch hast du mich mit einem Zitat von Samuel Butler begrüßt: »Der Unterschied zwischen Gott und den

Historikern besteht hauptsächlich darin, dass Gott die Vergangenheit nicht mehr ändern kann.«

Natürlich hast du mich, die Journalistin, mit jenen Historikern gleichgesetzt. Eine süffisante Spitze, die ich als ungewöhnlichen Eröffnungszug für ein Interview sehr genoss. Ein Warnschuss auch – nur blieb in der Schwebe, ob ich deine Vergangenheit offenlegen, ruhen lassen oder aber verändern sollte. Zu Ersterem warst du nicht bereit, zu Letzterem ich nicht. Wir konnten es nicht ahnen, doch in diesem Moment begannen wir, unterschiedliche Vergangenheiten zu produzieren. Auch für uns beide. Im Hinblick auch auf unsere gemeinsame Zukunft.

Ich kannte dich nie anders als impulsiv und leidenschaftlich und maßlos in allen Dingen. Gewiss liebe auch ich dich gerade deshalb mit eben jener Maßlosigkeit.

Etwas, das, wie wir gestern festgestellt haben, auch Bengt und mich verbindet. Diese Liebe zu dir wider alle Vernunft.

Ihn zu treffen war ein großer Glücksfall. Dreimal war ich schon an seinem Häuschen vorüber gefahren, auf der Suche nach deiner Jagdhütte. Hier ist ja nichts gescheit ausgeschildert. Außerdem wurde es schon dunkel, und ich trug doch nur die knappe Beschreibung aus der Zeitung bei mir. Aus einem Interview, das du vorgezogen hast, nicht mehr mir zu geben, sondern einer anderen.

Jedenfalls hat Bengt mich angehalten und gefragt, was ich suchte: »Hej-hej! Can I help you? What are you looking for?« Zum Glück ist es wahr, dass viele Schweden gut Englisch sprechen.

»Hej-hej!«, grüßte ich zurück und stotterte verlegen, ich suche nach deinem Haus im Wald.

Und es stellte sich heraus, dass er über mich gelesen hatte! Und dennoch bat er mich zu sich herein. Oder gerade deshalb? Jedenfalls machte er mir keine moralischen Vorhaltungen, sondern einen Instantkaffee.

Wir saßen dann an seinem wackeligen Küchentisch mit der fleckigen Decke, tranken aus unseren Tassen und schwiegen. Bis er ein ganz abgegriffenes Foto aus dem Portemonnaie zog und es mir über den Tisch hinweg zuschob. Es war das Bild, auf dem ihr beide in einem kleinen Boot steht und strahlend einen Riesenhecht hochhaltet. Da wart ihr beide vielleicht vierzehn oder fünfzehn Jahre alt. Kennst du diese Aufnahme? Warum nur hast du mir diese Kinderfreundschaft verschwiegen? Wo doch Bengt die Jagdhütte für dich immer in Schuss hält, das Holz schlägt, zurechtsägt und trocknet für den Ofen. Und Lebensmittel bevorratet, damit du nicht hungern musst, solltest du unangekündigt eintreffen. Ab und an lüftet er das Haus, befreit die Veranda vom Laub, und wenn es zu sehr schneit, auch das Dach von der Last des Schnees, damit es nicht einstürzt. Und dafür will er noch nicht einmal etwas von dir annehmen. Dabei wüsstest du, wie arm er ist, hättest du jemals auf seine kaputten Zähne geachtet. Aber bestimmt hast du ihn auch noch nie zu Hause besucht, seitdem du deine Wurzeln gekappt hast, nur noch in einer Form auf sie verweist, die sich positiv auf dein Bild von dir auswirkt. Dein Image.

Und Bengt? Vielleicht spricht er durch kaum geöffnete Lippen zu dir, wenn ihr euch kurz begegnet. Hältst du ihn wegen damals für zu stolz, um dich anzulächeln? Nein, sein Stolz ist es nicht, die schlechten Zähne sind aber auch nicht der Grund. Es ist sein Hass auf dich, den er in seiner Mundhöhle verschließt.

Die vier Kilometer von seinem Haus zu deiner Hütte liefen wir zu Fuß durch den Wald, jeweils mit unseren eigenen Erinnerungen an dich beschäftigt, und damit, die durch unseren Austausch hinzugewonnenen in unser jeweiliges Bild von dir einzupassen.

Beinahe wäre ich an deiner Jagdhütte vorübergelaufen, so gut liegt sie versteckt. So abgelegen ist das alles hier, dass ich ein sehr großes Tier zwischen den Bäumen rumoren hörte. Bengt meinte, es könne ein Elch gewesen sein. Ich war ganz traurig, ihn nicht gesehen zu haben.

»Ein Jäger erkennt den anderen«, sagte Bengt. Oder etwas Ähnliches, ich verstand es nicht, lief zu weit hinter ihm und hatte mich noch nicht an seine Art des Sprechens gewöhnt.

Doch kaum hatte er die Tür mit dem Schlüssel aufgeschlossen, den er für dich verwahrt, war das Tier vergessen. Wir hatten wirklich alle Hände voll zu tun.

Zunächst entzündeten wir die Petroleumlampen, es gibt hier draußen keine Elektrizität, und wir mussten ja schließlich etwas sehen. Dann füllte Bengt im Schummerlicht die mit Brennholz betriebene Heizungsanlage mit Wasser auf. Er erklärte mir, wie auch das Warmwasser in der kleinen Kochnische durch diesen Ofen erhitzt wird.

Wusstest du eigentlich, dass Bengt alle Schläuche und Tanks entleert, sobald du wieder abreist, damit die Rohre bei Frost nicht platzen? Er verwendete große Konzentration darauf, mir das komplizierte Gefüge genau zu erläutern.

Es verhält sich damit nämlich wie mit dem Hass: Wenn er zu lange zu kalt in den Adern stockt, wird er bedrohlich ...

Bengt ließ mich unzählige Armladungen Birkenscheite aus dem dunklen Schuppen holen, um Heizung und Kamin damit zu füttern. Es herrschte ein stillschweigendes Einverständnis, dass es bei deiner Rückkehr wirklich sehr warm sein müsse.

Was hat es mir zu Anfang imponiert, wie du diese ärmliche Herkunft nicht verleugnet, sondern sie sogar noch betont hast. Und es war so gut nachzuvollziehen, wie sehr du dieses einfache Leben heute wieder schätzt. Nicht nur als Reminiszenz an deine Vergangenheit, sondern auch, weil du deiner Arbeit wegen selten die Ruhe findest, derer du als Künstler so sehr bedarfst. Den »verschwiegenen Preis des Ruhmes« hast du es einmal genannt.

Immer war dabei die Rede von der Landschaft, von Einsamkeit und Einfachheit. Blender! Deine ergreifenden Worte machten uns die Menschen dahinter vergessen, die du zurückgelassen hast. Wie das an einem scharfkantigen Stein abgestreifte Natternhemd, das dem weiteren Wachstum nur hinderlich ist. Das gilt nicht nur für Bengt. Auch für deine Mutter und deinen Vater. Du hast sie einmal als schlichte Leute bezeichnet, die dir all ihre Liebe schenkten, als nährenden Futtersack für den langen, harten Weg zum Erfolg. Ihre Namen hast du nie erwähnt. Bengt meinte, irgendwann hielten sie es ebenso.

In stillschweigendem Einverständnis bereiteten wir dabei deine Ankunft vor. Und das Notwendige war zu zweit recht schnell erledigt. Dann mussten Bengt und ich lachen, weil uns beiden der

Magen gleichzeitig knurrte. Sehr laut, gemessen an der Stille einer mitten im Wald hereinbrechenden Nacht.

»Draußen ist ein Wolf«, sagte ich.

»Ein ganzes Rudel«, sagte Bengt, und deine Jagdhütte füllte sich langsam mit behaglicher Wärme.

Es gab kein Festessen, nur eine geteilte Dose lauwarmer Ravioli. Aber die matschigen Nudeln schmeckten köstlich in der Erwartung deiner Ankunft.

»Ich habe damals in der Zeitung von dir gelesen. Du hast einen schlechten Ruf!«, stellte Bengt beim Essen fest. »Du bist ein Stalker. Und verrückt, hieß es da!«

»Und du hast gar keinen Ruf. Jedenfalls hat Ole-Rune dich nie erwähnt!« Es war gemein, das zu sagen. Ich merkte es erst, als es nicht mehr zurückzunehmen war und Bengt die Augen schloss.

Nickend sagte er: »Ja, Ole-Rune ... er macht die Leute verrückt.« Dazu nickte wiederum ich. Und er ging nach draußen, um seine Pfeife zu rauchen. Ich schlich mich unterdessen nach nebenan ins Schlafzimmer, suchte in den Schubladen nach deiner Kleidung und darin nach deinem Geruch. Dabei fand ich – mein Gott, was für ein fürchterliches Klischee – die Seidenwäsche. Und natürlich gehörte sie nicht Linda, deiner Frau. Doch schwerfällig nur begriff ich den Zusammenhang zwischen dem teuren Stoff und dem Artikel meiner Kollegin, über den ich hierher gefunden hatte. Ich warf den Zeitungsausschnitt ins Kaminfeuer, dessen Wärme sich bereits wieder merklich verlor, hier drinnen, in deinem Jagdzimmer. Doch das bisschen verkohlendes Papier kam nicht gegen die Kälte meiner Vorstellungskraft an: ihr Entzücken, wie du sie zum ersten Interview begrüßt, mit einer Mischung aus Charme und Nachdenklichkeit. So als sei es dir gerade eben erst in den Sinn gekommen – dieses Zitat von Butler. Um wieder eine neue Vergangenheit zu beginnen, nachdem Linda sich vor den Zug geworfen hatte, weil sie es selbst um Tess und Becca, eurer Mädchen willen mit dir und deinen Lügen nicht mehr aushalten konnte.

Bengt kehrte zurück, nach Tabak riechend, sich betont gerade haltend. »Wie geht es Linda?«, wollte er wissen.

Ich verschluckte mich. Ich hatte es nicht bedacht, aber natürlich musste Bengt sie gekannt haben. Sie stammte ja auch von hier. Ich hustete so sehr, dass er mir fest auf den Rücken schlagen musste, damit ich nicht an meinen Worten erstickte.

»Weißt du es nicht? Sie ist tot«, sagte ich schließlich. Noch immer würgend.

»Wie?«

In seiner Stimme lag kein Unglaube, sondern sachliches Interesse an den Hintergründen. »Sie ist ...«, unsicher, welche Ausführlichkeit angebracht war, schloss ich: »... unter einen Zug geraten. Es ging durch die Medien.«

»Seitdem ich von dir und Ole-Rune gelesen habe, benutze ich die Zeitung nur noch zum Schuheputzen.« Darin lag Verachtung, doch sie richtete sich nicht gegen mich. »Und meine Satellitenschüssel ist seit über einem Jahr kaputt«, fügte er leise hinzu und trug unser Geschirr zum Spülbecken in der Kochnische. »Aber ich habe es ja trotzdem gewusst. Wo es sehr still ist, erfährt man auf andere Weise von Dingen.«

Ich verstand genau, was er meinte.

Dann sagte er vielleicht noch: »So traurig!« Doch das hätte ebenso gut nur ein Seufzen gewesen sein können, denn Bengt hatte den schweren Vorhang zwischen uns zugezogen. Also konnte ich seine hagere Gestalt nicht sehen, während er beim Abspülen von euch dreien erzählte: »Linda und ich waren zusammen. Lange. Bevor Ole-Rune sie geheiratet hat und mitnahm.« Wasser plätscherte, Besteck klirrte.

Ich schaute mich zum ersten Mal richtig in diesem Raum um, in deinem »kleinen Heiligtum«, wie du es im Interview mit der Seidenträgerin nanntest.

Du hast allem hier deinen Stempel aufgeprägt. Nach und nach traten sie aus dem Zwielicht des Lampenscheins hervor: das prunkvolle Elchgeweih über dem gemauerten Feldsteinkamin, die finnischen Designervorhänge an den Fenstern, ganz stockfleckig schon. Das Magazincover, das dich als halbnackten Herzensbrecher präsentiert – der enorm vergrößerte Blickfang über dem Sofa, auf dem ich nunmehr saß. Der Silberrahmen auf dem antiken Beistelltischchen daneben, darin ein Bild von Linda, dir und den beiden Mädchen. Alle lachend. Und die sündhaft teuren Teppiche auf dem Boden zu meinen Füßen, von Mäusen angeknabbert, die sich um ihren Wert wenig kümmern. Genau wie du dich um nichts scherst.

»Hat sie das Foto von euch beiden gemacht?« Ich meinte das mit dem Hecht, das Bengt all die Jahre über wie einen Schatz gehütet und im Portemonnaie aufbewahrt hatte. Oder wie eine Mahnung.

»Ja, wir waren beste Freunde, wir drei.«

»Hat er sie dir weggenommen?«

Bengt räusperte sich. »Mag sein ... aber wenn – dazu gehören ja immer zwei. Ich habe ihr nie einen Vorwurf gemacht. Ole-Rune hatte eine große Zukunft zu bieten und ich – nur mich.«

Er stellte die Teller zurück ins Regal. »Tess ist nicht seine Tochter«, sagte er, und das hässliche Geräusch, mit dem das Porzellan aufeinander stieß, ersetzte das »sondern meine!«.

Dann saßen wir nebeneinander auf dem Sofa wie ein altes Ehepaar und warteten schweigend. Wie auf die Rückkehr eines ungezogenen Kindes, das viel zu lange vom Spielen ausbleibt. Eines dieser Schweigen, in dem man sich nach dem Ticken einer Uhr sehnt, doch hier draußen in der Einsamkeit der Wälder misst man die Zeit allein nach ihrem Gewicht.

Für Bengt und mich war sie in unterschiedlich fernen Vergangenheiten stehengeblieben. Die Fragen, die wir einander zu stellen gehabt hätten, schafften es nicht über die Distanz weniger Zentimeter und zweier Jahrzehnte. Unsere Antworten hingegen fielen schwer in das jetzige.

Ich vertraute auf sein Gespür dafür, dass zumindest ich dich aufrichtig geliebt hatte, und auch auf sein Wissen darum, wie sich eine Liebe zu dir verliert, mit jedem Mal, da sie von dir geleugnet und zurückgewiesen wird.

Und schließlich, nach einer Weile, da beinhaltete unser Schweigen sogar sein Verständnis dafür, weshalb ich trotz allem hierhergekommen war. War er nicht auch noch hier? Oder wieder?

Bengt stand auf, zog sich die Jacke über und ging hinaus. »Es reicht nicht. Ich muss mehr Holz hacken.«

Ich blieb allein auf dem Sofa zurück, lauschte mit geschlossenen Augen auf die rhythmischen Schläge. Nach einer Weile flüsterten sie: »Er kommt, er kommt, er kommt.« Und dann sagten sie deutlich: »Nun ist er hier!«

Sie verkündeten deine Ankunft schon kurz bevor ich das Summen des Motors hörte, kurz bevor du hereinkamst. Ja, hättest du doch ein klein wenig Freude gezeigt, mich zu sehen. Doch mich gab es bereits nicht mehr, nur noch die Seidenträgerin und eure neue Vergangenheit. Dies und den Takt, in dem Bengt draußen in der Kälte das Holz spaltete. Der Takt, zu dem du mich schlugst, aller Antworten verlustig nun, da sich zum ersten Mal eine nicht kampflos von dir geschlagen gab, um sich stillschweigend aus deinem Leben zu entfernen.

Es war keine Absicht, dich gar so heftig zurückzustoßen – das musst du gewusst haben im letzten Augenblick, bevor deine Schläfe auf den Kaminsims traf –, doch in der Kontur, die sich die Lache deines Blutes vor dem flackernden Feuer gab, rundete sich endlich alles zu einem stimmigen Bild.

Ich sah es auch in der Bestimmtheit bestätigt, mit der Bengt das Holz herein trug und mich draußen warten hieß.

Wir ließen dich gemeinsam hinter uns zurück, während der Schein des Feuers den Nachthimmel über unserem Heimweg beleuchtete. Du wirst nicht mehr frieren müssen, und ich werde niemals wieder das Ticken einer Uhr vermissen.

Auf den vier Kilometern, die wir zu Fuß zu seinem Haus zurücklegten, schwiegen Bengt und ich. Er musste mir das komplizierte Gefüge nicht erklären, in dem er all unsere Vergangenheiten zu einer einzigen Geschichte verflocht, die sich langsam umschrieb, während sie sich selbst verzehrte. Sie hat nun nichts mehr mit dir zu tun. Und noch ist nicht gesagt, ob mit einer gemeinsamen Zukunft, doch wo es sehr still ist, erfährt man auf andere Weise von Dingen.

dachboden

Je voller der Dachboden, desto schwieriger wird es,
dort das zu finden, was man sucht.

Mona Lisas Blick

MATTHIAS HERBERT

»Halt! Wo wollen Sie denn hin?« Neunzig Kilo Staatsgewalt in blauer Kunstfaser versperrten mir den Weg.
»Nach oben«, antwortete ich.
»Und was wollen Sie dort?«
»Der Spusi-Chef erwartet mich.« Ich zog den Dienstausweis aus der Tasche und hielt ihn dem Uniformierten vor die Nase. Er griff danach, aber ich ließ nicht los. Er musterte das Dokument mit zusammengezogenen Brauen und zuckte schließlich die Achseln.
»Okay«, sagte er widerwillig. »Er ist ...«
»Oben?«
»Äh ... Ja. Oben.«
Ich war sicher, ich hatte gerade meinen kleinen Beitrag zur traditionellen Feindschaft zwischen Kripo und Schupo geliefert. Aber ich konnte einfach nicht anders. Beim Anblick von Uniformen stellten sich bei mir immer noch alle Stacheln auf.

Die schwere Haustür fiel hinter mir mit einem halligen Rumms ins Schloss. Ich hatte mir immer wieder ausgemalt, wie es sich wohl anfühlen würde, erstmals den Schauplatz eines echten Mordes zu betreten. Nach meinen praktischen Semestern im Betrugsdezernat, bei der Soko Speiche, die sich mit dem aufregenden Registrieren von Fahrraddiebstählen befasste, und beim Raserblitzen in der Verkehrsüberwachung wartete ich noch immer auf meine erste eigene Leiche und hatte mir Formulierungen bereit gelegt wie »es roch nach Tod« und ähnlich melodramatischen Unsinn. Aber das Einzige, was meine Nase hier wahrnahm, war ein Hauch von Essigreiniger, der mich an die Klodeckelüberzüge aus Frottee im Haus meiner Großeltern erinnerte.

Hier hatte ich kein Wohnhaus betreten, ich kam mir vor wie in einem Museum. Der Raum wurde von der großen Wendeltreppe beherrscht, die sich rechts in die Höhe schraubte. Ein paar antike Tischchen und Schränkchen standen herum, nicht irgendwie sinnvoll zu nutzen, aber Hauptsache alt und wohl wertvoll. Goldgerahmte Ölbilder hingen an der Textiltapete. Ich schaute nach oben, und auch das letzte Klischee wurde bestätigt. Der unvermeidliche Kronleuchter hing tatsächlich inmitten einer Stuckrosette.

Ich folgte den Stufen. Sie hatten in ihrer Jobbeschreibung auch das Kleingedruckte gelesen und knarrten diensteifrig. In der ersten Etage schloss sich ein langer Flur an den Treppenabsatz an, doch ich stieg weiter hinauf. Der zweite Stock sah nicht viel anders aus, nur war hier die Decke schon niedriger, und in den Stuckecken hatten ein paar Spinnen Einsiedlerhütten gebaut. Die letzte Etappe der Treppe bestand nicht mehr aus Eiche, sondern einem billigeren, lackierten Nadelholz, das neben dem Knarzen auch noch bei jeder Stufe hohl krachte.

Am Ende stand ich vor einer schlichten Tür, die in Ochsenblutrot gestrichen war. Ich holte zwei Einmalhandschuhe aus der Tasche, zerrte mir das widerspenstige Latex über die Finger und öffnete. Ich wollte mir nicht gleich bei der ersten Begegnung mit meinem neuen Chef einen Anschiss einfangen.

Mit meinem potenziellen neuen Chef.

Der Speicher war riesig und erstreckte sich über die gesamte Grundfläche des Hauses. Es mussten mehr als hundertfünfzig Quadratmeter sein. Fenster in mehreren Gauben ließen genug Licht herein um zu erkennen, dass zwischen dem gekalkten Ständerwerk des Dachstuhls der Traum eines jeden Trödlers lagerte. Alles war vollgestopft, aber nicht etwa mit Müll, sondern mit Möbeln, Koffern, Bücherkisten, Kinderspielzeug, wenigstens zwei Klavieren und einer monströsen Hammond-Orgel sowie Unmengen von uralten Geräten mit altertümlichen Steckern und geheimem Zweck.

Das Auffälligste waren jedoch die lebensgroßen Puppen, die überall dazwischen standen. Im ersten Augenblick hatte es so ausgesehen, als ob in jeder Ecke Männer und Frauen reglos lauerten. Aber es waren Kleiderpuppen. Sie waren nicht von der leicht obszönen Nacktheit, wie man sie aus vielen schlechten und einer Handvoll guter Filme kennt oder immer mal wieder in Schaufenstern sieht, wenn umdekoriert wird, sondern waren alle vollständig bekleidet. Nichts von dem, was ich sah, konnte ich irgendeinem bestimmten Jahrgang zuordnen. Mir war nur eins klar: Alles, was diese Puppen trugen, war schon seit Jahrzehnten aus der Mode. Wenn nicht länger.

Ich entfernte mich ein paar Schritte von der Tür und wäre beinahe in die Lache getreten.

Das Blut war überwiegend schwarzrot geronnen. Die unvermeidlichen Fliegen summten darum herum, natürlich auch zwei besonders ekelige, fette, grüne, die immer wieder abhoben, eine Runde drehten, um dann erneut dort zu landen, wo der Lebenssaft in kleinen Splittern aufgetrocknet war wie ein Flussbett in Afrika. Die Lache war bereits so alt, dass sie nicht mehr roch, und das Einzige, was meine Nase erreichte, war Staub.

Ein kleiner, dumpfer Trommelwirbel ließ mich herumfahren. Ein Mann im weißen Papieroverall stand neben einem Stapel Bücherkisten, und seine behandschuhten Finger klopften in rascher, sicherer Folge auf die Pappe. Daumen, Zeigefinger, Mittelfinger und wieder von vorne. Er war wohl Mitte fünfzig, hatte eine große, unmodische, runde Brille auf der Nase und hätte heutzutage die Einstellungsvoraussetzungen nur geschafft, wenn er sich auf die Zehenspitzen gestellt hätte. Er war mit viel gutem Willen einen Meter sechzig groß und sah aus wie ein Bibliothekar. Wortlos musterte er mich einmal von oben bis unten und zurück.

»Tag«, sagte ich. »Ich bin ...«

»Zu spät!«, unterbrach er mich, und seine Finger beendeten die rhythmische Einlage.

»Was?«

»Bullen sind immer zu spät.« Er hatte eine Stimme, die zu einem Mann von doppeltem Volumen gepasst hätte. »Auch wenn sie pünktlich sind.«

»Mein Name ist ...«, versuchte ich mich vorzustellen, doch er hob wieder die Hand und winkte ab.

»Peter Seifert, Kriminalkommissar seit zwei Wochen, herzlichen Glückwunsch. Du hast drei Jahre Vorlesungen hinter dir. Und ab und zu hast du mal richtigen Polizisten über die Schulter geschaut. Du hast ganz tolle Noten und glaubst, du bist auf alles vorbereitet.

Bei mir lernst du jetzt, dass alles, was du bisher gemacht hast, für den Arsch ist.« Er sah mich nachdenklich an. »Wer ich bin, weißt du. Ich schlage vor, du bringst jetzt gleich den dummen Spruch, dann haben wir es hinter uns.«

»Ich hatte nicht vor ...«

Er zuckte die Achseln. »Was hast du gedacht, als du meinen Namen zum ersten Mal gehört hast?« Er hob den Kopf ein wenig und peilte mich durch seine Brillengläser an. »Nicht nachdenken, sag's einfach! Sofort!«

»Dass es nichts Schlimmeres gibt als Eltern, die sich für witzig halten. Und die keinen Augenblick darüber nachdenken, was sie ihrem Kind antun.«

Er war leicht überrascht. »Stimmt«, gab er zu. »Wenn man Zufall heißt, ist das schlimm genug. Aber wer dann seinen Sohn Rainer nennt ...« Er musste nicht weiterreden. Ich konnte mir den Spott auf dem Schulhof vorstellen.

»Was ist der Standardspruch?«, fragte ich. »Kommissar Zufall? Ach, *Sie* sind das? Der Mann, der alle Fälle löst?«

»In der Reihenfolge. Wenn ich für jedes Mal einen Euro bekommen hätte, wäre ich Millionär. Okay. Du hast dich über mich informiert, behaupte ich jetzt mal ganz unbescheiden?«

»Musste ich nicht. Jeder kennt Sie.« Es war nicht gelogen. Kommissar Zufalls Ruf war legendär. Man machte dumme Witze über ihn, aber wenn es ums Fach ging, war er *der* Mann am Tatort. Der Mann, der alles fand und der nie etwas übersah. Der Mann, der auf seine Weise zur Aufklärung von mehr Fällen beigetragen hatte als sonst irgendjemand im Polizeidienst.

»Alles, was man über mich erzählt, ist übrigens wahr«, sagte er. »Auch das, was sie erfunden haben. Damit du Bescheid weißt: Jeder kriegt bei mir eine Chance. Genau eine. Das hier ist deine. Überzeug mich, dass du was drauf hast, dann kannst du in meiner Abteilung bleiben. Wenn du es verbockst, Nächster bitte. Sie stehen Schlange. Warum, weiß ich nicht«, setzte Zufall hinzu, aber er hob dabei die Mundwinkel um einen halben Zentimeter. Der Mann wusste ganz genau, warum die Bewerber sich darum prügelten, unter ihm zu arbeiten. Schneller konnte man nicht die Leiter rauffallen. Wer bei ihm bestand, der war ein sicherer Kandidat für den nächsten freien Posten als Leiter der Spurensicherungsabteilung in einem großen Präsidium.

»Ich werde mich bemühen«, sagte ich zuversichtlich.
»Reicht nicht«, knurrte Zufall sofort und schüttelte den Kopf. »Bei uns gibt's keine Fleißpunkte. Du hast Erfolg oder nicht. Wenn du irgendwas suchst, dann fragt kein Richter, ob du eine Minute oder eine Woche gebraucht hast. Es kommt nur darauf an, dass du es entdeckt und erkannt hast, klar?«

»Klar, Chef.« Ich gab mir Mühe, nicht zu bemüht zu klingen. Ich hätte mir eine Vier plus gegeben, aber dem Gesichtsausdruck meines Gegenübers nach wäre meine Versetzung akut gefährdet. Noch immer. »Ich werd's finden. Sobald ich weiß, was ich suchen soll.«

Wenigstens das brachte ein knappes Lächeln. »Schon besser«, sagte der Großmeister der Spurensuche. »Bevor wir anfangen: Was ist deine Ausrede?«

»Tut mir leid«, antwortete ich. »Ich war auf dem Präsidium, da wurde mir gesagt, dass Sie hier sind. Ich sollte herfahren. Das habe ich sofort gemacht. Und das ist keine Ausrede.«

Er schüttelte den Kopf. »Ich meine deine Ausrede, warum du Bulle geworden bist.«

»Braucht man da eine?«

»Du brauchst die Mutter aller Ausreden, Junge. Es gibt keinen vernünftigen Grund, zur Polizei zu gehen. Du wirst beschissen bezahlt, musst in einem Dreckloch hausen, hast immer nur mit irgendeinem Müll zu tun, mit dem sich sonst keiner befassen will – und niemand kann dich leiden. Wenn du dich vermehren willst, musst du dir eine Polizistin suchen, und die lässt sich nach dem dritten Kind scheiden. Weil du nie zu Hause bist. Ganz egal, wie hoch du steigst, es wird immer irgendwelche Schwachköpfe über dir geben, die dir sagen dürfen, was du zu tun hast. Also warum Bulle werden? Okay, mit meinem Namen konnte ich nichts anderes. Aber was ist deine Ausrede?« Er kam langsam auf mich zu, ging um die Blutlache herum, ohne einmal nach unten zu schauen, und blieb vor mir stehen. »Warum Polizei? Warum bist du nichts

Anständiges geworden? Scheiß Zeugnis? Letzte Chance? Oder erblich vorbelastet?«

»Mein Vater war Polizist«, musste ich zugeben.

»Streife?«

»Ja. Bis Polizeihauptmeister hat er es gebracht. Mein Opa war auch bei der Firma. Autobahnpolizei.«

»Von Uniformen umzingelt. Arme Sau«, meinte er nur. »Hast du im Kindergarten schon Strafzettel geschrieben?«

»Ja. Macht einen echt beliebt.«

»Zur Sache.« Er änderte den Ton auf geschäftsmäßig. »*Amsträsser Moden* sagt dir was? Seit Siebzehnhundertnochwas. Das ist die Villa.«

»Hier ist das?« Ich nickte und musterte die Schaufensterpuppen. Langsam bekam das Ganze einen Sinn. »Ich dachte, der Fall sei klar? Der Junior war es, oder?«

Der Mord hatte in den letzten Tagen die ersten Seiten der Lokalpresse beherrscht. Vor fast zwei Wochen war ein Notruf auf der 110 eingegangen. Nachbarn hatten Schüsse in der Villa gehört. Die uniformierten Kollegen fanden den Senior auf dem Dachboden. Mit einem Kopfschuss. Mausetot. Daneben stand der Sohn mit einem Revolver in der Hand. Die beiden hatten in den letzten Monaten immer wieder Streit gehabt, den sie auch öffentlich ausgetragen hatten. Es war um das Erbe der Mutter gegangen.

»Ja«, seufzte er. »Das haben alle gedacht. Der Klassiker. Genau deshalb ist die Aufklärungsquote bei Mord so hoch. Weil der Täter meistens mit der Tatwaffe direkt neben der Leiche steht. Und mit dem Opfer verwandt ist.«

»Und was ist jetzt das Problem?«, fragte ich.

»Das Problem?«, sagte mein möglicherweise zukünftiger Chef. »Das Problem ist, dass Junior sich einen Anwalt genommen und die Klappe gehalten hat. Meine Jungs und Mädels haben hier die Spuren gesichert. Alles ganz ordentlich. Seine Fingerabdrücke sind auf der Waffe. Schmauchspuren an seinen Klamotten. Alles klar. Denkt man. Sie haben Projektile gefunden. Aus Juniors Revolver. In der Wand. Da in dem Ständer. Im Fensterrahmen. Und eins in dem alten Radio dort. Aber es sind nur fünf. Und welche Kugel fehlt? Na?«

Ich ahnte es. »Das Projektil, das Amsträsser senior getötet hat?«
»Hundert Punkte.«
»Scheiße.«
»Dick, hart und mit einem Schleifchen, das kann ich dir sagen«, grummelte Zufall. »Sein Anwalt hat Akteneinsicht gefordert und bekommen. Und jetzt auf einmal fängt Sohnemann an zu reden. Da wäre ein Einbrecher gewesen, sie sind beide rauf, er mit dem Revolver aus Familienbesitz. Der Einbrecher schießt. Junior schießt zurück, trifft nicht. Und dann liegt Papa tot am Boden. Der große Unbekannte verschwindet. Und Junior hat einen Schock. Der ihn dazu zwingt, vierzehn Tage lang das Maul zu halten, bis seinem Rechtsverdreher klar wird, dass wir keinen Beweis haben. Und was passiert in so einem Fall?«
»Sie rufen den Besten«, sagte ich.
Er zog die Brauen zusammen. »Pass auf, dass du auf deiner Schleimspur nicht ausrutschst.«
»Ich habe nicht Sie gemeint.«
Ich sah, wie er überrascht die Augen aufriss, dann lachte er laut. »Der war gut. Richtig gut. So muss es sein. Was lernt der Bulle am ersten Tag? Sicheres Auftreten bei völliger Unkenntnis der Sachlage. Los, Junge, zeig mir, dass du mehr drauf hast als Reden. Finde die verdammte Killerkugel. Dann darfst du in meiner Abteilung bleiben.«
»Also suche ich zwei Kugeln? Die aus Juniors Waffe. Und die von dem Einbrecher?«
»Die gibt's nicht«, erwiderte er mit Überzeugung.
»Weiß ich, wollte es ja nur erwähnen.«
»Ist registriert. Der Mann ist unvoreingenommen. Und jetzt mach dich an die Arbeit.«

»Glotz nicht so blöd«, knurrte ich und warf der Kleiderpuppe, die zwischen dem Sekretär und dem Küchenbuffet stand, einen bösen Blick zu, aber sie antwortete nicht. Wieder nicht.
»Lass Mona Lisa in Ruhe«, sagte Zufall. »Die kann nichts dafür, dass du doof bist.« Er lümmelte auf einem Barhocker, der aus einem amerikanischen Diner hätte stammen können, hatte den Ell-

bogen auf die passende Theke gestützt, die halb von einer festen Plane verdeckt war, und sah mir mit einem betont gelangweilten Gesichtsausdruck bei der Arbeit zu.

Ich verkniff mir eine Antwort, schaute nur die Puppe noch einmal sauer an und drehte mich wieder um. Ich spürte Mona Lisas Blick im Rücken. Wir hatten sie so getauft, weil sie ein merkwürdiges Samtkleid mit einem Spitzenkragen trug. Und weil ihre Augen einem die ganze Zeit zu folgen schienen, egal, wohin man ging. Wie bei Leonardos Mona Lisa eben.

»Wenn sie wenigstens mal den Mund aufmachen würde«, sagte ich. »Die könnte uns erzählen, was hier passiert ist.«

»*Was* passiert ist, wissen wir«, kam es von Hauptkommissar Zufall, und seine Finger trommelten mal wieder auf der Theke.

Ich zuckte die Achseln, dann nickte ich widerwillig. »Der Kerl hat seinen Vater mit dem Revolver in der Hand durch das Haus gejagt. Der Alte hat versucht, sich hier oben zu verstecken. Aber Junior hat ihn gefunden. Da hat er ihn herumgehetzt. Und er hat auf ihn geschossen. Fünfmal daneben.«

»Wiederholungen helfen beim Lernen«, brummte er. »Aber nicht bei mir. Das hast du alles schon zehnmal gesagt.«

»Ich sage es auch noch zum elften Mal. Vielleicht hilft es mir ja.« Ich wusste, er wollte mich provozieren, aber so leicht würde er mich nicht aus der Ruhe bringen. Ich schaute mich im Raum um. Erneut. Die Stellen, an denen die Kollegen die Projektile gefunden hatten, waren auf dem ganzen Speicher verteilt. Es musste eine furchtbare Hetzjagd gewesen sein, bei der sich der Vater immer wieder in Deckung bringen konnte. Irgendwann war es ihm wohl gelungen, den Sohn zu umgehen. Doch bevor er es zur Tür geschafft hatte, war der letzte Schuss gefallen. Der tödliche. Der ihn in den Hinterkopf getroffen und das halbe Gesicht beim Austritt weggesprengt hatte. Mit dem Geschoss Nummer sechs. Das ich suchte. Noch immer.

Etwa von der Stelle aus, an der Mona Lisa stand, musste dieser Schuss gefallen sein, und irgendwo in dem Bereich zwischen der Blutlache und dem Rest des Dachbodens musste das gesuchte Projektil stecken. Das war die einzige Information, die Zufall mir gegeben hatte. Seitdem spielte er den unbeteiligten Zuschauer.

»Gib zu, du warst es«, sagte ich zu Mona Lisa. Aber sie legte kein Geständnis ab. Sie schaute mich nur mit ihren tiefen schwarzen Augen an und schwieg weiter.
»Nichts«, sagte ich zu Zufall. »Die Wand neben der Tür ist auch sauber.«
»Wenn du mir weiter jedes Mal Bescheid sagen willst, wenn du *nichts* findest, bist du irgendwann heiser«, antwortete er.
»Bin ich schon.«
Er lümmelte an der Theke und schaute mir ungerührt zu. »Und nun?«
»Lesen«, seufzte ich und machte mich über den Stapel Bücherkisten her, die rechts der Tür standen. Ich hatte die Kartons zwar schon nach Löchern abgesucht, aber es musste nicht zwingend ein Einschuss da sein. Das Projektil konnte sehr wohl durch die Grifföffnungen eingedrungen sein und irgendwo zwischen dem Papier stecken. Die oberste Kiste wog wenigstens dreißig Kilo. Ich wuchtete sie herunter, klappte den Deckel auf und nahm den ersten ledergebundenen Wälzer heraus. Es war ein Kassenbuch. Handschriftlich, sorgfältig mit Tinte gefüllte Spalten, die kaum verblasst waren. Ich blätterte es durch, aber es fiel nicht das winzige Stück Blei im Stahlmantel heraus, das ich suchte. Bei den anderen Büchern hatte ich nicht mehr Glück, und ich griff den nächsten Karton.
Mona Lisa verfolgte mich mit ihren Blicken, Zufall beobachtete, und beide schwiegen.
Im Fenster der Gaube links von mir spiegelte sich ein Scheinwerfer. Es war inzwischen dunkel geworden. Mit dem Ärmel wischte ich mir den Schweiß ab, und die dünnen Fasern des Overalls, den auch ich angezogen hatte, waren bereits grau und feucht. Der Staub, den ich immer wieder aufwirbelte, glitzerte im Licht der Halos, die an strategisch günstigen Stellen platziert waren. Sie waren grell und sorgten für Hitze unter den Dachsparren. Doch obwohl der Speicher so ausgeleuchtet war, dass es von der Straße aus so aussehen musste, als würde hier oben ein Film gedreht, brauchte ich immer wieder die Taschenlampe. Die starke Beleuchtung sorgte nicht nur für Helligkeit, sie machte die Schatten auf der anderen Seite umso tiefer.

Seit vier Stunden war ich nun hier zu Gange, und ich war nicht einen Schritt weiter gekommen. Das heißt, ich hatte eine Menge Schritte zurückgelegt, aber von dem fehlenden 9-mm-Vollmantelgeschoss hatte ich keine Spur entdeckt.

»Dein Tatort«, hatte Zufall nur gesagt und war auf den Hocker geklettert.

Ich wusste, es war ein Test, und ich hatte nicht vor zu versagen. Versagt hatte nur meine Blase bisher. Ich hatte bereits mehr als zwei Liter Wasser getrunken, um den Staub aus der Kehle zu kriegen und das auszugleichen, was ich in die Klamotten geschwitzt hatte. Der Klodeckel im ersten Stock hatte wirklich einen Überzug, aber einen gestickten. Mit röhrendem Hirsch.

Auch der letzte Karton erwies sich als Niete. Darin waren bündelweise Modekataloge aus dem 19. Jahrhundert. Sorgfältig stapelte ich die Bücherkisten wieder so, wie ich sie vorgefunden hatte, und ein Gähnen schlich sich bis in meine Mundwinkel.

»Schon müde?«

»So schnell nicht«, antwortete ich, und es war nicht einmal gelogen. »Die Kugel *ist* hier irgendwo. Ich werde sie finden. Und wenn ich jede Kiste und jeden verdammten Schrank einzeln durchwühlen muss.«

»Wird dir nichts anderes übrig bleiben«, meinte Zufall. »Lektion Nummer eins heute. Es geht nichts über gute alte Handarbeit.«

Vor der Villa parkte der graue VW-Bus der Spurensicherung. Mir stand jedes technische Hilfsmittel zur Verfügung, doch keines davon hätte mich hier weitergebracht. In freiem Gelände hätte ich mit einem Detektor gearbeitet, aber hier war der ganze Dachboden so voll mit Metall, dass es in den Kopfhörern ununterbrochen gejault hätte. Die Wärmebildkamera war zwei Wochen nach der Tat nutzlos. Aber ich hatte, nachdem es dunkel geworden war, einen Versuch mit der UV-Lampe unternommen, es jedoch gleich darauf aufgegeben. Ultraviolettes Licht ist hervorragend, wenn es darum geht, frische Spuren an einem unbearbeiteten Tatort zu finden. Aber hier waren seit den ersten Untersuchungen so viele Menschen durchgetrampelt, dass es praktisch an jeder Stelle violett leuchtete.

»Netter Versuch«, hatte Zufall meine Bemühung kommentiert. Ich hatte keine andere Wahl gehabt, als mich Millimeter für Millimeter durch die Hinterlassenschaften dieser reichen Kaufmannsfamilie zu wühlen. Mehr als dreihundert Kubikmeter aus zwei Jahrhunderten. Auf der Suche nach einem kleinen Stück Metall, das nicht größer war als der Nagel meines kleinen Fingers.

»Wo fängst du an?«, hatte Zufall gefragt.

»Außen«, war meine Antwort gewesen. »Bevor ich etwas drinnen suche, muss ich erst mal wissen, ob es noch da ist.«

Er hatte zweimal kurz geblinzelt und dann genickt. »Gut«, war seine Antwort gewesen. Und das einzige Lob, das ich in der ganzen Zeit erhalten hatte.

Ich hatte als Erstes das Dach gecheckt. Aber alle Bretter waren makellos, die Fenster alle intakt. Die Gauben genauso wie die Giebelwände. Seitdem hatte ich mich systematisch weiter nach innen gearbeitet. In den Bereich, den Mona Lisa so aufmerksam beobachtete. Ich hatte kein Möbelstück ausgelassen, die beiden Klaviere genau untersucht und die Ritterrüstung, die vor einem Fenster verstaubte. Sie hatte keine Beule, keinen Kratzer, keinen Einschlag, genauso wie die Klaviere. Die waren verstimmt wie die einer Westernkneipe, aber es fehlten die entsprechenden Einschüsse. Und das Blut des letzten Pianisten.

»Ausdauer hast du ja«, kam es von Zufall. »Sieht fast so aus, als ob es dir Spaß macht.«

»Macht es ja auch«, antwortete ich und hob einen Umzugskarton von einem Stapel. »Als Kinder hatten meine Schwester und ich ein Spiel. ›Sachen verstecken‹ hieß das. Sie hat irgendwo im Haus etwas versteckt, und ich habe es gesucht. Scheiße.«

»Scheiße?«, fragte er amüsiert. »Ihr habt Scheiße gesucht?«

»Nein«, antwortete ich und rüttelte an dem Karton, den ich herabgehoben hatte. Es klapperte metallisch. »Zinn. Alles Zinn.«

»Scheiße«, stimmte er zu.

Ich musste jedes einzelne Teil in die Hand nehmen und genau anschauen, ob sich das gesuchte Projektil nicht irgendwo reingebohrt hatte.

»Und wer hat gewonnen?«, fragte Zufall. »Bei eurem Spiel?«

»Ich. Immer.« Der große Bierseidel, den ich herausgenommen hatte, klapperte, und ich drehte ihn gespannt um, doch dann war es doch nur eine kleine Marmormurmel, die herausfiel. Weiß der Geier, wie die dort hineingekommen war.
»Du wühlst gerne in fremden Sachen.«
»Hm.«
Mein möglicherweise zukünftiger Chef setzte gleich nach. »Das ist genau dein Ding. Du müsstest dich mal sehen. Da leuchten die Augen.«
»Das sind nur die Halos.«
Er lachte, und ich warf ihm unter dem Arm hindurch einen kurzen Blick zu, aber er hatte sich gerade zu Mona Lisa umgedreht.
»Der ist gut, der Junge. Was meinst du?«
Sie tat das, was sie am besten konnte. Schaute provokativ zu und schwieg.
»Nichts.« Ich setzte die Kiste mit dem Zinn ab und nahm den nächsten Karton, der deutlich leichter war. Er war rundum zugeklebt, hatte keine Grifflöcher, und ich betrachtete ihn von jeder Seite. Nirgends war auch nur das kleinste Löchlein. Auch bei den anderen aus dem Stapel nicht.

Ich richtete mich auf und ließ den Blick langsam über den Bereich streifen, den ich bisher untersucht hatte. Ich hatte gerade mal die Hälfte hinter mir.

Aber aufgeben würde ich nicht.

»Kaffee?«, fragte Zufall, und ich nickte. Er gab mir aus der Papiertüte vom Imbiss einen Becher mit Bauchbinde.
»Danke.« Ich nahm einen vorsichtigen Schluck.
»Was gefunden?«
»Nein.«
Zufall war nur eine Viertelstunde weg gewesen, aber in der Zeit hatte ich den Biedermeiersekretär, das große Doppelbett und die sechs sorgfältig verpackten und gestapelten Matratzen untersucht. Wieder ohne Erfolg.

Er trank einen Schluck aus seinem Becher. »Dünn«, sagte er. »Sehr dünn.«

»Ich weiß«, antwortete ich. Ich war müde. Ich war niedergeschlagen. Und ich wusste, dass ich versagt hatte. Wenn es eine Prüfung gewesen war, dann war ich durchgefallen. Mit Pauken und Trompeten. »Scheiß Ergebnis.«

»Ich meine den Kaffee«, sagte der Gott der Spurensicherung, schlürfte und sah mich dann über den Rand der Brille hinweg an.

»Und jetzt?«

Ich zuckte die Achseln. Fast neun Stunden hatte ich auf diesem Dachboden zugebracht und hatte mich durch schätzungsweise sieben Generationen Familiengeschichte gegraben. Ich hätte einiges über das Leben dieser Kaufmannsdynastie erzählen können. Aber das Einzige, was ich bestätigen wollte, war, dass der letzte den vorletzten Spross des Geschlechts auf dem Gewissen hatte. Und ich hatte den Beweis dafür nicht gefunden.

»Ich gebe auf«, sagte ich, trank den Becher aus und zerknüllte die Pappe in der Faust. Der Deckel flog ab und flatterte mit einem leisen, splittrigen Geräusch gegen den Sekretär, um dann auf dem Boden noch leiser auszurollen. »Ich finde die verfickte Kugel nicht. Okay. Wo ist sie?« Ich sah Kommissar Rainer Zufall fragend an.

Er stellte seinen Kaffeebecher vorsichtig auf dem staubigen Furnier des Büromöbels ab, dann hob er die Hände mit den Flächen nach oben und stand vor mir wie der Hohepriester der Kriminaltechnik. »Keine Ahnung.«

»Lassen wir das«, sagte ich und winkte ab. »Sie haben das Projektil doch längst gefunden. Sie wollten sehen, ob ich das auch schaffe. Okay. Ich habe es nicht geschafft. Ich hab's verbockt. Jetzt sagen Sie mir wenigstens, was ich falsch gemacht habe.«

»Gar nichts«, antwortete er. »Und du irrst dich. Ich habe keine Ahnung, wo deine verfickte Kugel steckt. Und das macht mich genau so wütend wie dich!«

Ich starrte ihn überrascht an, dann wandte ich den Blick zu Mona Lisa. »Das hast du gewusst!«

Sie sah mich an. Lächelte ihr Jungmädchenlächeln. Und sagte immer noch nichts.

»Ich habe gedacht, das wäre ein Spiel.«

»Kein Spiel«, erwiderte Zufall ernst. »Ich habe mich drei Tage durch diesen Dachboden gewühlt. Ich habe siebzehn Stellen gefunden, an denen Stahlmantelgeschosse irgendwas durchschlagen haben oder abgelenkt wurden oder abgeprallt sind. Aber ich habe diese verfluchte sechste Kugel nicht entdeckt.«

Wir schwiegen.

Staub flitterte durch das grelle Halogenlicht, aber hinter den Möbeln war es dafür umso finsterer. Die Puppen standen stumm um uns herum, und der Klang eines Martinshorns wehte kurz von der Hauptstraße herüber.

»Gehen wir«, sagte Zufall schließlich. Er wandte sich mit hängenden Schultern ab und machte einen Schritt auf die Tür zu, die zur Treppe führte.

»Moment noch.« Ich ging in die andere Richtung, stellte mich vor Mona Lisa, drehte mich wieder um und sah ihn an.

»Hm?«, kam es von ihm, in einem eher resignierten Ton. »Was denn noch?«

»Sie haben gesagt, der tödliche Schuss kam von hier.« Ich hob die Hand und zielte mit einer Fingerpistole in seine Richtung.

»Ja.«

»Ist das sicher?«

Er runzelte die Stirn. »Was soll das heißen?«

»Wenn du nicht weiterkommst, fang noch mal von vorne an. Das haben sie uns beigebracht«, antwortete ich. »Alle Fragen noch mal stellen. Alle Antworten kritisch überprüfen. Nichts als gesichert ansehen.«

»Ja, ja, ja«, grummelte er. »Den Spruch kenne ich. Der steht in einem Buch.«

»Das Sie geschrieben haben.«

»Das ich geschrieben habe.«

Er trat einen Schritt zur Seite und zeigte auf die Blutlache. »Hier hat er gelegen. Kopf Richtung Tür. Also das, was noch davon übrig war. Blutspritzer hier, hier und hier. Da könnte man sagen, okay, das kann auch arteriell gewesen sein, direkt aus der Wunde. Aber nicht die Knochensplitter hier an den Kisten. An der Kommode. Hirnanhaftungen. Und hier steckte ein Goldzahn.« Er deutete auf einen Pappkarton, in dem sich ein kleines Loch befand. Der Karton war schwarz gesprenkelt, und neben dem Loch klebte ein grellgrüner, runder Marker. »Es ist eindeutig. Der Schuss kam von dort drüben. Von Mona Lisa. Selbst wenn die Kugel um fünfundvierzig Grad abgelenkt wurde – und du weißt, wie unwahrscheinlich das bei einem Vollmantelgeschoss ist –, sie muss hier irgendwo eingeschlagen sein.« Er umfasste mit einer weiten Armbewegung den Bereich, den ich durchsucht hatte. »Aber das Drecksteil ist nicht da.«

»Also stimmt wenigstens eine Annahme nicht«, sagte ich.

Zufall sagte nichts. Er beobachtete mich nur durch seine großen Brillengläser. Ich drehte mich um, ging um Mona Lisa herum und trat neben den Sekretär links neben der Puppe.

»Ich habe den Alten gejagt«, sagte ich. »Fünfmal habe ich schon danebengeschossen. Jetzt hat er mich ausgetrickst und rennt zur Tür. Ich höre es. Was mache ich da? Ich habe nur noch einen Schuss. Eine letzte Chance. Laufe ich jetzt Slalom durch die Möbel? Oder nehme ich den direkten Weg?«

Eine Seemannstruhe stand neben dem hohen Büromöbel, und ich stieg darauf. Ein Blick auf den mehr als mannshohen Sekretär zeigte mir, dass ich auf der richtigen Spur war. Der Staub darauf war verwischt, und ich erkannte einen Schuhabdruck. Vorsichtig, um den Abdruck nicht zu zerstören, zog ich mich hinauf, kauerte mich hin und zielte erneut mit dem Zeigefinger. »Peng!«

Zufall starrte mich mit offenem Mund an. »Verdammt. Der Winkel! Wenn der Junge von dort oben geschossen hat, dann war der Einschlag viel steiler!« Ich bemerkte die Aufregung in seiner Stimme. Das Jagdfieber hatte ihn nun auch gepackt.

Ich ließ mich wieder runter und ging hinüber. Zufall war in die Knie gegangen und betrachtete die Marker in der Nähe der Blutlache.

»Hier!« Er deutete auf eine Stelle, die mit einem roten Pfeil gekennzeichnet war. Der Boden bestand an dieser Stelle nicht aus Holz, sondern aus Ziegelsteinen, und ein Projektil hatte eine Furche darin hinterlassen.

»Welchem Schuss wurde das zugeordnet?«, frage ich.

»Nummer vier!«, antwortete er und deutete auf die kleine Kommode, die keine drei Meter weiter stand. Sie hatte ein eindrucksvolles Einschussloch neben dem Schloss der obersten Schublade.

»Und wenn das falsch ist?«

Wir drehten uns beide um und schauten nach der Stelle, an der ich gerade noch auf dem Sekretär gekniet hatte. Ich zog eine geistige Linie von dort zu dem Einschlag im Boden, berechnete den Winkel der Ablenkung, hob den Blick – und sah auf genau die Stelle, auf die Rainer Zufall nun auch starrte. Wir wechselten einen kurzen Blick, dann eilten wir zu der Ritterrüstung.

»Kann gar nicht sein«, meinte Zufall. »In dem Ding ist kein Kratzer.«

»Äußerlich«, sagte ich.

»Scheiße!«

Wir sahen beide auf den Helm der Rüstung. Es war sicher keine echte, sondern nur ein nachgefertigtes Dekorationsstück, mit einem spitz zulaufenden Visier, das geschlossen war. Zufall griff danach und schob es nach oben. Das Scharnier quietschte leise und rastete ein. Das Eisen war stumpf und angerostet. Deshalb sahen wir sie umso deutlicher, die langgezogene Kerbe. Sie lief an der gesamten Innenseite des Helms entlang, vom rechten Rand der Gesichtsöffnung bis zum linken, und der Kratzer im dreckigen Stahl schimmerte silbern.

»Das Ding war offen!«, sagte Zufall. »Die Kugel schlägt ein, rutscht einmal rund, fliegt wieder raus, und das Visier klappt zu!«

Wie auf Kommando drehten wir uns um. Mona Lisa schien uns anzugrinsen.

Sie schwieg.

Wir auch. Eine Weile.

»Hatten Sie so was schon mal?«, fragte ich. »Eine Kugel, die genau dorthin zurückfliegt, wo sie abgefeuert wurde?«

Zufall schüttelte den Kopf. »Nein. Noch nie. Wir haben die ganze Zeit auf der falschen Seite des Dachbodens gesucht.« Langsam gingen wir auf Mona Lisa zu.

»Also noch mal ganz von vorne«, sagte er und schaute die Kleiderpuppe an. »Du hättest ruhig mal was sagen können! Du hattest doch das alles genau im Blick.«

Ein Schauer durchfuhr mich, und die Haare auf meinen Armen stellten sich auf. »Ja«, sagte ich langsam. »Das hatte sie. Alles genau im Blick.« Meine Stimme war heiser, aber nicht durch die ständigen Wiederholungen und den Staub. Ich spürte, wie meine Pumpe das Adrenalin durch die Adern förderte, und meine Hand zitterte leicht, als ich sie hob.

Mona Lisa starrte mich an. Langsam näherte ich den Zeigefinger ihrem rechten Auge, legte ihn darauf und atmete einmal tief durch. »Scheiße«, kam es von Zufall. »Deswegen haben uns ihre Blicke verfolgt. Die ganze Zeit.«

Ich nickte nur. Mona Lisa hatte wunderbar sorgfältig aufgemalte Augen mit großen Pupillen. Nur war die Schwärze auf ihrem rechten keine Farbe. Es war ein Loch.

»Tut mir leid«, sagte ich und packte den Hals der Kleiderpuppe. Ich zog daran, und er löste sich mit einem leichten Ploppen. Etwas rollte wie eine Roulettekugel im Kessel, als ich den Puppenkopf bewegte.

Ich drehte ihn um. Zufall zückte ein Klappmesser und schnitt den Hals am unteren Ende auf. Dann hielt er die Hand hin, und ich kippte den Schädel.

Das Geschoss war trotz des Stahlmantels an der einen Seite eingedrückt, wahrscheinlich die Folge des Einschlags in der Ritterrüstung. Aber die Züge aus dem Lauf des Revolvers waren genauso deutlich zu erkennen wie die feinen, dunklen Spuren. Es klebte Blut daran. Das Blut des Opfers.

Schweigend starrten wir auf das Projektil in Zufalls Hand.

Dann setzte ich der Puppe behutsam den Kopf wieder auf den Rumpf, zog den Kragen um den Hals und schob ihre Perücke gerade. »Danke«, sagte ich leise zu ihr.

Irgendwo schlug eine Turmuhr. Mitternacht wäre passend gewesen, aber sie schaffte es nur bis Viertel vor zwölf.

»Und?«, fragte ich schließlich. »Test bestanden?«
»Willst du meinen Job?«, erwiderte Hauptkommissar Rainer Zufall.
»Klar«, antwortete ich. »In ein paar Jahren.«
»Kriegst du.«
Mona Lisa schwieg und lächelte.

dachboden

Höher als der Dachboden liegt kein anderer Raum des Hauses, und in gewisser Weise ist das eine Sackgasse.

Zeit zu gehen

NADINE BURANASEDA

> *Ist's dann Sünde,*
> *Zu stürmen ins geheime Haus des Todes,*
> *Eh' Tod zu uns sich wagt?*
> *(aus: William Shakespeare, Antonius und Kleopatra)*

>brokendoll_98<
Kommt mir alles so unwirklich vor in dieser sternlosen Nacht. Aber sind tatsächlich hier: wir vier. Keine hat gekniffen. Lehn mein Fahrrad an den Gartenzaun. Will es grad abschließen, lass es dann sein. Brauch's nicht mehr. Die anderen verabschieden sich vom Taxifahrer, der ihnen die Rucksäcke aus dem Kofferraum reicht. Umarmen uns kurz, als er weg ist. Wortlos. 'n bisschen unbeholfen das Ganze vielleicht. Ist aber kein Wunder. Sehn uns heute zum ersten Mal. In echt. Oder: live und in Farbe, wie mein Biolehrer sagen würde. Dafür ist die Stimmung irgendwie feierlich. Kristin nickt mir zu. Sie scheint es eilig zu haben.

Hab mir die Mädchen anders vorgestellt. Schaun alle ganz normal aus. Na ja, bis auf Lisa mit dem Pony überm halben Gesicht. Ihre Haare sehn aus wie schwarze Zuckerwatte. Sie muss 'ne Menge Haarspray benutzt haben. Und ihre Klamotten sind auch nicht grad farbenfroh. Hab mich für mein Lieblings-Outfit entschieden: das graue Wollkleid mit dem weißen Stoffkragen, das mir Oma und Opa Weihnachten geschenkt haben.

Wenn ich an die beiden denke, kommen mir die Tränen. Hätten vielleicht warten sollen, bis sie es auch geschafft hätten. Kaum eine Woche ist es her, dass sie ausgezogen sind. Das Haus ist zu groß geworden. Und Oma hat in den letzten Monaten nicht mal die Treppe in den ersten Stock geschafft. Dabei haben sie fast ihr halbes Leben hier verbracht. Viel länger, als es mich geben wird. Wenn sie erfahren, dass wir es auf ihrem früheren Wäscheboden getan haben ... Opa wird das Herz brechen. Er hängt doch so an seinem kleinen Engel.

Kristin hat gesagt, dass es nicht anders ginge. Schließlich durften sie uns nicht so schnell finden. Das wäre das Schlimmste, was passieren könnte, hat sie gemeint. Natürlich hat sie recht. Sie hat sich auch das mit den Tabletten ausgedacht.

Bin froh, dass ich den Brief schon fertig hatte. Muss schließlich alles geregelt sein. Wer sich um meine beiden Meerschweinchen kümmern soll und so weiter. Will gar nicht dran denken. Fang sonst gleich wieder an zu heulen. Vermach Anna meine Cupcake-Rezeptesammlung. Sie weiß schon was damit anzufangen und denkt später vielleicht ab und zu an mich.

Hab meine Beerdigung genau geplant.»Summertime Sadness« sollen sie spielen. Hab den Song das letzte halbe Jahr rauf und runter gehört. Und alles muss in Weiß sein. Die Blumen. Der Sarg. Frag mich, ob sich die Trauergäste auch dran halten? Für den Anlass vielleicht nicht die passende Farbe, ist aber immerhin mein letzter Wille. Sozusagen. Denn zu 'ner weißen Hochzeit wird es nicht mehr kommen.

Stehn jetzt vor der Haustür. Blick hoch zu den nackten Fenstern. Sehn aus wie große schwarze Augen. Steck den Schlüssel ins Schloss. Hab für 'ne Sekunde Panik, dass er nicht mehr passt. Aber das ist totaler Blödsinn. Das Haus steht nicht mal zum Verkauf. Kristin knipst kurz ihre Taschenlampe an und will wissen, ob sich seit unserer letzten Mail schon Leute angekündigt haben, die das Haus besichtigen wollen. Schüttel den Kopf und geh vor.

War unentschieden. Hab mir immer gesagt, dass bessere Zeiten kommen. War lange optimistisch. Die anderen hatten das schon hinter sich, als ich sie übers Forum kennengelernt hab. Und Lisa hat ganz am Anfang schon geschrieben: Das Ziel des Lebens ist der Tod oder so ähnlich. Den Spruch hat sie von irgend so 'nem Psychofritzen. Für sie ist das Leben ein einziger Albtraum.

Eigentlich fehlt mir nichts. Bin gesund. Hab immer alles bekommen, was ich brauchte. Hab viele Freundinnen. Hab denen nur nichts davon erzählt, wie es in mir drin aussieht. In letzter Zeit war alles farblos. War nicht mehr glücklich. Innerlich. Hab mir eingeredet, dass ich so was wie Freude spüren müsse, wenn was Schönes passiert. War aber nicht so. Konnte nicht mal mehr richtig lachen.

Fühl mich innerlich wie tot. Kann nicht genau sagen, wann das angefangen hat. Vielleicht als Mama und Papa sich getrennt haben. Drei Jahre sind sie jetzt geschieden und schreien sich immer noch bei jeder Gelegenheit an. Seh meinen kleinen Bruder nur noch alle zwei Wochen. Wenn's hoch kommt. Er mag seine neue Familie nicht. So was ist mir zum Glück erspart geblieben. Hätte mich nicht an einen neuen Vater oder eine neue Mutter gewöhnen können.
Wie soll das auch gehen?

>Inkompatibel<
Es ist ganz schön kalt in diesem verlassenen Haus. Als hätte der Tod schon an die Tür geklopft. Marie kennt sich ja aus, hat uns nach oben geführt und öffnet gerade mit einem Stock die Dachbodenluke. Die Treppe knarzt, als sie die Leiter nach unten klappt. Muss husten, weil dabei eine Menge Staub aufwirbelt. Will gar nicht wissen, wie viele Spinnen uns da oben erwarten. Ekelhaft! Wenn Chris mich jetzt sehen könnte, würde er sich nur wieder über mich lustig machen.
Chris.
Er hat es nicht verdient, dass ich jetzt an ihn denke. Er ist ein solches Schwein! Die ganze Zeit hat er mich verarscht. Geschieht ihm recht, wenn ich wegen ihm abkratze. Das wird er sich den Rest seines Lebens nicht verzeihen können. Er soll immer an diesen Tag zurückdenken, an dem er das Todesurteil über mich gefällt hat. Jede verdammte Sekunde. Vielleicht kommt er dann endlich zur Vernunft und sieht ein, was er angerichtet hat.
Wo er diese Studentin nur aufgerissen hat? Hatte mich auch schon an der Uni eingeschrieben. Es wären nur noch ein paar Monate gewesen. Angeblich ist sie superschlau und hat dazu noch eine eigene Wohnung. Tja, wer hat, der hat. Verstehe das immer noch nicht. Wir waren wie füreinander geschaffen. Glaube das immer noch. Wir haben die letzten anderthalb Jahre jede freie Minute miteinander verbracht, Pläne für die Zukunft geschmiedet und all das. Wollten sogar in ein paar Monaten zusammenziehen. Jana, hat er geflüstert und mir tief in die Augen geschaut, du bist die Frau meiner Träume.

Und dann hat er mich fallen gelassen. Von einem auf den anderen Tag. War nur noch Luft für ihn. Aber am meisten hat er mich damit verletzt, dass er alles zurückgenommen hat. Kein Wort mehr von der großen Liebe. Wenn ich mit ihm darüber reden wollte, hat er mich behandelt wie ein Stück Scheiße. Als wäre ich rein gar nichts wert. Fühle mich auch genau so. Vielleicht liegt er gar nicht so falsch damit. *Bin* ein Stück Scheiße. Wer bin ich schon ohne ihn? Ein Niemand. So wie vor dem Tag, an dem wir uns ineinander verliebt haben.

War so verzweifelt. Ja, sicher, hatten uns schon öfters getrennt. Für ein paar Tage, bis wir uns wieder zusammengerauft haben. Aber diesmal, hat Chris gesagt, sei endgültig Schluss. Konnte es kaum fassen. Habe ihn tausendmal angerufen. Tag und Nacht. Zuletzt hat es mir schon gereicht, wenn ich für einen kurzen Moment seinen Atem hören konnte. Habe auch angefangen, ihm Briefe zu schreiben. Kamen alle zurück. Ungeöffnet. Stand zuletzt nächtelang vor dem Mietshaus, in dem sie sich mit ihm vergnügte. Alles hat sich in mir verkrampft. Hab fast keine Luft mehr bekommen, so sehr hat mich diese Vorstellung geschmerzt. Saß in Papas Auto und habe einfach geschrien, bis ich nicht mehr konnte. Danach ging es mir nicht besser. Im Gegenteil: Dieses Gedankenkarussell hat sich immer weiter gedreht. Schneller und schneller. Habe darüber gebrütet, was ich falsch gemacht habe, aber mir ist nichts eingefallen.

Alle haben versucht, mir Chris auszureden. Andere Mütter haben auch schöne Söhne, hat meine Tante gesagt. Was für ein Gewäsch! Sie hatten keine Chance. Wollte immer nur ihn und sonst keinen.

Habe schon öfters daran gedacht, mich umzubringen, um es Chris heimzuzahlen. Vor einem Monat ist er bei ihr eingezogen. Da war mir klar, dass es so nicht weitergeht. War regelrecht erleichtert, als die Entscheidung stand. Alles fühlte sich mit einem Mal so einfach an.

Marie ist erst fünfzehn Jahre alt. Hätte nicht gedacht, dass sie das hier durchzieht, als Jüngste in der Runde. Als sie gerade den Mantel ausgezogen hat, ist ein Ärmel von ihrem niedlichen Kleid hochgerutscht, in dem sie aussieht wie eine Porzellanpuppe. Habe die roten Striemen gesehen. Muss sich schon 'ne ganze Weile geritzt haben. Die Narben hat sie nicht erst seit gestern. Aber was soll's? Einen Schönheitswettbewerb wird sie eh nicht mehr gewinnen. Lisa ist dagegen eine von der ganz harten Sorte. Sie hat längst mit allem abgeschlossen. Ohne Zweifel. Sieht fast schon gelangweilt aus, wie sie ihre Klamotten hinwirft und sich im Schneidersitz auf den Boden fallen lässt. Als würde sie das alles hier nichts mehr angehen. Wette, dass sie sich nicht einmal die Mühe gemacht hat, ein paar letzte Worte zu schreiben. Habe meinen Brief unters Kopfkissen gelegt. Bin das meiner Familie schuldig. Sie sollen nicht denken, dass sie mich hätten aufhalten können.

Das kann niemand.

Nicht einmal Chris.

Dafür ist es zu spät.

>PsychoGirl_666<

Komm mir vor wie auf einer dieser dämlichen Pyjamapartys. Wo bleibt Mama mit den Keksen und dem warmen Kakao? Frag mich, wozu wir noch die Schlafsäcke mitbringen sollten. Damit wir es schön bequem haben, wenn wir tot sind? Lächerlich! Als würde das noch irgendetwas ändern. Der Tod ist das Nichts. Wird Zeit, diese sinnlose Existenz zu verlassen.

Es heißt, dass einem der Rest seines Lebens so lang vorkommt wie die ersten achtzehn Jahre. Was für eine beschissene Aussicht. Will das gar nicht wissen. Die meisten Menschen auf diesem Planeten sind nur auf ihren eigenen Vorteil aus. Alles Arschlöcher. Es dauert nicht mehr lange, bis der erste Mensch auf dem Mars landet. Und auf der anderen Hälfte der Erdkugel verhungern sie oder sterben an Aids wie die Fliegen. Ganz zu schweigen von all den Kriegen. Wie zivilisiert wir sind. Willkommen im 21. Jahrhundert!

Und uns *alle* trifft Schuld:

Menschen beuten die Natur aus.

Menschen beuten Tiere aus.

Menschen beuten Menschen aus.

Ohne jede Rücksicht. Wie kann man jeden Morgen mit ruhigem Gewissen in den Spiegel blicken? Wie? Das kann mir niemand sagen. Ertrag das alles nicht mehr.

War ja eher für eine härtere Methode. Hätte mir Erhängen gut vorstellen können. Ein Schritt, und du bist weg. Jana hat irgendwo gelesen, dass einem der Kopf abreißt, wenn man es nicht richtig macht. Kristin und Marie haben auch dagegen gestimmt. Das nennt man wohl Gruppenzwang.

Die anderen sind fast noch Kinder. Bis auf Kristin vielleicht. Die macht einen reiferen Eindruck. Scheint ganz ruhig zu sein. Wäre mal ein sympathischer Zug an ihr. Aber nein. Jetzt will sie, dass wir im Kreis zusammenrücken und uns bei den Händen fassen. Gott, wie pathetisch. Gleich wird sie wieder von dem Pakt anfangen, den wir geschlossen haben. Von dem Zeichen, das wir – jede für sich – setzen werden. Das hatten wir doch schon alles, Mädel! Sag aber kein Wort, lohnt den Sauerstoff nicht. Bin in Gedanken eh schon ganz weit weg. Niemand wird mich vermissen. Nicht wirklich. Und die, die so tun, sind verdammte Heuchler.

Kristin öffnet das Hauptfach ihres Rucksacks und holt eine Menge Tablettenschachteln hervor, die sie vor sich auf dem staubigen Boden aufreiht. Asche zu Asche. Staub zu Staub. Wie passend. Wirklich krass, sie muss eine ganze Apotheke leergeräumt haben. Wir wären nie so schnell an so viele Medikamente gekommen, das ist mal klar. Konzentriert macht sie eine Packung nach der anderen auf und beginnt, vier Plastikbecher mit Pillen zu füllen. Klack. Klack. Klack. Für jede einen. Als sie fertig ist, lässt sie eine Flasche Wodka rumgehen. Damit würde es leichter gehen, meint sie. Ihre Augen glänzen. Fast schon fiebrig.

»Und was passiert danach?«, will Marie wissen und schluckt die erste Tablette. Die Kleine sieht echt verloren aus zwischen all dem Gerümpel, das ihre Großeltern auf dem Dachboden zurückgelassen haben. Diese gusseiserne Badewanne da hinten muss noch aus einem anderen Jahrtausend stammen.

Mir ist egal, was sie danach mit mir machen.
Ein Pappsarg wird's auch tun.
Biologisch abbaubar.
Fertig.

>Frl_Abyss<
Der Alkohol brennt in meiner Kehle. Bald ist es vorbei. Sie haben alle brav ihre Tabletten geschluckt und sich in ihre Schlafsäcke gelegt. Selbst Lisa hat nicht protestiert. Sie hat die Arme hinterm Kopf verschränkt und starrt jetzt den bleichen Mond durchs Dachfenster an. Das wird das Letzte sein, was sie in ihrem Leben zu sehen bekommt.

Jana ist eigentlich eine attraktive junge Frau. Sportlich und nicht so künstlich aufgehübscht wie die meisten in ihrem Alter. Aber sie wirft ihr Leben für diesen Typen weg. Ihr Gesicht ist schon ganz grau. Und ihre Augen sind eingefallen. Sie ist nur noch ein Schatten ihrer selbst und muss die letzten Nächte kaum geschlafen haben. Nicht gerade gesund für meine Begriffe. Selbst schuld, wenn man sich auf solche Mistkerle einlässt.

Bei den anderen kann ich es eher verstehen. Lisa ist ein Fall für sich. Sie kann sich nicht mit dem Leben abfinden. Das kommt vor. Marie tut mir am meisten leid. Aber es ging nicht anders. Ein, zwei Wochen später hätte sie es sich vielleicht anders überlegt. Aber wir brauchten doch das Haus. So eine Chance darf man sich nicht entgehen lassen. Hier ist es still und einsam, genau der richtige Ort. Elefanten ziehen sich auch zum Sterben zurück.

Im Grunde genommen sind sie alle gleich, auch die anderen vor ihnen: Sie sind alle zu feige zu leben. Das habe ich schnell erkannt. Na, und? Reisende soll man nicht aufhalten.

Sie glauben, ich hieße Kristin. Was mein Alter anbelangt, habe ich natürlich auch gelogen, aber zum Glück sehe ich jünger aus. Seit meiner Volljährigkeit muss ich allerdings vorsichtiger vorgehen, meine Spuren noch besser verwischen. Werde mir als Erstes die Haare färben. Brünett wird mir sicher gut stehen.

Nehme noch einen Schluck aus der Flasche und lass die letzte Tablette genau wie die anderen zuvor in meiner Jackentasche verschwinden. Es war eine ganz schöne Herausforderung, dabei nicht ertappt zu werden. Beim nächsten Mal entscheide ich mich besser für eine andere Todesart. Die Pulsadern aufschneiden zum Beispiel. Oder von der Brücke springen. Das wäre mal etwas Neues.

Packe mein Zeug und drehe mich noch einmal um: Wie friedlich die drei aussehen. Wie Puppen in ihrem Kokon. Als würden sie schlafen und nur darauf warten, als Schmetterlinge wieder zu erwachen. Das ist der Kreislauf des Lebens.

Träumt schön, ihr Süßen!

Es ist Zeit zu gehen.

dachboden

Der Gang in wenig genutzte Räume, wie etwa auf den Dachboden, kann einer Expedition gleichkommen. Manchmal kehren die Abenteurer gewandelt zurück.

Auf deine Lider senk ich Schlummer

ALEXANDER PFEIFFER

> *Auf deine Lider senk ich Schlummer,*
> *auf deine Lippen send ich Kuß,*
> *indessen ich die Nacht, den Kummer,*
> *den Traum alleine tragen muß.*
>
> (aus: Gottfried Benn, »*Auf deine Lider senk ich Schlummer*«
> Sämtliche Gedichte, Klett-Cotta, Stuttgart 1998)

Von da oben kommen Geräusche, die da nicht sein sollten. Gar nichts sollte da sein. Weil da niemand ist. Nur ein verdammter Speicher ist da, ein Dachboden voller Staub, Spinnweben, zurückgelassenem Müll und ausrangierter Möbelstücke der Vormieter, praktisch direkt über meiner Zimmerdecke.

Die Wohnung ist neu. Teil eines neuen Lebens. Hoffe ich jedenfalls. Noch bin ich dabei, mich einzurichten. An diesem Schreibtisch hier sitze ich drei Stockwerke hoch über dem Straßenlärm. Über mir und diesem Speicher haust ein Schlag Tauben, dann kommt nur noch der Himmel.

Direkt unterhalb meines Fensters schwankt eine Laterne an einem dicken Draht über der Straße im Wind. Ihr gelber Schein tastet den Asphalt ab, während sich in den Fensterscheiben gegenüber die Lichterfront eines Kinos spiegelt. Tagsüber brüten hinter diesen Scheiben BWL-Studenten. Wenn sie wollten, könnten sie zu mir reinschauen, wie ich am Schreibtisch sitze. Aber ich sitze selten tagsüber hier.

Wenn ich die drei Stockwerke runter gehe und aus der Haustür trete, tagsüber, dann stellt sich mir eine Traube aus Fahrgästen der städtischen Verkehrsbetriebe entgegen, aus Einkäufern und Rumtreibern, aus überforderten Jungmüttern mit Kinderwagen und lebenssicheren BWL-Studentinnen mit Aktenordnern. Aber ich gehe selten tagsüber runter.

Ein Kollege hat mir mal gesagt, wenn man in unserem Job anfängt, Tagebuch zu schreiben, dann ist das der Anfang vom

Ausstieg. Ich habe erst kürzlich mit dem Schreiben angefangen. Nicht jede Nacht. Aber fast jede. Ich schreibe ein Heft voll, schmeiße es weg, fange ein neues an. Ich habe einen ganzen Stapel davon im Regal neben dem Schreibtisch. Ein Sonderangebot aus dem Kaufhaus.

Langes Wochenende. Mit dem Tag der Arbeit am Montag als Draufgabe. Kampftag der Arbeiterbewegung – und alle haben frei. Die Stammkunden sind ganz versessen darauf, dass ihnen die Vorräte nicht ausgehen. Erst in letzter Minute entscheiden sie sich, was zu kaufen, aber dann brauchen sie es sofort. Mein Handy gibt kaum Ruhe.

Es ist neun Uhr am Abend, als ich aus dem Haus trete. Die Fahrgäste der städtischen Verkehrsbetriebe, die Einkäufer und Rumtreiber, die überforderten Jungmütter mit ihren Kinderwagen und die lebenssicheren BWL-Studentinnen mit ihren Aktenordnern haben sich alle verzogen. Der Wind treibt alte Zeitungen und Werbeprospekte durch die Straße. Vor dem Kino steht mein BMW. Die schwarze Lackierung des 3er Coupés glänzt in der Lichterfront, die einen Film namens *Safe Haven* ankündigt. Die Xenon-Scheinwerfer blitzen auf, als ich die Türverriegelung aufschnappen lasse, das Chrom der Sternspeichen glänzt kurz im Licht.

Im Wageninneren tauchen die Lichtleisten in den Türen und Seitenverkleidungen alles in ein warmes Rot. Das lässt mich auf meinen Wegen durch die dunkle Stadt besonders gut entspannen. Die sechs Zylinder unter der Haube arbeiten sauber und präzise, und als ich bei meinem ersten Kunden ankomme, ist mein Kopf angenehm entleert von der Fahrt.

Ich bin schon fast wieder aus seiner Bude raus, als wieder diese Kopfschmerzen einsetzen. »Wart mal noch 'n Augenblick, Mann«, hält er mich auf. »Lass uns doch noch was quatschen.«

»Nichts für ungut. Da warten noch ein paar Kunden.«

»Schon klar, Mann. Aber hast du dir schon mal überlegt: Wenn es keinen Gott gibt, wie konnten wir dann auf ihn kommen? Ich meine, die Vorstellung von Gott setzt doch die Existenz Gottes voraus.«

»Ich muss weiter«, sage ich und greife nach der Türklinke.
»Wenn die Vorstellung von Gott also den Menschen von Gott eingepflanzt wurde, was ist dann die Rolle des menschlichen Denkens? Das ist es doch! Nicht der Glaube, das Denken!«
Seine Hand liegt jetzt auf meinem Arm, hinter meiner Stirn pocht es.
»Glaubst du auch, alle unsere Gedanken sind auf einem Tonband, das uns bei der Geburt ins Hirn gepflanzt wird? Und das spult einfach los.«
Ich schaffe es durch die Tür, knalle sie ihm in sein Gesicht, das weiter Worte absondert. Die Kopfschmerzen nehme ich mit auf den Weg zu den anderen Kunden. Da sind viele, die sich ausquatschen wollen. Es ist wie ein Zwang. Meine Philosophie lautet: Wenn du nichts zu sagen hast, dann sag auch nichts. Die denken, sie könnten mir alles erzählen. Dinge, die sie sonst niemandem sagen würden. Als wäre ich eine Art Gespenst, gar nicht wirklich da.

Das Büro vom Boss in der Taunusstraße ist offiziell der Sitz eines Immobilienmaklers. Ist der Bruder vom Boss. Bleibt alles in der Familie.
»Du siehst 'n bisschen angegriffen aus«, höre ich zur Begrüßung.
»Schlecht geschlafen«, murmele ich.
»Hier, nimm Vitamin C.«
Er schnippt mir eine Kapsel in die Hand. Nach Vitamin C sieht sie nicht aus. Ich greife nach der angebotenen Coladose und spüle die Kapsel runter. Klatsche mir mit den Handflächen ins Gesicht, reibe den Nacken. Der Boss lächelt mich an.
An einem der Schreibtische sitzt Armand, portioniert die Ware und stellt Lieferungen zusammen. Er nickt mir zu.
»Hast du Zeit? Ich hab da was für dich. Dicke Bestellung.«
Er hält mir einen Zettel hin.
»Und auf dem Rückweg kannst du beim Royal Orchid vorbeifahren und uns was zum Mampfen mitbringen«, sagt der Boss.
Draußen auf der Straße ist es besser. Das in Rot getauchte Wageninnere, das Schnurren des Motors und das Vitamin C helfen. Wie ein Gespenst wehe ich durch die dunkle Stadt. Mache meine Liefe-

rung. Besorge das späte Abendessen für den Boss und Armand und mich.

Ich warte an einer Ampel, als etwas am Winkel meines rechten Auges zieht, mich veranlasst, den Kopf in seine Richtung zu drehen. Eine Frau. Sie überquert die Straße. Sie läuft vor meiner Windschutzscheibe vorbei, und das Pochen hinter meiner Stirn ist wieder da. Heftig. Als könnte ich es in meinen Ohren hören.
Ich lasse die Scheibe an der Fahrertür herunter. »Sarina!«
Sie zuckt zusammen. Dann dreht sie sich um, und ihre Augen erfassen mich.
Ich setze ein Grinsen auf. »Kann ich dich ein Stück mitnehmen?«
Sie zögert. Es sieht aus, als wollte sie einfach weitergehen.
»Komm schon. Wo musst du hin? Ich bringe dich.«
Tatsächlich gibt sie sich einen Ruck, steigt zu mir in den Wagen.
»Du musst mir nicht aus dem Weg gehen«, sage ich. »Ich bin sauber.«
»Ach ja?« Sie schaut sich im Wagen um. »Was ist in der Tüte, hm?« Sie deutet mit dem Daumen auf den Rücksitz.
»Frühlingsrollen«, sage ich. »Mit süßsaurer Soße und Zitronensoße, halb und halb.«
Sie lacht. Ich schaue in ihre Augen, dann lache ich auch.
»Sieh nach«, dränge ich sie. »Mach schon.«
Sie greift sich die schwere Packpapiertüte von der Rückbank. Als sie sie aufmacht, füllt sich der Wagen mit dem Geruch von roten Chilis, Soja und Zitronengras, und wir lachen beide noch mehr.
Sie dirigiert mich zu einem mehrstöckigen Altbau in einer der kleinen Seitenstraßen der Biebricher Allee. Ich lasse den Wagen an den Bordstein rollen, mache den Motor aus und schaue an der Hausfassade hoch.
»Wohnst du jetzt hier?«
»Mach's gut. Und vielen Dank fürs Herbringen.«
Sie greift nach dem Türöffner, ist schon halb aus dem Auto, als ich ihr Handgelenk noch eben erwische.
»Darf ich dich mal anrufen?«
»Schätze, du hast meine neue Nummer nicht.«
»Nein.«

»Dann dürfte das schwierig werden.«
Sie macht sich los, knallt die Tür zu und ist gleich darauf im Hauseingang verschwunden.

Ich beende die Nacht im Kiosk Somar, direkt am Platz der deutschen Einheit. Erschöpft. Mein Kopf wartet darauf, leer geschrieben zu werden. Ich will nur noch ein Feierabendbier und ein Gespräch mit meinem Kollegen Damian. Wir haben uns übers Handy verabredet. Keine Ahnung, ob er mit dieser Tagebuchsache recht hat, aber seine Tipps haben mir schon oft geholfen.

Ich finde einen Parkplatz ein Stück die Straße hoch und suche unseren Treffpunkt auf, unten an der Straßenecke, diese letzte Zuflucht, wo wir und noch einige andere das finden, was uns in den Morgen bringt. Ein Euro die Flasche und über die Lautsprecher dunkle Frauenstimmen, gebadet in pulsierenden Jazz. Damian wartet schon auf mich. Er zieht mich mit sich nach draußen, wo wir unter dem gelben Licht der Straßenlaternen in dem langgezogenen Schatten stehen, den der kahle Neubau von gegenüber wirft.

»Muss nicht unbedingt sein«, sagt er, »aber die könnten dir demnächst auf die Füße treten.«

»Was? Wieso?«

»Hast du das nicht mitgekriegt, Mann? Die ›einschüchternden Neubauten‹?«

Er reckt sein Kinn in Richtung der blanken Betonmauern, aus denen eine Sporthalle werden soll. Darüber ragen Baukräne in den nächtlichen Himmel.

»Die Zeitung war voll davon«, sagt Damian. »Pauline Hark, eine Studentin aus gutem Hause, anscheinend von der Wiesbaden Business School, lag vorgestern Morgen tot da drüben zwischen den Zementsäcken. War voll bis unter die Kiemen. Jetzt machen sie Jagd auf unsereins. Du kanntest die Kleine nicht zufällig?«

»Wer weiß.« Ich zucke die Schultern. »Danke jedenfalls für die Warnung.«

Das Pochen hinter der Stirn. Schon wieder. Keine Ahnung, ob sich das weg schreiben lässt heute Nacht. Ich schnappe mir mein Feierabendbier und verabschiede mich.

Zu Hause checke ich diesen verdammten Speicher. Greife mir eine Taschenlampe, ziehe die schmale Klappe zu der Luke in der Decke des Treppenhauses vor meiner Wohnungstür herunter und lasse die darin integrierte Leiter herunter. Der Staub, die Spinnweben, der zurückgelassene Müll und die ausrangierten Möbelstücke der Vormieter liegen im Dunkeln. Nur durch zwei kleine Dachfensterchen fallen Stücke des blassen Nachthimmels herein.
Ich muss aufpassen, dass ich mir nicht den Kopf an den Balken der Dachschrägen stoße. Ich leuchte in sämtliche Ecken und Winkel. Ich mache mich ganz steif, bewegungs- und geräuschlos. Von hier oben können gar keine Geräusche kommen. Weil hier niemand ist. Und auch nie jemand hier hoch kommt. Niemand außer mir. Deshalb habe ich ja diesen Platz ausgewählt als Lager für die Ware.

Ich kann nicht schlafen. Die dunklen Fenster der Wiesbaden Business School schauen zu mir herein, wie ich am Schreibtisch sitze. Der Platz der deutschen Einheit mit den »einschüchternden Neubauten« liegt nur ein Stückchen die Straße runter im Dunkel. »Einschüchternde Neubauten«, pfff. Die Fantasie dieser Zeitungsschmierer müsste man haben.
Ich lege mich mit dem Laptop aufs Bett. Lege eine DVD ein: *Light Sleeper*, ein Film über einen Typen, der unter Schlaflosigkeit und einem fehlenden Ziel im Leben leidet. Die Songs des Soundtracks klingen so kalt, als würde da einer aus einem Kühlschrank heraus singen. So kalt wie die Lichter, die in dem Film aufs New Yorker Straßenpflaster knallen.
Irgendwann mischen sich die Bilder des Films mit denen aus meinem Kopf, während der Schlaf mich mit sich hinabzieht in eine fremde Welt. Oder doch nicht so fremd. Ist ja alles meins, alles in mir drin, richtig? Als Kind, da wurde ich jede Nacht sogartig in meine Träume hinabgezogen. Das Aufwachen am Morgen fühlte sich an, als würde ich mit dem Kopf durch eine Wasseroberfläche stoßen. Später, mit dem Ende der Kindheit, brachen die Trennlinien zwischen Träumen und Aufwachen dann einfach weg.

Tag der Arbeit. Einiges an Arbeit für mich. Gut so. Es ist schlimmer, wenn ich frei habe. Im Büro vom Boss herrscht hektische Betriebsamkeit. Armand hat mehrere Pakete auf seinem Schreibtisch. Er kümmert sich darum, eine gerade eingetroffene Lieferung aus Rotterdam zu strecken, abzuwiegen und zu portionieren. Armand arbeitet unglaublich präzise. Und der Boss weiß, dass es keinen Sinn macht, seinen Kunden zermahlenes Glas mit Koffein andrehen zu wollen. Er verkauft Qualität zu entsprechenden Preisen. Wenn ich der Boss wäre, würde ich wieder drauf kommen. Das ist nichts für mich. Und wenn das stimmt, was Damian gesagt hat, dann hat mein Ausstieg ja ohnehin schon begonnen. Die Tagebücher. Lauter Bekenntnisse für die Müllabfuhr.

»Jequier ruft«, sagt der Boss in meine Richtung, das Telefon am Ohr. Er gestikuliert wie ein Börsenmakler an der Wall Street.

Ich raffe mich aus dem Bürostuhl hoch. Gähne. Reibe meine Fäuste in den Augenhöhlen. »Ich hatte gehofft, wir hätten mal 'ne ruhige Nacht vor uns.«

»Ruhe? Hast du nicht in die Glotze geguckt?«

»Nein, ich hab so was nicht.«

»Du hast keinen Fernseher?«

»Nein.«

»Tja, wenn du einen hättest, dann wüsstest du, dass Ruhe so ziemlich das Letzte ist, was wir in nächster Zeit haben werden.«

»Was meinst du?«

»Die ›einschüchternden Neubauten‹! Das Mädel aus gutem Hause als gefallener Engel auf dem harten Baustellenasphalt. Die geben so schnell keine Ruhe, Mann!«

Jequier ist einer unserer wichtigsten Kunden. Ein Schweizer. Keine Ahnung, was er genau macht. Er hat mich ins St. Josefs-Hospital bestellt. Das gefällt mir nicht. Ich bin auf Draht, als ich durch die hell erleuchteten Gänge des Krankenhauses in Richtung Notaufnahme laufe.

Jequier lehnt im Aufenthaltsraum an der Wand. Er sieht aus, als hätte er schon länger nicht mehr geschlafen. Ich stupse ihn von der Seite an.

»Was ist los?«
Er erkennt mich, zieht mich zu sich ran. Ich rieche seinen Atem.
»Das glaubst du nicht. Was für 'n Albtraum. Ich hatte da diese Tussi, die ist total durchgeknallt, Mann. Ich dachte, die legt mir 'nen Exitus hin. Hat sich den Stoff gerüsselt, als wüsste sie, worum's geht. Und schwächelt dann komplett. Dabei kenne ich die überhaupt nicht, ich hätte sie gar nicht hierher bringen müssen.«
»Ist sie wieder okay?«
»Ja, ja. Ich hab sie heute Nacht erst kennen gelernt. Und die hat sich vielleicht durchorgeln lassen, Mann. Was für ein Albtraum – minderjährig! Wer ahnt denn so was?«
»Komm mit raus. Hier drinnen mache ich keine Geschäfte.«

Jequier und ich sind quitt, ich will zurück zum Parkplatz und meinem BMW, da steht Sarina vor mir. Wie ein Gespenst aus dem Dunkel. Als hätte das Tonband meiner Gedanken die Bilder aus meinem Kopf in die reale Welt gespult.
Ich strecke die Hand nach ihr aus. »Was machst du hier?«
»Meine Mutter. Sieht so aus, als geht es zu Ende.«
»Deine Mutter?«
Sie nickt.
Ich greife nach ihrem Arm. »Du siehst müde aus. Kann ich dich zu einem Kaffee einladen?«
Ich gehe wieder nach drinnen mit ihr, wieder unter diesen kalten Lichtern, die auf den blanken Linoleumboden knallen. Ich werfe ein paar Münzen in den Kaffeeautomaten, und wir suchen uns Stühle.
»Seit wann ist sie krank, deine Mutter?«
»Ein Jahr.«
Ich suche ihre Augen mit meinen. »Vor einem Jahr, da hätte ich dir noch helfen können. Wenn du mich gelassen hättest.«
»Du? Irgendwem helfen?« Ihre Augen sprühen Funken. »Wenn du so was kannst, warum hilfst du nicht dir selbst?«
»Das hab ich getan. Ich hab mich geändert, ich habe ein neues Leben. Ich bin sauber.«
»Schön für dich.«

»Warum gehst du mir aus dem Weg? Hast du vergessen, wie glücklich wir miteinander waren?«
»Wir waren nicht glücklich.« Sie wirft ihren Kopf in den Nacken.
»Wir waren entweder hinter Drogen her oder in der Hölle. Meistens in der Hölle.«
»Wir hatten auch gute Zeiten. Erinnerst du dich? Wir haben die ganze Nacht getanzt, draußen auf der Straße mit Freunden. Das war Magie.«
»Du warst drei Monate verschwunden, ohne ein Wort zu sagen! So viel zu deiner Magie.«
»Wir waren glücklich«, beharre ich. Wie ein trotziges Kind.
»Das nennt man euphorische Erinnerung«, lacht sie. »Man erinnert sich nur an das Gute, den Rest verdrängt man.«
»Wir waren verliebt.«
Jetzt treffen sich ihre Augen doch mit meinen. »Ja.«
»Wir waren glücklich.«
»Nein. Das nicht.«

Eine letzte Kundin noch, dann hat auch diese Nacht ein Ende. Sie hat ein paar Freundinnen bei sich zu Hause versammelt. Alles Frauen jenseits der vierzig, vielleicht auch deutlich älter, es ist schwer zu sagen bei diesen hochklassigen Frauen, die ihre Ehemänner längst losgeworden sind und mit dem Geld ihrer Ehemänner auch die Cellulite und die Falten losgeworden sind.
Wir begrüßen uns mit gehauchten Küsschen über beiden Wangen. Ihre Augen glitzern.
»Was liegt an heute Nacht?«, frage ich.
»Nur eine kleine Party.«
Ihre Freundinnen reißen mir die Ware förmlich aus den Händen. Als ich unser Firmenmotto rezitiere, »OGKW – ohne Geld keine Ware«, glitzern die Augen der Frauen so kalt wie die Lichter, die von der Deckenleuchte auf den Glastisch knallen.
»Mit Geld bin ich grade ein bisschen knapp. Aber bleib doch noch ein bisschen, dann werden wir schon einen Weg finden, dich zu entlohnen«, meint die Kundin, und ihr alles sagender Blick schließt auch ihre Freundinnen mit ein.

»Nichts für ungut. Da wartet noch jemand zu Hause auf mich.«
»Du weißt nicht, was du versäumst.«
»Sollte mir gut tun, ein bisschen was zu versäumen. Ich hatte schon zu viel. Von allem.«
Zu Hause wartet nur ein Schreibtisch auf mich, drei Stockwerke hoch über dem Straßenlärm. Und ein Stapel Schreibhefte im Regal daneben. Und von da oben wieder die Geräusche, die da nicht sein sollten.
Fühlt sich so der Anfang vom Ausstieg an? Und wenn schon unsere Vorstellung von Gott die Existenz Gottes voraussetzt, was soll dann überhaupt all dieses menschliche Denken? Dieser letzte Gedanke füllt die letzte Seite meines Hefts. Ich schmeiße es in den Papierkorb, bevor der Schlaf mich mit sich hinabzieht in eine Welt aus Bildern, die ich nicht zuordnen kann.

Wenn ich tagsüber die drei Stockwerke runter gehe, dann zum Beispiel, um den Inhalt dieses verdammten Papierkorbs in den Müllcontainer im Hof zu leeren. Diese Tagebücher. Lauter Bekenntnisse für die Müllabfuhr. Während ich sie zu den Küchenabfällen kippe, die die Mieter der Wohnungen in den ersten beiden Stockwerken hier abladen, blitzt irgendwo über mir etwas auf. Wie Glas in der Sonne. Ich schaue auf. Zu den Fenstern der ersten beiden Stockwerke. Zu den Fenstern meiner Wohnung. Zu den zwei kleinen Dachfensterchen. Da ist nichts. Weil da niemand ist. Niemand sein sollte.

Aber wenn ich schon die drei Stockwerke runter gegangen bin, tagsüber, dann kann ich auch aus der Haustür treten. Und nach Sarinas Mutter schauen. Ich bin fähig zu helfen. Nicht nur mir selbst.

Die Stationsschwester des St. Josefs-Hospitals nennt mir die Nummer des Zimmers, und ich gehe hinein, setzte mich an das Bett der bewusstlosen Frau, der ich vor etwa fünf Jahren zum ersten Mal vorgestellt worden bin und deren Körper nun an Apparate angeschlossen ist, die aussehen wie kleine Rechenmaschinen, die sich redlich bemühen, eine knifflige Aufgabe zu lösen.

Ich weiß nicht, wie lange ich schon hier gesessen habe, als sie plötzlich in der Tür steht, vielleicht schon seit Minuten dort steht

und mich betrachtet. Sarina. Sie legt den Zeigefinger über ihre Lippen. Ich folge ihren Gesten hinaus auf den Gang. Sie greift nach mir.
»Du fehlst mir«, sagt sie. Dann küsst sie mich. Einfach so. Ich halte sie fest.
»Du hast mich vier Jahre meines Lebens gekostet«, atmet sie in mein Ohr. »Weißt du das?«
»Komm mit zu mir«, sage ich.
Als wir in der Wohnung sind und auf mein Bett sinken, schauen die hell erleuchteten Fenster der Wiesbaden Business School zu uns herein. Wenn sie wollen, können die BWL-Studenten jetzt etwas zu sehen bekommen.
»Hast du jemals Sex gehabt und warst völlig klar dabei?«, frage ich.
»Nicht mit dir«, sagt sie.

Jequier hat mich um Punkt Mitternacht ins *Park Café* bestellt. Schon als ich den Laden betrete, spüre ich, dass da etwas ist, was da nicht sein sollte. Kein Blitzen diesmal. Eher ein Schatten. Jequier lehnt an der Bar und sieht deutlich ausgeschlafener aus als letzte Nacht.
»Was ist aus der Sache geworden?«, frage ich ihn.
»Woraus?«
»Was meinst du denn? Aus deiner Minderjährigen da im St. Josefs-Hospital!«
Er zuckt mit den Schultern. »Kein Problem. Aber kannst du dir das vorstellen, Mann, die Tussi ist kaum ein paar Stunden da raus, da ruft sie mich an und will sich mit mir treffen. Fragt, ob ich noch mehr von dem Zeug für sie habe. So was Verrücktes.«
»Lass dir jetzt nichts anmerken«, sage ich und berühre ihn leicht am Ellbogen. »Schau mal die Bar runter Richtung Eingang. Ein dunkelhaariger Typ, Ende zwanzig, Lederjacke und Jeans. Jede Wette, der ist an dir dran. Ganz sicher seit ich hier drin bin.«
Sein Gesicht zuckt in die Richtung, die ich angedeutet habe.
»Kennst du ihn?«
»Ich hab so 'n Gefühl.«

»Na ja.« Er zuckt die Schultern. »Dann vergiss das mal für heute. Komm morgen Abend zu mir nach Hause. Um zehn.«

Zu Hause steige ich noch einmal auf den Speicher hinauf. Durch die schmale Luke in das vor Staub flirrende Dunkel. Die Ware ist noch da. Sonst nichts. Nichts, was Geräusche machen könnte. Oder Blitze. Ich werde mal tagsüber hier rauf gehen müssen.

Am Schreibtisch versuche ich über einem neuen Heft die Bilder aus meinem Kopf zu sortieren. Die »einschüchternden Neubauten« unter dem gelben Licht der Straßenlaternen. Ein gefallener Engel auf dem harten Baustellenasphalt. Kalte Lichter, die aufs Straßenpflaster knallen. Die hell erleuchteten Gänge des St. Josefs-Hospitals. Eine Minderjährige am Rande des Exitus. Sarinas Mutter bewusstlos in ihrem Bett. Sarinas Lippen, die zu mir sprechen. Mich küssen. Sarina. Ich muss eingeschlafen sein, nach dem Sex. Als ich wieder erwachte, war es Abend und sie fort. Ohne Spur, ohne Nachricht. Wie die Bilder aus einem Traum.

Ich bin fähig, mich zu ändern. Es geschieht bereits. Es steht alles in diesen Tagebüchern. Lauter Bekenntnisse für die Müllabfuhr, vielleicht. Aber vielleicht auch der Anfang vom Ausstieg.

Niemand hat Sarinas neue Nummer. Nicht mal die Auskunft. Und die Stationsschwester des St. Josefs-Hospitals sagt mir, dass sie solche Daten nicht am Telefon weitergeben darf.

»Sind Sie ein direkter Verwandter?«, fragt sie.

»Ja«, sage ich. »Ich bin der Schwiegersohn Ihrer Patientin.«

»Es tut mir sehr leid, aber Ihre Schwiegermutter ist heute Nachmittag gestorben.«

Als ich aus dem Haus trete, finde ich mich mitten in der täglichen Traube aus Fahrgästen der städtischen Verkehrsbetriebe, Einkäufern und Rumtreibern, überforderten Jungmüttern mit Kinderwagen und lebenssicheren BWL-Studentinnen mit Aktenordnern wieder. Ich gleite durch sie hindurch wie ein Gespenst aus dem Dunkel. Trotzdem nimmt einer Notiz von mir. Ein dunkelhaariger Typ Ende zwanzig in Lederjacke und Jeans.

Als er registriert, dass ich ihn bemerkt habe, will er sich schnell davon machen. Doch ich stelle ihn unter der jetzt noch blassen

Lichterfront des Kinos. Packe ihn an der Schulter und zwinge ihn, sich zu mir herum zu drehen.

»Hey, Schnüffler!« Ich dränge ihn gegen die Glasscheibe, hinter der Plakate und Szenenfotos den Film *Safe Haven* bewerben. »Wollt ihr mir auf die Füße treten? Hast du deinen Rüssel da oben schon in meine Ware gesteckt?«

Er stößt mich von sich. »Seh' ich aus, als wär' ich vom Rauschgiftkommissariat?«

»Du siehst für mich aus wie ein Schnüffler. Und ich weiß, dass ihr da seid. Wahrscheinlich schon seit meinem Einzug.«

»Keine Ahnung, wovon du redest, Mann. Ich bin vom Mordkommissariat. Und wir interessieren uns dafür, warum eine neunzehn Jahre alte, hoffungsvolle Studentin aus feinstem Elternhaus nicht nur bis oben hin voll mit Koks ist, als sie tot gefunden wird, sondern auch noch zwanzig Gramm Qualitätsware bei sich hat. Keine von der Sorte, die auf der Suche nach Dope durch die Straßen rennt. Drück ich mich klar aus? Sie hatte Connections. Und zwar verdammt gute.«

»Du meinst die Kleine von der Wiesbaden Business School. Den gefallenen Engel.«

»Haargenau. Und sie ist womöglich nicht die Einzige, die von einem gut betuchten Gentleman großzügig versorgt wurde. Gegen gewisse Gefälligkeiten im Austausch dafür, wenn du verstehst, was ich meine. Klingelt da was bei dir?«

»Ihr seid da oben!«

»Was meinst du? Da oben?« Er tippt mit zwei Fingern hart gegen meine Stirn. »Schiebst du Paranoia?«

»Ihr seid das«, erwidere ich. »Ihr seid da oben.«

Ich wehe durch die hell erleuchtete Stadt wie ein Gespenst aus einer fremden Welt. Wie ein Gott, auf dessen Existenz noch keiner gekommen ist. Bei Tageslicht erscheint mir alles ganz neu. Teil eines neuen Lebens, in dem ich mich niemals werde einrichten können.

Ich drehe eine Runde in meinem BMW, ohne Ziel, ohne Plan. Vorbei am Platz der deutschen Einheit und den »einschüchternden Neubauten« und wieder zurück nach Hause. Ich parke direkt vor der Wiesbaden Business School. Renne die drei Stockwerke hinauf zur Wohnung und reiße die Leiter zum Speicher aus der schmalen Luke in der Decke des Treppenhauses.

Die Ware ist noch da. Immer noch. Durch die zwei kleinen Dachfensterchen fallen Stücke des hell erleuchteten Himmels herein und ich sehe alles ganz klar. Den Staub, die Spinnweben, den zurückgelassenen Müll und die ausrangierten Möbelstücke der Vormieter. Und dazwischen ein ganzes System von schmalen Gängen, die jemand durch den Boden des Speichers gegraben haben muss. Es sieht nach Arbeit aus. Nachtarbeit.

Ich folge den schmalen, nicht sehr tiefen Gängen mit meinen Blicken. Da, wo sie zusammenlaufen, befindet sich ein Nest von jungen Ratten. Sie scheinen ganz gut von den Abfällen hier oben gelebt zu haben. Sie waren fleißig. Mindestens so fleißig wie ich an meinem Schreibtisch, wenn sie Nacht für Nacht praktisch direkt über meiner Zimmerdecke ihr Werk verrichteten.

Die haben hier eine schöne Jugend verlebt, nehme ich an. Doch schön und schnell kommt auch ihr Tod, als ich sie allesamt ins Wasser werfe. Wie die kleinen Schnauzen quietschen, als ich sie in der Toilette hinunterspüle! Die Ware kippe ich gleich hinterher. Jetzt ist da oben nichts mehr. Niemand, der Geräusche macht, die da nicht sein sollten und mich vom Schlafen abhalten!

Jequier wohnt ganz oben. Über allen anderen. Über den Dächern der Stadt. Ich fahre mit dem Fahrstuhl zu ihm rauf.

»Du?« Er beäugt mich durch den Türspalt. Nackter Oberkörper, kreisrunde Pupillen. »Jetzt schon? Ich hatte doch zehn gesagt. Na ja, was soll's. Komm rein.«

Er öffnet die Tür ganz, tritt zur Seite. Bis auf ein Paar Boxershorts ist er nackt.

»Trifft sich ganz gut, dass du schon da bist. Ich hab unerwarteten Besuch bekommen und kann Nachschub gebrauchen.«

»Pass auf ...«, setze ich an, als sich seine Schlafzimmertür öffnet. Ins Zimmer kommt eine Frau getorkelt, halbnackt, hängender Kopf, glasiger Blick. Wie ein Bild aus einer fremden Welt, das nicht in dieser hier sein sollte.

»Hey, Sarina-Schätzchen«, sagt Jequier, »das hier ist mein Hoflieferant. Der ›Mann mit dem Koks‹, wie es in einem Berliner Küchenlied einst hieß.«

Er kichert. Sarinas Augen erfassen mich. Sie zögert, dann torkelt sie ins Schlafzimmer zurück.

Jequier zuckt die Schultern. »Nicht von der gesprächigen Sorte, die Gute. Hab sie seit Jahren nicht gesehen. Warum rufen die immer mich an? Was für 'n Albtraum ... Jedenfalls gut, dass du hier bist. Ich brauche noch mal zwanzig Gramm.«

Hinter meiner Stirn pocht es. »Ich habe nichts mehr«, sage ich. »Ich werde auch nie mehr was haben.«

Ich knalle die Tür vor seinem Gesicht zu, das weitere Worte absondern will. Fahre mit dem Fahrstuhl runter zu den anderen und ihrer fremden, neuen Welt. Als ich aus dem Haus trete und zum Auto gehe, gibt es hinter mir ein Geräusch, das da nicht sein sollte. Es klingt, als würde etwas aufs Straßenpflaster knallen.

Ich will gehen, einfach nur weg, zu meinem BMW, aber ich drehe mich um. Es ist Sarina, die da zwischen den parkenden Autos liegt. Wie ein gefallener Engel auf dem harten Asphalt.

Ich schaue auf. Zu den Fenstern da ganz oben. Da ist nichts. Kein Blitzen, kein Schatten. Kein Gott. Nicht mal eine Vorstellung von ihm.

Dann blitzt doch etwas auf. Lichter knallen kalt und blau aufs Straßenpflaster. Ein Wagen mit aufgesetztem Blaulicht nähert sich.

Ich schaffe es zum Auto, knalle die Tür zu, rase davon. Wehe durch die hell erleuchtete Stadt. Niemand nimmt Notiz von mir. Als wäre ich gar nicht wirklich da. Doch als ich unter der immer noch blassen Lichterfront des Kinos parke, wartet der dunkelhaarige Typ in Lederjacke und Jeans bereits auf mich. Ich bin nicht überrascht, ihn zu sehen. Eher erleichtert.

Ich bin fähig, mich zu ändern. Ein Nest von jungen Ratten, die sich schön und schnell im Wasser töten lassen, reicht dazu vielleicht nicht. Der dunkelhaarige Typ vom Mordkommissariat und seine Kollegen mit ihren Vorstellungen von einem Leben, in dem ich mich niemals werde einrichten können, vielleicht schon.

balkon

Zieht man irgendwo ein, sollte die Architektur funktionstüchtig sein. Das gilt besonders für den Balkon.

Bauen für die Ewigkeit

FENNA WILLIAMS

Der Himmel hatte sich bedenklich zugezogen. Direkt über den fünf kleinen Reihenhäusern des Weinbergweges 13 a bis e ballten sich dicke Regenwolken.
Architekt Arthur Zukowski hoffte inständig, dass sich die Schleusen des Firmaments nicht ausgerechnet jetzt entluden und damit bewiesen, dass seine Arbeit tatsächlich erhebliche Mängel aufwies. Das Erdreich um ihn herum würde bei weiteren Regengüssen mit an Sicherheit grenzender Wahrscheinlichkeit vollends aufweichen und auf diese Weise zum beredten Zeugen der Anklage werden.
Zukowski widerstand der Versuchung, ein Taschentuch aus der Hose zu ziehen und es sich gegen Mund und Nase zu drücken. Der Gestank der stehenden Wasserlache und des fauligen Schlammes unter dem vermaledeiten Balkon war nahezu unerträglich. Der Architekt betrachtete das Objekt der Beschwerde über sich etwas genauer und gestand sich ein, dass dieses überdimensionierte Etwas sich derart nach vorne neigte, dass Regen auf ihm ablaufen musste wie auf breiten Wasserduschen in modernen Wellnessoasen. Flüssigkeit mit der Fließgeschwindigkeit einer Abschussrampe konnte durch keine Regenrinne aufgehalten werden – es war also durchaus verständlich, dass er von vornherein die Ausgabe für eine derartige Abwasserentsorgung gescheut hatte ...
Obendrein hatten die Hausbesitzer das Terrain unter dem Balkon nicht sauber gepflastert, sondern Gärten angelegt. In seinen Augen hatten sie so die Sauerei zu seinen Füßen geradezu provoziert.
Mit einer sauberen Betonplatte wäre das nicht passiert, dachte Zukowski. Wenn man dann noch Glaswände errichtete und den darüberliegenden Balkon als Dach nutzte, ergäbe das sogar so etwas wie einen Wintergarten. Dunkel, zugegeben, aber immerhin zusätzlicher Aktionsraum statt dieses schlammigen Kaulquappenteiches.

Zukowski entschied, dass er kein Jota nachgeben würde. Nachbesserungen kamen für ihn nicht infrage. Schon gar nicht auf seine Kosten. Das war er seinem Ruf schuldig.

Er kniff die Augen zusammen und tat so, als konzentriere er sich ganz auf die Beschwerdeführung der Sprecherin der versammelten Eigentümergemeinschaft.

»Wir stehen hier nicht vor unseren Häusern, um uns von Ihnen erklären zu lassen, für wen Sie weltweit erfolgreich gebaut haben«, sagte Ilse Pfanngiebel gerade und legte dabei ihre ganze Autorität als Studienrätin in die Waagschale. »Wir stehen hier, weil es Ihnen mit unseren Reihenhäusern *nicht* gelungen ist.«

»Hättick nich besser formelieren können«, bestätigte Josef Schmidt, seines Zeichens Kraftfahrer mit eigenem Dreißig-Tonner-Diesel nebst Anhänger, und tippte dabei Zukowski mit dem Zeigefinger so hart auf die Brust, dass der Architekt erschreckt einen Schritt zurückwich.

Sich außerhalb Schmidts Reichweite haltend, starrte er verdrießlich auf die Phalanx der wütenden Hauseigentümer und beschloss, dass nur die Flucht nach vorn ihn und seine Geldbörse retten konnte. Die alte Krähe verwechselte dieses Treffen ohnehin mit einer fünfundvierzigminütigen Schulstunde und redete pausenlos weiter. Das garantierte ihm genug Zeit, sich eine schlagkräftige Strategie gegenüber diesen unerträglichen Nörglern zurechtzulegen.

»Und deshalb waren wir der Ansicht, dass Sie sich den Schaden an unseren Balkonen und den Grünflächen darunter einmal selbst ansehen sollten, um unseren Unmut zu verstehen und gemeinsam mit uns einen sinnvollen Weg aus der Misere zu suchen«, sagte Ilse Pfanngiebel und ging dann dazu über, die Liste der Folgeschäden aufzuzählen, die der fehlerhaft konstruierte Balkon angeblich bereits verursacht hatte.

Zukowski sah keine Veranlassung, dieser Aufstellung Gehör zu schenken. Er war im Recht: Die Gewährleistung für die Häuser war abgelaufen; zwar aufgrund seiner ausgefeilten Verschleppungstaktik, aber rechtsunstrittig abgelaufen.

Er kräuselte amüsiert die Lippen und betrachtete seine Gegenspieler genauer: Neben Josef Schmidt und seiner in grellbunter Kittelschürze erschienenen Angetrauten stand der unscheinbare Herr Pfanngiebel, der seiner Frau ab und an bewundernde Blicke zuwarf. Daneben wartete der alte Herr Westphal, der die Ersparnisse eines ganzen Nachtwächterlebens in sein Reihenhaus gesteckt hatte und sich jetzt wunderte, dass diese für anfallende Reparaturen nicht reichen würden. Zukowski zuckte innerlich mit den Schultern: Es war nicht sein Problem, wenn Leute sich verspekulierten. Das war ihm an der Börse auch schon so gegangen. Höchst ärgerlich, aber daraus konnte man lernen. Er jedenfalls hatte sein Geld seither nicht mehr in Immobilien, sondern in angebissenes Obst und ein weltweit operierendes Sperrholzverwertungsunternehmen gesteckt und war jetzt mit den Renditen durchaus zufrieden.

Dann waren da die Jungvermählten, Anke und Mark Müller, die Haus b von ihren Eltern übernommen hatten und sich mit ihren mickrigen Praktikantengehältern den Unterhalt kaum leisten konnten.

Zukowski seufzte. Die Leute wollten heute einfach zu früh zu viel. Die pure Gier. Wenn die Nebenkosten eines Hauses zu kostspielig waren, musste man eben zur Miete wohnen oder in kleineren Kategorien denken. Die zwei wären in einem seiner Einsteigerstudios weit besser aufgehoben als in einem fünf Jahre alten Reihenhaus auf einem ehemaligen Weinberg, dessen großartige Aussicht seinerzeit von so manchem Baumangel abgelenkt hatte. Zukowski schielte erneut zum Anlass seiner derzeitigen Unannehmlichkeiten hinauf. Wer auf diesem Balkon stand und die Landschaft bewunderte, nahm in seiner Begeisterung die gefährlichen Risse zwischen Haus und Verankerung gar nicht mehr wahr. Dumm gelaufen – aber nicht für ihn. Er hatte damals eine für ihn preislich sehr attraktive Lösung gefunden, indem er die vorgesehenen Säulen unter dem über alle Häuser verlaufenden Balkon einsparte. Er erinnerte sich genau, für diese freitragende Variante einen Aufpreis verlangt zu haben, weil so auch aus den darunterliegenden Gartenzimmern unverstellter Blick in die Weite möglich wurde.

Das hatten alle geschluckt, unterschrieben, gekauft. Nicht sein Fehler! Auch von der Verwendung minderwertigen Baumaterials musste er sich an dieser Stelle distanzieren – damit hatte er nichts zu tun, das war Sache des Bauträgers. Die arbeiteten ja gerne mal in die eigene Tasche. Seiner achtete allerdings – Gott sei Dank – akribisch darauf, dass die Ergebnisse solcher wirtschaftlichen Erwägungen die gesamte Dauer der Gewährleistungspflicht überstanden.

Zukowski unterdrückte ein triumphierendes Lächeln, als sein Blick an Josef Schmidts eindrucksvollen Schaufelhänden hängenblieb, mit denen dieser soeben einen zentnerschweren Sandsack als Schutz vor Nässe unter den Balkon beförderte, als wäre er leicht wie eine Feder.

Wenn der Mann so viel Kraft zu verschwenden hatte, sollte er doch die nötigen Nachbesserungen selbst vornehmen. Der große Arthur Zukowski würde jedenfalls nicht weich werden. Von seiner Seite aus war mit Hilfe nicht zu rechnen. Die gewünschten Maßnahmen waren zwar finanziell zu stemmen – aber man hatte Prinzipien. Wenn er einmal nachgab, spräche sich das womöglich herum, und Forderungen anderer Käufer aus anderen Objekten würden folgen. Zukowski fuhr sich mit der Zunge über die trockenen Lippen. Wehret den Anfängen, das war sein Motto. Daran änderte auch die rehäugige alleinerziehende Mutter aus Haus c nichts, die jetzt auf ihr im Dreck spielendes Blag zeigte und ihn dabei flehentlich ansah. Zukowski überlegte einen Moment, ob es sich lohnte, mit dieser Dame zu einem Gentlemen's Agreement zu kommen – wenn sie die Dame und er den Gentleman vergaß, zum Beispiel.

Da er so lange schwieg und stattdessen nur von einem zum anderen guckte, glaubte Josef Schmidt offenbar, ihm die Ausführungen seiner Vorrednerin noch einmal auf seine Weise nahebringen zu müssen.

»Vasteh ik, dat Se unsere Ilse nich janz folgen können, det jeet de meisten von ihre Schüler janz jenau so«, sagte er mit Verständnis in der Stimme. »Ik übersetze det allet ma in jutet Deutsch. Die Ilse will saren: Se kriechen jetzt ma pronto unter unsern Balkon un sehn sich de Bescherung selbst an. Aber Vorsicht: Die Matsche is knietief, dat jippt echte Mauken. Un aus de Klamotten jeht der Jestank ooch nich wieda richtich raus. Meine Holdste hier hat meene

Manchesterhose schon zichma jewaschen, aber se riecht immer noch, als hättick ne Jeliebte mitten janz speziellen Parföng. Marke Bollscheu-Ballett nach schwitzijem Schwof.«

»Die Neigung des Balkons verdunkelt mittlerweile das gesamte untere Stockwerk«, beeilte sich Ilse Pfanngiebel hinzuzufügen. »Da müssen Sie dringend etwas unternehmen.«

Er hob bedauernd die Hände. »Dass durch den Schattenwurf ein mediterranes Gefühl der Kühle im Bereich der unteren Zimmer entsteht, ist bei den von mir dort vorgesehenen Schlafzimmern durchaus wünschenswert. Da sehe ich keinen Handlungsbedarf. Ich habe einen freitragenden Balkon für die Häuser a bis e berechnet und fachgerecht bauen lassen. Deshalb bleibe ich dabei: Die Führung des ablaufenden Regenwassers ist vorbildlich, und der Balkon ist sicher. Meine Statik stimmt.«

»Ihre schon«, sagte Josef Schmidt und schlug dabei mit der Faust in die flache Hand, sodass diese sich automatisch um die andere krümmte. »Noch.«

Mark Müller, der zukünftige Familienvater aus Haus b, warf seinem Nachbarn einen alarmierten Blick zu und versuchte zu vermitteln. »Augenscheinlich ist man Ihren Anweisungen nicht in ausreichendem Maße nachgekommen, Herr Zukowski, denn die Balkone zeigen deutliche Risse. Außerdem läuft das Regenwasser Richtung Haus ab und drückt Feuchtigkeit und Erdreich ins Innere. Bei Frau Pfanngiebel und Herrn Westphal findet sich bereits Schimmel an den Wänden!«

Zukowski lächelte nachsichtig und wandte sich an die erwähnten Hausbesitzer. »Das ist natürlich höchst bedauerlich. Ich nehme an, dies ist Ihr erstes Eigentum? Da helfe ich gerne. Ich zeige Ihnen noch heute, wie man hausgerecht lüftet, damit Sie zukünftig vor derlei Problemen bewahrt bleiben.«

Vom alten Herrn Westphal wusste Zukowski, dass das Reihenhaus die Erfüllung seines Traumes gewesen war, sich auf einem eigenen kleinen Gartenstück der Rosenzucht zu widmen. Der Rentner gab sich deutlich Mühe, so sachlich wie möglich zu antworten. »Lieber Herr Zukowski – wir alle wissen, wie man Fenster öffnet. Wir wissen auch, dass man Frischluftzirkulation durch die

Flügeltüren zu unseren Gärten erreichen könnte – aber dummerweise sind uns diese Möglichkeiten des Durchatmens verwehrt, denn diese können nur noch gekippt werden. Da sie nach außen aufgehen, lassen die zum Schutz gegen Wasser aufgestapelten Sandsäcke längst nichts anderes mehr zu.«

Zukowski liebte es, wenn sich einfache Auswege beschreiten ließen, und war immer sofort bereit, diese in die Tat umzusetzen, wenn andere die Rechnung zahlten. Hier bot ihm jemand so einen Ausweg auf dem Präsentierteller. »Na, das ist doch überhaupt kein Problem, mein Lieber«, sagte er jovial und strahlte den Alten gewinnend an. »Dann setzen wir die Zargen einfach um und lassen die Türen nach innen schwingen. Ich schicke gleich morgen jemanden vorbei. Das sollte schnell erledigt sein und kostet Sie alle kein Vermögen.«

Die Hausbesitzer starrten den Architekten ungläubig an. Der alte Herr Westphal fing sich als Erster. »Und was ist mit den Rissen zwischen Haus und Balkon im ersten Stock? Kümmert sich diese Person auch darum? Wie Sie sehen können, haben wir unter meinem Haus bereits einen Stützbalken aufstellen müssen, um eine weitere Neigung der Balkonplatte zu verhindern.«

Zukowski nickte mit einem Ausdruck deutlicher Besorgnis im Gesicht. »Den Stützbalken habe ich bereits mit großer Kümmernis registriert. Sie haben damit in die Statik des Hauses eingegriffen. Schlimmer noch, Sie haben durch ihn laienhafte Korrekturen vorgenommen. Und das, meine Herrschaften, macht die Sache eindeutig.« Er versuchte sich an Josef Schmidt vorbeizumanövrieren, um sich endlich aus diesem unangenehm riechenden Gartenpfuhl verabschieden zu können. »Durch diese bauliche Veränderung bin ich für Ihre Probleme leider nicht mehr zuständig. Sie haben selbst Hand angelegt und damit jeglichen Schadenersatz verwirkt.«

»Hand anlegen ist mal ein sehr gutes Stichwort«, ließ sich Josef Schmidts Gattin vernehmen und lächelte Zukowski auf eine Weise an, die ihm das Gefühl gab, dass die Haare auf ihren Zähnen eines dringenden Neuschnitts bedurften. Dann schnippte Josefs Holdste lässig mit den Fingern, und der Trucker schob sich wieder zwischen ihn und den Weg in die Freiheit. Zu Zukowskis grenzenlosem Erstaunen stellten sich die anderen Hausbesitzer wortlos dazu und drängten ihn tiefer unter den brüchigen Balkon. Er biss sich auf die Lippen. Es war so weit. Er wusste aus langjähriger Erfahrung, wann er von streng und unerbittlich auf gütig und zugänglich umschwenken musste. Er setzte ein lange vor dem Spiegel geübtes Lächeln auf und gab sich einsichtig, dann legte er eine Spur Zerknirschung in seine sonst unerbittliche Stimme.

»Dann sollten wir mal einen unabhängigen Sachverständigen um fachgerechte Klärung bitten.« Mit diesen Worten zog er sein Handy aus der Tasche und wählte die Nummer eines Freundes, der für solche Gelegenheiten im Auto um die Ecke auf seinen Einsatz wartete. Doch noch bevor das Rufzeichen seinen Kompagnon erreichte, nahm Josef Schmidt ihm das Mobiltelefon aus der Hand, quetschte es in einer mühelos wirkenden Raimund-Harmstorf-Geste auf Briefmarkengröße zusammen und warf es in den Dreck.

»Det wird nich nötich sein«, sagte der Trucker. »Det is allet schon erledigt. Die Jungs vonne Bauaufsicht sind hier jewesen und ham sich umjesehn. Seitdem is zappenduster. Niemand darf mehr ruff uff'n Balkon.«

»Schluss mit Freikörperkultur und Bräunungskult«, bestätigte Mark Müller säuerlich.

»Schöne Grüße vonne Behörde, sollen wa saren, und dat det allet nich fachjerecht vaankert is un nich ma sicha für zwee Sack Kartoffel.«

»Völliger Unsinn, diese Anschuldigung. Die Tragfähigkeit ist gewährleistet.« Der Architekt schüttelte heftig den Kopf. »Jedenfalls bei normalem Gebrauch. Für Facebook-Partys und wildes Gehüpfe ist der Balkon allerdings nicht ausgelegt. Ich kann mich nur wiederholen: Meine Statik stimmt. Ich baue für die Ewigkeit.«

»Na, ik wollte schon immer ma wissen, wie lang Ewichkeiten nu wirklich sind. Jetzt weeß ik: Vonne Bauabnahme bis exakt zwee Tare nach'n Ablauf vonne Jewährleistung. Also jrade ma fünf Jährchen. Det erklärt ooch, warum lebenslänglich für'n Mörder heutzutare keen schlimmes Urteil mehr is. Vor de Ewichkeit muss der ja wieder frei sein«, sagte Schmidt.

Herr Pfanngiebel hatte sich bisher im Hintergrund gehalten. Jetzt platzte er heraus: »Und genau das sollte dem Herrn Architekten Zukowski zu denken geben, denn bei Notwehr, Provokation und Tötung im Affekt gibt es bestimmt eine noch viel mildere Strafe. Und wenn man dann noch«, er machte eine Handbewegung, die die Gesamtheit der Geschädigten mühelos mit einschloss, »alles auf acht Personen aufteilt, dann könnte man die Strafe ja schon fast wieder zur Bewährung aussetzen, so wenig bliebe übrig.«

»Tolle Idee, Pfanne!«, stimmte Schmidt begeistert zu. »Dat wär'n bei ne Handvoll Jahren Jesamtstrafe nicht mal zehn Monate für jeden.« Er kratzte sich am Kopf. »Ob man die ooch nach'nander absitzen könnte? Meine Vierbeiner un de westfälischen Rosenstöcke brauchen ständich Pflege.«

»Du meinst, man könnte so was wie einen Deal vorschlagen und darum bitten, dass wir uns mit der Strafe abwechseln?« Der Rosenbesitzer wiegte den Kopf hin und her, als würde er diesen Gedanken tatsächlich prüfen.

»Erst wir, dann die Frauen, das wäre eine Überlegung wert«, griff der Jungvermählte die Idee auf. »Bei guter Führung unsererseits kämen die Damen vielleicht gar nicht mehr an die Reihe.«

»Ich weiß nicht: Ich finde, jeder Tag, den man für diesen Mann einsitzen müsste, wäre heillose Verschwendung«, gab ausgerechnet die junge Frau zu bedenken, der Zukowski noch vor wenigen Augenblicken einen gefühlvollen Ausweg aus ihrer Misere hatte anbieten wollen. »Wir sollten stattdessen einen Weg finden, seinen Tod wie einen Unfall aussehen zu lassen. Dann hätten wir zwar immer noch keine Kompensation für unseren abknickenden Balkon, aber doch lebenslange Genugtuung, dass er niemandem anderen mehr schaden kann – und das hätte doch auch seinen Wert.«

Der Architekt war erschüttert. »Meine Herrschaften, meine Herrschaften, wir wollen uns doch nicht echauffieren. Ihr schwarzer Humor in allen Ehren, aber bleiben wir doch sachlich.«

Anke Müller sah ihn erstaunt an. »Aber sind wir doch. Sind wir doch. Also zumindest ich kann über Mord nicht lachen.«

Zu Zukowskis Entsetzen nickten die anderen bestätigend.

Die Rehäugige hob jetzt ihr Kleinkind von der durchweichten Erde hoch und sagte zuckersüß: »Guck mal, Liebes, so sieht ein

Mann aus, der einen Fehler gemacht hat und den nicht zugeben will. Wegen ihm ist dein Zimmer so dunkel und nass.«

Die Kleine klatschte in die Hände und schrie vergnügt: »Bi-Ba-Buh-Mann ... Bi-Ba-Buh-Mann ...«

Studienrätin Pfanngiebel tätschelte ihrem schulischen Nachwuchs liebevoll den Kopf. »Man sollte für sie mal über Begabtenförderung nachdenken.«

»Siehste, Mark, so eins wollen wir auch mal«, ließ sich Anke Müller entzückt vernehmen. »Aber in einem trockenen Kinderzimmer.«

Die anderen nickten anerkennend und machten dann der jungen Mutter und ihrer erstklassigen Erziehung weitere Komplimente.

Zukowski nutzte die Gunst der Stunde und versuchte diesmal, den Limes seiner Gegner am geschätzten schwächsten Ende zu überwinden, lag jedoch in der Bewertung der Schlagkraft des alten Westphals völlig daneben. Der Nachtwächter hatte in langen Dienstjahren nicht nur seinen Körper fit gehalten, sondern auch viele Tricks gelernt, sich mit dessen Hilfe Respekt zu verschaffen. Jetzt stieß er blitzschnell mit dem Fuß vor und brachte Zukowski durch einen dreckigen kleinen Tritt in die Kronjuwelen aus dem Gleichgewicht. Der Architekt ruderte erst verzweifelt mit den Armen und suchte dann Halt am provisorischen Stützbalken des Balkons, um nicht rücklings im Morast zu landen. Gemeinsam mit dem Notbehelf sowie den eigenen hundert Kilo Lebendgewicht ging er so schwungvoll zu Boden, dass der Schlamm hoch aufspritzte und das wuchtige Stück Holz mit einem nachhaltigen K.-o.-Schlag direkt vor seine Stirn knallte. Dann blieb er still auf dem Rücken liegen.

»Hättick nich jedacht, dat det Stücke Holz so leicht kippt«, sagte Trucker-Jo beeindruckt, »wo doch die Last vonnen Balkon den in de letzten Wochen nahezu zwanzich Zentimeter in'nen Boden jerammt hat. So kann man sich täuschen.«

»In Venedig sinken die Pfähle, auf denen die Stadt ruht, jedes Jahr nur wenige Millimeter tiefer in den Schlamm, aber was im Labyrinth dieser Unterwelt verschwindet, taucht nie wieder auf«, überlegte Ilse Pfanngiebel ruhig. Dann sah sie vom hingestreckten Architekten hinauf zum Balkon und danach ihren Nachbarn tief in die Augen.

Auf den Gesichtern der Hausbesitzer des Weinbergwegs 13 a bis e machte sich stummes Einverständnis breit. Wie auf ein geheimes Kommando zogen sie den bewusstlosen Architekten unter die Mitte des Balkons und drückten ihn ins aufgeweichte Erdreich. Dann marschierten alle ins dazugehörige Haus und betraten den Balkon. Dort fassten sie sich fest um die Taillen und begannen rhythmisch und ausdauernd zu wippen.

Es dauerte keine fünf Minuten, und der Balkon war umfunktioniert. Er lag jetzt drei Meter und ein ganzes Stockwerk tiefer – als massive Bodenplatte einer attraktiven Aussichtsterrasse.

Die Bewohner der Häuser a bis e halfen einander auf und vergewisserten sich, dass niemand bei diesen unkonventionellen Umbaumaßnahmen Blessuren davongetragen hatte. Alle spürten, dass sie durch ihre verlässliche Nachbarschaftshilfe auch weiteren Entwicklungen äußerst gelassen entgegensehen konnten.

»*Der* Deckel ist drauf«, stellte Josef Schmidt zufrieden fest.

Seine Holdste hakte sich bei ihm unter, sah in die Weite des Tales hinaus und sagte verträumt: »Architekt Zukowski hatte so recht. Er baute tatsächlich für die Ewigkeit. Seine eigene.«

bibliothek

Jede noch so kleine Bibliothek birgt in sich
Geheimnisse um Liebe und Tod.

Gelsenkirchener Skelett

ALMUTH HEUNER

Das Zimmer atmete Möbelpolitur, Bücherstaub und Fünfzigerjahre. Die Dielen unter dem verschlissenen Perser knarrten, als Oliver zum Bücherschrank ging. Er zog den Band *Himbeere–Presse* des dreibändigen grünen Lexikons heraus und griff hinter die Buchreihe. »Ich will mit dir über Großtante Marthas Nachlass reden«, sagte er und holte eine kleine Flasche und zwei Schnapspinnchen hervor.

Der Alte stocherte mit seinem Stock bis zur Standuhr und dann weiter zum Bücherschrank. »Gelsenkirchener Barock!«, stellte er fest und tappte mit dem Stock an den Schrank. »Ist ja schon lange nicht mehr in Mode.«

Oliver schenkte die Pinnchen voll und reichte dem Alten eines. »Aber nur diesen einen!« Geräuschvolles Schlürfen. »Hilft beim Verdauen. Sie kocht ganz gut, deine Julia!« Der Alte steuerte den Plüschsessel neben dem Schrank an und ließ sich hineinsinken. Den Stock stellte er zwischen seinen Beinen ab.

Oliver setzte sich in den anderen Sessel und hielt die Flasche hoch. »Auf einem Bein kann man doch nicht stehen.« Auf das Nicken hin goss er dem anderen noch einmal ein und füllte auch sein eigenes Glas wieder auf.

»So ein Aufgesetzter hat es wirklich in sich«, sagte der Alte und ließ den letzten Schluck genüsslich über die Zunge rollen.

»Schade, dass du nicht schon zur Trauerfeier hier sein konntest«, sagte Oliver. »Es hat leider seine Zeit gedauert, bis wir dich in dieser Residenz in Bad Meinberg gefunden haben. Aber jetzt hast du es ja wenigstens zum Sechswochenamt geschafft. Inzwischen habe ich auch den Überblick über den Nachlass.«

»Aber was gibt es da zu reden?« Der Alte lehnte sich zurück. Eine Stehlampe mit gelb-braunem gefälteltem Stoffschirm und ein Kerzenleuchter aus Zinn bemühten sich, das Zimmer zu erhellen, doch das meiste Licht wurde von den dunklen, verschnörkelten Nussbaummöbeln aufgesogen. Die Standuhr tickte.

Der Alte sah sich um. »Ich hab doch schon gesagt, dass ich nichts will von Marthas Sachen. Lohnt sich in meinem Alter nicht mehr, und ich wüsste auch gar nicht, wohin damit. Hab ja nur die fünfzig Quadratmeter in der Residenz. Teuer genug.«
»Ich meine weder Schränke noch Besteck oder Bilder, Onkel Fritz. Und die Knochensammlung will ja sowieso keiner.«
Beide, der junge wie der alte Mann, blickten unwillkürlich auf den Glaskasten, der auf dem Büfett stand. Seine Größe ließ an ein Ölgemälde denken, wie es wahrscheinlich in vielen Wohnzimmern dieser Zechenhaussiedlung noch überm Sofa hing. In dem Kasten waren auf rotem Samt die Knochen des menschlichen Körpers in Gruppen angeordnet. Gliedmaßen, Brustkorb und Becken umrahmten den Schädel in der Mitte.
»Grauenhaft«, murmelte der Alte.
»Der Kasten hing in Tante Marthas Sprechzimmer«, sagte Oliver. »Das haben wir schon ausgeräumt. Nach der Renovierung kommt da unser Wohnzimmer rein. Und hier in der Bibliothek vielleicht ein Kinderzimmer.« Er sah noch einmal zu dem Glaskasten. »Als Kind habe ich mich abends nach der Sprechstunde manchmal in Tante Marthas Praxis geschlichen und mich vor den Knochen gegruselt. Später hat sie bei jedem Familienfest allen erklärt, wie bestimmte Brüche aussehen und wie man sie behandelt.« Er lächelte. »Je nachdem, wie angeheitert sie dann war, hat sie auch die angebrochenen Rippen herumgereicht.«
Der Alte schauderte kurz. »Ich mochte das Zeug nie.«
Oliver wandte sich wieder ihm zu. »Aber eigentlich wollte ich mit dir über die Bücher sprechen.«
»Die da?« Der Alte deutete auf den Bücherschrank mit den offenen Regalen. Im schummrigen Licht waren die Titel auf den Buchrücken kaum zu erkennen. Das Mosaik der Schutzumschläge zeigte Scharten, wo das bunte Papier eingerissen und abgebröselt war.
»Alles nur Frauenkram«, knurrte der Alte. »*El Hakim* ... *Désirée* – das haben sie damals alle gern gehabt. Gwen Bristow und Vicki Baum und Han Suyin und dieser andere Fernostschmachtfetzen, wie hieß er doch gleich ... *Denn der Wind kann nicht lesen*. Bei uns in der Residenz steht das auch alles rum!«

»Ich habe hier aber auch was von Hemingway gesehen und von Simmel ...«

Der Alte machte eine herrische Handbewegung. Sein Stock kippte auf den Boden. »Von mir aus kannst du die wegwerfen. Das ist doch alles von diesem Buchklub, was sind die schon wert.«

»Vielleicht haben sie einen ganz speziellen Wert.« Oliver beugte sich vor, griff in das unterste Schrankfach und holte eine abgeschabte Kladde heraus. »Großtante Martha hat zeitlebens Tagebuch geführt. Im Kleiderschrank war ein ganzer Stapel davon.«

Bong, schlug die Standuhr.

Der alte Mann fuhr zusammen. »Die klingt ja, als würde sie einem die letzte Stunde schlagen.« Sein Blick huschte über die Kladde. »Und? Was ist mit dem Tagebuch?«

Oliver blätterte darin. »Sie hat nicht immer das Datum dazugeschrieben, aber Julia und ich konnten rekonstruieren, dass dieses wohl aus den Fünfzigern ist. Vierundfünfzig oder etwas später, weil sie schon von ihrer Approbation zur Ärztin für Orthopädie erzählt und wie sie sich hier die Praxis eingerichtet hat.«

»Fünfundfünfzig war das«, murmelte der Alte.

»Julia fand das alles sehr spannend, weil es doch zu der Zeit immer noch ungewöhnlich war, dass Frauen studierten. Und dann auch noch Medizin. Tante Martha hat es anfangs nicht leicht gehabt, als sie ihre Praxis hier in der Siedlung aufgemacht hat.«

»Was anderes war ihr ja nicht übrig geblieben«, sagte der Alte. »In der städtischen Klinik war keine Stelle frei, und dann erbte sie das Haus hier. War wirklich eine harte Zeit ... Aber sie hat es geschafft – unsere Martha!« Der Alte klang, als hätte er seiner Cousine vor sechzig Jahren eigenhändig beim Aufbau der Praxis geholfen.

Oliver zog ein Lesezeichen aus der Kladde und las vor: »Der Fritz ist mir eine goße Unterstützung, ein patenter Bursche. Vielleicht manchmal etwas unbeholfen, aber Gold wert, wenn's ums Praktische geht.«

Der Alte blinzelte. »Ich bin ihr eben zur Hand gegangen. Ich war gern mit ihr.«

»Und da fandest du es dann naheliegend, dass ihr auch heiratet?«

Nach einer ganzen Weile sagte der Alte: »Ich hätte schon gern gewollt ... Aber Martha nicht. Sie konnte sehr stur sein.«

»Sie wollte nicht, weil sie einen anderen liebte«, sagte Oliver.

»Ach!«, fuhr der Alte auf. »Das hat sie sich doch nur eingebildet! Das kommt vom vielen Bücherlesen.«

»In ihrem Tagebuch klingt das alles ganz und gar nicht nach Einbildung«, meinte Oliver.

»Er war doch nur Vertreter!«, sagte der Alte heftig. »Weit unter ihrem Niveau! Und wenn er hundertmal in Büchern reiste. Was dieser Klinkenputzer sich dabei dachte!«

Oliver sah ihn nicht an und blätterte langsam eine Seite nach der anderen um. »Er dachte sich durchaus etwas Dauerhaftes und Gemeinsames, wenn man so seine Briefe an Großtante Martha liest ... Ja, die hat sie auch alle aufgehoben. Genau wie die Bücher, die er ihr gebracht hat.« Er deutete auf den Bücherschrank.

»Der hat sich doch bloß gedacht, dass er sie damit verführt, noch mehr Bücher bei ihm zu kaufen. Und das hat ja auch geklappt, guck dir nur den vollen Schrank an.«

Oliver klappte das Tagebuch zu. »Ja, ich habe sie mir alle angesehen und auch die Widmungen gelesen: Für meine geliebte Martha von Deinem Harry.«

Der Alte knurrte etwas Unverständliches. Oliver bot noch einmal von dem Schnaps an, aber der Alte schüttelte den Kopf, bückte sich nach seinem Stock und wollte aufstehen.

»Beim Ausräumen des Büfetts«, sagte Oliver, »habe ich übrigens etwas Seltsames gefunden: eine alte Aktentasche.«

Der andere sank in seinen Sessel zurück. »Das wird die von Martha gewesen sein.«

»Sicher nicht. Darin waren Buchklubkataloge, ein Terminkalender, eine Adressliste und eine Geldtasche mit Quittungsblock und hundertfünfzig Mark. Und der aktuelle Vorschlagsband – ein Krimi von Christie.« Oliver lächelte schwach. »*Alibi*.«

Der Alte lehnte sich zurück und betrachtete den jungen Mann aus schmalen Augen. »Und?«

»Die Termine im Kalender waren alle hier in der Siedlung, und sie waren alle abgestrichen bis zum fünften Mai nachmittags. Da stand dann noch Großtante Marthas Name und danach noch zwei andere. Alle drei waren nicht durchgestrichen.«

»Worauf willst du hinaus?«

Oliver strich mit den Fingerspitzen über das Tagebuch und legte es dann auf die Seite. »Ich hab mich einfach gewundert. Ein Vertreter vergisst vielleicht mal seine Aktentasche, aber er würde doch wiederkommen und sie holen? Besonders mit dem Geld – und hundertfünfzig Mark waren damals viel Geld.«

»Das brauchst du mir nicht zu sagen. Ich hatte damals etwa so viel Monatslohn.«

»Also habe ich mir die Unterlagen des Buchklubs aus der Tasche angesehen und die Durchschriften der Quittungen. Harry Nowak hieß der Vertreter, der sie ausgestellt hatte. Julia hat dann vorgeschlagen, dass wir das Geld dem Buchklub geben sollten. Er ist heute zwar völlig anders strukturiert, existiert aber noch. Kurzum: Im Internet habe ich die Zentrale ausfindig gemacht ...«

Der Alte murmelte etwas Unverständliches.

»... wo sie natürlich sehr erstaunt waren, als ich mit dem Geld ankam«, fuhr Oliver fort. »Nach ihren Unterlagen hatten sie damals geglaubt, Harry hätte sich mit dem Geld davongemacht. Er wäre nicht der erste Vertreter gewesen, der sich mit der Vorkasse abgesetzt hätte, das hat ihnen auch die Polizei gesagt. Man wüsste zwar nie, ob und wo diese Typen wieder auftauchen, aber inzwischen ist das alles verjährt, haben sie mir in der Zentrale erklärt. Sie hatten die alten Unterlagen zufällig zur Hand, sonst hätte ich wohl nicht so schnell Auskunft bekommen.« Oliver schwieg kurz. Dann sagte er: »Wieso aber hat Harry seine Aktentasche hier gelassen, Onkel Fritz? An diesem fünften Mai, als er bei Tante Martha einen Termin hatte?«

Der Alte bewegte die Lippen, blieb aber still.

»Was ist da passiert zwischen dir und diesem Harry?«, fragte Oliver. »Als ihr euch hier begegnet seid?«

»Begegnet? Was ist denn das für ein Quatsch?«

»Minnie hat es mir erzählt«, sagte Oliver. »Du erinnerst dich bestimmt an Minnie, Tante Marthas Zugehfrau? Ja, die lebt tatsächlich noch.« Olivers Mundwinkel zuckten leicht nach oben. »In ihrem AWO-Altersheim hält sie derzeit den Rekord als Heimälteste. Aber im Kopf ist sie noch völlig klar und erinnert sich an jedes Detail, denn ihre Stellung bei Großtante Martha war ihr immer noch die Liebste.«

»Nur weil sie hier quasi tun und lassen durfte, was sie wollte.«

»Bei meinem Besuch vorige Woche habe ich sie gefragt, was an dem Tag hier los gewesen ist.« Oliver wartete einen Moment auf eine Reaktion des Alten, aber als keine kam, setzte er fort: »Harry kam. Minnie kann sich an den höflichen und gutaussehenden jungen Mann bestens erinnern: gut rasiert, immer picobello, flotter Hut, Aktentasche ... Sie hat ihn immer reingelassen, wenn Martha zu Hausbesuchen unterwegs war, dann hat er hier auf sie gewartet. Genau hier in der Bibliothek, hat Minnie gesagt.«

»Liegt ja nahe.«

»Eben. Und an diesem fünften Mai – an den Minnie sich gut erinnert, weil ihre Mutter da Geburtstag hat – hat sie früher Feierabend gemacht. Tante Martha war zu einem Notfall gerufen worden und wusste nicht, wie lange das dauern würde, und da hat Minnie einfach blau gemacht, nachdem sie Harry eingelassen hatte. Sie hat heute noch ein schlechtes Gewissen deswegen, und es hat eine Weile gedauert, bis sie es mir gestanden hat. Sie war damals gerade hinten raus, als sie es vorn klingeln hörte. Und ehe sie sich überlegt hatte, was sie tun sollte, sah sie, wie Harry dem Besucher öffnete. Nämlich dir, Onkel Fritz.«

»Kann schon sein«, sagte der Alte vorsichtig.

»Du bist kurz nach Harry gekommen.« Oliver sah den Alten fest an. »Minnie hat sich nichts weiter dabei gedacht, dass er dich reingelassen hat, und sie kannte dich ja.«

Der Alte war in seinem Sessel zusammengesunken. »Ich glaube, ich bin dann schnell wieder gegangen«, sagte er. »Als mir klar geworden ist, wie das mit dem Nowak war.«

»Und als Martha nach Hause kam, lag Harry tot hier im Zimmer. Erschlagen.«

»Davon weiß ich nichts«, sagte der Alte gepresst.

»Nein?«, fragte Oliver scharf, griff nach dem Tagebuch, schlug beim letzten Lesezeichen auf und las vor: »Fünfter Mai: Welch ein Schock! Ich fand meinen Liebsten in der Bibliothek ... multiple

Frakturen an Rippen, Armen und Beinen ... Was soll nun aus mir werden? Das wird einen Skandal geben – meine Praxis ...«

Die Hand des Alten schoss vor, aber Oliver hielt das Tagebuch außer Reichweite. »Nein, ich möchte das Buch lieber bei mir behalten.«

Eine Weile starrten sie sich schweigend an.

»Was willst du?«, fragte der Alte schließlich.

Oliver goss noch einmal Schnaps in beide Gläser. Der Alte trank in hastigen kleinen Schlucken.

»Ich wüsste gern, was wirklich passiert ist«, sagte Oliver

Das Schweigen zog sich mit jedem Herzschlag länger hin. Leise knackte das arbeitende Holz der Möbel.

»Es war ein Unfall«, brach es schließlich aus dem Alten heraus. »Ich wollte das nicht! Aber ich wurde so wütend – wir wurden handgreiflich – und ich hab den Nowak gegen den Bücherschrank da gestoßen. Ehe ich mich versah, kippte das Monstrum nach vorn auf den Kerl drauf, mitsamt allen Büchern. Ich konnte nur eben noch zurückspringen, sonst hätte ich auch was abgekriegt.«

Oliver stand auf und musterte die leicht vorstehenden Seitenteile des Bücherschranks genau. Unter dem rechten Seitenteil steckte ein Buch, um den Schrank am Kippeln zu hindern. Er kniete sich hin, drückte gegen den Schrank, und als der sich vorn ein wenig anhob, zog Oliver das Buch hervor. Er blickte auf den Titel. »Es ist *Alibi*. Von Agatha Christie.«

Der Alte fuhr sich durch die schütteren Haare.

»Der Schrank lag also auf dem Harry.« Oliver schob das Buch zurück und setzte sich wieder. »Und was hast du dann getan?«

»Ich hab den Schrank wieder aufgestellt und geguckt, was mit dem Nowak war. Aber da war nichts zu machen. So hab ich die Bücher wieder eingeräumt, und weil der Schrank so wackelte, hab ich eins druntergeklemmt. Dann bin ich weg.«

»Feigling«, sagte Oliver leise. »Kein Wunder, dass Großtante Martha dich nicht heiraten wollte.«

»Bist du nun zufrieden?«

»Noch nicht ganz. Eigentlich wusste ich ja schon alles, bis auf die Sache mit dem Schrank. Was mich aber am meisten interessiert:

Was hat Tante Martha mit der Leiche gemacht? Darüber schreibt sie nichts in ihrem Tagebuch. Nur dass ihr geliebter Harry nun immer bei ihr wäre. Ich möchte nicht hier im Haus oder im Garten plötzlich menschliche Reste finden! Oder stell dir mal vor, unsere Kinder stoßen später mal darauf.«

Der Alte zuckte die Schultern. »Ich weiß es nicht! Und es ist so lange her, vielleicht wäre sowieso nichts mehr übrig.«

»Stimmt, das meiste verwest ja.« Oliver fuhr sich über die Augen. »Aber die Knochen halten sich. Die wird sie ja wohl kaum in die Mülltonne gesteckt haben.«

»Knochen?«, sagte der Alte.

Und wieder blickten sie beide unwillkürlich zum Büfett – auf den mit rotem Samt ausgeschlagenen Glaskasten.

schlafzimmer

In keinem anderen Raum der Wohnung stoßen Erwartungen und Träume heftiger aufeinander als im Schlafzimmer.

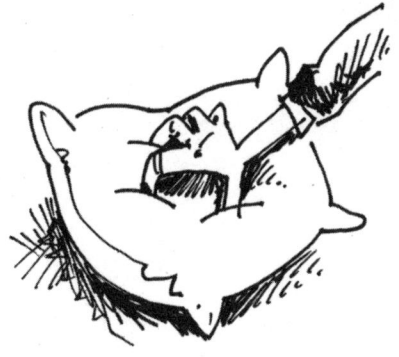

Susis Zimmer

Karr & Wehner

Später, als er längst in dem Haus lebte und alles nach seinen Bedürfnissen umgestaltet und eingerichtet hatte, fragte er sich manchmal, was aus ihm geworden wäre, wenn er an diesem trüben Augustnachmittag nicht mit der Maklerin in die erste Etage hinaufgestiegen wäre.

Er hatte sich eigentlich nur darauf eingelassen, um einen Blick auf ihren prallen Hintern in dem engen Kostümrock zu bekommen. Dazu trug sie Strümpfe mit Naht und Pumps mit Fünf-Zentimeter-Absätzen, alles in allem also ein sehr erfreulicher Anblick. Auch sonst sah sie nicht schlecht aus, sonnengebräunt, Mitte dreißig, Körbchengröße C, geschätzt. Blaue Augen, das blonde Haar nachgefärbt, und außerdem Verdacht auf zweimal Botox im Jahr.

Sie schien gespürt zu haben, dass er nach dem Rundgang durch das Erdgeschoss, den Keller und den Garten kaum noch ein Interesse an dem Haus hatte. Dafür gab es keinen besonderen Grund, es war einfach ein langweiliges Haus, hundertfünfzig Quadratmeter Wohnfläche auf zwei Etagen, freistehend, mit sechshundert Quadratmetern Grundstück, blickdichten Hecken, Stadtrandlage. Ein langweiliges Haus in einer langweiligen Bausparkassensiedlung, Baujahr 1960. Die anderen Häuser in der Straße, die Rotdornweg hieß, waren ähnlich langweilig, mit stumpfen Fassaden, überzogen mit der grauen Patina, die sich in den letzten fünfzig Jahren über das Ruhrgebiet gelegt hatte.

»Wenn Sie vielleicht noch einen Blick in das Obergeschoss werfen wollen?«

Er hatte nur zugesagt, um ihren Hintern zu sehen und weil er keine Lust hatte, den Termin abrupt abzubrechen.

Und dann standen sie in dem Schlafzimmer.

Es war perfekt. Es war so perfekt, dass ihm einen Moment schwindelig wurde, so überraschend traf ihn der Anblick. Er blinzelte, und das Bild blieb bestehen. Ein alter, gut gepflegter Parkettboden, die große Doppeltür zum Balkon, der zum Garten hinausging, rechts die kleine Tür zum Bad. Knapp vierzig Quadratmeter, mit ein paar falschen Stuckornamenten am Lampenring unter der Decke und über der Balkontür. Der Lichtschalter neben der Tür noch mit einer altmodischen Plastikblende und einem grün phosphoreszierenden Kippschalter.

»Alles in Ordnung?«

Die Stimme der Maklerin riss ihn aus seinem Flash. Er wusste nicht, ob er blass geworden war oder geschwankt hatte. Ob er etwas gesagt hatte oder nicht. Er hielt sich am Türrahmen fest.

»Ja«, sagte er. »Ja, alles in Ordnung. Wann können wir den Kaufvertrag machen?«

Lena war eine Brünette mit kleinen Brüsten – nach seiner Kategorisierung Äpfelchen –, und sie wirkte mit ihrem Make-up, dem Glitzerpuder auf den Augenlidern und dem Gloss auf den Lippen natürlich viel jünger, als sie war.

Sie war mitgekommen, weil er ihr fünfhundert für die ganze Nacht versprochen hatte, und sein Wagen – er hatte einen Kindersitz auf die Rückbank des Toyotas montiert – schien ihr vertrauenerweckend genug um einzusteigen.

Sie stöckelte vor ihm die Treppe hinauf zum Schlafzimmer, er war hinter ihr und studierte ihren Hintern, dessen Backen sich durch das dünne Fähnchen abzeichneten. So wie es aussah, trug sie darunter höchstens einen String. Natürlich war sie rasiert, danach hatte er sie vorher gefragt.

»Glatt wie eine Teenie***!«, hatte sie versprochen und war sich mit der Zungenspitze über die Oberlippe gefahren. »So magst du es doch, Daddy?«

Oben angekommen, drehte sie sich einmal um sich selbst und schaute sich um. »Hübsch hast du es hier!«

Das war natürlich gelogen – er hatte in der oberen Etage kaum etwas verändert, die Wände waren immer noch mit den halbhohen nachgedunkelten Holzpaneelen verkleidet, auf dem Boden lag ein verblichener Läufer.

»Rechts!«, sagte er. Sie drückte die angelehnte Tür zum Schlafzimmer auf und staunte. »Wow!« Und: »Wie bist du denn drauf?«

Er hatte ein paar Wochen gebraucht, bis er das Schlafzimmer halbwegs hergerichtet hatte, damit es seinen Erinnerungen entsprach. Dabei war das Beschaffen der Backstreet-Boys-Poster und der *BRAVO*-Starschnitte von Robbie Williams noch das Einfachste gewesen. Die prangten jetzt über dem Bett, einem Zweischläfer mit einem Oberteil aus geschwungenen Metallrohren, für das er bei einer Onlineversteigerung einen halben Tausender hingelegt hatte. Die Tapete hatte er in einem Trödelladen in Hattingen gefunden, sieben Rollen mit einem nach heutigem Verständnis grauenhaften floralen Design, von Pastellrosa über Pastellbleu zu Pastellorange. Die Motive wiederholten sich in der Decke auf dem Bett, die Lena jetzt zerwühlte, als sie sich auf die Matratze fallen ließ.

Sie räumte die bunten Kissen zur Seite, die er aufgebaut hatte, und stieß auf die blaue Pfadfinderinnenbluse, die er bereitgelegt hatte. Und natürlich auf den passenden Rock, die Turnschuhe, die Kniestrümpfe und das kecke Barett. »Verstehe«, sagte sie. »Wie soll ich heißen?«

Sweet Susi braucht ganz dringend eine Spende für ihre Sammelbüchse. Als Pfadfinderin hat sie geschworen, jeden Tag eine gute Tat zu vollbringen, und da kommt der Besuch ihres Onkels gerade recht. Der fesche Bursche steht ganz überraschend in Susis Schlafzimmer, als sie gerade ihre Uniform anprobiert. Das bleibt nicht ohne Wirkung auf Onkelchen, und Susi bekommt ihre Spende mit seinem *** in ihre ***.

Lenas Brüste waren nicht so fest, wie sie ausgesehen hatten, und ihr Haaransatz schimmerte blond durch, aber das war es nicht, was ihn unbefriedigt zurückließ. Er schwitzte, er stieß heftig in sie, und sie reagierte nicht, wie er es ersehnt hatte.

»Da hast du aber eine Stange Arbeit mitgebracht, Onkelchen.«
»Alles nur für dich, Susi. Du kannst mir ja zur Hand gehen.«
»Oh ja ... aber er ist so grooooß ...«

Lena stöhnte jetzt unter ihm, doch irgendetwas war immer noch nicht so, wie es hätte sein sollen. Etwas, was er auch nach einem Blick auf den großen Bildschirm nicht sagen konnte. Das Monitorbild flackerte, die Videokassette war schon oft abgespielt worden. Er spürte, wie sie sich wand, sah die blaue Pfadfinderinnenbluse und das Barett, das ihr vom Kopf gerutscht war.

»Ja ... ja ...«

Als er ihr den Gefrierbeutel über den Kopf zog, riss sie die Augen auf. Sofort zuckte ihr Leib heftiger als jemals zuvor, ihr Atem kondensierte an der Innenseite der Tüte, ihre Nägel ratschten über seinen Rücken, sie versuchte, ihn im Gesicht zu kratzen, sie bäumte sich auf, wehrte sich. Und im gleichen Moment, in dem er dachte, dass er das so nicht hatte haben wollen, kam es ihm ... mit ihrem letzten Aufbäumen, mit dem sie zusammenfiel und alles vergeblich und schmutzig wurde.

Auf der Suche nach den geeigneten Ausstattungsstücken für Susis Schlafzimmer war er auf den Kristallaschenbecher und das in einem Marmorblock eingelassene Feuerzeug gestoßen, die in den Filmen auf dem Tisch neben Sweet Susis Bett standen. Sweet Susi rauchte nicht, und auch keiner ihrer Gäste, aber aus irgendeinem Grund war das Ensemble aus Feuerzeug und Aschenbecher fester Bestandteil des Sets gewesen und in seinem Gedächtnis hängen geblieben. Er hatte auch die Spitzendecke für den Nachttisch besorgt, dazu die Gläser mit den Blumenaufklebern und auch die beiden Colaflaschen ...

Wenn Sweet Susi allein in ihrem Schlafzimmer ist und ihr die *** brennt, dann sucht sie manchmal etwas, was sie an einen *** erinnert, und tut damit etwas gegen ihre Geilheit. Dass man dabei ihr lautes Stöhnen bis nach unten im Haus hört, stört sie nicht ... ganz im Gegenteil. Womöglich kommt ja einer der Geschäftsfreunde ihres Vaters herauf und hilft ihr bei ...

Bei seinen Streifzügen durch die Sozialkaufhäuser und Gebrauchtwaren-Internetplattformen hatte er auch noch den Hirtenteppich aufgetan, der in *Sweet Susi und der Klempner* und *Sweet Susi und der Mechaniker* als Spielwiese vor dem Balkonfenster lag. Außerdem hatte er die beiden alten Schwarz-Weiß-Videos entdeckt, mit denen Susis Karriere angeblich begonnen hatte. Susi, das stand in den einschlägigen Datenbanken, stammte aus dem Rheinland und hatte nur drei Dutzend Filme gemacht, ehe sie geheiratet hatte, wie es hieß. Hin und wieder tauchten in den Retro-Abteilungen der Internetportale jetzt auch umkopierte Teile aus *Susis Zimmer 1 bis 16* auf, der Serie, die er besonders liebte. Manchmal waren die Clips sogar untertitelt – in Niederländisch, Spanisch oder Russisch.

Dass seine neue Bekanntschaft wirklich Susi hieß, hatte er ihr keinen Moment geglaubt. Sie arbeitete eigentlich in einem Appartement in Altenessen, und er hatte sie auf einem Internetportal gefunden, wo sie als *SusiSiebzehn* Webcam-Sessions anbot. Nachdem er freigeschaltet worden war, sah er sie in ihrem Zimmer, das nur aus einem Bett vor einer roten Wand bestand, an der ein paar goldbesprühte Palmwedel hingen. *SusiSiebzehn* wirkte fast wie siebzehn und erinnerte ihn sogar ein wenig an die Streifen aus seiner Videosammlung. Nach ein paar Sitzungen mit der Cam hatte er sie zu einem persönlichen Treffen überreden können.

»Du interessierst mich ganz besonders«, sagte er zu ihr, als sie sich in einem Szene-Café am Isenbergplatz trafen. Er hatte auf den Treffpunkt bestanden um abzuchecken, ob sie mit einem Freund als Rückversicherung kam oder sonstige Vorsichtsmaßnahmen eingebaut hatte.

»Ach«, sagte sie und wickelte eine Haarsträhne um den Finger. »Ich erinnere dich an jemanden, ja?«

»An jemand ganz besonderen!«, hatte er gesagt und sie zu einem zweiten Treffen ins Café bestellt. Auch da war sie allein gekommen, hatte keinen Webcam-Kunden mehr für den Tag, wie sie sagte, und war mit den tausend Euro einverstanden, die er ihr für eine private Sitzung bei sich daheim bot.

Auf dem Weg zu seinem Haus hantierte sie in ihrer Tasche, und ihr Blick streifte das Schild neben der Tür. »Steuerberater, so, so«,

giggelte sie und holte das Lipgloss hervor. »Da wirst du ja wohl kein Sittenstrolch sein, oder? Die Mädels von der Pferdebahn sind absolut in Panik, weil da angeblich ein paar auf Nimmerwiedersehen verschwunden sind.«
Er hatte gelacht. »Du traust mir ja eine Menge zu!«
Sie grinste, und ihre Mundwinkel weckten eine angenehme Gier in ihm. »Dann mal los, großer Mann. Zeig mir dein Spielzimmer!«

Wenn Sweet Susi sturmfreie Bude in ihrem Schlafzimmer hat, dann lädt sie sich gern ein paar Schulfreunde zu einer heißen ***-Party ein. Und auch bei ihren Lehrern hat sich herumgesprochen, dass die geile Kleine immer für einen guten *** zu haben ist. Kein Wunder, dass es da schon bald eng wird in Susis Zimmer ...

Im Lauf der Zeit war das Zimmer fast perfekt geworden. Es war wirklich so, dass sie füreinander bestimmt gewesen waren, vom ersten Moment an. Er hatte fast alles gefunden, was er damals gesehen hatte in dem Video, das er im Partykeller seines Vaters entdeckt hatte. Er war hinuntergeschlichen in der Hoffnung, ein paar angebrochene Flaschen zu finden, Whisky oder Wodka oder notfalls auch Wein – irgendetwas, womit sich die Treffen mit seinen Freunden am Baggersee aufpeppen ließen.

Er konnte sich gut an das Gelächter erinnern, das aus dem Keller gedrungen war, als sein Vater seine Freunde vom Kegelclub zu einem »Herrenabend« eingeladen hatte. Seine Mutter war übers Wochenende bei ihrer Schwester in Bad Salzuflen.

Die Kassette hatte im Videorekorder gesteckt, er hatte aus reiner Neugier einen Blick hineingeworfen, und schon das erste Bild war wie ein Kickstart von null auf hundert gewesen: *Sweet Susi – die Klassenfete.*

Die Kassettenhülle hatte er erst später in dem verdeckten Fach der Kellerbar hinter den Schnapsflaschen gefunden, zusammen mit anderen Videos. Das meiste ganz normaler Dreck, aber auch drei Bänder mit Sweet Susi.

Er hatte gezittert vor Aufregung, als er ab sofort in jeder Minute, die er für ungefährlich hielt, in den Keller schlich und sich vor den

Rekorder hockte. *Sweet Susi und der Pilot*. *Sweet Susi und der Klassenstreber* ... Bald kannte er alle Filme aus dem Geheimfach und hatte auch herausgefunden, dass es in der Videothek am Bahnhof hinter dem Vorhang noch mehr Videos gab. Er wusste nur noch nicht, wie an sie herankommen sollte. Schlimmstenfalls musste er warten, bis er achtzehn war.

Sie hieß Gerti und machte keine Webcam-Sessions, sondern Erotik-Chats. Sie hatte sich bei ihm auf sein Hashtag *#susilover* gemeldet. Und sie behauptete sogar, drei oder vier der Videos zu kennen. Sie hatten ein bisschen gechattet, und er war von ihrer unverblümten Art fasziniert. Angeblich wohnte sie in der Nachbarstadt, war beruflich viel unterwegs und wollte deshalb keine feste Beziehung eingehen, suchte aber trotzdem immer wieder mal einen Kerl. Eben all das, was die mehr oder weniger Professionellen bei der Geschäftsanbahnung so erzählten. Er wartete darauf, dass sie auf das »Taschengeld« oder die »Fahrtkosten« zu sprechen kommen würde, mit dem er sie bei einem Treffen bezahlen müsste.

»Ich hab da ein Paar tolle Schuhe gesehen, ich schicke dir mal den Link. Ich hab Größe 37.«

Die Schuhe waren rote Riemchensandalen und sahen so aus wie die, die Sweet Susi in einem ihrer Filme trug. In der Geschichte mit dem Nachhilfelehrer, der zu ihr kam, um ihr Mathe beizubringen, vor allem das Wurzelziehen.

Die Schuhe kosteten mehr als vierhundert Euro, und er bestellte ein Paar.

Gerti hatte nicht gleich Zeit, aber in einer Woche würde es gehen, schrieb sie. Er wartete, lag nachts wach auf dem Bett, ließ den Wind durch die offene Balkontür über seinen nackten Körper streichen und versank in Susis Zimmer.

Mit der Videothek war er damals nicht weitergekommen, aber er hatte in einem Schmuddelblatt die Anzeige eines Versands gefunden, der ohne große Formalitäten und nur gegen Vorkasse lieferte. Die meisten Videos auf dem Katalogzettel waren krankes Fetischzeug, aber ganz am Ende gab es »aus Restbeständen« noch einen

Schwung *Susis Zimmer 1 bis 16*, die er sich nach und nach bestellte. Ein Glücksfall hatte ihm dann noch den Rekorder seines Vaters beschert, als der sich einen neuen leistete und nicht wusste, was er mit dem alten machen sollte.

Die Videos hatte er ganz unten unter seinem alten Fußballkram versteckt, den Knieschonern, den Trikots und den vergammelten Stollenschuhen. Er spielte nicht mehr, seit er fünfzehn war, und um die Kiste auf dem Schrank kümmerte sich niemand. Außerdem steckten die Videos in Hüllen von Action-Filmen. Einen Italo-Western ließ er immer auf seinem Schreibtisch herumliegen, damit seine Mutter oder die Putzfrau nicht auf blöde Gedanken kamen.

Wenn er allein zu Hause war und sich sicher war, dass ihn niemand überraschen konnte, überließ er sich Sweet Susis Abenteuern. Mit der Zeit schaffte er es, nicht immer gleich nach der ersten Szene abzuspritzen, sondern es hinauszuzögern, bis auch sie anfing zu hecheln und zu stöhnen, um schließlich laut aufzuschreien, wenn es ihr kam. An den Abenden, an denen seine Eltern bei ihren Freunden Doppelkopf spielten, schaffte er drei oder sogar vier Sweet-Susi-Kassetten, ehe er sich selbst erlaubte zu kommen. Dann lag er nackt auf dem Hirtenteppich und verrieb seinen Samen mit den Fingerspitzen auf dem Bauch, starrte auf Susis verzücktes Gesicht, wie sie sich nacheinander den Piloten, den Monteur und den Klassenlehrer vornahm und dann, endlich, kam er noch einmal, nur für sie.

Er traf Gerti gegen fünf in dem Café am Isenbergplatz, das sich als Treffpunkt bewährt hatte. Er musste schlucken, als er sie sah. Sie ähnelte Susi auf eine unspektakuläre Weise, dass man es erst auf den zweiten Blick erkannte. Da waren die Grübchen, der Schwung ihres Halses, die Geste, mit der sie eine Haarsträhne um den Finger wickelte.

Sie hatte nichts dagegen, dass sie zu ihm gingen. Schließlich hatte er die Schuhe, die ihr so gefielen. Und als sie die roten Sandalen dann sah, in Susis Zimmer auf dem Bett in einem Karton drapiert, stieß sie einen kleinen Schrei des Entzückens aus.

»Willst du sie nicht mal anziehen?«

»Aber unbedingt!«
Sie schlüpfte in die Schuhe und stolzierte vor ihm auf und ab. Dabei schwang ihr Rock verwegen und entblößte glatte, gebräunte Beine, und alles, was dann passierte, wurde ganz wunderbar, besonders, weil sie die Schuhe dabei anbehielt.
Später, als sie ermattet auf den zerwühlten Laken lagen, streifte sie die Riemchensandalen ab und steckte sie wieder in den Karton.
»Ich nehme sie beim nächsten Mal mit, okay?«
Aber als er sie am nächsten Tag erreichen wollte, war ihr Account geschlossen und ihre Bilder waren aus dem Netz verschwunden. Und ihm wurde klar, dass etwas schrecklich schiefgegangen war.

Er schaffte es noch, die meisten Sachen der diversen Susis in einem Altkleidercontainer zu versenken. Aber dann kamen sie frühmorgens mit drei Mann und einer Frau, schwer bewaffnet und uniformiert, und er erfuhr, dass Gerti eine Freundin der anderen gewesen war, von *SusiSiebzehn*, die er am Isenbergplatz getroffen hatte. Und dass *SusiSiebzehn* ihr damals noch die Adresse vom Rotdornweg gesimst hatte, als sie aus dem Wagen gestiegen war – zur Vorsicht, wie es später in den Akten stand, eine Sicherheitsmaßnahme, die die beiden untereinander ausgemacht hatten, wenn sie Hausbesuche machten.
Und als ihre Freundin von dem Treff im Rotdornweg nicht mehr zurückgekommen war, hatte sich Gerti im Netz auf die Suche nach ihm gemacht und ihm eine Falle gestellt.
Als sie ihn holten, glaubte er im ersten Augenblick, den Schmerz nicht aushalten zu können, den die Trennung von dem Zimmer verursachte. Nachdem sie alle Beete im Garten umgegraben und alle gefunden hatten, hatten sie sich das Haus vorgenommen und das Zimmer untersucht. Sie hatten ihn mitgenommen, und in der ersten Nacht in seiner Zelle brach er fast zusammen. Er kämpfte gegen das Gefühl der Auflösung, weil ihm klar wurde, dass er nicht nur ihr Zimmer, sondern auch sie verloren hatte. Er glaubte zu spüren, wie sich sein Körper verflüchtigte und davonmachte, trotz der dicken Mauern, die ihn umgaben.

Er schrie und kämpfte gegen das Gefühl zu verschwinden, suchte verzweifelt in seinem Kopf nach den Erinnerungen und den Bildern, die er mit dem Zimmer geteilt hatte ... doch er fand nichts ...

»Vielleicht wollen Sie noch einen Blick in die erste Etage werfen?«
Die Maklerin wusste, dass es dem Kerl nur darum ging, ihr auf den Hintern zu starren, wenn sie vor ihm die Treppe hinaufstieg. Die Besichtigung war bisher problemlos, aber auch ohne Hoffnung auf einen Abschluss verlaufen. Das Haus war nicht leicht zu verkaufen, besonders, wenn die Interessenten auf die Vorgeschichte stießen.

Oben öffnete der Interessent die erste Tür. Die Maklerin hielt die Luft an. Der Entrümpler hatte schon vor langer Zeit alles besenrein hinterlassen, nur die dünnen Gardinen hingen noch vor den Balkontüren. Die Tapeten schimmerten pastellfarben.

Der Kunde lehnte am Türrahmen. Vielleicht war ihm schwindelig geworden.

»Alles in Ordnung?«

»Ja«, sagte der Interessent. »Ja, alles in Ordnung. Wann können wir den Kaufvertrag machen?«

putzfrau

Unverzichtbar ist die Reinigung aller Räume des Hauses.
Wer putzt, stößt mitunter auch auf Geheimnisse.
Gut, wenn vorher ein Vertrauensverhältnis etabliert wurde.

Bist deppert, Oida?

SUSANNE SCHUBARSKY

Zu Zeiten einer Wirtschaftskrise könnte man unzählige Geschichten erzählen, dramatische, elegische, veritable Tragödien, deren Protagonisten vergeblich gegen ihr vorgezeichnetes Los kämpfen. Wir wollen uns einem dieser Schicksale widmen und blicken dazu in das Beratungszimmer eines Arbeitsamtes, irgendwo in Wien. Die arbeitslose Melanie S. sitzt ihrem Betreuer gegenüber und starrt ihn fassungslos an.«

Ich sitze auf einem unbequemen Plastiksessel und starre den Typen vor mir an. Das Scherzkeks hat mir gerade gesagt, dass ich entweder sofort diesen Job annehmen oder sonst ab morgen einen Buchhaltungskurs machen muss. Oida, der Witz war gut! Aber er lacht nicht. Lächelt nicht mal dabei. Scheiße, der meint das ernst. Und wenn mich der Chef nicht in den nächsten zwei Minuten anruft und mir meinen Job zurückgibt, muss ich morgen putzen gehen. Ich! Putzen! Eigentlich urlustig, aber mir ist gerade nicht so nach Lachen. Sonst hat mich der Chef immer nach spätestens zwei Wochen angewinselt, dass ich wieder zurückkommen soll. Auch wenn er grantig auf mich ist, weiß er ja, was er an mir hat. Keines der anderen Mädels kann so tanzen wie ich und schon gar nicht den Freiern einen Sekt nach dem anderen rauslocken. Aber diesmal dauert es schon zu lange. Sonst tät ich ja nicht so dumm am Arbeitsamt herumsitzen, statt den Vormittagsfreiern meine Titten hinzustrecken und etliche Hunderter zu kassieren.

Nö. Das Handy läutet nicht, und mein »Betreuer« lässt so gar nicht mit sich reden, er will nicht mal einen Blowjob. Ich muss morgen um sieben, um sieben!!!, losziehen und für ein paar reiche Säcke das Haus putzen. Irgendwie superdringend, wegen einem Unfall von der alten Putztusse. Entweder das oder Buchhaltung. Und da ist die Entscheidung nicht so urschwer. Außerdem brauch ich die Flocken.

Richie furzt mich nur unfreundlich an, als ich um drei viertel sieben aus dem Bett springe und losdüse. Kurz vor acht bin ich dann endlich draußen in Döbling und stehe vor der Adresse, die mir der Typ aufgeschrieben hat.

Bist du deppert! Eine Villa vom Feinsten. Vielleicht hab ich ja mal zur Abwechslung ein bissl Glück. Zeit wär's.

»*Und so nimmt das Schicksal seinen Lauf. Unerbittlich, unaufhaltsam werden sich in den nächsten Tagen viele Leben ändern durch eine Laune oder vielmehr Posse des Zufalls.*«

Ein Typ in Uniform und mit einem Stock in seinem Arsch macht mir auf und ist voll angefressen. Ich weiß ja, dass ich einen Hauch zu spät dran bin, aber das war echt nicht meine Schuld. Und dass ich in der Eile nur den pinken Mini und das silberne Paillettentop gefunden habe, die nicht zu sehr nach Rauch und Alkohol und ... Sonstigem gestunken haben, war halt Pech. Schaut eigentlich super aus, aber nein, er kriegt keine Glupschaugen wie sonst die Freier, sondern ich krieg einen Vortrag darüber, wie sich eine Hausdame zu kleiden hat. Puh!

Moment. Hausdame? Das ist ganz sicher kein anderes Wort für Putze! Aber bevor ich nachfragen kann, schleppt mich der Pinguin schon durchs Haus – noch einmal: *Bist du deppert!* – und schubst mich im dritten Stock in eine Besenkammer, in der ich mich umziehen soll. Urpeinlich, aber ich hab irgendwie das Gefühl, dass ich mich mit dem Typen lieber nicht anlegen sollte, und steig halt in die Oma-Klamotten, die dort liegen. Und in die Gesundheitsschlapfen. Aber die orangenen High Heels waren eh nicht wirklich ideal für den Job, und zum beigen Rock und zur beigen Bluse hätten sie sowieso nicht so richtig Wind gemacht.

Und dann geht's los. Der Butler, der Herr Franz, wie er angesprochen werden möchte, zeigt mir das Haus und das Anwesen und erklärt mir meine Arbeit. Meine Herren! Das Putzen war ja eh logisch, no na net, und ziemlich viel davon, in dieser Riesenhütte, aber irgendwie bin ich auch zuständig für eh sonst alles. In zwei

Tagen steigt eine Riesenparty hier im Haus, eine Familiengeschichte oder so, und ich muss bis dahin alles putzen, eh klar, die Gästezimmer herrichten und mich dann grundsätzlich um das Wohlergehen der Gäste kümmern. Dafür wüsste ich natürlich was, aber ich bin mir ziemlich sicher, dass genau das das Einzige ist, was nicht von mir erwartet wird. Dann gibt er richtig Gas: dass man mich niemals eingestellt hätte, wenn es sich nicht um eine Notsituation gehandelt hätte. Der bedauerliche Unfall der Perle des Hauses, so kurz vor der großen Jubiläumsfeier. Räusper. Räusper. Aber dass er zuversichtlich ist, auch mich noch zurechtzubiegen. Ha! Aber ich setze mein bravstes Gesicht auf und frage nur, wo ich anfangen soll.

Zwei Stunden später schleicht er sich endlich. Bis dahin hat er mich auf Schritt und Tritt verfolgt und jede Bewegung genau beobachtet. So gründlich putzt sich nicht mal Dr. Best die Zähne, wie ich meine Performance für ihn hingelegt habe, damit er mich endlich in Ruhe lässt und ich mich um die wirklich wichtigen Dinge kümmern kann.

»The plot thickens, *wie die Engländer zu sagen pflegen. Die Hauptdarstellerin unseres kleinen Dramas zeigt nun ihre wahren Absichten. Dem erfahrenen Leser ist natürlich rasch klar geworden, dass Melanie S. spätestens seit dem Anblick der Döblinger Luxusvilla eine ganz andere Agenda verfolgt.*«

Wie gesagt, die wirklich wichtigen Dinge, wie zum Beispiel eine Rauchpause. Die mache ich in der Küche, denn die Köchin hat mir beim Hausrundgang gleich mal freundlich zugezwinkert. Wie wir da so sitzen und gemütlich eine smoken, frage ich Berta – arme Frau, aber man kann halt nichts gegen grausame Eltern tun, die einem so einen Namen verpassen –, was denn mit meiner Vorgängerin genau passiert ist. Irgendwie war da eine Gasexplosion im Gartenhaus, bei der Eva, die Hausdame, fast die Patschen gestreckt hätte und jetzt für längere Zeit ausfällt. Bevor Berta mir mehr erzählen kann, geht die Tür auf, und die Dame des Hauses – nicht die Hausdame, weil die bin ja ich – schreitet herein. Auch ohne Schreiten hätte ich sie sofort erkannt. Klunker bis über die perfekt gezupften Augenbrauen und ein supergepflegter Tonfall. Superfreundlich, aber mich kann die Alte nicht täuschen. Ich kneisse sofort, dass sie eigentlich ein Miststück ist. Davon habe ich nämlich in meinem richtigen Job schon viel zu viele gesehen. Superfreundlich begrüßt sie mich und superfreundlich freut sie sich, dass ich so schnell zu ihrer Rettung eilen konnte, ha ha, dezentes Lachen. Und dann teilt sie mir noch superfreundlich mit, dass ich gefälligst meine Dreckspfoten von ihren Wertgegenständen lassen soll.

Okay, sie sagt es anders, dass ich doch »bitte ganz besondere Sorgfalt mit den zahllosen, wirklich wertvollen Familienerbstücken walten lassen soll, an denen ihr ganzes Herz hängt«, aber ich verstehe trotzdem, was sie eigentlich meint. So a Schastrommel! Was glaubt die eigentlich von mir? Aber leider ist das schon wieder so ein Fall, wo ich mich besser zurückhalte. Also springe ich auf, schnappe mir das Putzzeug und verschwinde.

Vor lauter Ärger über den Trampel fällt mir im Wohnzimmer, nein, Roter Salon hat der Herr Franz gesagt, eine urhässliche Vase runter. Scheiße. Ich kehre die Scherben unter einen Kasten und überlege mir dann später, was ich damit tun soll. So hässlich wie das Ding war, ist es bestimmt eines von den Familienerbstücken. Scheiße.

Bis zum Abend habe ich das Erdgeschoß geschafft. Es schaut geputzt aus und riecht vor allem so. Ein alter Trick, den ich bei den Putzfrauen im Club aufgeschnappt habe: Versprühe viel Putzmittel, dass es so richtig klinisch sauber stinkt, dann schaut keiner so genau. Trotzdem bin ich fix und foxi und urfroh, dass es endlich fünf ist und ich abhauen kann. Beim Rausgehen hält mich der Herr Franz auf. Der Typ will doch tatsächlich meine Tasche durchsuchen! Logisch, dass ich erst mal *nein* sage, schon aus Prinzip. Aber dann halte ich sie ihm doch unter die Nase. Na, zufrieden? Für wie deppert hält mich der? Als ob ich so blöd wäre, irgendetwas mitgehen zu lassen!

»*Der Schein trügt. Unsere Protagonistin zeigt zwar entgegen allen Erwartungen ein gewisses Maß an Schläue – Intelligenz wäre in diesem*

Zusammenhang ein zu hoch gegriffenes Wort – und hat ihre Pläne offensichtlich ad hoc geändert, doch klarerweise nur, um ihre neuen Arbeitgeber vorerst in Sicherheit zu wiegen.«

Am nächsten Tag stehe ich pünktlich um sieben auf der Matte, aber der Herr Franz schaut mich trotzdem wieder grantig an. Okay, es ist kurz nach halb acht, aber echt, für mich ist das eine Superleistung. Um die Zeit komme ich sonst normalerweise erst heim.

Heute soll ich mich zuerst um das Gartenhaus kümmern, weil der Sohn des Hauses schon am Nachmittag erwartet wird und dort wohnen möchte. Mir ist es egal, weil ich ja sowieso zum Putzen da bin. Zum Putzen, und sonst nix!

Aber dann zeigt er mir das Gartenhaus. Na bumm. Das schaut aus, als wäre eine Bombe hochgegangen. Genau, da ist ja dieser Unfall passiert. Der Butler scheint Mitleid mit mir zu bekommen und antwortet mir tatsächlich, als ich noch einmal frage, was denn genau geschehen ist. Fast menschlich wird er dabei. Im Gartenhaus geht die Hausherrin normalerweise ihren Hobbys nach, in diesem ihrem höchsteigenen Refugium, was auch immer das ist. Nur ein einziges Mal wollte Eva, die Hausdame, ihr einen Gefallen tun und auch dort putzen. Der kleine Gasofen in der Ecke ist undicht geworden, sie hat das Licht aufgedreht, und bumm. Aha. Komischer Zufall, aber das sind Zufälle immer. Komisch, meine ich.

Ich räume zuerst mal die Trümmer weg und die Scherben, damit ich sehen kann, was hier überhaupt alles zu tun ist. Blut wegwischen, viel Blut. Aber sonst ist es nicht einmal so arg. Das Bett ist ein bisschen angekokelt, und zwei Regale müsste man reparieren. Das sage ich auch dem Herrn Franz, als er mich kontrollieren kommt.

Und der schickt mich doch glatt in den Baumarkt. Er hat keine Zeit, viel zu beschäftigt, der Herr, aber es wird doch wohl für mich kein Problem sein, diese Kleinigkeit selbst zu erledigen. Ob ich einen Führerschein habe, fragt er noch. Ha! So eine saublöde Frage! Und natürlich kann ich zwei Regale reparieren. Pfff! Das wäre doch gelacht!

Zwei Stunden später ist mir das Lachen vergangen. Baumärkte sind echt das Allerletzte! Erst suchst du stundenlang nach einem Verkäufer. Die sind entweder verkleidet oder verstecken sich. Endlich findest du einen, nachdem du mindestens fünfzig Typen in einer Blauen angequatscht hast und von »Schleich di, Depperte!« bis »Mach mi net fuchtig, Oide, ich find ja selber kan!« alles gehört hast, was du nicht hören willst. Und der sagt dir dann, dass er in dieser Abteilung nicht zuständig ist. Da rastest du ganz einfach aus! Das heißt, jeder andere wäre ausgerastet. Ich nicht. Ich habe stattdessen eine wunderbare Fantasie. Keine erotische, da kenne ich schon alles, da habe ich keine Fantasien mehr, sondern eine richtig geile. Ich fessle den Typen an einen Infoschalter, und dann muss er alle Fragen beantworten. Für jede blöde Antwort kriegt er eine mit der Neunschwänzigen drübergezogen. Und weil's so schön ist, binde ich den Typen vom Arbeitsamt gleich daneben an. Oida, das tut gut! Danach geht es mir wieder besser, und ich finde sogar ganz allein die Abteilung mit den Schrauben, Nieten und sonstigem Eisenzeug, das ich für die saublöden Regale brauche.

Irgendwann am Nachmittag bin ich mit dem Gartenhaus fertig. Die Eisenteile waren zwar nicht ganz die richtigen, aber die Regale hängen. Irgendwie, so so, la la. Aber wenn man nicht genau schaut, passt das schon. Der Rest ist auch wieder einigermaßen in Ordnung. Ich schmeiß mich auf das frisch überzogene Bett und rauche mir eine an. Der geputzte Gasofen glänzt ganz neu. Der ist auch neu. Wieso der plötzlich undicht geworden ist ...

Da geht die Tür auf, und der Herr Franz kommt mit einem jungen Schnösel herein. Marke: Ich bin viel zu gut und viel zu schön. Diese Typen hab ich ja schon gefressen. Aber im Job sind das die besten, die kannst du so richtig gut abzocken. Nicht, dass ich das bei dem vorhabe, aber so generell. Außerdem sieht mich der nicht mal. Kein Wunder, ich bin von oben bis unten dreckig und sowieso nur die Putze. So jemanden registriert man in seiner Liga gar nicht. Der Herr Franz schaut mich zur Abwechslung mal böse an, und ich verzieh mich.

Dummerweise ist es noch nicht fünf. Das heißt, ich muss mit dem ersten Stock anfangen. Das hätte ich zwar schon zu Mittag machen sollen, aber das ist jetzt echt nicht meine Schuld. Hätte mich der Butler nicht in den Baumarkt geschickt, wäre ich schon längst fertig. Bestimmt.

Im ersten Stock sind die Schlafzimmer. Getrennte für die Herrschaft, eh klar. Mit Ankleideraum und allem Pipapo. Die Handtaschensammlung im Zimmer der Hausherrin ist immer noch so unglaublich geil wie gestern bei der ersten Führung. Und jetzt kann ich sie mir in aller Ruhe anschauen ... Bist du deppert! Jedes Teil kostet so viel, wie ich sonst in einem halben Jahr verdiene. Ein paar davon sind richtig staubig, und ich will gerade anfangen zu putzen, da kommt sie rein. Und erklärt mir, dass ich gefälligst die Gästezimmer zuerst machen soll, weil am Abend alle eintreffen werden.

Mir soll's recht sein, obwohl ich schon noch gerne ein bissl geschaut hätte. Solche Taschen sieht eine wie ich nicht so oft. Ich versprühe wieder literweise das Putzmittel, und mit den frisch überzogenen Betten schaut es ziemlich schnell auch hier heroben überall supersauber aus.

Nach dem letzten Zimmer knall ich mich im Gang mit einer Zigarette in so einen Fotö, die da herumstehen. Ja, *Fotö* hat der Butler dazu gesagt. Bei uns daheim heißt das Ohrensessel, aber was weiß ich schon. Den Tschick hab ich mir jetzt echt verdient. Aber irgendwer gönnt mir das heute nicht. Schon wieder steht jemand vor mir, hat sich hinterlistig angeschlichen, wie ich so in Ruhe vor mich hin überlege. Das muss jetzt der Hausherr sein. Karierter Wollanzug mit Lederflecken an den Ellbogen, ganz auf hochherrschaftlich adelig. Bäh. Aber der ist gar nicht so ungut wie der Rest seiner Familie. Grinst mich an und schnorrt mir eine Zigarette ab. Dann will er sogar quatschen, ganz normal. Aber weit kommen wir nicht, da steht *sie* vor uns. Superfalsch freut sie sich darüber, dass »Darling« die neue Haushilfe kennengelernt hat und auch schon mit ihr fraterni-irgendwas, aber dass »Darling« doch bitte die Hausgäste in Empfang nehmen soll, die »any moment« eintreffen werden. Darling springt sofort. Aha, so läuft das also. Ich springe auf, und weil es schon nach fünf ist, mach ich mich aus dem Staub für heute. Bei der Handtaschenkontrolle grinse ich den

Butler nur freundlich an. Der hat noch immer nicht gecheckt, dass ich nicht so blöd bin.

»*Mit unerwarteter Durchtriebenheit lullt unsere Protagonistin selbst die argwöhnischsten Kenner der menschlichen Natur ein. Dieses asoziale Subjekt aus den Tiefen des Sumpfes, aus dem das Wiener Nachtleben zum größten Teil besteht, hat auch einen zweiten Tag in dieser verlockenden Umgebung überstanden, ohne seine wahre Natur zu offenbaren.*«

»Oida, jetzt reicht's aber echt! Wer bist du überhaupt, dass du mich da einfach so beleidigen kannst? Ja, ich weiß genau, dass das alles Beleidigungen waren, auch wenn ich nicht jedes von deinen komischen Wörtern kenne. Bis jetzt hab ich nix gesagt, aber jetzt ist echt Schluss! Das ist meine Geschichte. Oida, halt die Goschen und schleich di!«

»*In einem unprovozierten Ausbruch von Aggression greift unsere Protagonistin eine nicht näher spezifizierte Entität an. Der demütige Erzähler ...*«

»Oida, mit dir red i! Du sollst endlich dei' Goschen halten. Ich erzähle die Geschichte, net irgendwer. Schon gar net du, falls du dich selber mit ›demütiger Erzähler‹ gemeint hast. Du hast ja noch immer net gecheckt, um was es bei der Geschichte überhaupt geht!«

»...«

»So is brav. Und jetzt weiter im Text.«

Richie ist noch immer nicht daheim, wie ich in der Früh aufstehe. Vermutlich ist er wieder mal auf einer Sauftour. Und die dauert normalerweise ein paar Tage. Aber diesmal ist mir das sogar recht. Im Moment tät er eh nur stören.

Der Herr Franz grantelt mich zur Begrüßung wieder an, dabei war ich heute echt urpünktlich und hab nur gefragt, wann ich denn endlich auch mal Kohle bekomme für die Mörderhackn. Ich lass aber nicht locker, nö, wenn's um Geld geht, vergess ich meine guten Manieren. Er verspricht mir dann, dass ich am Abend was bekomme. Na gut, damit kann ich leben. Hab ich gedacht. Aber da habe ich noch nicht gewusst, dass ich mir heute ein Fetischkostüm anziehen muss. Zimmermädchen, der Klassiker. Dann merke ich, dass das voll ernst gemeint ist. Ein schwarzes Kostüm mit weißer Schürze und Häubchen, so richtig zum Aufräumen und Bedienen, nix Fetisch. Es sind nämlich alle Gäste eingetroffen, und die Party soll gleich am Vormittag losgehen. Open end, sagt er dann so nebenbei, der Herr Franz, und fragt, ob ich verstehe, was das heißt. Oida, was glaubt der denn? Ich bin zwar keine Studierte nicht, aber ... Ach du Scheiße. Ich muss die Bagage bedienen, bis alle besoffen in einer Ecke liegen oder von selber schlafen gehen. Na super. Dafür gibt's aber extra, das war nicht ausgemacht. Das sag ich dem Herrn Franz auch gleich. Und der sagt ja, einfach so. O je.

Schon beim Frühstück wird mir klar, dass die Party kein Spaß wird, zumindest nicht für mich. Ständig trudelt wer ein und hat irgendwelche Sonderwünsche. Der schnöselige Sohn des Hauses schickt mich dreimal zurück in die Küche, weil seine Rühreier – Eierspeis heißt das bei normalen Menschen – nicht passen. So ein Lackaffe! Einer regt sich auf, weil der Kaviar nicht die richtige Konsiquenz hat. Meine Herren! Ein echter Zirkus. Und ich habe da so eine Ahnung, dass es nur schlimmer werden kann. Aber was soll's. Ich bin hier, weil ich wirklich dringend die Marie brauche, auch wenn es diesmal echt anstrengend ist. Irgendwann sind endlich alle abgefüttert, mindestens fünfzig Leute, na ja, zwanzig auf jeden Fall, und sie begeben sich in den Garten, wo eine Band anfängt zu spielen. Ich mache Pause. Bei Berta in der Küche. Die ist ebenso fertig wie ich, dabei hat die Party noch nicht mal angefangen. Wir rauchen erst mal eine, dann frage ich sie, was denn überhaupt gefeiert wird. Familienfeier habe ich schon gewusst. Silberhochzeit der Herrschaft, gleichzeitig auch *ihr* Geburtstag, neunundirgendwas, so genau weiß das auch Berta nicht, und der Zwanziger vom jungen Herrn.

Der Herr Franz scheucht uns wieder auf. Nicht mal fertigrauchen dürfen wir. Ich trabe also raus zum Pool. Dort schwirren noch drei Mädels mit Zimmermädchen-Outfit herum, und ich merke sofort, dass ich im Moment nicht gebraucht werde. Gut so, also schnell zurück ins Haus. Im Gang stolpere ich fast über eine Brieftasche. Na so was. Ich hebe sie schnell auf und schaue mal ...

»*Die menschliche Natur hat wieder obsiegt. Ein Subjekt der hier beschriebenen Art kann, wie schon zuvor dargelegt, einem derartigen Impuls nicht widerstehen. Ob dieser Drang zum Kriminellen angeboren oder anerzogen ist, bleibe dahingestellt, doch wir werden ...*«

»Nix werden wir! Wie oft soll ich es denn noch sagen, damit du es endlich kapierst?! Schleich di, Oida! Meine Geschichte! Und wer ist da kriminell? Ich sicher nicht! Weil ich schaue nämlich nur nach, wem die Brieftasche gehört. Damit ich sie zurückgeben kann. Aber echt!«

Aus dem Salon höre ich Stimmen, echte Stimmen, nicht so komische von irgendwoher, und ich stelle mich mal davor hin. Vielleicht sucht ja gerade jemand seine Brieftasche, und ich kann helfen. Es sind die beiden Herrschaften. Ziemlich laut. Und es geht um Geld, ihr Geld, das er nicht mehr bekommen wird, wenn er so weitermacht. Große Überraschung. Das war ja wohl klar, nach allem, was ich bisher so mitgekriegt habe. Ich kann mich gerade noch hinter einem Schrank verstecken, da stürmt er schon heraus. Und ich gleich hinter ihm her. Weil mich die Alte jetzt wirklich nicht unbedingt sehen muss. Außerdem, so leer wie diese Brieftasche ist, kann sie nur ihm gehören. Als ich den ersten Stock erreiche, kommt er gerade wieder aus seinem Schlafzimmer heraus. Und steckt ein Fläschchen in seine Jackentasche. Ups. Ich halte ihm die Brieftasche hin und grinse ihn dämlich an. Das kann ich urgut. Brauch ich ständig in meinem Job und hilft total beim Abzocken. Ich überlege noch, was ich am besten sagen soll, da grapscht er mir kurz auf den Arsch und ist auch schon wieder weg. Dabei grinst er, so wie jemand, der gerade den Jackpot geknackt hat. Einen ziemlich fetten Jackpot. Hat wohl was mit dem Fläschchen zu tun, aber das geht mich nichts an. Ich will eigentlich nur die blöde Brieftasche loswerden, damit nicht jemand auf dumme Ideen kommt – »Ja, du da oben bist gemeint!« – und dann schauen, wie ich irgendwie durch diese depperte Party komme, ohne dass ich mir dabei noch einen Fingernagel abbreche. So einen Stress wie in dieser Bude hier hab ich überhaupt noch nirgends gehabt.

Am besten erst mal eine rauchen. Nach der dritten bin ich so weit entspannt, dass ich wieder in den Garten runter kann. Gerade rechtzeitig, weil der Herr Franz ist schon auf der Pirsch und ziemlich grantig, wie er mich sieht. Er packt mich am Arm und flüstert mir ziemlich böse Sachen ins Ohr. Uii. Ich hab mir gedacht, ich hätte schon so ziemlich alle Schimpfwörter gehört, aber alle Achtung, der kann's, der Herr Franz. Nur weil ich mal eine Minute nicht da war. Ich hätte ja auch auf dem Klo gewesen sein können. Das sag ich ihm auch. Und er legt noch einen Zahn zu. Ziemlich nervös, der Beste. Ich sag gar nichts mehr, obwohl es mir wirklich schwer fällt, schnapp mir ein Tablett mit so kleinen Häppchen und schmeiß mich damit ins Getümmel.

Es ist zwar gerade erst Mittag, aber die feine Gesellschaft ist schon ziemlich besoffen. Die meisten hängen auf den Korbsesseln herum und quatschen miteinander. Ich geh halt so durch mit meinem Tablett und halte es allen mal hin. Der junge Herr hält einen Vortrag über irgendwelche Jagdgewehre, der Kaviartyp schläft daneben. Zwei überwuzelte Alt-Tussen streiten darüber, ob jetzt Brad Pitt oder George Clooney ein geeigneter Ehemann wäre. Nur die Hausherrin schaut noch ziemlich nüchtern drein und mischt sich überall wichtig ein. Und der Hausherr schleicht auffällig unauffällig dazwischen herum und sagt gar nichts. Da schnappt er sich das Cocktailglas von seiner Frau und schüttet was hinein. Das Fläschchen lässt er wieder in seiner Jacke verschwinden. Ich hab mir ja schon so was gedacht. Die K.-o.-Tropfen hab ich natürlich gleich erkannt. Das muss man in meinem Job. Und irgendwie glaub ich nicht, dass er auf ein wenig Spaß mit seiner Alten aus ist. Nicht mit der. Außerdem war das viel zu viel. Oida, das kann wirklich daneben gehen. Ist der armen Jasmin damals passiert, und der Kieberer hat dann gesagt, dass –

Auf einmal krieg ich einen brutalen Stoß in den Rücken und verliere das Gleichgewicht. Hinter mir hör ich den jungen Herrn was lallen, von wegen, dass ich besser aufpassen soll und nicht im Weg herumstehen, aber ich schau nur, dass ich nicht in den Pool köpfle. Ich stolpere, lass das blöde Blech fallen, stolpere weiter und dann mit dem Kopf voraus direkt in die Alte. Die kreischt, und ihr Glas segelt wie im Film durch die Luft.

Zwei Sekunden lang nichts.

Dann fliegen die Scherben, und das Chaos bricht aus. Alle schreien und rennen wild durcheinander. Ich sitz mittendrin auf meinem Arsch und werde von allen Seiten beschimpft. Eh klar. Ich hab da gerade eine Heldentat vollbracht, und was passiert? Ich bin wie immer die Depperte. Keiner hat meine Mega-Leistung mitbekommen.

»*Der demütige Erzähler muss seine Meinung revidieren. Es war zwar der schon eingangs erwähnte Zufall im Spiel, doch hat er gemäß seiner Natur gehandelt und die Ereignisse in völlig neue Bahnen gelenkt. Auf unvorhergesehene Art und Weise wurde aus der angekündigten Tragödie eine Komödie, aus dem kriminellen Subjekt die Retterin in der Not.*«

»Du halt endlich dei' blöde Goschen. Das war doch schon von Anfang an klar, weil es nämlich *meine* Geschichte war. Hab ich ja immer gesagt. Aber nein, der Herr Obergscheit glaubt mir ja nix und muss sich dauernd einmischen. Und jetzt tut mir nur der Hintern weh, und rausgeschmissen haben sie mich auch noch. Falls du das nicht mitbekommen hast.«

»*Der demütige Erzähler ...*«

»Aus jetzt. Ich erzähl fertig.«

Der Herr Franz schleppt mich ins Haus. Rausgeschmissen hat er mich ja schon, aber mit dem Schimpfen ist er noch lang nicht fertig. Irgendwann reicht's mir, und ich sag ihm was ziemlich Unnettes. Und dass ich eh schon geh und er mich endlich in Ruhe lassen soll. Ich will nur meine Sachen holen und weg. Das unnette Wort hat ihn wohl beeindruckt. Er geht tatsächlich. Na ja, ein paar Schimpfwörter kenn ich auch.

Ich geh rauf in die Besenkammer und zieh mich um. Beim Runtergehen sehe ich den Hausherrn. Er versteht mich sofort und macht keine Schwierigkeiten. Vielleicht hat er ja beim nächsten Mal mehr Glück. Es heißt ja, aller guten Dinge sind drei. Gönnen tät ich's ihm. Ich steck meine drei Tausender ein, mehr hat er leider nicht gehabt, aber trotzdem nicht schlecht, schnapp mir im Schlafzimmer der Hausherrin noch eine Tasche und hau endgültig ab. Damit hab ich dann drei von den Superdingern ergattert. Die werden wirklich Kohle bringen.

»*Die perfide Impertinenz des Subjekts Melanie S. ...*«

»Oida, du hast eben nix gecheckt. Hab ich dir ja von Anfang an gesagt. Und jetzt aus!«

Autorinnen und Autoren

Rob Alef lebt in Berlin-Friedrichshain. Sein Lieblingsort ist das Sofa in der Wohnküche: Es steht direkt am Fenster, und wenn Alef dort aufwacht, kann er den Himmel sehen. Außerdem ist dort die beste Leseecke. Zuletzt erschienen von ihm der Roman *Kleine Biester* (2011) und von November 2012 bis April 2013 der Fortsetzungsroman *Das Kopyshop* in der *taz*. www.robalef.de

Cornelia C. Anken, Jahrgang 1967, lebt in ihrer Geburtsstadt Frankfurt am Main und ist nach dem Studium der Germanistik, Archäologie und Ethnologie an der Goethe-Universität seit 1996 dort am Fachbereich Biowissenschaften angestellt. Anken veröffentlicht seit 2001 regelmäßig Kurzgeschichten und Romane, zuletzt *Leonora Timms und die verlorenen Kinder* – oder zieht sich in ihre einsame Gartenlaube zurück, wo sie Kunstgegenstände aus Knochen herstellt. www.cornelia-anken.de

Mischa Bach (alias Dr. Michaela Bach) handelt nach dem Motto »Besser gut erfunden als schlecht erinnert« und zieht es vor, Kurzkrimis, Erzählungen und Romane, Theaterstücke oder Drehbücher statt Autobiografien zu schreiben: zuletzt den Kriminalroman *Rattes Gift*, dazu zahlreiche Kurzkrimis. Wenn sie nicht schreibt, malt sie und stellt aus. Oder sie unterrichtet, es sei denn, sie treibt sich im Theater herum. Oder sie liest, gut und gerne auch vor. Manchmal übersetzt sie, hauptsächlich aber lebt sie. Ihr Lieblingsraum ist das Arbeitszimmer unterm Dach – mit weitem Blick zum Gedankenschweifenlassen. http://mischabach.wordpress.com

Guido M. Breuer wurde 1967 geboren und wuchs in der Nordeifel auf. Nach einigen beruflichen Wirren schreibt und lebt er heute in Bonn. Er hält sich bevorzugt in seinem Schlafzimmer auf, und es würde ihm überhaupt nichts ausmachen, im Bett zu sterben ... Sein Lieblingsprotagonist »Opa Bertold« hat schon vier Fälle in den

Tälern und Höhen der Eifel gelöst. 2013 erscheinen von Breuer mit *Trattoria Finale* eine schwarzhumorig-kulinarische Krimikomödie (mit Patrick P. Panahandeh) sowie die Krimisatire *Die Maiskolbenmörder*. Darüber hinaus veröffentlicht er regelmäßig Kurzgeschichten. www.guido-m-breuer.de

Nadine Buranaseda, Jahrgang 1976, ist gebürtige Kölnerin mit thailändischen Wurzeln väterlicherseits und lebt in Bonn. Sie studierte Deutsch und Philosophie und wurde im Hörsaal entdeckt: Für einen Schein, den sie für die Anmeldung zum Ersten Staatsexamen benötigte, durfte sie einen Kurzkrimi schreiben, den ihr Professor einem Verlag vorgelegt hat. 2005 veröffentlichte sie ihren ersten Krimi – einen Jerry-Cotton-Roman, dem bis heute mehr als ein Dutzend folgten. 2007 wurde sie für den Agatha-Christie-Krimipreis nominiert. Mit *Seelengrab* erschien 2010 ihr erfolgreicher erster Bonn-Krimi um die Ermittler Lutz Hirschfeld und Peter Kirchhoff, 2012 die Fortsetzung *Seelenschrei*. 2011 gehörte sie zu den vier Stipendiaten des Tatort-Töwerland-Krimistipendiums. Buranaseda liebt ihre Badewanne, in der sie bücherweise authentische Kriminalfälle verschlingt. www.nadineburanaseda.de

Arnd Federspiel wurde in Oberhausen geboren, wuchs in Heiligenhaus auf und studierte Jura und Anglistik in Gießen. Hier erschienen auch seine ersten Kurzgeschichten und Comicstrips. Nach kaufmännischer und juristischer Tätigkeit in New York und Los Angeles ging es zum Schauspielstudium nach London. Heute arbeitet er als freiberuflicher Schauspieler, Übersetzer und Autor. Mitglied im Syndikat. Er lebt mit seiner Frau, seinen Kindern und einer überaktiven Fantasie in Essen. Gern hält er sich im Schlafzimmer auf, weil einem im Halbschlaf auch die verrücktesten Story-Ideen noch vernünftig erscheinen.

Monique Feltgen, geboren 1965 in Luxemburg, Studium Direktionsassistentin, spricht fließend Luxemburgisch, Deutsch, Französisch, Englisch, Italienisch. Autorin von Kurzgeschichten, Texten für Rundfunk, Anthologien sowie des Frankfurter Buchmessenkrimis

2012 mit drei Co-Autoren. Schreibt seit 2006 Kriminalromane in deutscher Sprache, zuletzt erschienen *Showdown in Esch* und *Verschwörung op der Musel*. Am liebsten hält sie sich in ihrer Bibliothek am Kamin auf, speziell wenn das Feuer prasselt. www.krimi.lu

Matthias Herbert, Baujahr 1960, seit mehr als 25 Jahren im Wort- und Mordwerk tätig, beliefert bislang bevorzugt die Flimmerkiste mit Leichen (mehr als 200 verfilmte Krimidrehbücher). Bisweilen besinnt er sich aber auch wieder auf seine Herkunft (verdiente das erste Schreibergeld mit Kurzkrimis) und tötet ein wenig prosaisch. Hat neben all dem, was er sonst noch so treibt, einen Thriller verfasst, den er bislang dem Markt einfach vorenthält, und arbeitet mit Begeisterung an der Publikation eines siebenbändigen, monumentalen Fantasy-Werks. Als alter Schatzsucher und Schrankschnüffler wühlt er für sein Leben gerne in unberührten und nach Möglichkeit über Jahrhunderte zugestellten, sozusagen natürlich gewachsenen Dachböden. Und/oder Kellern. www.mordsfilm.de

Almuth Heuner, geboren 1962, ist Schriftstellerin und Diplom-Übersetzerin und lebt in Offenbach am Main, wo sie meist lesend auf dem Balkon oder gegenüber in einem Café am Flussufer anzutreffen ist. Seit 1990 übersetzt sie Kriminalliteratur und Sachtexte. 1999 erschien ihre erste eigene Kriminalstory in dem Band *Mord zwischen Messer und Gabel*, 2005 wurde eine ihrer Erzählungen für den Friedrich-Glauser-Preis in der Sparte Kurzkrimi nominiert. Sie gab mehrere Kurzkrimibände heraus, zuletzt den preisgekrönten Band *Mord im Weinkeller*. Daneben forscht sie zur internationalen Kriminalliteratur, besonders von Frauen, und wurde dafür 2012 mit der »Goldenen Auguste« ausgezeichnet. Ferner hält sie Seminare, Workshops und Vorträge. www.heuner.de

Karr & Wehner, geboren 1955 und 1949 in Saalfeld und Werdohl, leben im Ruhrgebiet und schrieben bisher zahlreiche Storys, Hörspiele und die »Gonzo«-Thriller *Geierfrühling, Rattensommer, Hühnerherbst* und *Bullenwinter*. 1996 erhielten sie den Friedrich-Glauser-Preis für den besten Krimi des Jahres und 2000 den Literaturpreis Ruhrgebiet. Zuletzt erschienen von ihnen der Jugendkrimi *Schneekönige* (2011) und die historische Kriminalerzählung *ALBUS* (2012). H. P. Karr hält sich am liebsten in seinem Arbeitszimmer auf, weil er da die direkte Verbindung zum Internet hat; Walter Wehner ist eher der Outdoor-Typ und arbeitet deshalb im Garten und im Gartenhäuschen. www.karr-wehner.de

Thomas Kastura, geboren 1966 in Bamberg, lebt ebendort und arbeitet seit 1996 als Autor für den Bayerischen Rundfunk. Er veröffentlichte zahlreiche Erzählungen, Jugendbücher und Kriminalromane, unter anderem *Der vierte Mörder* (Platz 1 auf der KrimiWelt-Bestenliste). 2012 erschien *Drei Morde zu wenig. Brandeisen & Küps ermitteln* mit Bamberger Kriminalgeschichten. Kastura ist außerdem Herausgeber der Whiskykrimi-Anthologie *Scotch as Scotch can* (2013). Er besitzt keine Kellerbar, dafür aber ein Kellerbüro, in dem er sich haarsträubende Fälle ausdenkt. www.thomaskastura.de

Wolfgang Kemmer studierte Germanistik, Anglistik und Angloamerikanische Geschichte in Köln und arbeitete anschließend als Volontär, später als Lektor in einer Literatur-Agentur. Heute lebt er als freiberuflicher Autor und Redakteur mit seiner Familie in Augsburg. Er ist Herausgeber mehrerer Krimi-Anthologien und betreut seit Jahren den Kurzkrimi-Podcast für www.jokers.de. Einen gelegentlichen leichten Dachschaden zur gründlichen Durchlüftung des Oberstübchens hält er für durchaus förderlich. www.wolfgang-kemmer.de

F. G. Klimmek, geboren 1949, lebt im Ruhrgebiet und ist tagsüber tätig als Rechtsanwalt und Hobbyherpetologe. Nach Einbruch der Dunkelheit jedoch schreibt er seit 2003 Kriminalromane, zuletzt *Asche und Staub*, außerdem Kurzkrimis und E-Books. Er sitzt am liebsten in seinem eigenen Wartezimmer und betrachtet sein Terrarium. www.das-kriminalmuseum.de

Henner Kotte, 1963 geboren in Wolgast, aufgewachsen in Dresden. Studium der Germanistik in Leipzig, Moskau, Stuttgart. Wissenschaftlicher Assistent, arbeitslos, ABM, Freiberufler. Jüngste Veröffentlichungen 2012: »Taxi! Taxi!«, *Die vermauerte Frau, Im Paradies gibt's keinen Gänsebraten.* www.henner-kotte.de

Beatrix Kramlovsky, überzeugte Europäerin mit österreichischen Wurzeln, Schriftstellerin, bildende Künstlerin, internationale Literaturvermittlerin, mehrere Literaturpreise, mehrere Romane, die nun auch in den USA erscheinen werden, viele Krimikurzgeschichten, einige davon in mehreren Sprachen veröffentlicht. Liebt ihr Schreibzimmer für sich und die Terrasse für Festivitäten mit Freunden. www.kramlovsky.at

Ralf Kramp, geboren 1963 in Euskirchen, lebt heute als Autor und Karikaturist in der Eifel. Für sein Debüt *Tief unterm Laub* erhielt er 1996 den Eifel-Literatur-Förderpreis. Seither erschienen zahlreiche Kriminalromane, Kurzgeschichtenbände und Kinderkrimis. Die Presse nennt ihn »Kurzkrimi-König Kramp«, und das Festival *Mord am Hellweg* preist ihn als den »lustigsten Krimiautor Deutschlands« an. Mit seiner Agentur Blutspur veranstaltet er Krimiwochenenden in der Eifel. Im Jahr 2002 erhielt er den Kulturpreis des Kreises Euskirchen, 2009 die Herzogenrather Handschelle. Seit 2007 leitet er mit seiner Frau Monika das »Kriminalhaus« in Hillesheim, mit dem Krimi-»Café Sherlock« und dem »Deutschen Krimi-Archiv« mit etwa 30.000 Büchern. www.ralfkramp.de

Tatjana Kruse, Jahrgangsgewächs aus süddeutscher Hanglage mit Migrationshintergrund (Vater Schweizer, Mutter Norddeutsche), lebt und arbeitet in Schwäbisch Hall und liebt Schaumbäder, allerdings nie in freistehenden Wannen. Seit dem Jahr 2000 schreibt sie Kriminalromane, unter anderem die »Kommissar-Seifferheld«-Reihe mit zuletzt *Gestickt, gestopft, gemeuchelt* (2013). www.tatjanakruse.de

Anne K. Kuhlmeyer, Jahrgang 1961, Medizinstudium in Leipzig, lebt nach einigen Zwischenstationen im münsterländischen Coesfeld. Hat zwanzig Jahre als Anästhesistin, Rettungsmedizinerin, Schmerztherapeutin in Kliniken und Selbstständigkeit gearbeitet und ist heute ärztliche Psychotherapeutin. Liest (viel), schreibt (Kriminalromane, Kurzgeschichten, Lyrik, Unbezeichnetes), rezensiert (auch) und lernt (immer), hält sich gern in unbekannten Räumen auf. www.autorin-anne-kuhlmeyer.de

Arnold Küsters, geboren 1954 in Breyell. Arbeitet für WDR und ARD, dpa, *DIE ZEIT* und andere. Seit 2006 im Syndikat. 2012 in der Glauser-Jury »Bester deutschsprachiger Kriminalroman«. Hat bereits zahlreiche Kurzkrimis veröffentlicht. 2013 erscheint *Ein Knödel zu viel*, sein sechster Kriminalroman. Küsters ist Gründungsmitglied der Krimiautorenband HANDS UP!, außerdem spielt er Harp bei STIXX. Der Niederrheiner lebt am liebsten im Raum zwischen den Zeilen. www.arnold-kuesters.de und www.stixx-online.de

Melanie Lahmer, geboren 1974, lebt mit ihrer Familie, zwei Katzen und neuer Heizungsanlage in einem Altbau in Siegen. Ihr Krimidebüt *Knochenfinder* wurde 2009 mit einem Stipendium der Kunststiftung NRW ausgezeichnet und gewann im Herbst 2012 den Amazon-Autorenpreis »Entdeckt!«. Ihr liebster Arbeitsplatz ist die Terrasse, wo sie dem Gras beim Wachsen zuhört. www.wort-farben.de

Sabina Naber arbeitete nach ihrem Studium in Wien unter anderem am Theater, als Journalistin und Drehbuchautorin. Ihr mittlerweile sechster Kriminalroman mit Maria Kouba, *Die Spielmacher*, erschien 2011, und 2013 startete sie eine zweite Serie rund um das Team Mayer & Katz mit dem Roman *Marathonduell*. Sie gibt auch Kurzgeschichtenanthologien heraus. 2007 erhielt sie den Friedrich-Glauser-Preis für den besten Kurzkrimi des Jahres. Naber ist außerdem Trainerin (Sprechen, Schreiben) und war von 2009 bis 2013 Sprecherin des Syndikats. Zu Hause durchpflügt sie am liebsten den Dschungel auf ihrer Terrasse. www.sabina-naber.at

Alexander Pfeiffer, geboren 1971, lebt und arbeitet als freier Autor, Literatur-Veranstalter, Moderator, Leiter von Schreibwerkstätten und hessischer Landesvorsitzender des Verbands deutscher Schriftsteller (VS) in Wiesbaden. Er veröffentlichte neben zwei Bänden mit Kurzgeschichten und einem Gedichtband bislang drei Kriminalromane und gab die Anthologiereihe *KrimiKommunale* heraus. In den heimischen vier Wänden des musikabhängigen Vinylfetischisten muss vor allem für die Stereoanlage und die Schallplattensammlung Platz sein. www.alexanderpfeiffer.de

Heidi Rehn hält sich am liebsten in einem Zimmer mit ganz vielen Bücherregalen und mindestens einem Schreibtisch auf. In einem solchen Raum stößt sie immer auf anregende Geschichten, die sich hervorragend zu historischen Romanen und Kurzgeschichten weiterspinnen lassen, wie ihre erfolgreiche *Wundärztin*-Trilogie sowie der 2013 erscheinende Roman *Die Liebe der Baumeisterin* beweisen. www.facebook.com/HeidiRehnAutorin

Barbara Saladin, geboren 1976, lebt im Kanton Baselland/Schweiz. Sie arbeitet als Journalistin, ist Autorin von Kriminalromanen und Kurzgeschichten und schreibt für Film und Bühne. Während eines Krimistipendiums lernte sie die Ostfriesischen Inseln kennen. Seither liebt sie sowohl Wellen, Watt und Weite der Nordseeküste als auch die Wälder und Weiden der Schweizer Jurahügel und ist literarisch gesehen an beiden Orten zu Hause. Ihr Lieblingsplatz im Sommerhalbjahr ist der Garten, im Winterhalbjahr die warme Ofenbank. www.barbarasaladin.ch

Regina Schleheck, geboren 1959, heute in Leverkusen wohnhaft, Oberstudienrätin an einem Kölner Berufskolleg, nebenberuflich Referentin, vielfach ausgezeichnete Autorin, Herausgeberin, fünffache Mutter. Veröffentlichungen vor allem im Bereich Kurzprosa und Hörspiel. Mitglied bei den Mörderischen Schwestern und im Syndikat. Besiedelte in verschiedenen Lebensphasen unterschiedliche Schwerpunkträume: Nach zwanzig Jahren KKK-Regentschaft – Küche, Kinderzimmer, (Wäsche-)Keller – haust sie nun in einer vollgepfropften Arbeitsnische mit Gartenblick. www.regina-schleheck.de

Susanne Schubarsky, geboren 1966 in Niederösterreich, Studium der Germanistik, Anglistik, Romanistik. Initiatorin des Kärntner Krimipreises und Herausgeberin der Anthologien mit den Texten der Preisträger 2008 und 2006. 2007 Literaturpreis des Landes Burgenland für Kurzkrimi »Mutter-Liebe«. 2009 Krimistipendium Juist. Lebt in Villach (Kärnten) mit einer Katze und ~~zwölf zehn neun sieben~~ drei Goldfischen und schreibt Krimis, weil sie auf diese Art völlig legal unangenehme Zeitgenossen um die Ecke bringen kann. Am allerliebsten lungert sie irgendwo herum, egal in welchem Raum, Hauptsache, es gibt ein bequemes Sitzmöbel und man darf dort rauchen und Rotwein trinken ... www.schubarsky.at

Sabine Thomas wurde bekannt als TV-Moderatorin für Musik- und Jugendmagazinsendungen. Sie hat einen preisgekrönten Roman sowie zahlreiche Kurzkrimis in Anthologien veröffentlicht und Drehbücher für eine ARD-Krimiserie verfasst, außerdem ist sie Herausgeberin mehrerer Krimi-Anthologien. Seit 2003 veranstaltet sie das Krimifestival München. Sie lebt im Starnberger Fünfseenland vor den Toren Münchens in einer alten Villa mit vielen Treppenstufen, wo sie gemeinsam mit ihren beiden Katzen am liebsten auf dem Dachboden in alten Kisten und Koffern herumkruscht. www.sabinethomas.de

Fenna Williams, Jahrgang 1956, lebt in Wiesbaden und schreibt Kurzgeschichten und Drehbücher verschiedener Genres. Als Teil des Autorenduos Auerbach & Keller arbeitet sie mit ihrer Kollegin an der Comic-Crime-Serie um die Haushüterin Pippa Bolle. Zum Ausgleich für die einsame Schreibtischarbeit leitet sie Theatergruppen und hält Vorträge über ihre beiden Passionen: Shakespeare und Single Malt Whisky. Wenn es nach ihr ginge, würde sie die meiste Zeit ihres Lebens im Schlafzimmer verbringen ...
www.romanbuero.de/ute-mügge-lauterbach/fenna-williams